Petra Ivanov
TOTE TRÄUME

Petra Ivanov

TOTE TRÄUME

Kriminalroman

Appenzeller Verlag

© 2006 Appenzeller Verlag, CH-9101 Herisau

Alle Rechte der Verbreitung,
auch durch Film, Radio und Fernsehen,
fotomechanische Wiedergabe,
Tonträger, elektronische Datenträger und
auszugsweisen Nachdruck sind vorbehalten.

Umschlaggestaltung: Anna Furrer
Umschlagfoto: Mark Andersen (Getty Images)
Satz und Druck: Appenzeller Druckerei, Herisau
Bindung: Schumacher AG, Schmitten
ISBN: 3-85882-425-9

www.appenzellerverlag.ch

*Für Jonathan,
Aljoscha und
Fabian*

«Ich dachte immer, wenn man Ausländer richtig kennen lernt, werden alle Vorurteile bestätigt. Aber es ist genau umgekehrt. Man merkt, dass sie ganz normale Menschen sind.»

Jugendlicher in Oberdiessbach, Juli 2004

PROLOG

Das Feuer brach explosionsartig aus. Die Flammen eilten über den Holzboden und kletterten die staubigen Vorhänge hoch. Dort zögerten sie kurz und leckten am Verputz der Decke. Protestierend färbte sie sich bräunlich und bekam kleine Risse. Hungrig suchten die Flammen Nahrung. Sie verschlangen Holzleisten, Zeitungen, machten sich am Radio zu schaffen, eroberten Kartonschachteln und knabberten am Plastikstuhl. Die Plastikmasse zog sich zusammen und ballte sich zu einem Klumpen. Schwarzer Rauch füllte den Raum.

Das Feuer wurde gieriger. Vergnügt knisterte es, gab ab und zu ein überraschtes Knacken von sich, wenn unerwartet Widerstand auftauchte. Orange und gelbe Flammen tanzten über die Wände, wanden sich in der Hitze und schossen triumphierend in die Höhe. Sie machten nicht Halt vor dem Fuss, der leblos über den Rand des Sofas baumelte. Hemmungslos züngelten sie am Fleisch, wickelten sich um die Zehen und krochen das Bein hoch. Feine Blasen bildeten sich auf der dunklen Haut. Wo sie aufplatzten, zeigte sich dunkelrotes Fleisch.

Er beobachtete den zerstörerischen Pfad der Flammen. Versuchte, sich abzuwenden. Es gelang ihm nicht. Erschüttert und fasziniert zugleich starrte er auf das hell erleuchtete Gebäude. Das Feuer besass eine eigene Seele. Er begriff nicht, dass er dieses Monster herbeigerufen hatte. Plötzlich hörte er einen dumpfen Schrei. Erschrocken fuhr er zusammen. Am Fenster im oberen Stock erkannte er die Umrisse einer Frau. Sie presste ihre Hand gegen die Scheibe. Er spürte auf seiner Brust die Wärme, die von der Handfläche ausging. Er rang nach Luft. Starrte in das Weiss ihrer Augen, zwei helle Punkte im schwarzen Gesicht, und suchte Halt an einem

Baumstamm, wo er sich gegen die raue Rinde fallen liess. Der Rauch trübte die Scheibe. Die Frau verschwand hinter dem Russ. Die Rinde löste sich unter seinem klammen Griff, klebte an seiner feuchten Haut. Er lief in den Wald, entsetzt über seine Tat, mit der er einen Schlussstrich hatte ziehen wollen. Stattdessen hatte er einen weiteren Albtraum ausgelöst.

1

Regina Flint musterte den gelben Strich. Sie trat einen Schritt zurück und kniff die Augen zusammen. Die Linie mündete in eine orange Fläche, die zu satt wirkte. Regina tauchte den Pinsel ins Zinnoberrot und fügte einige Tupfer hinzu. Die hitzigen Farben spiegelten ihren Gemütszustand. Die letzten Monate waren hektisch gewesen. Selten schaffte sie es, vor zwanzig Uhr die Bezirksanwaltschaft zu verlassen. Eine Einvernahme reihte sich an die andere, zeitraubende Abklärungen füllten die verbleibende Zeit. Berichte und Protokolle verfasste sie oft erst abends. Bis zur Neuorganisation der Untersuchungs- und Anklagebehörden, von der sie sich eine Entlastung erhoffte, musste sie sich noch ein halbes Jahr gedulden.

Mit einer geübten Bewegung mischte sie dem Rot etwas Kadmiumorange bei und nahm ihr Werk in Augenschein. Sie genoss es, beim Malen ihre Gedanken auszuschalten. Viel zu selten nahm sie sich Zeit dafür. Meistens erlag sie der Versuchung, zuerst ihren Pendenzenberg abzutragen, um danach in Ruhe entspannen zu können. Aber der Berg wurde nie kleiner. So war sie am Abend zu erschöpft, um den Pinsel in die Hand zu nehmen.

Als sie nach dem Zinnoberrot griff, läutete das Pikett-Handy. Sie erstarrte. Der gefürchtete Klingelton verhiess nichts Gutes. Sie liess die Tube auf den Tisch zurückgleiten. Nicht heute, dachte sie. Sie wollte den Samstagabend mit dem EM-Spiel Holland-Tschechien ausklingen lassen und früh zu Bett gehen.

«Flint, BAZ», nahm sie schroff ab. Die Notrufzentrale meldete einen Brand in einer Asylunterkunft in Witikon. Resigniert rief Regina ein Taxi, schnappte den Brandtourkoffer und eilte aus dem Haus.

Der erste Löschzug war schon im Einsatz, als Regina eintraf. Das brennende Haus befand sich am Waldrand unterhalb des Loorenguts, die schmale Anfahrtsstrasse bot kaum Platz für die mächtigen Tanklöschfahrzeuge. Die Autodrehleiter hatte sich einen Weg über die Wiese gebahnt und stand schief im Gras. Ein Rohrführer rannte an Regina vorbei und rief dem Atemschutztrupp etwas zu. Wie farbige Zungen schossen Flammen aus den Fenstern. Hinter den leuchtenden Absperrbändern der Stadtpolizei hatten sich bereits Schaulustige zusammengefunden.

«Manesse Zentrale an Kommando 2», knisterte ein Funkgerät. Der Rettungsoffizier – sie kannte Gion Janett von früheren Bränden her – eilte an Regina vorbei und hob die Hand zum Gruss. Sie schnappte «Grossereignis» und «zweiter Löschzug» auf. Zwei Feuerwehrmänner trugen eine weitere Hochdruckleitung über die Wiese. Wo das Wasser auf die Flammen traf, entstand eine dichte Dampfwolke.

Regina hielt nach dem zuständigen Brandtouroffizier der Kantonspolizei Ausschau. Der Wind drehte, und eine schwarze Rauchwolke kam auf sie zu. Hustend eilte sie ums Gebäude. In der Ferne hörte sie die Sirenen des zweiten Löschzugs. Hinter dem Haus befand sich ein kleiner Garten. Zwischen den unreifen Tomaten stand Janett und wies den Truppführer auf der Drehleiter an. Einige Meter hinter ihm beobachtete Bruno Cavalli das Geschehen.

Als Regina den Polizisten erblickte, blieb sie abrupt stehen. Trotz der Hitze erstarrte sie augenblicklich, als sei sie in kaltes Wasser getaucht. Cavalli hatte sie bemerkt. Er musterte sie, ohne auf sie zuzugehen. Überrascht sah sie in seinen dunklen Augen einen Anflug von Unsicherheit.

«Was machst du hier?» Regina konnte ihre Freude nicht verbergen. Cavalli lächelte erleichtert. Obwohl sie ihre Beziehung zum Kriminalpolizisten schon vor Jahren beendet hatte, lag noch die gleiche Vertrautheit zwischen ihnen. «Du bist doch beim BKA?»

Vor drei Monaten war Cavalli, in Zürich stellvertretender Dienstchef beim Kapitalverbrechen 2, kurz KV, nach Wiesbaden gereist. Beim Bundeskriminalamt begleitete er die Einführung eines Systems für die geografische Fallanalyse, das Geo-Profiling. Dieses analysiert die räumliche Bewegung von Tätern, um auf ihren möglichen Lebensraum zu schliessen. Das Projekt sollte erst Ende Monat abgeschlossen sein.

Mit einer Handbewegung deutete Cavalli zu seinen Füssen. «Dann wäre ich wohl kaum hier.» Er wartete auf ihre Reaktion.

Mit einem Augenrollen sagte sie: «Darauf wäre ich nie gekommen. Seit wann bist du zurück?»

«Seit einer Stunde. Wir kamen schneller voran als geplant.»

Sie lachte: «Kaum zu Hause und schon brennts. Kann mir gut vorstellen, dass du nicht mal auspacken konntest.» Seine Wohnung lag nur eine Querstrasse entfernt.

Er hob eine Augenbraue. «Ich bin dienstlich hier.»

Sie schaute ihn überrascht an. «Dienstlich? Du willst doch nicht etwa behaupten, dass du schon Brandtour hast?» Plötzlich verstand sie. Sie würden wieder zusammen an einem Fall arbeiten. Der letzte lag über sechs Monate zurück. Damals war es ihr nur mit grosser Mühe gelungen, Cavalli auf Distanz zu halten. Die vielen gemeinsamen Stunden hatten Regina aus dem hart erarbeiteten Gleichgewicht geworfen und ihr gezeigt, dass sich Liebe nicht mit Vernunft löschen lässt.

Bevor sie etwas sagen konnte, wurde sie vom Feuerwehrmann auf der Drehleiter abgelenkt. Er zeigte aufgeregt auf ein Fenster im ersten Stock des Gebäudes. Janett schrie nach Verstärkung und verschwand um die Hausecke. Die Sanität folgte ihm augenblicklich. Fast gleichzeitig tauchten zwei Feuerwehrmänner aus den lodernden Flammen auf. Sie trugen einen verbrannten Menschen heraus. Obwohl Regina schon viele Verletzte gesehen hatte, war sie nicht auf den Anblick eines Verbrannten gefasst. Das Gewebe war stellenweise aufgebrochen. Die hervorgetretene Muskulatur wirkte gekocht. Durch die hitzebedingte Schrumpfung waren Arme und Beine in halbgebeugter Stellung fixiert, die Hände übereinander gelegt. Der Tote – sie erkannte nicht, ob es sich um einen Mann oder eine Frau handelte – sah aus, als trüge er einen Boxkampf aus. Und verlöre.

Cavalli ging sofort auf die Feuerwehrmänner zu. Sie legten die Leiche ins Gras.

«Fasst sie nicht mehr an!», befahl Cavalli. «Ist der Rechtsmediziner unterwegs?»

Ein Feuerwehrmann, kaum zwanzig, zuckte mit den Schultern und deutete auf Janett. Er wandte sich benommen von der Leiche ab.

Janett rief: «Sollte in einer Viertelstunde da sein.» Sein Gesicht glänzte. Bevor er mit dem Truppführer verschwand, fügte er hinzu: «Es sind noch mehr drin.»

Der Gestank von verbranntem Fleisch mischte sich mit dem Rauch, und Regina hielt ihre Hand über Nase und Mund. Bang starrte sie auf das brennende Gebäude.

Cavalli kniete neben der Leiche. Er winkte Regina zu sich. «Schau dir die Stellung der Hände an. Woran erinnert sie dich?»

Widerwillig ging Regina neben ihm in die Hocke. «An einen Boxer.» Sie versuchte, keine Übelkeit aufkommen zu lassen.

Cavalli nickte. «Das tun Brandleichen immer. Aber sieh dir die Hände genauer an. Sie sind gefaltet.»

«Das könnte von der Hitzeeinwirkung sein.»

«Schau auf die Mittelfinger.» Cavalli bückte sich noch näher zur Leiche.

Regina erkannte, worauf er hindeutete. Der linke Mittelfinger schlang sich um den rechten.

«Als hätte er – oder sie – gebetet, als klar wurde, dass der Tod bevorstand», stellte sie fest. Mitleid stieg in ihr auf. Sie schob es beiseite und konzentrierte sich auf ihre Aufgabe. Später, wenn sie ihre Arbeit erledigt haben würde, kehrten die Gefühle zurück und liessen sich nicht mehr verdrängen.

Cavalli schloss die Augen und atmete tief ein. Über seinen ausgeprägten Geruchsinn machten sich seine Kollegen zwar lustig, doch sie zweifelten nie am Resultat seiner Untersuchungen. Regina verlor allmählich den Kampf gegen die Übelkeit. Sie fixierte Cavallis Gesicht und versuchte, alles andere auszublenden. Die wiederholten Nasenbeinbrüche hatten ihre Spuren hinterlassen, doch die Unregelmässigkeit verlieh ihm etwas Würdevolles.

«Grosser Gott, ist Bruno verletzt?», erklang die Stimme des Rechtsmediziners hinter ihr.

Uwe Hahn liess seine Tasche ins Gras fallen und suchte mit seinen langen Fingern nach Cavallis Puls.

Cavalli sprang auf: «Ist das der neue Ärztegruss? Normale Menschen reichen einem die Hand!»

Hahn kniff den Mund zusammen. «Und normale Polizisten liegen nicht neben Leichen im Gras!» Ein wenig freundlicher fügte er hinzu: «Schön, dass du zurück bist.»

Er verlor keine weiteren Worte, sondern begann mit der Untersuchung. Der zweite Löschzug war inzwischen im Einsatz, und die Feuerwehr hatte den Brand unter Kontrolle. Regina machte sich auf die Suche nach Janett. Er sprach mit zwei Brandspezialisten der Kapo. Regina stellte sich vor.

«Vier Tote.» Janetts Blick glitt zum dampfenden Gebäude. Er wollte etwas hinzufügen, brachte die Worte jedoch nicht über die Lippen. Regina wartete. Janett räusperte sich. «Zwei Kleinkinder.»

Mit einem flauen Gefühl schaute Regina den Brandspezialisten nach, die sich auf die Brandstelle zu bewegten. «Was sagen die Brändler?»

«Brandstiftung.» Janett fuhr sich mit dem Ärmel über das feuchte Gesicht.

Regina wusste nicht, ob er Tränen oder Schweiss wegwischte. Gewöhnte man sich je an den Anblick verbrannter Menschen? Toter Kinder?

Janett schluckte und fasste das Wichtigste zusammen. «Jemand hat Molotow-Cocktails durchs Wohnzimmerfenster geworfen.» Er führte sie zu einem breiten Fenster auf der Südseite des Gebäudes. Die Scheibe war zerschlagen. Janett hob eine Scherbe auf und zeigte sie Regina. «Keine Russanhaftungen, regelmässige Bruchkanten. Das heisst, die Scheibe ging vor dem Brand in Bruch.»

Er bat sie, sich die Ostseite des Hauses anzusehen. Wortlos stapfte er durch das feuchte Gras. Auf den Verputz waren Schimpfwörter gesprayt.

Regina zog die Stirn in Falten. «Ausländer raus», «Hau ab», «Arschloch» verkündeten braune Grossbuchstaben. «Was hat man sonst gefunden?»

«Zerschmetterte Weinflaschen mit Spuren von Benzin», sagte Janett mit starrem Blick.

Er wies zwei Feuerwehrmänner an, mit der Sicherung der Brandstelle zu beginnen. «Ich muss weitermachen. Komm, ich zeig dir den Pfarrer. Er hat den Brand gemeldet.»

Er führte sie zum Einsatzwagen, wo der Pfarrer darauf wartete, befragt zu werden.

Die Nacht war über die Brandstelle hereingebrochen, doch die Nachtgeräusche im angrenzenden Wald blieben aus. Der Mond hing schwer am wolkendurchzogenen Himmel. Sein Licht dämpfte das aggressive Gelb des Einsatzwagens. Ein feingliedriger Mittdreissiger stand an die Schiebetür gelehnt.

Ein Stadtpolizist nahm seine Personalien auf. Regina erfuhr, dass Klaus Pollmann einen Anlass in seiner Kirchgemeinde organisiert hatte, um die Bevölkerung mit den Asylsuchenden ins Gespräch zu bringen. Als eine junge Mutter trotz Anmeldung nicht erschienen war, fuhr er zur Asylunterkunft.

«Ich dachte, sie hätte Angst», erklärte Pollmann leise. Es sei in den letzten Monaten öfters zu Konflikten mit lokalen Jugendlichen gekommen. Dabei wurde auch die Sudanesin belästigt. Pollmann liess seinen Blick über die Dächer von Witikon schweifen. Aus einem offenen Fenster erklang ein Jubelschrei. Schon wieder ein Tor.

«Als ich eintraf, stand das Erdgeschoss in Brand. Das muss kurz nach neun gewesen sein.»

«Sind Sie auf dem Weg jemandem begegnet?», fragte der Polizist.

Der Pfarrer verneinte. Unruhig kaute er an einem Fingernagel. «Hier oben hat es vor allem Jogger und Spaziergänger. Vermutlich schauen sich viele den Match an. Das Wetter lädt nicht gerade zu einem Waldspaziergang ein.»

Es war aussergewöhnlich kühl für Mitte Juni. Der Sommer liess auf sich warten.

«Sie haben Konflikte mit lokalen Jugendlichen angesprochen. Was meinen Sie genau?» Regina trat einen Schritt näher und hörte aufmerksam zu.

«Leichtsinnige Streiche von gelangweilten jungen Menschen. Heranwachsende, die Aufmerksamkeit brauchen, provozieren wollen.» Pollmann schien beim Polizisten nach Verständnis zu suchen. «Ich kenne einige aus dem Konfirmandenunterricht. Sie sind nicht böse, bloss überfordert, brauchen ein Ventil. Leider richten sie ihre Aggressionen gegen die Schwächeren.»

Der Polizist hatte wenig Mitleid mit unglücklichen Halbstarken. «Was haben sie angestellt?»

«Asylsuchende beschimpft, die Unterkunft besprayt. Nasse Erde auf die Scheiben geschmiert. Streiche eben. Ich kann mir aber nicht vorstellen, dass sie jemanden verletzen würden.»

Der Polizist schaute vielsagend in Richtung Brandstelle und bedeutete ihm fortzufahren.

Pollmann schüttelte vehement den Kopf. «Auf keinen Fall! Ich sage Ihnen, das sind gute Jungs. Sie stammen aus Familien, die sie umsorgen. Wir sind hier in Witikon. Den meisten fehlt es an nichts.»

Nach Reginas Meinung hatte das wenig zu bedeuten. Doch vermutlich war sie nicht objektiv. Sie war in einem ähnlichen Quartier aufgewachsen und hatte gesehen, was sich hinter den Kulissen abspielte.

«Woher kommen Sie?», wollte der Polizist wissen.

«Aus Ostdeutschland. Nahe der Grenze zu Polen.» Er machte sich an einem neuen Fingernagel zu schaffen. «Weiss man schon, ob sie im Haus war, als …? Sie hat zwei kleine Kinder.»

«Ich darf Ihnen keine Auskunft geben», antwortete der Polizist schroff. Bevor er weitere Fragen an den Pfarrer richten konnte, kam Cavalli auf Regina zu. Mit einer kurzen Kopfbewegung forderte er sie auf, ihm zu folgen.

Regina wandte sich an Pollmann und stellte sich vor. «Ich werde mich bei Ihnen melden. Ich habe noch weitere Fragen an Sie.»

Er sah sie an. «Wissen Sie, was heute für ein Tag ist?»

Regina wusste nicht, worauf er hinauswollte.

«Internationaler Tag des Flüchtlings.»

«Es tut mir Leid», sagte sie und fragte sich, weshalb sie das Bedürfnis verspürte, ihm ihr Beileid auszusprechen. Cavalli führte sie am Ellenbogen in den Garten.

Hahn packte seine Instrumente zusammen und stand mit

einem Seufzer auf. Er schüttelte seine knochigen Beine. «Er war bereits vor Brandausbruch tot.»

«Wie, vor Brandausbruch?», stutzte Regina. «Bist du sicher?»

Die Frage war ihr herausgerutscht, zu spät erinnerte sie sich daran, dass Hahn sich nie äusserte, wenn er nicht hundertprozentig sicher war. Der Mediziner strafte sie mit einem herablassenden Blick.

«Zur Todesursache kann ich dir morgen nach der Obduktion mehr sagen. Wirst du zusehen?» Das war keine Frage.

«Natürlich», antwortete sie und sagte in Gedanken den Besuch bei ihrer Schwester ab.

Hahn hob seine Tasche auf und ging zur Untersuchung der weiteren drei Toten über. Sie befanden sich noch im Haus.

Regina betrachtete die Leiche. Augenblicklich kehrte die Übelkeit zurück. Hahn hatte «er» gesagt. Sie sah Cavalli fragend an. «Hat er sich zu Geschlecht oder Alter geäussert?»

«Ein junger Mann. Afrikanischer Abstammung.»

Cavalli rieb sich den Nasenrücken und musterte sie. Sie hatte wieder Boden unter den Füssen gefunden. Obwohl ihr der Anblick des Toten wie immer nahe ging, wirkte sie sicher, fast robust. Er erinnerte sich an ihr fahriges Auftreten, das ihn während des gemeinsamen letzten Falls so überrascht hatte. Es freute ihn, dass es ihr besser ging. Ebenso, dass sie heute keine Zeit gehabt hatte, ihre Sommersprossen mit Puder abzudecken.

Regina sah ihn an. «Was hast du gerochen?»

«Wo?»

Sie lächelte. «Bist du noch in Wiesbaden?» Ernst wiederholte sie: «Als du bei der Leiche warst, ist dir da etwas aufgefallen?»

«Ach so.» Cavalli zwang sich, seinen Blick von ihren Sommersprossen zu lösen. «Ein leichter Benzingeruch. Vor allem an seinem Rücken. Komm, ich will wissen, wie weit die Brändler sind.»

In den umliegenden Häusern waren die Fenster dunkel. Der Match war vorbei. Die Menschenmenge, die das Flammenspektakel dem Fussball vorgezogen hatte, hatte sich aufgelöst.

«Du hast nicht zufällig etwas Essbares dabei?», fragte Regina. In ihrer Eile hatte sie vergessen, sich um Proviant zu kümmern. Wenn ihr Blutzuckerspiegel absackte, musste sie etwas essen, auch dann, wenn sie keinen Appetit hatte. Wie jetzt.

Cavallis Augen funkelten. Er zog ein Päckchen Darvidas aus seiner Tasche.

Dankbar nahm Regina die Zwischenmahlzeit. «Seit wann stehst du auf Darvidas?»

Als sie seine vergnügte Miene bemerkte, fragte sie: «Hast du sie für mich mitgebracht?» Sie riss das Papier auf. Die Hand war bereits auf halbem Weg zum Mund, als es ihr dämmerte. «Hast du gewusst, dass ich hier sein werde?» Sie deutete sein Schweigen als Zustimmung. Deshalb hatte er also Pikettdienst. Woher kannte er ihren Einsatzplan? Er musste seine Brandtour bereits in Wiesbaden mit ihrem Einsatzplan verglichen haben.

«Ich habe mit Pilecki getauscht», erklärte er. «Aber ring dir ja kein Lächeln ab», fügte er trocken hinzu, «ich könnte sonst denken, du freust dich.» Er ging auf Janett zu, der einen Schlauch aufrollte.

«Können wir jetzt hinein?», fragte er.

Janett verwies ihn an die Brandspezialisten. Dann trommelte er seine Mannschaft zusammen.

Ein Brandspezialist reichte Regina und Cavalli Schutzanzüge und führte sie ins Haus.

«Die Haustür war beim Eintreffen der Feuerwehr verschlossen, alle Fenster zu. Die Kellertür stand offen. Eine Treppe führt in die Küche.» Er zeigte auf den Eingang. «Die Spurensicherung war noch nicht unten.» Er trat vorsichtig ins Wohnzimmer. «Der Brand ist in diesem Raum ausgebrochen.» Der Holzboden war teilweise verkohlt, die Einrichtung vollständig zerstört. Regina hörte beeindruckt zu, wie der Spezialist aus der Beschaffenheit der Brandzehrungen sowie der Russ-, Seng- und Schmelzspuren Rückschlüsse auf den Verlauf des Brandes zog.

«Seht ihr diese trichterförmigen Spuren? Man nennt sie Brandtrichter. Das Feuer dehnt sich hauptsächlich nach oben aus. Seitlich erfolgt eine weitaus geringere Ausdehnung. Deshalb brennt die Substanz trichterförmig. Russ und Pyrolyseprodukte schlagen sich auch mit einem trichterförmigen Erscheinungsbild nieder. Im Idealfall liegt die Brandausbruchsstelle im Fusspunkt eines Trichters.»

Er hielt kurz inne, damit sie die Informationen verarbeiteten. «Fällt euch etwas auf?»

«Es hat mehrere Brandtrichter», stellte Regina fest. Der Raum, vor Kurzem bloss vier verkohlte Wände, sprach plötzlich Bände. «Ich nehme an, weil der Brand an mehreren Stellen gleichzeitig ausgebrochen ist?»

Der Brandspezialist nickte. «Ein Hinweis auf Brandstiftung. Schaut euch die Decke an!» Der Verputz war an verschiedenen Stellen kreisförmig abgeplatzt. «Ein weiteres Zeichen für mehrere Brandausbruchstellen.» Er ging zu den Hitzespuren an den Fensterscheiben über und zeigte ihnen den Unterschied zwischen der eingeschlagenen Scheibe und derjenigen, die unter der starken Hitzewirkung gesprungen war.

«Schmilzt Glas nicht?», fragte Regina.

«Erst etwa bei 800 bis 1400 Grad, je nach Zusammensetzung des Glases. So heiss wurde es hier nicht. Dazu hätte der Raum dicht sein müssen.»

«Habt ihr Brandbeschleuniger gefunden?», wollte Cavalli wissen.

Der Spezialist nickte und ging neben einem Flecken in die Hocke.

«Wenn man Brandbeschleuniger – meistens ist es Benzin – verschüttet, verdampft die Flüssigkeit. Diese Dämpfe brennen zuerst. Die Unterlage bleibt zunächst weitgehend unbeschädigt. Nur am Rande der Lache kann das Untermaterial anbrennen, wo es nicht durch Brandbeschleuniger abgedeckt ist. So entstehen anfangs bloss in diesem Randbereich die charakteristischen Brandspuren.» Er zeichnete mit dem Finger die Form nach. «So sieht man, wo flüssige Brandbeschleuniger verschüttet wurden.»

Regina betrachtete den Boden und bemerkte weitere Formen, die auf Brandbeschleuniger hindeuteten. Sie suchte beim Spezialisten Bestätigung.

Er zeigte auf eine Wand. «Auch diese Abrinnspuren.» Dann ging er dazu über, die Aufprallstellen der Molotow-Cocktails zu deuten. Offenbar hatte der Täter das Benzin im Raum verschüttet, bevor er die Weinflaschen durchs Fenster geworfen hatte.

Im oberen Stockwerk waren die Brandspuren geringer.

«Wo waren die anderen Leichen?», fragte Cavalli.

«Hier, in diesem Zimmer.»

«Wo lagen sie genau?»

«Die zwei Kinder auf dem Bett, die Frau am Fenster. Ihr könnt alles auf den Fotos sehen.»

«Gut», lobte Cavalli. «In welchem Zustand waren die Toten?»

«Sie wiesen nur leichte Verbrennungen auf. Wenn ich raten müsste, würde ich sagen, dass sie an einer Kohlenmonoxidvergiftung gestorben sind. Hahn hat keine andere Todesursache feststellen können, doch er wollte sich nicht festlegen.»

«War ihr Fluchtweg abgeschnitten?»

Der Brandspezialist nickte. «Das Feuer wurde durch die so genannte Kaminwirkung die Treppe hinaufgesogen. Dieses Zimmer liegt direkt in der Verlaufsbahn.»

Regina stellte sich vor, was sich im Raum zugetragen hatte. Sie brauchte nicht viel Fantasie, um sich die tragische Abfolge der Ereignisse auszumalen. Betroffen kaute sie auf ihrer Unterlippe. Cavalli sah sich konzentriert um. Seine Miene liess keine Rückschlüsse auf seine Gedanken zu. Er ging zum Fenster und betrachtete die angeschwärzte Scheibe.

«Ist das ein Handabdruck?» Eine handgrosse Fläche war etwas heller als das restliche Glas.

«Kann sein. Wir müssen den Laborbericht abwarten.»

«Ist die Spurensicherung am Fenster abgeschlossen?»

«Ja.»

Cavalli versuchte, das Fenster zu öffnen. Der altmodische Riegel klemmte. Die Familie war eingesperrt gewesen. «Das Fenster muss von einem Techniker untersucht werden.»

Regina musterte das Metallscharnier. «Sieht ziemlich alt aus. Möglich, dass es schon lange klemmt.»

«Alles ist möglich. Raten bringt uns nicht weiter.» Er wandte sich an den Brandspezialisten: «Wann können wir uns an die Arbeit machen?»

«Die Branduntersuchungen werden zwei bis drei Tage dauern. Danach könnt ihr das Haus auf den Kopf stellen.»

Regina beobachtete Cavalli aus dem Augenwinkel. Er würde bestimmt nicht zwei bis drei Tage warten, um sich mit der Asylunterkunft vertraut zu machen. Sie deutete sein Schweigen nicht als Zustimmung. Dafür kannte sie ihn zu gut. Draussen schälte sie sich aus dem Overall und atmete tief ein.

«Soll ich dich nach Hause fahren?», bot Cavalli an. Dankbar nahm sie an. Obwohl sie nur wenige Kilometer entfernt wohnte, gab es keine direkte Busverbindung zwischen Witikon und Gockhausen.

«Mein Wagen steht weiter unten.»

Sie bogen in den schmalen Weg ein.

«Das ist doch deine Joggingstrecke.» Regina sprach mit gedämpfter Stimme, um die Nachtruhe im Wald nicht zu stören. «Bist du den Asylsuchenden schon begegnet?»

«Nein. Das Haus stand bis zum Frühling leer.»

Der Kies knirschte unter ihren Füssen. Der vertraute Klang von Reginas langen Schritten gab Cavalli das Gefühl, nach Hause gekommen zu sein.

Um die Stimmung aufzulockern, sagte er: «Komm doch mit mir joggen, vielleicht beobachtest du dabei etwas Wichtiges.»

«Du gibst nie auf!», schmunzelte sie. «Ich muss dich enttäuschen, ich habe immer noch keine masochistische Ader in mir ausmachen können.» Sie würde keine hundert Meter mithalten können, ganz zu schweigen von den restlichen 14,9 Kilometern, die er täglich abspulte. Schon gar nicht um fünf Uhr morgens.

«Den Fluglärm in Gockhausen zu ertragen ist viel masochistischer. Wann kommt die erste Maschine? 6.04 Uhr?», stichelte er.

Sie machte mit den Händen eine hilflose Geste. Der Fluglärm war tatsächlich eine Belastung. Doch sie wollte deswegen nicht ihre Wohnung verkaufen. Sie hoffte, dass sich die Anflugrouten wieder ändern würden. Noch war der Kampf um die Lärmverteilung nicht ausgetragen.

«Ich würde Gewichte tragen … oder wie wärs mit einem Schutzanzug der Feuerwehr? Der bremst mich bestimmt.»

«Erzähl von Wiesbaden», lenkte sie ihn ab.

Cavalli erklärte ihr das Geo-Profiling. Seine Weiterbildung zum Fallanalytiker stiess nicht bei allen Kollegen auf

Verständnis. In vielen Köpfen hatte sich das Bild des Hollywood-Profilers festgesetzt, der mit populärwissenschaftlichen Methoden spektakuläre Fälle aufklärte. Die Realität sah ganz anders aus. Ein Fallanalytiker war ein Experte, der ein Verbrechen systematisch aufarbeitete. Empathie spielte eine wichtige Rolle, doch sie ersetzte weder eine gründliche Fallbearbeitung noch breites Fachwissen. Eine Fallanalyse war vor allem eines: Knochenarbeit.

«Und was macht Zuberbühler?», fragte er.

Peter Zuberbühler hatte in seinen Bordellen über ein Dutzend minderjährige Prostituierte beschäftigt. Im vergangenen Herbst hatte Regina zusammen mit Cavalli den Mord an einem der Mädchen aufgeklärt. Zuberbühler hatte die schmutzige Arbeit nicht selber verrichtet, sondern seine Handlanger hatten sich darum gekümmert, dass die Prostituierten gefügig blieben. Doch Regina hatte sich in den Kopf gesetzt, Zuberbühler als Drahtzieher den Tatbestand des Menschenhandels nachzuweisen. Die schwierige Untersuchung brachte sie nicht von ihrem Entschluss ab. Zu sehr beschäftigten sie die Schicksale der Opfer.

«Du weisst ja, wie sehr mir Zahlen liegen», meinte sie ironisch. «Ich wühle stundenlang in seinen Geschäftsunterlagen. Versuche, den Geldströmen zu folgen, die Überweisungen zu verstehen. Chinesisch ist einfacher! Aber die Beweise müssen hieb- und stichfest sein. Wenn Bankkonten doch sprechen könnten.»

Cavalli grinste. «Lieber nicht. Dann würde meines dauernd jammern.»

Regina blickte ihn an. «Die mysteriösen Verwandten?»

Er hatte ihr nie erklärt, weshalb er Geldsorgen hatte. Einmal hatte er angedeutet, dass er Verwandte unterstützen müsse.

Er ignorierte ihre Frage. «Zum Glück wirft das Casino

endlich Gewinn ab.» Sie waren bei seinem Volvo angekommen. Er öffnete ihr die Tür.

Auf dem Rücksitz lagen eine Reisetasche und eine Kiste mit Ordnern und Büchern. Dazwischen war eine Einkaufstasche mit Lebensmitteln eingeklemmt.

«Welches Casino?», fragte Regina verwirrt.

«Das im Reservat. Hab ich dir nie davon erzählt?»

Regina stieg ein. «In Cherokee?» Cavalli war auf der Qualla Boundary in North Carolina aufgewachsen. Das Land südlich der Smoky Mountains gehörte den Cherokee-Indianern.

«Harrah's Casino ist seit Beginn der Neunzigerjahre in Betrieb. Wirft bereits 120 Millionen Dollar pro Jahr ab.»

«Und was hat das mit dir zu tun?» Sie hasste es, ihm die Würmer aus der Nase zu ziehen.

Er bemerkte ihren spitzen Ton, liess sich aber nicht aus der Ruhe bringen. «Jedes eingetragene Stammesmitglied erhält vom Gewinn 5000 Dollar pro Jahr.»

«Du bist doch nur ein Viertel Cherokee?»

«Die Grenze liegt bei einem Sechzehntel. Und meine Grossmutter ist eine FBI.» Er spürte ihren fragenden Blick. «Full blooded Indian», schmunzelte er und lenkte den Wagen in ein ruhiges Wohnquartier. Eine Esche versperrte die Aussicht auf das Glatttal.

Regina blieb sitzen, nachdem er den Motor ausgeschaltet hatte. «Bekommt Christopher die 5000 auch?» Cavallis sechzehnjährigem Sohn war seine indianische Abstammung peinlich. Obwohl sein schwarzes Haar und seine hohen, ebenen Wangenknochen keinen Zweifel über seine Herkunft liessen, weigerte er sich, sich mit der Kultur seiner Familie auseinander zu setzen.

Cavalli nickte. «Ich habe ihn gleich nach der Geburt registrieren lassen. Aber das Geld bekommt er erst, wenn er volljährig ist. Bis dann zahle ich damit einen Teil seiner Alimente.»

Regina öffnete den Mund, um darauf hinzuweisen, dass er dazu kein Recht habe, doch Cavalli wechselte das Thema.

«Wann warst du das letzte Mal in der Kirche?»

«Wie bitte?»

«Morgen – nein heute», korrigierte er sich, «um zehn Uhr in der reformierten Kirche Witikon. Gottesdienst zum Flüchtlingssonntag. Kommst du?»

Jetzt verstand sie. «Klar.» Sie machte keine Anstalten auszusteigen.

«Soll ich dich abholen?»

«Nein danke, ich gehe zu Fuss. Ein Spaziergang tut mir gut.» Das Gespräch verebbte. Sie starrten einander unverwandt an. Die Situation schien Regina unwirklich. Sie überlegte, ob sie Cavalli noch auf eine Tasse Tee einladen sollte.

«Dann bis später», forderte er sie zum Aussteigen auf.

Cavalli parkte vor seiner Wohnung und ging zu Fuss zur Asylunterkunft zurück. Die Luft war kühl und feucht, der Mond endgültig hinter den Wolken verschwunden. Er hielt der Wache seinen Dienstausweis entgegen und zog den Schlüssel hervor, den er dem Brandspezialisten abgenommen hatte. Es blieben ihm nur wenige Stunden, bis sie ihre Arbeit wieder aufnahmen und beim Durchsieben des Brandschutts ein völlig neues Bild des Tatorts malten. Wenn der Täter ihm etwas zu sagen hatte, dann musste er jetzt genau hinhören.

Cavalli fing beim Kellereingang an. Langsam durchstreifte er jeden Winkel, leuchtete jede Ecke aus. Prägte sich Gegenstände, Formen und Gerüche ein. Er versuchte keine Hypothesen zu bilden, sondern malte ein Stillleben, das bis zur Klärung des Falls seine Fantasie beleben würde. Die konkreten Spuren konnte er den Technikern überlassen, ihn interessierte vielmehr, ob die schmutzigen Kinderschuhe im Eingangsbereich oder im Schlafzimmer aufgereiht waren. Ob sich im Kühlschrank Emmentaler oder Lammfleisch, im Spülbecken Gläser mit Alkohol- oder Milchspuren befanden. Was im Flur lag, achtlos hingeworfen, im Glauben an eine baldige Rückkehr.

Er schloss die Augen. Das Bild wurde konkreter. An einigen Stellen blieb es weiss. Er schaute sich diese Stellen genau an und prägte sie sich ein, bis das Bild vollständig war.

Die Dämmerung brach langsam über Witikon herein. Als die erste Amsel ihren Morgengruss anstimmte, schlich Cavalli aus dem zerstörten Gebäude. Er setzte sich ins Gras. Es roch frisch, besänftigte seine vom Brandgeruch schmerzende Nase. Im Gemüsebeet lag ein verkohlter Stuhl. Die Wiese war lange nicht gemäht worden. Am Rand des Gartens, wo das Gras nicht durch die Löschtruppen niedergetrampelt war, stand es fast kniehoch. Im satten Grün leuchtete ein bunter Ball. Feine Asche klebte stellenweise an der Plastikoberfläche. Daneben wuchsen einige Gräser in bizarren Formen. Auf den zweiten Blick erkannte Cavalli ein kleines Knüpfkunstwerk aus Gras. Rundherum wucherte Pfefferminze.

Der Rohrführer richtete den Wasserstrahl gegen ihn. Schützend hielt er den Arm vors Gesicht. Es war nass. Er setzte sich erschrocken im Bett auf und suchte die Flammen. Das gelbe Licht, das den Fensterrahmen erleuchtete, stammte von der Strassenlaterne. Das Wasser tropfte auf seine Brust. Tränen vermischten sich mit Schweiss. Ein zittriger Atemzug durchbrach die Stille. Er liess sich aufs Kissen zurückfallen. Schloss die Augen wieder. Es war vorbei. Die Flammen gelöscht. Wenn er nur sein Gedächtnis löschen könnte. Doch mit dieser Schuld würde er leben müssen.

Erneut stieg die Verzweiflung hoch und mit ihr der tiefe Wunsch, das Rad der Zeit zurückzudrehen.

2

Das feierliche Glockengeläute forderte die Witiker unüberhörbar auf, sich zum Gottesdienst zu versammeln. Trotzdem fanden nur wenige den Weg in den unförmigen Betonbau. Cavalli studierte das farblose Häufchen. Er schätzte das Durchschnittsalter im Raum auf über sechzig Jahre. Nur die Asylsuchenden, von Pollmann zum Flüchtlingssonntag eingeladen, waren noch nicht ergraut. Festlich gekleidet sassen sie mit steifem Rücken auf der Holzbank. Cavalli sah drei Frauen und zwei Männer, alle – bis auf einen älteren, knochigen Betenden – jung und schwarz. Eine hohe Stimme, durch ein Zischen zum Schweigen gebracht, liess auf ein Kind schliessen, das irgendwo am Boden spielte. Keine typischen Asylsuchenden, waren die meisten Gesuchsteller in der Schweiz doch junge Männer. Vor Cavalli nickte ein Kopf mit dünnen Haarsträhnen. Cavalli vertiefte sich in den Anblick der schaukelnden Ohren.

«Ist hier noch frei?», fragte eine vertraute Stimme. Sein Kopf fuhr herum. Reginas blaue Augen funkelten eine Handbreite vor seinem Gesicht. Der Duft von feuchtem Laub und Seife umhüllte sie. Rosenblütenseife, stellte er fest.

Regina setzte sich neben ihn und musterte die Anwesenden. Kein Wunder, beklagt sich die Kirche über Mitgliederschwund. Die Gläubigen sterben aus, dachte sie bei sich. Sie sah Cavalli entschuldigend an. «Tut mir Leid, dass ich so spät bin. Gestern Abend wurde wieder eingebrochen. Ich habe heute Morgen lange mit deinen Kollegen vom Bruch telefoniert.» Der Bruch, der zur Spezialabteilung 3 der Kantonspolizei gehörte, befasste sich mit Einbrüchen und Diebstählen.

«Hast du überhaupt etwas von der Einbruchserie am Zürichberg mitbekommen?», fuhr Regina fort. Sie wartete nicht auf eine Antwort. «Das war der neunte Einbruch innerhalb von zehn Wochen. Die Täter werden immer frecher. Dieses Mal haben sie in Zollikerberg nicht nur den Kühlschrank geplündert und Bargeld gestohlen, sondern auch noch einen sündhaft teuren Champagner getrunken. Die Besitzer sind ausser sich.»

Die Orgel stimmte das erste Lied an. Regina verstummte. Cavalli starrte sie an. Sie bohrte einen Zeigefinger in seine Rippen. «Hallo! Jemand zu Hause?», flüsterte sie. Der Alte vor ihnen nickte heftiger.

Bevor Cavalli antworten konnte, betrat Pollmann die Kanzel. Er wappnete sich mit einem zittrigen Atemzug und begrüsste die Gemeinde. Betroffen schilderte er die Ereignisse des Vorabends. Während er den Tod der vier Flüchtlinge verkündigte, richtete er seinen Blick zur Decke. Es machte ihm sichtlich Mühe, die Asylsuchenden direkt anzusehen. Seine Augen flossen fast über, und er leitete eine Schweigeminute ein.

Regina und Cavalli wechselten Blicke. Pollmanns Auftritt hatte etwas Theatralisches.

Der Pfarrer sprach in seiner Predigt über Fremdenfeindlichkeit. Mit glühenden Worten betonte er, dass vor Gott alle Menschen gleich seien. Reginas Augen wanderten über die Anwesenden. Sie waren tatsächlich alle gleich, dachte sie, schämte sich dann aber für den Gedanken. Obwohl sie nicht religiös war, hatte ihre streng reformierte Erziehung Spuren hinterlassen. Diese hatte weniger den sonntäglichen Kirchgang als das Einhalten festgelegter Normen und Werte beinhaltet. Fleiss, Bescheidenheit, Respekt und Ehrlichkeit waren nur einige davon. Ihre Mutter hatte die Latte so hoch gelegt, dass es Regina selten möglich gewesen war, ihre Erwartungen zu erfüllen. Die Angst, nicht zu genügen, war sie bis heute nicht losgeworden.

Die Kirchenbesucher schielten verstohlen zu den Asylsuchenden. Ob die Flüchtlinge die Worte verstanden, die Pollmann so leidenschaftlich in den Raum schmetterte? Sprachen sie Englisch? Regina hoffte es. Zwar musste sie die Einvernahmen trotzdem mit Dolmetscher durchführen, doch sie würde gleichzeitig die Aussagen im Original verstehen.

Cavallis träger Südstaatenakzent kam ihr in den Sinn. Als hätte er ihre Gedanken erraten, sah er langsam auf und unterdrückte ein Gähnen. Er faltete die Hände nicht zum Gebet, als Pollmann dazu aufrief. Der Pfarrer schloss mit den Worten: «Wir werden Thok, Zahra, Salma und Maryam in Erinnerung behalten.»

Cavalli blickte fragend zu Regina. Sie antwortete mit einem Achselzucken. War sich Pollmann über die Identität der Toten so sicher? Wehmütige Orgelklänge begleiteten die schleppenden Schritte der Gläubigen, als sie die Kirche verliessen.

Cavalli faltete die Hände über dem Kopf und streckte die Arme durch. Die Akustik im Raum trug das Knacksen seiner Knöchel bis zu Pollmann, der am Ausgang jede entgegengestreckte Hand ein bisschen länger als nötig drückte. Ein irritierter Ausdruck huschte über sein Gesicht. Erst als er den letzten Kirchgänger verabschiedet hatte, schenkte er Regina und Cavalli seine Aufmerksamkeit.

«Willkommen», begrüsste er sie grossherzig, viel selbstsicherer als am Abend zuvor. In der Kirche hatte er offensichtlich Heimvorteil. «Ich hoffe, meine Worte werden Ihnen während den belastenden Ermittlungen Kraft geben.»

«Sie werden mir in Erinnerung bleiben», versicherte Cavalli.

Regina erschrak über seinen ironischen Tonfall, doch Pollmann nickte zufrieden.

Der Pfarrer lud sie ins Pfarrhaus ein. «Sie werden bestimmt mit den Flüchtlingen sprechen wollen.»

Als Regina bejahte, fuhr er fort: «Ich stelle Ihnen gern mein Wohnzimmer für die Gespräche zur Verfügung.» Er strich seinen Talar glatt. «Die Asylsuchenden wohnen vorübergehend bei mir. Bis sie einer neuen Unterkunft zugeteilt werden.»

«Danke, das ist sehr freundlich», nahm Regina das Angebot an.

Der alte Riegelbau lag direkt gegenüber der Kirche. Pollmann führte sie in ein mit schweren Möbeln vollgestelltes Wohnzimmer und verschwand in Richtung Küche. Nachdem er Kaffee und Brötchen aufgetischt hatte, befragte Regina ihn noch einmal zum Brand. Er konnte nur bekräftigen, was er bereits erzählt hatte.

«Sie haben im Gottesdienst die Toten mit Namen aufgezählt. Sind Sie sich über deren Identität so sicher?» Regina beobachtete ihn scharf.

«Um wen könnte es sich sonst handeln?», fragte der Pfarrer naiv.

Regina hielt die Tasse an den Mund.

«Waren noch andere Menschen im Haus?» Pollmann löffelte gedankenversunken Zucker in seinen Kaffee. «Das ist doch nicht möglich. Es kann nicht Zufall sein, dass Thok, Zahra und die zwei Kinder spurlos verschwinden, während gleichzeitig vier andere Menschen im Haus …» Seine Einwände versiegten.

«Wissen Sie immer, wo sich die Flüchtlinge aufhalten?»

«Natürlich nicht.» Pollmann stellte seine Tasse hin und begann, an einem Fingernagel zu kauen. «Waren es denn nicht sie?»

Regina zuckte unverbindlich mit den Achseln.

Pollmanns Verwirrung war echt. «Ich weiss nicht … es war einfach nahe liegend.»

Regina fuhr fort: «Beschreiben Sie Ihre Beziehung zu den Flüchtlingen.»

«Beziehung?», wiederholte Pollmann mit dünner Stimme. «Was wollen Sie damit andeuten?»

Regina musterte ihn. «Stand Zahra Ihnen nahe?» Aus dem Augenwinkel sah sie, wie sich Cavalli mit gespielter Gleichgültigkeit im Wohnzimmer umsah. Sie arbeiteten gut zusammen und brauchten einander keine umständlichen Anweisungen zu geben. Cavalli hob ein Amulett auf und drehte es in der Hand.

Pollmann schüttelte vehement den Kopf. «Nicht näher als alle anderen Flüchtlinge in meiner Gemeinde.»

Es donnerte in der Ferne. Pollmann sprang vom Stuhl und schloss das Fenster. Dann durchquerte er den Raum in drei grossen Schritten und riss das Amulett an sich.

«Ein Geschenk», erklärte er und presste die Lippen zusammen.

«Von wem?»

«Weiss ich nicht mehr.»

Pollmanns schmale Finger flatterten wie Schmetterlinge um seinen Talar, den er mal hier, mal dort zurechtzupfte. Cavalli verschränkte die Arme vor der Brust und lehnte sich gegen ein Klavier. Er löste seinen Blick nicht vom Pfarrer. Regina lagen noch ein Dutzend Fragen auf der Zunge, doch sie würde sich gedulden müssen. Hahn erwartete sie im Rechtsmedizinischen Institut, und sie wollte jetzt die Gelegenheit nutzen, einige Fragen an die restlichen Bewohner der Asylunterkunft zu stellen.

Erleichtert brachte Pollmann seine Gäste ins Wohnzimmer. Ausser dem alten Mann, der nur Arabisch sprach, verstanden alle Englisch. Den eigenen, knappen Angaben zufolge stammten sie aus dem Sudan und dem Kongo. Sie behaupteten, Zahra El Karib sei mit ihren zwei Töchtern im Haus geblieben, weil das jüngere Mädchen erkältet war. Thok Lado beschrieben sie als Einzelgänger, der nicht gerne unter die

Leute ging. Regina tat ihr Möglichstes, um zugänglich zu wirken. Trotzdem war das Misstrauen im Raum spürbar. Die meisten Antworten waren einsilbig und vorhersehbar. Da sie so kaum wertvolle Informationen erwarten konnte, vereinbarte sie Termine für Einzelbefragungen. Sie würden sich viel Zeit dafür einräumen müssen.

Pollmann blühte auf, als er sie zur Haustür begleitete. «Soll ich die Flüchtlinge zur Polizei begleiten? Ich fürchte, ein Streifenwagen könnte sie einschüchtern.»

Regina lehnte sein Angebot ab.

«Mir liegt das Wohl meiner Gemeinde am Herzen», schloss der Pfarrer.

Regina lächelte halbherzig und bedankte sich. Cavalli brachte nur ein kurzes Nicken zustande.

Schweigend entfernten sie sich vom Pfarrhaus. Plötzlich riss die Wolkendecke auf, und ein Sonnenstrahl erinnerte daran, dass in wenigen Tagen Sommerbeginn war. Sie schritten an einem Kirschbaum vorbei. Cavalli griff sich einen Ast, um einige der Früchte zu pflücken. Er steckte sich eine unreife Kirsche in den Mund.

«Was hältst du von ihm?», wollte Regina wissen.

Cavalli kaute nachdenklich. «Ich schätze, er hat dieser Zahra schöne Augen gemacht und schämt sich jetzt dafür.»

«Wieso sollte er sich dafür schämen? Er ist ja nicht katholisch.»

«Trotzdem gehört es sich nicht, mit seinen Schäfchen zu schlafen», grinste er und freute sich auf das Augenrollen, das bestimmt nicht ausbleiben würde.

Regina enttäuschte ihn nicht. «Hast du überhaupt keinen Respekt vor der Kirche?» Sie überquerten die Hauptstrasse und schlugen einen Weg durchs Quartier ein.

«Vor der Kirche, nein. Vor den Göttern schon. Hier müssen wir links. Mein Wagen steht gleich um die Ecke.»

«Göttern? In der Mehrzahl?»

«Gott, Götter, ist ja ein und dasselbe. Die Schöpfung eben.» Er schloss die Tür auf.

Regina stieg ein. «Was hast du Chris erzählt, als die ersten religiösen Fragen kamen?»

«Du meinst, als er noch einen zusammenhängenden Satz über die Lippen brachte?» Cavalli verzog das Gesicht. Nach seiner Scheidung vor zehn Jahren hatte sich seine Beziehung zum verschlossenen, introvertierten Jungen ständig verschlechtert. Seit Christopher seine Lehre abgebrochen hatte und nur noch Interesse fürs Kiffen zeigte, brachte Cavalli kein Verständnis mehr für ihn auf. Im Winter hatte er einen letzten Versuch gemacht, an ihn heranzukommen. Sie waren gemeinsam für einige Tage in die Berge gefahren, doch der Ausflug endete vorzeitig wegen eines heftigen Streits. Christophers ständige Forderungen an ihn und seine fehlende Bereitschaft, Verantwortung für sein Leben zu übernehmen, lösten in Cavalli Aggressionen aus, die er nur mit Mühe unter Kontrolle hielt.

«Als er klein war, habe ich ihm die Schöpfungsgeschichte der Cherokee erzählt. Ich glaube aber kaum, dass er sich daran erinnert. Und Constanze hat mit Religion überhaupt nichts am Hut.»

Regina war sich nicht so sicher, dass Christopher die Erzählungen seines Vaters vergessen hatte. Als sie mit Cavalli zusammenlebte, war der Junge einmal im Monat zu einem Pflichtbesuch genötigt worden. Obwohl er sich unzugänglich gab, hing er an den Lippen seines Vaters und beobachtete ihn ständig.

«Was besagt eure Schöpfungsgeschichte?», fragte sie neugierig.

Cavalli antwortete nicht. Er lenkte den Wagen wortlos Richtung Dübendorf.

Als sie vor einer Ampel anhielten, seufzte Regina: «Du bist immer noch gleich wie früher.»

Seine Laune konnte sich binnen Sekunden ändern, sie brauchte nur ein Thema anzuschneiden, über das er nicht sprechen wollte. Dazu gehörten seine Herkunft sowie seine Vergangenheit, die erst an dem Tag in die Gegenwart überging, an dem sie sich kennen gelernt hatten.

Er traktierte sie mit einem finstern Blick und sagte erwartungsgemäss nichts. Regina fühlte, wie Empörung in ihr aufwallte. Es war, als hätte Cavalli sie zu einer Tür geführt, nur um sie ihr vor der Nase zuzuknallen. Natürlich hatte er das Recht, über Privates zu schweigen. Trotzdem verdross es sie, dass er immer wieder von Warm auf Kalt drehte. Er machte sich nicht einmal die Mühe, sie mit höflichen Floskeln zu besänftigen.

«Gibt es in Cherokee eigentlich ein Wort für Entschuldigung?»

«Tsalagi», korrigierte er und überfuhr ein Rotlicht.

«Was?»

«Die Sprache heisst Tsalagi, nicht Cherokee», wiederholte er, als würde er mit einem Kind sprechen. Er wechselte die Spur und nahm die Ausfahrt Irchel. Im Parkhaus steuerte er auf den ersten freien Platz zu. Er stieg aus, bevor Regina ihre Sicherheitsgurte gelöst hatte. Im Institut für Rechtsmedizin hielt er inne. Seine Reaktion auf ihre Frage hatte nichts damit zu tun, dass er die Schöpfungsgeschichte der Cherokee als Geheimnis betrachtete. Sie war schliesslich in jedem Geschichtsbuch des Stammes nachzulesen. Vielmehr ertrug er Reginas Gesichtsausdruck nicht, wenn sie glaubte, er würde Persönliches preisgeben. Sie war wie ein Blutegel. Sie hörte erst auf zu saugen, wenn man sie mit Gewalt loslöste. Doch im Gegensatz zu einem Egel, der nach einer Blutmahlzeit bis zu zwei Jahre hungern konnte, war sie unersättlich.

Als sie ihn eingeholt hatte, zog er einen Getreideriegel aus der Tasche und schlug einen versöhnlichen Ton an: «Brauchst du eine Stärkung?»

«Nein danke», antwortete sie distanziert und betrat den Fahrstuhl.

Uwe Hahn kam ihnen im langen unterirdischen Korridor entgegen. Aus seinem vorwurfsvollen Blick schloss Regina, dass sie zu spät waren. Der Mediziner machte auf dem Absatz kehrt und bedeutete ihnen, ihm zu folgen.

«Die Voruntersuchungen sind abgeschlossen. Wir können gleich mit der Obduktion beginnen.» Er betrat einen lindgrünen Raum. Sein Assistent hatte auf der Ablage bereits die nötigen Instrumente aufgereiht.

«Was haben sie ergeben?», fragte Regina.

«Die beiden Kinder waren unter sechs Jahre alt. Da sie unterernährt sind, ist eine radiologische Altersbeurteilung des Skeletts zu ungenau. Man wird die Zahnmineralisation untersuchen müssen. Keine äusseren Zeichen von Gewalteinwirkung. Die weibliche Leiche hat das 21. Lebensjahr vollendet.»

Er befestigte die Röntgenbilder und zeigte auf die Schlüsselbeinregion. «Der epiphyseale Knorpel ist noch nicht vollständig verschmolzen. Dieses Stadium der Ossifikation entspricht einer weiblichen Person zwischen 21 und 26 Jahren. Auch sie weist keine äusseren Verletzungen auf. Die Röntgenaufnahme des jungen Mannes hingegen», Hahn deutete auf ein weiteres Bild, «zeigt eine Impressionsfraktur an der Schädelbasis.» Er fuhr mit dem Griff eines Skalpells den Bruchlinien nach. «Meist trifft die Schlagfläche des verwendeten Werkzeugs verkantet auf den Schädel. Das verursacht diese terrassenförmig abgestuften Impressionen. Die tiefste Stelle wird eventuell Rückschlüsse auf Richtung und Form der einwirkenden Gewalt zulassen. Er war übrigens zwischen siebzehn und neunzehn Jahre alt.»

«Das müssen wir genauer wissen», drängte Cavalli. «Minderjährige Asylsuchende haben andere Rechte.»

Hahn fixierte Cavalli mit seinen blassen Augen. «Ich weiss.»

Regina hörte gebannt zu. Obwohl Hahns Ausführungen oft komplexer als nötig waren, war sie von seiner Kompetenz immer wieder beeindruckt. Er war das Sprachrohr der Toten.

«Du sprichst von einem Werkzeug. Könnte er auch gestürzt sein?», fragte sie.

«Wenn ich Werkzeug sage, dann meine ich Werkzeug. Wäre die Leiche nicht so stark verbrannt, könnte ich anhand der Haut- und Muskelverletzungen Genaueres dazu sagen. Doch euer Täter war schlau. Viele Spuren sind vernichtet.»

Er legte das Skalpell wieder hin und schaute auf die Uhr. «Wir schaffen heute nur eine Leichenöffnung. Um fünf muss ich in Kilchberg sein. Ihr könnt wählen: Frau, Kind, Mann?»

«Mann», antworteten Regina und Cavalli wie aus einem Mund. Hahn nickte, das hatte er erwartet. Er rief seinen Assistenten und verteilte die Kittel.

Auf dem kalten Chromstahl sah der Tote grotesker aus als auf der Wiese. Durch die Schrumpfung der Gesichtsweichteile hing seine Zunge aus dem Mund und verlieh ihm einen fratzenhaften Ausdruck. An Kopf und Hals hatte er zahlreiche kleine Schnitte. Regina war froh, dass sie nichts gegessen hatte.

«Ich beginne mit dem Offensichtlichen», sagte Hahn routiniert. Er erklärte, dass die Schnitte im Gesicht Hitzerisse seien, keine Messerschnittverletzungen. «Diese Narben hingegen», er zeigte auf die Stirn des Verstorbenen, «gehen auf eine scharfe Klinge zurück.» An den Augen machte er Regina und Cavalli auf die fehlenden Krähenfüsse aufmerksam. «Wäre er in den Flammen ums Leben gekommen, hätte er die

Augen zusammengekniffen. Dadurch wären die Falten an den äusseren Augenwinkeln von Ablagerungen verschont geblieben. Es gäbe auch andere vitale Zeichen. Seine Schleimhäute wären gerötet, und Russpartikel wären in den Luftwegen zu finden.»

«Was ist mit den gefalteten Händen?» Die ungewöhnliche Stellung liess Cavalli keine Ruhe.

«Entweder starb er betend, oder er wurde danach so arrangiert. Mehr kann ich nicht sagen. Hier ist auch etwas Interessantes.» Hahn bückte sich über die verbrannte Hüfte und zeigte auf eine Stelle, die nicht verkohlt war. Auf der Haut war der Abdruck einiger Striche erkennbar. Zwei gerade Linien trafen sich im rechten Winkel, wie die Mitte eines Kreuzes. «Ich habe einige Nahaufnahmen davon machen lassen.»

Cavalli trat näher und liess die Gerüche auf sich einwirken. «Darf ich ihn zur Seite kippen?»

Hahn nickte. «Die Hautproben sind bereits im Labor.»

Cavalli drehte die Leiche behutsam. Ein einsilbiges Klirren ertönte, als etwas Hartes auf dem Untersuchungstisch landete.

«Nur ein Zahn», beruhigte ihn Hahn. «Sein Kiefer ist etwas brüchig.»

«Wenn das alles ist», rutschte es Regina heraus. Die Männer ignorierten sie. Sie riss sich zusammen und beugte sich ebenfalls näher über die Leiche. «Woher stammen diese wellenförmigen Linien?»

«Das Löschwasser hat die Haut aufgeweicht. Das hat nichts zu bedeuten.»

Hahn stand mit der Kreissäge bereit. Als Cavalli zurücktrat, begann er mit der Leichenöffnung. Regina machte sich Notizen. Kopf-, Brust- und Bauchhöhle lieferten keine neuen Informationen. Als Hahn die Organe wieder an ihre ursprüngliche Stelle zurücklegte, kam die Sprache auf die Identifikation der Opfer.

«Die Asyldossiers enthalten medizinische Unterlagen. Lässt du mir diese zukommen?»

Cavalli versprach, sich darum zu kümmern. «Vermutlich liegen sie beim Migrationsamt, aber ich werde heute die Sachbearbeiterin aufsuchen, die in Witikon für die Unterbringung der Flüchtlinge zuständig ist. Vielleicht hat sie Kopien.»

«An einem Sonntagabend? Die wird sich aber freuen», bemerkte Regina.

Als sie seinen amüsierten Gesichtsausdruck sah, fügte sie hinzu: «Lass mich raten: Sie ist blond und hat einen dreisilbigen Namen.»

«Einen dreisilbigen Namen?»

«Constanze, Jennifer, Elvira, Tatjana, Marina, Christina, Melinda …», ihren eigenen Namen liess sie weg.

Cavalli dachte interessiert nach. «Das ist mir noch gar nie aufgefallen.» Er strich sich übers Kinn. «Da sie Rita heisst, muss ich meine Hoffnung auf einen netten Abend wohl begraben.» Er machte eine taktische Pause. «Nicht, dass ich besonders auf Sechzigjährige stehen würde.»

Hahn schaute sie missbilligend an. «Wir sind hier fertig. Ihr könnt eure Plänkelei draussen fortsetzen.» Er kehrte ihnen den Rücken zu. Mit einem reumütigen Achselzucken deutete Cavalli auf die Tür. Regina folgte ihm.

«Kommst du mit zu Rita?», fragte er, die frische Luft tief einatmend.

Regina lehnte ab. «Im Gegensatz zu dir geniesse ich meine Freizeit. Einige Stunden brauche ich, bevor es morgen früh wieder losgeht. Fährst du noch ins Kripo-Gebäude?»

«Ja. Ich will mich einrichten, bevor die Ermittlung richtig anläuft. Hast du während meiner Abwesenheit irgendwas mit dem KV zu tun gehabt?»

«Wenig. Einige Durchsuchungsbefehle für Pilecki ausgestellt, eine Telefonkontrolle angeordnet. Ich sah mehr vom

Gift.» Juri Pilecki war Cavallis Stellvertreter. «Aber Tobias habe ich getroffen. Wir waren zusammen essen.»

Cavalli sah sie erstaunt an. «Fahrni? Ist der nicht eine Nummer zu klein für dich?»

Der junge Polizist war erst seit knapp zwei Jahren bei der Kripo.

«Du unterschätzt ihn», erwiderte Regina. «Er ist nicht halb so naiv, wie er aussieht. Ausserdem hat es sich nur zufällig ergeben. Ich habe ihn beim Reiten getroffen.»

«Seit wann reitest du?» Cavalli kam sich vor, als wäre er ein ganzes Jahr in Wiesbaden gewesen.

«Ich reite gar nicht. Aber Tobias. Und zwar ein Pferd aus dem Stall in der Nähe meines Elternhauses. Eigentlich ist es erstaunlich, dass wir uns nicht schon früher über den Weg gelaufen sind. Seiner Freundin bin ich schon mehrmals begegnet, kannte sie aber nicht.» Sie waren bei seinem Volvo angekommen. «Einige Stunden abschalten täte dir auch gut.»

Cavalli streckte sich. «Ich werde noch einen Abstecher in den Kraftraum machen. Bin total ausser Form.»

Regina musterte seinen athletischen Körper und nickte verständnisvoll. «Allerdings. Du hast bestimmt seit über 24 Stunden nicht trainiert. Aber pass auf, die Hanteln könnten während deiner Abwesenheit verrostet sein.»

«Kaum. So weit hätte es Bambi nie kommen lassen.» Jasmin Meyer, oder Bambi, wie die Polizistin von Kollegen ihrer Rehaugen wegen genannt wurde, teilte Cavallis Leidenschaft für das Krafttraining.

Als sich Regina verabschiedete, klingelte ihr Handy. Sie kannte die Nummer auf dem Display nicht. Am anderen Ende meldete sich Janett. Sein angenehmer Bariton verkündete, dass der Brandbericht fertig war.

«Es war heute auf der Wache ausserordentlich ruhig», entschuldigte er sich für seine speditive Arbeit. «Bist du noch im

IRM? Ich könnte dir den Bericht auf dem Heimweg vorbeibringen. Ich verlasse in zehn Minuten die Wache.»

Regina war überrascht. Seit wann bekam die Bezirksanwaltschaft von der Feuerwehr einen schriftlichen Bericht? Da er sich solche Mühe gemacht hatte, wollte sie ihn nicht abweisen.

«In Ordnung. Ich bin allerdings fertig hier. Vielleicht kreuzen sich unsere Heimwege? Wo wohnst du?»

«In Witikon.»

Witikon? Wenn Janett von der Wache nach Witikon wollte, lag das IRM weitab vom Weg. «Treffen wir uns am Hauptbahnhof? In einer halben Stunde?»

Janett war einverstanden. Regina legte auf.

Cavalli sah sie skeptisch an. «Er will dir einen Bericht vorbeibringen? An einem Sonntagabend?»

Regina hob die Hände.

Nachdenklich sagte Cavalli: «Die Fachhochschule für Polizei in Brandenburg erforscht Täterprofile von Brandstiftern. Ich habe ein Fallbeispiel studiert. Der Täter war bei der lokalen Feuerwehr.»

Regina lachte laut auf. «Und hatte zuvor einen jungen Sudanesen erschlagen!»

Cavalli verzog keine Miene. «Nein, einen Äthiopier.»

«Was?»

«Nur ein Witz.» Cavalli grinste. «Aber der Brandstifter war tatsächlich Feuerwehrmann.»

«Ich werde vorsichtig sein», schmunzelte Regina.

Cavalli sah ihr nach, bis sie im Irchelpark verschwunden war. Die Vorstellung, den Abend im Kraftraum zu verbringen, erschien ihm plötzlich trist.

Dieses Mal hielt er die Hochdruckleitung. Sie war unter seinem Arm eingeklemmt, doch er hatte nicht genug Kraft, um sie zu stabilisieren. Der Wasserstrahl tanzte in alle Richtungen. Der

Schlauch wand sich wie eine orientalische Tänzerin, die mit den Flammen spielte. Seine Zunge klebte trocken am Gaumen, während er immer tiefer im Wasser stand. Seine Arme zitterten vor Müdigkeit, der Wasserpegel stieg. Er schrie um Hilfe. Doch die Frau am Fenster regte sich nicht. Langsam löste sie sich in Rauch auf. Gleichzeitig zog der Albtraum vorüber und verkroch sich in sein Unterbewusstsein. Er hinterliess eine von Schweiss durchtränkte Hülle.

Er kroch aus dem Bett und ging schwerfällig in die Küche. Unschlüssig blieb er vor dem Kühlschrank stehen. Nach einigen Minuten, während derer er nicht die Energie aufbrachte, die Hand zu heben, öffnete er die Tür. Kühle Luft schlug ihm entgegen, und er sog sie ein. Er fischte mit steifen Fingern eine Packung Käse aus einem Fach und verschlang die Scheiben, ohne den Geschmack wahrzunehmen. Die Leere in seinem Innern füllte sich nicht.

3

Cavalli betrat erst kurz nach halb neun das Kripo-Gebäude. Da nur der Dienstchef über seine frühzeitige Rückkehr informiert war, konnte er kaum erwarten, sein Team vor acht Uhr beim Rapport anzutreffen. Pilecki war ein Morgenmuffel.

Die Wache beim Empfang blickte kurz von ihrer Zeitung auf und winkte Cavalli ohne Gruss durch. Es war warm im Gebäude. Nicht zum ersten Mal beneidete Cavalli die Offiziere im Kommando, deren Büros sich gegenüber in der alten Kaserne befanden. Die Steinmauern dort sorgten für ein angenehm kühles Arbeitsklima.

Vor dem Kaffeeautomaten im ersten Stock standen einige Sachbearbeiter vom Gift und diskutierten angeregt.

«Die Beweise sind eindeutig!» Der Chef der SA 4 schlug sich energisch in die Hand. «Frei hat gespuckt.»

Ein beleibter Polizist bedauerte, dass die Uefa den Schweizer Nationalspieler freigesprochen hatte. «Wo bleibt die Fairness?»

Seine Kollegen quittierten seine Sorgen mit Gelächter. Cavalli nickte ihnen im Vorbeigehen zu und schob einen letzten Bissen Brot in den Mund. Er nahm zwei Stufen aufs Mal und steuerte das Sitzungszimmer im fünften Stock an. Die Tür war geschlossen. Er machte sich nicht die Mühe anzuklopfen.

«Heitinga hat den Platzverweis verdient», schlug ihm Juri Pileckis Stimme aufgeregt entgegen. Der drahtige Tscheche stand vor einer Tafel und notierte Zahlen in vier Kolonnen. «Nedved war atemberaubend, nur deshalb war es überhaupt –»

«Das heisst noch lange nicht –»

«– sind sowieso Gruppensieger», fielen sich Jasmin Meyer und Heinz Gurtner gegenseitig ins Wort.

Meyer strich trotzig eine widerspenstige Haarsträhne aus dem Gesicht und kehrte dem unbeliebten Kollegen den Rücken zu. Der Geruch von Schweiss hing in der Luft. Fahrni hörte dem Wortgefecht abwesend zu.

«Es ist doch nur ein Spiel», wandte er schwach ein.

Niemand beachtete ihn. Er liess seinen Blick durch den Raum gleiten und entdeckte Cavalli, der in der Tür stand.

«Jesses, der Häuptling!» Schlagartig wurde es still.

«Schon zurück?» Pilecki klopfte Cavalli freundschaftlich auf die Schulter. «Genug Theorie? Hast du die echte Arbeit vermisst?»

Cavalli zog eine Augenbraue hoch. «Nennst du das echte Arbeit?»

«Klar. Teambildung.» Pilecki grinste breit. Er war erstaunlich munter. Tschechien musste Holland besiegt haben. «Willst du auch einsteigen?»

Erst jetzt erkannte Cavalli die Zahlen auf der Tafel. Wo er normalerweise die gesammelten Daten eines Falls sorgfältig strukturierte, waren alle bisherigen Resultate der Europameisterschaft aufgelistet. Unter jedem Polizisten standen Punktzahlen. Fahrni führte.

Cavalli lehnte dankend ab. Er erzählte kurz, warum er früher als geplant zurück war. Dann kam er auf den Brand in Witikon zu sprechen.

«Wir brauchen die Tafel. Hahn und Flint werden in wenigen Minuten hier sein.» Er griff nach dem Putzlappen.

«Halt, halt, halt.» Pilecki stellte sich vor die Wettliste und hob die Hand. «Wir sind nicht drei Monate lang untätig herumgesessen und haben Trübsal geblasen, nur weil du weg warst. Abgesehen von dieser anspruchsvollen Geschichte», er deutete auf die Fussballresultate, «ermitteln wir in mehreren Todesfällen. Du kannst nicht einfach reinplatzen und verlangen, dass wir alles stehen und liegen lassen.»

«Die laufenden Fälle werde ich mit dir anschauen», versprach Cavalli. «Jetzt hat dieser Brand Priorität.» Zu Beginn einer Ermittlung war er immer ungeduldig. Ein neuer Fall war wie ein Sprung ins Wasser: Zuerst kam der Kälteschock, der ihn aufrüttelte; dann versank er mit angehaltenem Atem in einem See von Fragezeichen. Bald darauf setzte die Routine ein, und seine Arme und Beine führten automatisch Schwimmzüge aus. In dieser Phase passte er sich seiner neuen Umgebung an und wurde ruhiger. Doch so weit war er noch nicht.

Pilecki stimmte zu. «Trotzdem brauchen wir eine Viertelstunde, um die Resultate unserer gestrigen Arbeit zusammenzutragen. Und um die Tafel abzuschreiben.»

Er versuchte, sich seinen Ärger über Cavallis Arroganz nicht anmerken zu lassen. Grundsätzlich war Pilecki ein toleranter Mensch und suchte stets das Positive im Verhalten anderer. Er schätzte Cavallis Hingabe, die seine Mitarbeiter mitriss, wenn ihr eigener Antrieb zu erlahmen drohte. Besonders, wenn ein Fall festgefahren war und sich alle im Kreis drehten, brauchte es ein Zugpferd. Doch dieses Feuer konnte auch destruktiv sein. Wie jetzt.

Pilecki kramte einige Jetons aus seiner Hosentasche und hielt sie Cavalli hin. «Lad Regina und Hahn zu einem Kaffee ein.»

Cavalli beachtete seine ausgestreckte Hand nicht. Er ging in sein Büro. Kaum hatte er sich an seinen Schreibtisch gesetzt, klopfte es. Regina verharrte auf der Schwelle, als sie Cavallis verschlossene Miene bemerkte.

«Schlechter Start?»

Cavalli deutete auf den Besucherstuhl. «Pilecki ist noch nicht so weit.»

Regina erinnerte ihn daran, dass sie um eins im Bezirksgericht sein musste. Sie hielt ihm Janetts Brandbericht hin. «Ich habe ihn noch nicht genau studiert. Auf den ersten Blick stimmen die Ereignisse mit den Ergebnissen der Brändler überein. Janett hat übrigens eine Spraydose im Wohnzimmer gefunden. Könnte gut diejenige sein, die der Täter benutzt hat, um die Schimpfwörter an die Mauer zu sprayen. Es befand sich noch ein kleiner Rest brauner Farbe drin. Sie ist im Labor.»

«Hast du herausbekommen, warum er dir den Bericht persönlich übergeben wollte?»

Regina zögerte. «Nicht wirklich.»

Sie erzählte ihm nicht, dass sich das Treffen in die Länge gezogen und schliesslich in einem gemeinsamen Abendessen gegipfelt hatte.

«Und du? Hast du die Liste der Hausbewohner erhalten?»

«Ja. Elf Personen sind registriert. Es handelt sich ausschliesslich um Asylsuchende aus Afrika. Alles so genannt ‹besonders Verletzliche›: Mütter mit Kleinkindern, ein unbegleiteter Minderjähriger, ein älterer Diabetiker sowie eine Schwangere. Deshalb sind sie separat untergebracht. Ich werde heute als Erstes das Migrationsamt aufsuchen.» Er stand auf. «Gehen wir! Ich habe auch nicht den ganzen Tag Zeit.»

Die Tür zum Sitzungsraum stand offen. Hahn hatte sich bereits ausgebreitet. Seine langen Beine hatten kaum Platz unter dem Tisch. Pilecki winkte Cavalli herein. Aus dem Augenwinkel sah Cavalli, dass die Tafel sauber war. Er setzte sich auf seinen angestammten Platz, etwas abseits von den andern, und berichtete von den Geschehnissen des Wochenendes. Dann präsentierte Hahn die Resultate der ersten Leichenuntersuchung. Man sah ihm an, dass ihm der Tod der Kinder schwer aufs Gemüt drückte.

«Wie lange war der Mann schon tot?», fragte Pilecki.

«Kann ich nicht mehr feststellen. Die Leiche ist zu stark verbrannt.» Hahn zog einige Bilder aus seiner Akte und reichte sie herum. «Vielleicht einige Stunden. Oder mehrere Tage.»

Gurtner betrachtete die Bilder nur oberflächlich. Schweissflecken bildeten sich unter seinen Armen. Um Distanz zu gewinnen, fragte er: «Bist du sicher, dass er bereits vor dem Brand schwarz war?»

Hahn würdigte ihn keines Blickes.

«Thok Lado, gemäss Unterlagen von Witikon siebzehnjährig. Aus der Region Darfur.» Cavalli befestigte das Foto an der Tafel. Dann griff er nach den weiteren Abzügen. «Zahra El Karib, 24-jährig. Ebenfalls aus Darfur. Ihre Kinder: Salma, drei Jahre alt, und Maryam, fünf Jahre alt.» Die Runde betrachtete schweigend die Bilder, Betroffenheit machte sich breit.

Regina brach die Stille und erzählte vom Gespräch mit Pollmann. Sie beschrieb sein Engagement für die Flüchtlinge. «Er behauptet, er sei zur Asylunterkunft gefahren, um nach Zahra El Karib zu sehen. Genauso gut hätte er während dieser Zeit den Brand entfachen können. Nur die überlebenden Flüchtlinge können seine Zeitangaben bestätigen. Ich weiss nicht, wie genau sie es damit nehmen. Wir müssen gut hinhören.»

«Auf Englisch», stöhnte Gurtner.

Pilecki sah ihn augenzwinkernd an. «Mach dir keine Sorgen, im Sudan sprechen sie auch Arabisch.»

«Sei froh, arbeitest du nicht beim Gift», bemerkte Meyer. «Dort verlernen sie langsam ihr Deutsch!»

Gurtner stiess einen Grunzlaut aus.

«Die Verständigung wird kein Problem sein», beruhigte ihn Regina. «Dafür gibt es Dolmetscher.» Sie nahm einen Schluck Wasser. «Pollmann hat die Schwierigkeiten mit den Jugendlichen heruntergespielt. Offenbar haben einige Personen ausgesagt, es gäbe eine rechte Szene in Witikon. Doch auch Janett – er wohnt selbst in Witikon – behauptet, es handle sich nur um die üblichen Teenager-Streiche. Pollmann soll übrigens in der Jugendarbeit sehr aktiv sein.» Mit Blick zu

Cavalli erklärte sie: «Janetts Sohn besucht seinen Konfirmandenunterricht.»

Cavalli sah sie durchdringend an. «Das steht wohl auch im Brandbericht?»

Regina spürte, wie ihr die Röte ins Gesicht stieg, und ärgerte sich darüber. «Anscheinend hat Pollmann eine gute Beziehung zu den Jugendlichen. Sie mögen ihn, und das sagt einiges, wenn man bedenkt, dass die Kirche bei den Jugendlichen sonst ziemlich unbeliebt ist.» Sie richtete die Kanten ihrer Unterlagen aus und strich eine Ecke glatt.

Cavalli stand auf. Ein Zeichen dafür, dass die Sitzung vorbei war. Er verteilte die routinemässigen Arbeiten. Jetzt mussten sie rasch handeln. Noch konnten alle Spuren sie weiterführen, doch schon bald würden diese verblassen.

«Bambi, Fahrni: Klinkenputzen. Alle Nachbarn im Umkreis von einem halben Kilometer. Ich will wissen, wer sich am Samstagabend in der Nähe der Asylunterkunft aufgehalten hat, wer etwas gegen die Asylsuchenden haben könnte, wer dort ein und aus gegangen ist und so weiter. Ihr wisst, was zu tun ist.» Pilecki und Gurtner erteilte er den Auftrag, Erkundigungen über die Jugendszene in Witikon einzuholen. «Wir brauchen Namen.»

«Ich fahre zum Migrationsamt und beginne anschliessend mit der Befragung der Asylsuchenden. Erste Laborresultate können wir frühestens morgen erwarten.»

Die Fahrt nach Oerlikon dauerte länger, als Cavalli erwartet hatte. In den letzten drei Monaten waren neue Baustellen wie Pilze aus dem Boden geschossen. Er sollte Christopher vorschlagen, eine Stelle im Strassenbau zu suchen. Die Arbeit würde ihm nie ausgehen. Beim Gedanken an seinen schmächtigen, linkischen Sohn lachte er bitter. Chris hatte vermutlich noch nie ein schwereres Werkzeug angefasst als eine Plastikschaufel im Sandkasten. Er kurbelte das Fenster herunter, um die unangenehme Vorstellung zu vertreiben. Der Geruch von nassem Asphalt drang ins Wageninnere und erinnerte ihn an die Zufahrtsstrasse zur Asylunterkunft, nachdem das Löschwasser sie vom Staub gesäubert hatte. Er parkte im Parkverbot und legte seine Bewilligung unter die Windschutzscheibe. Zwei dunkelhäutige Passanten wechselten die Strassenseite, als sie ihn sahen.

Die Schalterhalle des Migrationsamts war fast leer. Nur im Warteraum für Asylsuchende sass ein junger Mann. Er starrte Cavalli durch die Scheibe hindurch an. Cavalli steuerte auf einen Schalter zu. Mit Interesse registrierte er den dreisilbigen Vornamen der Sachbearbeiterin und setzte ein gewinnendes Lächeln auf. «Cavalli, Kantonspolizei», begrüsste er die Blondine. Er straffte seine Schultern und brachte sein Anliegen vor.

«Die Dossiers werden alphabetisch zugeteilt», erklärte sie mit melodiöser Stimme. «K und L werden beide von Melchior Fontana bearbeitet.» Sie zog eine Liste hervor. Mit einem manikürten Finger zeigte sie auf die Buchstaben, als müsste sie ihre Auskunft beweisen. Cavalli lehnte sich nach vorne. Nina Ricci, meldete seine Nase.

«Vielen Dank, Blandina – ich darf Sie doch so nennen?» Er interpretierte ihr Wimpernklimpern als Zustimmung. «Führen Sie mich bitte zu Herrn Fontana!»

«Zweiter Stock, Büro 216. Ich melde Sie an.» Sie griff nach dem Hörer.

Cavalli spürte ihren Blick in seinem Rücken, als er zum Fahrstuhl schritt. Seine Laune verbesserte sich schlagartig.

Wie sein Name vermuten liess, war Melchior Fontana Bündner. Er bat Cavalli in seinem kantigen Dialekt, Platz zu nehmen. Cavalli musste unwillkürlich an Janett denken.

«Wohnen Sie auch in Witikon?»

Fontana sah Cavalli verwundert an. «Nein, in Scuol, warum?»

«Nur so.» Cavalli schüttelte über sich selbst den Kopf. «Zahra El Karib und Thok Lado. Ich brauche die Dossiers.» Er reichte ihm Reginas Aktenbeizugsgesuch.

«Die Namen sagen mir nichts, aber das ist nicht weiter erstaunlich. Wir bearbeiten so viele Fälle, es ist nahezu unmöglich, sich an jeden einzelnen zu erinnern.»

Fontana stand auf und öffnete eine Schublade mit Hängeregistern. Nach langem Suchen zog er eine braune Akte hervor. «Zahra El Karib.» Er reichte sie Cavalli und suchte weiter.

Cavalli nahm die Unterlagen heraus und blätterte darin. Das Dossier war sorgfältig bearbeitet, die Dokumente vollständig und chronologisch abgelegt. El Karib war alleine mit ihren Töchtern in die Schweiz eingereist, ihr Asylgesuch noch hängig.

«Wäre ihr Flüchtlingsstatus anerkannt worden?», fragte er.

Fontana drehte sich um. Er zog seine Augenbrauen zusammen, so dass sie über der Nasenwurzel eine gerade Linie bildeten. «Wäre? Ist sie mit dem Gesetz in Konflikt geraten?»

«Sie haben bestimmt vom Brand in Witikon gehört.» Cavalli hielt inne. «Wir fürchten, sie könnte eines der Opfer sein.»

Fontana senkte den Blick. «Ich habe es in der Zeitung gelesen. Furchtbar. Was denken sich diese jungen Menschen bloss? War es ein Streich? Oder Absicht?»

«Wir haben noch keine Anhaltspunkte», antwortete Cavalli ausweichend.

Fontana suchte weiter und fand schliesslich das zweite Dossier. Er legte es auf seinen Schreibtisch und setzte sich.

«Vermutlich hätte sie bleiben können, eine Wegweisung

wäre unzumutbar gewesen. Haben Sie die Situation in Darfur verfolgt?» Als Cavalli nickte, fuhr er fort. «Nur sehr wenigen Menschen gelingt die Flucht bis nach Europa. Die meisten befinden sich nach wie vor in den Flüchtlingslagern in Tschad. Womit klar wird: Zahra El Karib war nicht eine gewöhnliche Frau vom Land. Sie hatte Beziehungen und Geld, genug jedenfalls, um die rund 5000 Dollar zu zahlen, die ein Schlepper für die Reise nach Europa verlangt.»

«Und Thok Lado?»

«Bei Lado liegt der Fall anders. Er behauptet, ebenfalls aus Darfur zu stammen. Doch wir haben Hinweise, dass er ein Nuer aus dem Südsudan ist und bei der Volksbefreiungsarmee gekämpft hat. Viele SPLA-Rebellen flohen ins Ausland. Die Kämpfe sind zwar verebbt, doch die Jungen wollen nicht mehr zurück. Sie wissen nicht, wie man das Land bebaut, sofern es die Regierung nicht ohnehin beschlagnahmt hat. Sie kennen die alten Traditionen nicht mehr. Und der Westen lockt mit einem Leben in Saus und Braus. Denken sie zumindest.»

Er sah Cavalli aus müden Augen an. «War er auch im Haus?»

«Wir wissen es nicht», antwortete Cavalli ehrlich. «Warum wurde sein Asylgesuch nicht abgelehnt?»

«Weil er minderjährig ist. Wir konnten keine Familienangehörigen ausfindig machen.»

Cavalli suchte nach medizinischen Unterlagen im Dossier. Er fand einen Bericht der Empfangsstelle Basel, wo die erste ärztliche Untersuchung durchgeführt worden war. Er las ihn sorgfältig und versuchte, die Angaben mit der verkohlten Leiche im IRM in Verbindung zu bringen.

«Hier steht, er sei zwischen siebzehn und neunzehn Jahre alt. Wurde sein Alter nicht genauer überprüft?»

Fontana sah ihn erstaunt an. «Natürlich. In diesem Fall war das Alter entscheidend.»

Cavalli reichte ihm die Akte, und Fontana blätterte sie durch.

«Die Resultate der forensischen Untersuchung müssten hier sein.» Er begann noch einmal von vorne. «Ich kann mir das nicht erklären.»

Er kratzte sich am Kopf, so dass seine Haare zu Berge standen. Sein Profil glich einer Gebirgskette. Er versprach, der Sache nachzugehen. «Soll ich Ihnen die Akten kopieren?»

«Ja.»

Fontana klemmte die umfangreichen Dossiers unter den Arm und verschwand im Flur.

Cavalli stand auf und streckte sich. Ein gerahmtes Foto auf dem Schreibtisch weckte seine Neugier. Eine junge, athletische Frau war darauf abgebildet. Sie trug ein Kleinkind auf dem Arm und lachte in die Kamera. Neben ihr versuchte ein dunkelhaariges Mädchen eine Katze festzuhalten. Der Unschärfe nach sprang diese gerade davon, als der Fotograf den Auslöser drückte. Im Hintergrund spiegelte sich die Sonne in einem grossen Dorfbrunnen. Die Idylle wirkte auf Cavalli befremdend.

Fontana reichte ihm die Kopien. «Falls Sie Fragen haben, melden Sie sich.»

Es war kurz vor Mittag. Eine Gruppe Sachbearbeiter drängte sich in den Fahrstuhl. Cavalli beschloss, die Treppe zu nehmen. Am Informationsschalter schaute Blandina auf, als sie ihn erblickte. «Haben Sie die gesuchten Informationen erhalten?»

Cavalli deutete auf den dicken Stapel. Er legte ihn auf die Theke und suchte ein Foto von Lado hervor. «Können Sie sich an ihn erinnern?»

Blandina legte den Kopf schräg. «Klar. Er war öfters hier.» Sie schaute auf die Uhr. «Ich habe in wenigen Minuten Mittagspause. Wenn Sie wollen, kann ich Ihnen ausführlich über seine Besuche erzählen.»

Cavalli musterte sie. Nach einer langen Pause fragte er: «Kennst du in der Nähe ein ruhiges Restaurant?»

Regina schob unauffällig ein Darvida in den Mund und blickte dem Angeklagten nach, als er den Gerichtssaal verliess. Der Türke hatte seine Tochter entführt, weil er ihre Beziehung mit einem dunkelhäutigen Mann nicht tolerierte. Regina hatte eine Bestrafung von zweieinhalb Jahren Gefängnis gefordert, vor allem, weil der Mann weder Reue noch Einsicht zeigte. Doch das Gericht wollte der Aussöhnung zwischen Vater und Tochter nicht im Weg stehen und verurteilte ihn nur zu sechzehn Monaten bedingt.

Verärgert suchte Regina ihre Unterlagen zusammen. Glaubte der Richter tatsächlich, dass der Vater seiner Tochter verzeihen würde? Während Regina ihre schwere Tasche von einer Schulter auf die andere verlagerte, klingelte irgendwo ihr Handy. Sie kramte es hervor und erkannte Cavallis Nummer. Er berichtete, dass die ersten zwei Befragungen der Asylsuchenden nichts Neues ergeben hatten.

«Sie sind sich nicht einig, wie lange Pollmann weg war. Je nachdem, wie ich die Frage stelle, ändert die Antwort.»

«Ich kenne das Problem», nickte Regina in den Hörer.

«Reicht wohl kaum für einen Durchsuchungsbefehl?», fragte er wider besseres Wissen.

Sie lachte. «Nein. Haben die Nachbarn auch nichts gesehen?»

«Meyer und Fahrni haben noch keine Zeugen auftreiben können, dafür eine Menge pflichtbewusster Bürger, die sich bereits eine Meinung über den Vorfall gebildet haben. Besonders erwähnenswert: Erich Rudolf. Sagt dir der Name etwas?»

Regina suchte in ihrem Gedächtnis. «Kommt mir irgendwie bekannt vor.»

«Als es darum ging, in Witikon ein Durchgangszentrum zu

eröffnen, wehrte sich Rudolf an vorderster Front. Er nannte sich ‹die Stimme der Witiker›.»

Jetzt dämmerte es ihr.

«Er wohnt neben dem Loorengut, oberhalb der niedergebrannten Asylunterkunft», fuhr Cavalli fort. «Meyer und Fahrni überprüfen sein Alibi.» Dann berichtete er vom Besuch beim Migrationsamt.

«Das forensische Altersgutachten ist einfach verschwunden?»

«Oder es wurde gar nie erstellt. Vielleicht haben die Behörden an der Empfangsstelle gepfuscht.»

Regina nahm ihre unbekannten Kollegen in Schutz. «Du weisst, wie gross der Druck ist. Immer mehr Verfahren müssen direkt an der Grenze abgewickelt werden. Ich klär es ab. Hör zu, ich muss zurück ins Büro. Mailst du mir eine Zusammenfassung?»

«Mach ich. Willst du heute mitfahren? Ich mache früh Feierabend. Könnte dich um sieben abholen.»

Regina lachte. «So früh? Wie willst du die vielen freien Stunden füllen?»

«Eigentlich hatte ich vor, die Brandstelle noch einmal zu besichtigen, aber wenn du eine bessere Idee hast ...» Er verstummte erwartungsvoll.

«Ich habe schon etwas vor. Frankreich gegen die Schweiz kann ich mir nicht entgehen lassen. Wir werden uns den Match anschauen und ...«

«Wir?»

Regina schwieg verlegen. Sie versuchte, ihr schlechtes Gewissen Cavalli gegenüber abzuschütteln. Sie schuldete ihm keine Erklärung. «Ja. Wir.»

«Dann musst du ja wenigstens keine Angst haben, wenn die Situation brenzlig wird», bemerkte Cavalli kühl.

«Was?»

«Ein Feuerwehrmann sollte damit umgehen können, würde man denken.»

Regina entfernte ihr Handy für einen Moment vom Ohr und antwortete dann trotzig: «Vermutlich genauso gut wie dreisilbige, langbeinige, hohlköpfige Blondinen.»

«Die sind zumindest nicht verheiratet», entgegnete Cavalli.

«Janett ist geschieden.» Die Rechtfertigung rutschte Regina heraus. «Nicht, dass dich das etwas anginge», fügte sie lahm hinzu.

Die Wache der Berufsfeuerwehr befand sich an Zürichs Westtangente. Die Lage an der dicht befahrenen Durchgangsstrasse sicherte zwar ein schnellstmögliches Ausrücken im Brandfall, doch Cavalli fragte sich, wie die Feuerwehrleute den Geruch von Abgasen und warmen Autoreifen ertrugen. Die Mauern der Wache waren mit einer grauen Schmutzschicht bedeckt.

Bevor Cavalli nach Janett fragte, suchte er das Planungsbüro auf. Der Wachtmeister erhob sich von seinem Stuhl. «Wie kann ich Ihnen helfen?»

Cavalli erkundigte sich nach dem Einsatzplan des vergangenen Wochenendes. Der Wachtmeister öffnete das entsprechende Dokument am Bildschirm.

«Dann hatte Gion Janett am Samstag also Dienst?», fragte Cavalli.

Der Feuerwehrmann nickte.

«Wann beginnen die Schichten?»

«Wir haben zwei Dienste: von 7.36 bis 19.36 Uhr und von 19.36 bis 7.36 Uhr. Während der normalen Arbeitszeiten wird die Mannschaft in den Werkstätten und im Betrieb eingesetzt, ab 17.30 ist sie im Bereitschaftsdienst. Janett trat am Samstag um 19.36 Uhr an. Worum geht es?»

«Reine Formalitäten. Wo ist er?»

«Janett? Vielleicht im Kompressorraum. Er wollte die Flaschen auffüllen. Wenn er fertig ist, finden Sie ihn im Schlauchturm. Er bessert den ‹Bloody Uwe› aus. Bündner», erklärte er achselzuckend.

«Bloody Uwe?»

«Eine der Kletterrouten im Schlauchturm.»

Das Klingeln des Telefons machte dem Gespräch ein Ende. Cavalli suchte den Kompressorraum. Er war leer. Im Schlauchturm fand er Janett, der in sechs Meter Höhe Schrauben an der Wand anzog.

Als er Cavalli sah, rief er: «Neuigkeiten?»

«Nein, Fragen.»

«Einen Moment.» Janett machte sich an einer letzten Schraube zu schaffen und seilte sich danach ab. Als er wieder Boden unter den Füssen hatte, begrüsste er Cavalli neugierig. «Wisst ihr schon mehr?» Er löste das Kletterseil. Mitten in der Bewegung erstarrte er. Sein freundlicher Ausdruck wich einem argwöhnischen Blinzeln, als er Cavallis harten Blick bemerkte. «Was ist?»

Cavalli musterte Janetts Gesichtszüge, die von vielen Stunden in der Natur zeugten. Ein Gedanke nagte an ihm, doch er konnte ihn nicht fassen.

«Ist etwas passiert?», setzte Janett erneut an.

«Ich möchte einige Zweifel aus dem Weg räumen.»

«Gehen wir in die Stube», schlug Janett vor. Er machte einen Abstecher in die Sattlerei, wo er sein Seil zur Reparatur abgab. Im Essraum setzten sie sich neben ein Aquarium mit tropischen Fischen. Cavalli beobachtete Janett stumm. Als das Schweigen allzu drückend wurde, trommelte Janett unsicher mit den Fingern auf den Tisch. Cavalli wartete. Doch Janetts Geduld war begrenzt.

«Nun, was möchtest du wissen?»

Cavalli lehnte sich im Stuhl zurück. «Ist es möglich, rein theoretisch natürlich, einen Brand so zu legen, dass er erst zwei Stunden später ausbricht?», fragte er langsam.

«Natürlich. Warum?»

«Müsste man sich, rein theoretisch, gut mit Bränden auskennen?»

«Es wäre von Vorteil. Wenn man sicher sein will, dass alles nach Plan verläuft.» Janett suchte eine Erklärung in Cavallis Miene.

«Wie würdest du das machen?»

«Ich?» Janett dachte nach. «Vermutlich mit einer Kerze in einer Benzinlache. Das Wachs verbrennt vollständig und hinterlässt kaum Spuren. Man müsste wissen, wonach man sucht.»

Cavalli beobachtete einen leuchtend gelben Fisch, der an derselben Stelle zu schweben schien. Träge hob er den Blick und fragte: «Wo warst du am Samstag zwischen sechs und sieben?»

Janett fühlte, wie Empörung in ihm aufkam. «Zu Hause. Beim Nachtessen. Warum?»

«Mit deiner Familie?»

«Nein, ich wohne alleine.»

«In Witikon?»

«Ja. Sag mal, worauf willst du hinaus?» Janett lehnte sich nach vorne.

«Ich will nur wissen, wo du warst. Aber das weiss ich jetzt.»

Cavalli stand auf. «Ich muss los, Regina abholen. Sie mag es nicht, wenn man sie warten lässt.» Er lächelte entschuldigend und schlenderte zu einem Abgang, der direkt in die Fahrzeughalle führte. Er legte eine Hand auf die Metallstange und fragte: «Darf ich?» Ohne auf Erlaubnis zu warten, rutschte er ins untere Stockwerk. Der gelbe Fisch schwebte immer noch an Ort und Stelle.

Er musste sich wieder in den Griff bekommen. Die Bilder in seiner Erinnerung löschen. Wenn es ihm gelang, die Vergangenheit abzustreifen und sich in Zukunftsvisionen zu hüllen, könnte er alle Fragen ohne Unsicherheit beantworten. Er hatte eine zweite Chance erhalten und musste diese nutzen. Gestohlen, flüsterte sein Gewissen.

Er presste seine Hände über seine Ohren, doch die Stimme verstummte nicht. Die Chance gehörte Thok, du hast sie ihm weggeschnappt. Wütend schlug er mit der Faust auf den Tisch und erschrak über den Schmerz in seiner Hand. So rasch, wie sein Zorn aufgewallt war, verebbte er wieder. Aber die Flammen loderten weiter. Er spürte die Hitze in seiner Kehle und öffnete hastig eine Wasserflasche. Gierig trank er, so dass die Flüssigkeit aus seinen Mundwinkeln rann. Das Wasser löschte seinen Durst nicht. Seine Angst wuchs und mit ihr seine Scham.

4

«Hätte der Häuptling seine krumme Nase nicht noch ein paar Monate länger in seine Fachbücher stecken können? Dieser Stress macht mich krank», klagte Gurtner, während er in einer Papiertüte nach Pommes frites fischte.

«Sei froh, ist er zurück. Sonst wären wir jetzt im IRM und müssten zuschauen, wie ein dreijähriges Mädchen aufgeschnitten wird», antwortete Pilecki.

«Du kannst gut reden», entgegnete Gurtner mit vollem Mund. «Hast bald Ferien.»

Pilecki lehnte sich auf dem Beifahrersitz zurück und seufzte glücklich.

«Ich verstehe nicht, wie du dich so darüber freuen kannst, deine Mutter zu besuchen», brummte Gurtner. «Sag mal, haben die immer noch nicht Pause?» Er steckte den Kopf aus dem Fenster und beobachtete den leeren Schulhof.

Pilecki zog entspannt an seiner Zigarette. «Ich fahre nicht zu meiner Mutter.»

«Wie, nicht zu deiner Mutter? Du fährst in deinen Ferien immer nach Prag.»

«Dieses Mal nicht.» Pilecki öffnete die Autotür. «Komm, gleich ist es so weit. Fangen wir ihn vor dem Lehrerzimmer ab.»

Er sprang flink aus dem Wagen und schlenderte auf das Schulgebäude zu. Pollmann hatte ihnen den Namen des Oberstufenlehrers angegeben, dessen Klasse vor einem Jahr eine Schlägerei mit Albanern angezettelt hatte.

«Wohin fährst du?», rief Gurtner, während er einen Abfalleimer suchte. Er eilte Pilecki nach. Schwer atmend zog er seine Hose gerade. «Nicht in die Tschechoslowakei?»

«Tschechien», korrigierte Pilecki und öffnete die massive Eingangstür. Er fuhr zusammen, als ein ohrenbetäubendes

Klingeln die Pause ankündigte. Er sog ein letztes Mal an seiner Zigarette und liess die Kippe hinter einem Heizkörper verschwinden. Die ersten Schüler eilten zur Tür hinaus. Gurtner erkundigte sich nach dem Lehrerzimmer. Ein junger Mann mit Glatze und muskelbepacktem Oberkörper kam auf sie zu. Ein auffälliger Silberring prangte an seinem Daumen.

Pilecki ergriff das Wort.

Der Lehrer hörte nickend zu. «Mein letzter Klassenzug. Jetzt habe ich wieder eine siebte. Ich will es nicht verheimlichen: Ich war heilfroh, als das Schuljahr zu Ende ging. Diese Burschen haben mich beinahe um den Verstand gebracht. Manchmal braucht es nur zwei, drei Unruhestifter, und schon ist es um die Klasse geschehen.»

«Namen?» Pilecki zog einen Notizblock hervor.

Der Lehrer zählte einige Schüler auf. «Timon Schmocker war so etwas wie der Anführer der Clique. Kann aber gut sein, dass sich die Zusammensetzung geändert hat. Nach der neunten Klasse geht jeder seinen eigenen Weg.»

«Wohin hat es Schmocker verschlagen?»

«Er macht ein zehntes Schuljahr. Er soll den Sekundarschulabschluss A nachholen. Fanden seine Eltern.»

«Sie haben nie wieder von ihm gehört?»

«Das liegt beinahe ein Jahr zurück. Ich arbeite zwar in Witikon, wohne aber in der Stadt. Ich weiss nicht viel darüber, was ausserhalb der Schule läuft.»

«Würden Sie Schmocker als ausländerfeindlich bezeichnen?»

Der Lehrer dachte lange nach. «Ich weiss es nicht.» Er fixierte mit den Augen einen Punkt in der Ferne. «Klar, er hat rassistische Sprüche ans Schulhaus gesprayt. Aber ob er einen speziellen Groll gegen Fremde hegt oder einfach Wut auf die Gesellschaft als Ganzes hat, kann ich nicht beurteilen. Ich weiss nur, dass sein bester Freund nicht sehr weiss ist.»

Pilecki hakte nach. «Nicht weiss? Ein Schwarzer?»

«Nein. Aber mit dunklem Teint, schwarzen Haaren. Ich kenne ihn nicht. Ich habe ihn nur ab und zu gesehen, als er Schmocker nach der Schule traf. Doch wie gesagt, das liegt ein Jahr zurück.»

Gurtner fragte ihn nach den weiteren Unruhestiftern. Während der Lehrer einige Vorfälle schilderte, notierten sich die Polizisten die Namen.

«An mehr kann ich mich nicht erinnern», schloss der Lehrer.

Pilecki bedankte sich und hinterliess seine Karte. «Falls Ihnen etwas zu Ohren kommt.» Auf dem Schulsekretariat erhielten sie die Adressen der ehemaligen Schüler und beschlossen, mit Schmocker zu beginnen.

Als sie sich dem Einfamilienhausquartier näherten, stiess Pilecki einen leisen Pfiff aus. «Schau dir diese Villen an!»

«Nur zu dumm, wenn du einen Bengel hast, der dir die Idylle versaut», meinte Gurtner lakonisch.

Eine zierliche Frau öffnete die Tür.

«Frau Schmocker?» Gurtner zog seinen Dienstausweis hervor. Es wäre nicht nötig gewesen. Mira Schmocker schloss kurz die Augen. Mit einer höflichen Geste bat sie die beiden Polizisten ins Haus. Es war still, bis auf die wummernden Bässe aus einem Zimmer im oberen Stock.

«Unser Besuch überrascht Sie nicht», stellte Pilecki fest.

«Nein.» Sie sprach mit gedämpfter Stimme. «Es war nur eine Frage der Zeit.»

«Ihr Sohn ist nicht in der Schule?»

«Er ist geflogen.» Sie fasste Mut: «Was hat er angestellt?»

«Eine reine Routinebefragung», beschwichtigte Gurtner. «Dürfen wir rauf?»

Mira Schmocker setzte zögernd einen Fuss vor den anderen. Als sie beim Zimmer ihres Sohnes ankam, klopfte sie zaghaft. Es passierte nichts. Unter linkischen Entschuldigungen versuchte sie es noch einmal, bis Gurtner der Kragen platzte. Mit seiner mächtigen Tatze hämmerte er an der Tür. Im nächsten Moment flog sie auf. Pilecki wusste nicht, was er erwartet hatte. Bestimmt nicht das Engelsgesicht, das ihm entgegenblickte. Gurtner war nicht beeindruckt. Er stiess die Tür mit dem Fuss auf und marschierte ins Zimmer. Mira Schmocker blieb auf der Schwelle stehen und huschte davon, als ihr Sohn sie giftig ansah.

Gurtner zog den Stecker der Stereoanlage. Es wurde schlagartig still. Timon Schmocker verschränkte die Arme vor der Brust und starrte ihn mit einem trotzig nach unten verzogenen Mund an.

«Wo warst du am Samstagabend?», fragte Gurtner.

«Warum?»

«Beantworte die Frage!»

«Haben Sie einen Durchsuchungsbefehl?» Schmocker wich Gurtners Blick nicht aus.

«Wir sind nicht hier, um dein Zimmer zu durchsuchen. Wir suchen Antworten.»

Schmocker liess sich auf sein ungemachtes Bett fallen und putzte mit dem Ärmel eine CD-Hülle. «Ich war hier.» Er sah auf. Seine himmelblauen Augen verrieten die durchsichtige Lüge.

Pilecki ging vor ihm in die Hocke. «Du bekommst nur einmal die Chance, von Anfang an die Wahrheit zu sagen. Ich rate dir, sie zu nutzen. Wo warst du am Samstagabend?»

Schmocker blieb bei seiner Behauptung. Vergeblich versuchte Pilecki, ihn zum Reden zu bringen. Auch die Namen seiner Kollegen verriet er nicht. Nach einer Stunde gaben sie auf. Bevor sie das Zimmer verliessen, fragte Pilecki beiläufig, was Schmocker von Pollmann hielt.

«Dem Pfarrer?», fragte der Jugendliche überrascht.

«Ja. Du warst doch bei Pollmann im Konfirmandenunterricht.»

Schmocker zuckte mit den Achseln. «Der ist in Ordnung. Warum?»

«Ist er allein stehend?»

Schmocker lachte auf. Er verstand, worauf Pilecki hinauswollte. «An mich hat er sich nicht herangemacht.»

«Sondern?»

«Fragen Sie ihn selber! Er hält mich nicht über sein Sexleben auf dem Laufenden.»

Mira Schmocker war sofort zur Stelle, als sie in den Flur traten. Gurtner fragte sie, ob sie Timons Aussage bestätigen konnte.

«Samstagabend? Mein Mann und ich waren mit Geschäftsfreunden essen», erklärte sie leise. «Timon war allein. Können Sie mir jetzt sagen, worum es geht?»

Gurtner erzählte ihr vom Brand. Er sagte nichts über die Toten. Angst erfüllte Mira Schmockers Augen. Sie hatte die Zeitung gelesen.

«Sie trauen Ihrem Sohn zu, einen Brand zu legen?»

Ihr Ausdruck verriet Unsicherheit. Gurtner stellte keine weiteren Fragen.

«Schlaues Bürschchen», bemerkte Pilecki, als die Haustür hinter ihnen ins Schloss fiel.

«Man hätte ihm die Fresse polieren müssen», lautete Gurtners Kommentar.

Pilecki zündete eine Zigarette an. «Er hat mit uns gespielt. Er wollte gar nicht glaubhaft wirken.» Er blieb auf der Strasse stehen und schaute sich um. «Wo verbringen die Jungen ihre Freizeit? Bestimmt nicht in dieser Gegend. Fahren wir noch einmal zu Pollmann. Aus ihm bringen wir noch mehr heraus. Er weiss eine Menge darüber, was hier los ist.»

«Hat doch Schweigepflicht oder so etwas. Oder sind das

nur die Katholiken?» Gurtner setzte sich langsam in Bewegung. «Ich brauche zuerst etwas zu beissen.»
Pilecki reichte ihm ein Fisherman's Friend.

Timon Schmocker beobachtete die Polizisten von seinem Fenster aus. Seine Lippen kräuselten sich zu einem Lächeln. Seine Mutter klopfte an die Tür. Er ignorierte das Klopfen. Ohne seinen Blick von der Strasse zu lösen, zog er sein Handy hervor. Pollmann nahm sofort ab.
«Die Polizei ist auf dem Weg zu dir», warnte Timon. In seiner Stimme lag ein bedrohlicher Unterton.

Pollmann rieb sich die Schläfen. Der Schlafmangel machte sich langsam bemerkbar. Er versuchte, sich auf das Damespiel zu konzentrieren. Sein Gegner, ein alter Mann, spürte Pollmanns Stimmungswechsel. Aus trüben Augen schaute er ihn fragend an. Die Sprachbarriere hinderte Pollmann, sich dem Sudanesen anzuvertrauen. Das Warten zog sich in die Länge. Keiner bewegte die Figuren auf dem Brett. Endlich klingelte es. Als Pollmann mit Gurtner und Pilecki zurückkam, war der Alte verschwunden. Pilecki setzte sich auf seinen Platz und betrachtete die Figuren.
«Sie spielen gern?»
«Ja.» Pollmann bildete mit den Steinen einen Turm.
«Erzählen Sie von Timon Schmocker!»
«Timon Schmocker? Ein intelligenter Junge», begann Pollmann leise. «Gelangweilt. Unterfordert. Aber sehr intelligent. Das ist eine explosive Mischung.» Plötzlich wurde ihm die Doppeldeutigkeit seiner Worte bewusst. Erschrocken sah er vom Damebrett auf. «So meine ich das nicht. Er ist harmlos. Er würde niemandem etwas antun. Zwar lotet er die Grenzen aus und provoziert gern, aber seine Aggressionen richten sich gegen Autoritätspersonen.»

«Sie haben ihn konfirmiert. Wie ist Ihre Beziehung zu ihm?»

«Ich akzeptiere ihn, wie er ist. Das merkt er und dankt es mit Vertrauen.»

Gurtner lehnte sich nach vorne. «Womit dankt er es sonst noch?»

«Wie meinen Sie das?» Pollmanns Blick jagte zwischen Gurtner und Pilecki hin und her. Ein Damestein fiel ihm aus der Hand und rollte zu Boden.

«Zeigt er sich sonst irgendwie für das Verständnis erkenntlich? So ein hübscher Junge.»

Pollmanns Gesicht wurde fahl. Er verneinte.

«Haben Sie eine Freundin?», bohrte Gurtner weiter.

«Nein», flüsterte der Pfarrer.

«Ein junger Mann wie Sie? Sie haben doch nicht nur spirituelle Bedürfnisse.»

«Meine Aufgabe erfüllt mich.» Pollmanns Stimme war fester geworden.

«Sie haben gar keine Beziehung? Auch nicht zu einem Mann?», hakte Pilecki nach.

Eine leichte Röte kroch über das helle Gesicht des Pfarrers. Er schüttelte den Kopf.

Sie schwiegen. Der letzte Satz hing in der Luft.

Um die Stille zu brechen, fügte Pollmann hinzu: «Warum stellen Sie mir diese Fragen?»

Gurtner antwortete mit einer neuen Frage: «Wo treffen sich die Jugendlichen in Witikon?»

Erleichtert darüber, eine sachliche Auskunft zu geben, holte Pollmann aus. Er erzählte über das Freizeitangebot der Gemeinde, über die Sportvereine, Jugendgruppen und kirchlichen Anlässe.

Gurtner sah ihn skeptisch an. «Schmocker in einem Sportverein? Einer Jugendgruppe?»

«Sie haben nach der Jugend gefragt», erwiderte Pollmann. «Nicht nach Schmocker. Timon werden Sie nirgends finden, wo Aufsichtspersonen für Ordnung sorgen.»
«Sondern?»
«Bei Kollegen. In der Stadt. Ich kenne die Lokale nicht.» Pollmann rollte einen neuen Damestein zwischen seinen Fingern.

Pileckis nächste Frage traf Pollmann völlig unerwartet: «Hatten Sie eine sexuelle Beziehung zu Zahra El Karib?»

Pollmanns Kopf schnellte hoch. «Was? Wie … wie kommen Sie darauf?»

Der Damestein rollte zu Boden und kam neben dem ersten zu liegen.

«Ja oder nein?»
«Natürlich nicht!»
«Warum nicht?» Pilecki bildete sich ein, die Hitze, die von Pollmann ausging, zu spüren. «Eine attraktive, allein stehende Frau. Ein einsamer, junger Mann. Sie ist dankbar, dass ihr in diesem abweisenden Land jemand Wärme und Zuneigung zeigt … oder vielleicht …»

Verzweifelt schüttelte Pollmann den Kopf. «Nein! Worauf wollen Sie hinaus? Es ist meine Aufgabe, mich um Flüchtlinge zu kümmern.»

«… mit Thok Lado?», beendete Pilecki den Satz.

Pollmann sprang auf. «Genug! Ich muss mir das nicht anhören.»

Er drehte sich ruckartig um und fuhr sich mit dem Arm über das Gesicht. Mit zitternden Händen rückte er einige Bücher im Regal zurecht. Die Polizisten warteten. Pollmann zog ein Buch hervor und hielt es vor die Brust. Liebevoll strich er über den dicken Buchrücken. Als er sich wieder dem Tisch zuwandte, erkannte Pilecki Günther Grass' Blechtrommel.

«Beantworten Sie die Frage!» Pileckis Stimme war hart.
«Nein», sagte Pollmann schlicht.

«Nein, er hat nicht mit Lado geschlafen, oder nein, er will die Frage nicht beantworten?» Cavalli schritt mit dem Handy am Ohr durch den Irchelpark.

«Keine Ahnung. Plötzlich ging ihm der Laden runter. Wir bleiben dran. Zuerst suchen wir weitere Kollegen von Schmocker auf.» Der schlechte Empfang ging in ein Rauschen über. «W… seh… uns später …»

Cavalli berichtete Regina vom Gespräch. Sie klammerte sich an ihre Tasche, während sie schweigend zuhörte.

«Alles in Ordnung?», fragte er.

Sie nickte. Ihr Gang war gebückt, ihre Schritte schleppend.

Cavalli legte eine Hand auf ihren Ellenbogen. «Hast du Hunger?»

«Nein.»

Er blieb stehen. Wenn Regina nach einer dreistündigen Obduktion keinen Hunger hatte, war das ein Alarmzeichen. «Die Leichenöffnung?»

Regina nickte. In ihren Augenwinkeln brannten Tränen.

Cavalli führte sie zu einer Bank. «Ich weiss. Kinder sind am schlimmsten.»

«Sie war … so … so», Regina fand das Wort nicht. «Eben klein», schloss sie mit erstickter Stimme. Sie wischte eine Träne ab. «Entschuldige.»

«Du brauchst dich nicht zu entschuldigen.» Cavalli reichte ihr ein Taschentuch. «Auf diesen Anblick kann man sich nie vorbereiten. Es trifft einen immer wieder wie ein Schlag.» Auch ihn würde das magere Mädchen verfolgen. Er hatte gelernt, nicht dagegen anzukämpfen, sondern die Bilder als Teil seiner selbst zu akzeptieren. Wenn der Fall gelöst war, würden sie verblassen. Aber nie ganz verschwinden.

Cavalli strich Regina liebevoll über die Wange. Sie schloss die Augen und ignorierte die warnende Stimme in ihrem Innern. Seine Finger tasteten über ihren Hals. Sie gab sich der Berührung hin und verdrängte das Bild des kleinen Körpers auf dem Stahltisch. Zaghafte Sonnenstrahlen wärmten ihren Rücken.

«Regina», sagte Cavalli mit belegter Stimme. Sein Gesicht war nur eine Handbreite vor ihrem. Die Hoffnung in seinen dunklen Augen holte Regina jäh in die Realität zurück. Sie wandte sich ruckartig ab. Ein Foxterrier kam auf sie zugerannt und beschnüffelte übermütig Cavallis Bein. Er schob die feuchte Schnauze weg und starrte auf Reginas Rücken. Er war hin- und hergerissen zwischen der Versuchung, einen Neuanfang vorzuschlagen, und dem Drang, sie mit einer spitzen Bemerkung zu verletzen, um Distanz zu gewinnen. Im Wissen darum, dass er ihre Erwartungen an eine Beziehung nicht erfüllen konnte und verletzende Worte bereuen würde, flüchtete er auf sicheren Boden.

«Kennst du das Modell der emotionalen Wiedergutmachung?»

Regina drehte sich um und sah ihn verständnislos an. «Was?»

«Man nennt es ‹Undoing›. Das Modell geht davon aus, dass ein Täter nach einem Mord aus einem Gefühl der Reue heraus sein Verbrechen symbolisch ungeschehen machen möchte.»

Einen Moment dachte Regina, Cavalli wolle sich endlich für die zahlreichen Seitensprünge während ihrer Beziehung entschuldigen.

«Diese Verhaltensweise zeigt sich beispielsweise dadurch, dass der Täter die Leiche zudeckt, den Körper wäscht, die Augen des Opfers schliesst – oder seine Hände faltet.»

Jetzt verstand Regina, worauf er hinauswollte. Sie hatte Mühe, sich zu konzentrieren.

«Ja?»

Cavalli stand auf und streckte seine Arme. «Anzeichen von Undoing sprechen für eine vordeliktische Beziehung zwischen Täter und Opfer», fuhr er neutral fort. «In Deutschland wurden rund 200 Sexualmorde untersucht. Bei mehr als zwei Drittel der Fälle von emotionaler Wiedergutmachung kannten sich Täter und Opfer.»

Er vermied Reginas Blick. «Ich werde mich im Moment darauf konzentrieren, Lados Umfeld genauer anzusehen. Die Aussagen der Asylsuchenden sind widersprüchlich. Sie beschreiben ihn abwechslungsweise als freundlich, zurückgezogen, hilfsbereit oder eigenbrötlerisch. Sogar das Wort ‹besessen› ist schon gefallen.»

«Besessen?» Regina brachte immer noch keinen ganzen Satz zu Stande.

«Ja. Ich weiss nicht, was sie damit sagen wollen. Aber ich werde es herausfinden. Ich habe gegen Abend einen Termin beim Bundesamt für Flüchtlinge. Ich will wissen, welchen Eindruck der zuständige BFF-Jurist bei der Erstbefragung hatte. Aber vorher will ich noch einmal mit Sahl reden. Der alte Mann weiss viel mehr, als er sagt.»

«Ist das der, der Arabisch spricht?»

Cavalli nickte. «Aber die Sprache scheint die kleinste Barriere zu sein.» Er stellte einen Fuss auf die Bank. «Morgen früh werden wir die ersten Resultate vom WD haben. Ich will eine ausführliche Besprechung abhalten. Punkt sieben Uhr.» Der Wissenschaftliche Dienst der Stadtpolizei wurde bei Kapitalverbrechen fast immer hinzugezogen.

«Einverstanden.» Regina erhob sich ebenfalls. «Ich muss zurück in die BAZ.»

Cavalli bot nicht an, sie zu fahren.

Während Regina am Milchbuck auf das 14-er Tram wartete, kehrten ihre Gedanken zum toten Mädchen zurück.

Hatte der Brandstifter den Tod der Kinder bewusst in Kauf genommen? Oder hatte er gar nicht gewusst, dass sie sich im Haus befanden? Sie stieg ins Tram ein und setzte sich auf einen vorgewärmten Sitz. Eine junge Frau in einem Trägerkleid liess sich neben ihr nieder. Regina fröstelte und zog ihre Jacke zu. Die digitale Anzeige am Hauptbahnhof zeigte 19 Grad. Ganz unerwartet überkam Regina die Lust auf etwas Warmes. Sie sprang auf und hinderte die Falttür gerade rechtzeitig daran zuzuklappen. Dann tauchte sie ins Shopville ein. Sie wunderte sich, dass so viele Menschen Zeit hatten, mitten am Nachmittag gemütlich durch die frisch renovierte Einkaufsmeile zu schlendern. Mit einem Stück Pizza in der einen Hand und einem Stapel Servietten in der anderen begab sie sich wieder zur Tramhaltestelle.

Sie ging im Kopf ihre anstehenden Aufgaben durch. Die Vorstellung der Aktenberge schnürte ihr die Kehle zu. Sie nahm einen letzten Bissen Pizza. Der Käse fühlte sich auf einmal wie Gummi an. Mit einem schlechten Gewissen warf sie den Rest in den Abfalleimer.

«Regina!» Antonella Mello steuerte direkt auf sie zu, als sie die Bezirksanwaltschaft betrat. Regina murmelte eine Begrüssung in ihre Richtung und hoffte, die Sekretärin würde sie ohne viele Worte passieren lassen. Sie begrub die törichte Hoffnung gleich wieder, als sich Antonella ihr mit leuchtenden Augen in den Weg stellte. An ihrer üppigen Figur gab es kein Vorbeikommen.

«Du hast einen neuen Fall.» Erwartungsvoll und kokett zugleich lehnte sie sich nach vorne. «Ich habe den Einsatzplan gesehen», verriet sie leise. «Er hatte Pikett.»

Er musste Cavalli sein.

Regina seufzte. «Glaub mir doch, er ist ein arroganter, rücksichtsloser ...»

Weiter kam sie nicht. Antonella lächelte wissend. «Er lässt

dich also auch nicht kalt. Und ich dachte schon, deine verstaubten Akten hätten das Blut in deinen Adern ausgetrocknet.»

«Antonella!» Wie war es möglich, dass die gesellige Sekretärin als Einzige noch nicht wusste, dass Cavalli ihr Ex-Freund war? Regina bahnte sich einen Weg an ihr vorbei. «Mach dir keine Hoffnungen. Du hast eine Silbe zu viel», murmelte sie.

Ihr Schreibtisch war mit Nachrichten übersät. Unkonzentriert sah sie einige durch. Immer wieder ertappte sie sich dabei, wie sie die Buchstaben zwar anstarrte, in Gedanken aber bei der dreijährigen Salma war. Entgegen ihrer Gewohnheit, diszipliniert ihrem Anfang Woche erstellten Arbeitsplan zu folgen, schob sie die Notizen und die ungeöffneten Akten beiseite. Sie loggte sich in eine Datenbank ein und startete eine Internetrecherche zu Rechtsextremismus. Schon bald war sie in die zahlreichen Artikel und Studien zum Thema vertieft.

Seit Beginn der Neunzigerjahre hatten rechtsextreme Aktivitäten in der Schweiz stark zugenommen. Vor allem die Meldungen aus dem Jahr 2000 belegten einen Anstieg der Gewaltbereitschaft in der Szene: Ein Überfall mit Sturmgewehr auf eine von Linksautonomen bewohnte Liegenschaft in Bern, Todesdrohungen sowie verschiedene Strafverfahren im Zusammenhang mit der Sicherstellung von Schusswaffen und Sprengstoff. Und schliesslich kam der Vorfall auf dem Rütli am 1. August hinzu, bei dem an die hundert Rechtsextreme die Rede von Bundesrat Villiger gestört hatten. Aufgrund dieser Ereignisse war die Bundespolizei beauftragt worden, eine Arbeitsgruppe zum Thema einzusetzen. Konzentriert studierte Regina die Vernehmlassungsvorlagen für Änderungen im Strafgesetzbuch und im BWIS, dem Bundesgesetz zur Wahrung der inneren Sicherheit.

Sie fand keine Berichte über Anschläge auf Asylunterkünfte. Allerdings kam es immer wieder zu Auseinandersetzungen zwischen Skinheads und jungen Ausländern wie beispielsweise im Kanton Aargau, wo zwei jugendliche Türken zusammengeschlagen und einer lebensgefährlich verletzt worden war. Oder erst kürzlich in Liestal, wo fünfzehn Vermummte einen Bahnhofladen überfallen und mit Baseballschlägern, Eisenketten und nagelbestückten Axtstielen auf die Kunden eingeschlagen hatten. Der Hintergrund der Tat war eine Fehde zwischen der rechten Szene und Jugendlichen aus dem Balkan.

Über eine rechte Szene in Witikon war nie etwas geschrieben worden. Ausser dass sich die Bevölkerung gegen das Durchgangszentrum gewehrt hatte, schien es dort ruhig zu sein. Auch rechtsmotivierte Brandanschläge, die auf das Konto von Jugendlichen gingen, fand sie keine. Sie griff zum Telefonhörer.

Janett freute sich, als er ihre Stimme hörte. «Immer noch im Büro?»

Regina sah auf die Uhr. Es war schon nach sieben. Sie erklärte, wonach sie suchte.

«Brandanschläge?» Janett dachte nach. «Nein. Nur Streiche. Im März haben zwei Vierzehnjährige eine leere Scheune in Brand gesteckt. Vor einigen Monaten, das muss kurz nach Weihnachten gewesen sein, hat ein Jugendlicher das Auto seiner Eltern angezündet. Sonst kann ich mich nur an Unfälle erinnern oder an Brandstiftung durch Erwachsene. Aber ich kann nachsehen, wenn du möchtest.»

«Gern. Auch wenn der Schaden gering war. Es geht mir um das Motiv», erklärte Regina.

«Alles klar. Bist du schon weitergekommen?»

Regina teilte ihm die freigegebenen Informationen mit. «Ich finde einfach nichts über Rechtsextremismus in Witikon. Weisst du mehr?»

Janett erklärte, nie von grösseren Problemen gehört zu haben. «In letzter Zeit werden zwar Stimmen laut, die behaupten, die Einbruchserie gehe auf das Konto der Asylsuchenden. Ich weiss nicht, ob die Vorwürfe auf konkrete Beobachtungen zurückgehen, oder ob die Ausländer einfach den Kopf hinhalten müssen.»

Regina ärgerte sich. «Dieser Fall liegt auch bei mir. Bis jetzt haben wir keinerlei Hinweise darüber, dass Asylsuchende dahinterstecken. Der Bruch arbeitet Tag und Nacht daran.»

«Ihnen die Schuld in die Schuhe zu schieben, ist bequem», bemerkte Janett. Dann kam er auf Fussball zu sprechen. «Interessiert dich Italien gegen Bulgarien?»

Regina zögerte. Die Vorstellung, den Abend gemeinsam vor dem Fernseher zu verbringen, war verlockend. Doch sie hatte Angst, damit falsche Signale zu senden.

«Ich weiss nicht recht. Eigentlich hätte ich noch eine Menge zu lesen.» Sie wickelte eine Haarsträhne um den Finger.

Janett verstand, wo das Problem lag. «Du gehst damit keine Verpflichtung ein», sagte er sanft.

Nach einer langen Pause sagte Regina zu. «Schauen wir dieses Mal bei mir? Ich muss dich aber warnen, ich bin eine ganz miserable Köchin.»

«Ich bringe gesalzene Nüsse mit», lachte Janett. «Hast du Bier?»

«Besorg ich auf dem Heimweg.»

Adam Sahl zog den Ärmel seines schlecht sitzenden Synthetikanzugs zurecht. Er rührte das Glas Wasser, das ihm Cavalli hingestellt hatte, nicht an. Cavalli versuchte, Blickkontakt aufzunehmen. Doch der alte Mann fixierte die anrollende Brandung auf der Fotografie an der gegenüberliegenden Wand. Die Fragen, die ihm gestellt wurden, beantwortete er nur vage.

«Fragen Sie noch einmal, was an Lado anders war», befahl Cavalli dem Dolmetscher. Sahl neigte den Kopf zur Seite, um die Übersetzung besser zu verstehen. Er lächelte geduldig. Auf seinem Gesicht lag ein wissender Ausdruck.

«Er wird Ihnen nicht mehr sagen», erklärte der Dolmetscher. «Er glaubt vermutlich, dass Sie ihn nicht verstehen.»

Frustriert lehnte sich Cavalli zurück. So würde er nicht weiterkommen. Er stand abrupt auf.

«Ich brauche Sie nicht mehr. Sie können gehen», sagte er zum überraschten Dolmetscher. Dann bestellte er Fahrni zu sich ins Büro. Sahl beobachtete die Geschehnisse interessiert.

«Was gibts?», fragte Fahrni.

«Bring uns einen Krug Tee und ein Damebrett.» Pilecki hatte Cavalli vom Damespiel bei Pollmann erzählt.

Ohne sich über die ungewöhnliche Bitte zu wundern, trottete Fahrni aus dem Büro. Cavalli setzte sich wieder und schlug die Beine übereinander. Er liess seinen Blick ebenfalls über die Fotografie an der Wand gleiten. Der feuchte Winterstrand von North Carolina lag unter einer dichten Nebeldecke. Er konnte sich gut an den Tag erinnern. Trotz der Kälte war er kilometerweit barfuss im Sand gelaufen, hatte sich vom Rauschen des Atlantiks wegtragen lassen, in eine einsame, aber geborgene Welt. Der Nebel hatte die Grenze zwischen Realität und Fantasie angenehm verschwimmen lassen.

Cavalli spürte Sahls Blick. Der Sudanese betrachtete ihn aufmerksam. Der trübe Schleier über seinen dunklen Augen hatte sich ein wenig gehoben. Sie schwiegen. Vom Flur drangen einzelne Geräusche ins Büro: Schritte, die verklangen, das Surren des Getränkeautomaten. Kurz darauf flog die Bürotür auf und Fahrni kam mit vollen Händen herein. Als er das Brettspiel hinlegte, verschüttete er heissen Tee. Unter linkischen Entschuldigungen wischte er das Pult mit seinem Ärmel sauber.

«Sonst noch was?»

Cavalli verneinte, ohne aufzusehen. Neugierig verharrte Fahrni im Türrahmen.

«Du kannst gehen», entliess ihn Cavalli.

Nachdem die Tür hinter dem Polizisten ins Schloss gefallen war, verteilte Cavalli die Steine auf dem Brett. Sahl erhob sich und setzte sich ihm gegenüber. Seine Augen blitzten herausfordernd. Cavalli schenkte Tee ein und eröffnete das Spiel.

Er versuchte, sich auf den Fussballmatch zu konzentrieren. Die Italiener kämpften im Dauerregen von Guimarães um ihre Ehre. Materazzi umklammerte seinen Gegenspieler Berbatov. Ein Aufschrei ging durch das Stadion. Ein schriller Pfiff. Penalty. Bulgarien, bisher ohne Punkt und Tor an dieser EM, führte mit 1:0. Hoffnung stieg in ihm auf. Das Unmögliche schien möglich. Doch dann erhöhten die Italiener Tempo und Druck. Der Ausgleich von Perrotta nach der Pause. Bulgariens Abwehr verlor die Übersicht. Die Italiener nutzten die Schwäche aus. Cassano erzielte in der Nachspielzeit den Siegestreffer. Es gab doch keine Wunder.

Hatte er tatsächlich geglaubt, die Beziehung zu Thok sei etwas Besonderes? Erneut schämte er sich dafür, so naiv gewesen zu sein und dachte daran, wie er seine Einsamkeit zur Schau gestellt hatte. Damit hatte er Thok Macht über sich gegeben. Oder war es umgekehrt? Fühlte sich Thok ihm ausgeliefert? Er konnte sich nicht daran erinnern, wann das Geben in ein Nehmen, das Nehmen in ein Geben übergegangen war. Am Ende blieb nur die Angst.

5

Seit Regina ihre Wohnung wieder für sich allein hatte, liess sie sich um Viertel vor sechs von Beethoven in den Tag locken. Während zwanzig Minuten schlummerte sie weiter und gab sich der Musik hin. Der Airbus aus Douala setzte ihrem Schwebezustand ein unsanftes Ende. Die zwei Mantelstromtriebwerke liessen die Fensterscheiben erzittern. Lärmkategorie vier, registrierte sie verschlafen. Die Boeing aus Singapur hatte Verspätung. Regina schlug die Decke zurück und rieb sich den Schlaf aus den Augen. Während draussen die Flugzeuge weiterdröhnten, setzte sie Kaffee auf. Sie stellte die Gläser vom Vortag in die Spüle und vertiefte sich in den Anblick des Sommerstrausses auf dem Küchentisch. Die schlichten Blumen weckten in ihr Erinnerungen ans Engadin. Das hatte Janett wohl beabsichtigt.

Sie sank auf den Küchenstuhl, ohne die MD11 aus Bangkok wahrzunehmen. Ihr Blick streifte das Handy neben der Blumenvase. Das Display zeigte drei neue Kurzmitteilungen. Neugierig wählte sie die erste. Janett bedankte sich für den vergangenen Abend und wünschte ihr einen schönen Tag. Regina las die Nachricht mehrmals durch und versuchte zu verstehen, was die Worte in ihr auslösten. Sie gab auf und wählte die nächste SMS. Ihre Mutter hatte nur einen einzigen Satz geschrieben: Lebst du noch? Der Vorwurf, der in den Worten verborgen lag, ärgerte Regina. Wenn sie sich nicht regelmässig bei ihrer Mutter meldete, stimmte diese eine endlose Litanei an, wie schlecht ihre Tochter sie behandelte. Regina bereute, ihr zu Weihnachten ein Handy geschenkt zu haben.

Rasch ging sie zur letzten SMS über: Hol dich um 6.40 Uhr ab, C. Regina sprang auf und eilte ins Bad. Unter der

Dusche merkte sie, dass sie vergessen hatte, die Herdplatte auszuschalten. Als sie tropfnass in die Küche zurückhastete, hatte sich der Kaffee bereits in einem dunklen Ring um die Platte eingebrannt. Regina warf eine Handvoll gesalzener Nüsse in den Mund und streifte sich Kleider über. Sie goss den Kaffee in einen Papierbecher. Ehe sie die Haustür abgeschlossen hatte, fuhr Cavalli vor. Graue Wolken türmten sich am Himmel auf. Die ersten Regentropfen fielen, als Regina auf den Beifahrersitz rutschte.

«Morgen», stiess sie atemlos aus.

Cavalli begrüsste sie mit einem schiefen Grinsen und deutete auf ihre Bluse. «Falsch zugeknöpft.»

Bevor er ihr seine Hilfe anbieten konnte, drückte sie ihm den Kaffeebecher in die Hand und wandte sich ab.

«Wie war es beim BFF?», fragte sie, während sie verlegen an ihren Knöpfen fummelte.

«Lehrreich. Wie Fontana gesagt hatte, reiste Lado über die Empfangsstelle Basel ein. Er gab an, aus Darfur zu kommen, doch dem Befrager war sofort klar, dass das nicht stimmen konnte. Erinnerst du dich an die Schnitte auf seiner Stirn?»

Regina nahm einen Schluck Kaffee. «Hahn hat gesagt, sie stammen von einer scharfen Klinge.»

«Genau. Das ist ein Merkmal der Nuer aus dem Südsudan. Die Bauern der Region Darfur haben andere Traditionen. Auch weitere Fakten stimmten nicht mit Lados Geschichte überein. Er wurde während der Abklärungen einem Durchgangszentrum in Zürich-Altstetten zugeteilt, wo er vier Monate lang lebte. Und nun wird es interessant. Der BFF-Sachbearbeiter erinnert sich an Lado, weil sein Dossier verwirrend war. Er hatte geglaubt, der Junge sei volljährig, doch bei der zweiten Befragung stellte er fest, dass er erst siebzehn Jahre alt war.»

Cavalli hielt bei einer roten Ampel und bediente sich an Reginas Kaffee. Sein Blick blieb an Reginas Knöpfen hängen.

Sie verschränkte die Arme vor der Brust. «Wie ist das denn möglich?»

«Er weiss es nicht. Der Mann ist überzeugt, dass das forensische Gutachten Lados Volljährigkeit bezeugt hatte. Doch in der zweiten Runde stand plötzlich ein anderes Alter in den Unterlagen.»

«Kann es nicht sein, dass der BFF-Sachbearbeiter einen Fehler gemacht hat?», fragte sie. «Es ist kaum möglich, die Altersangabe so abzuändern, dass man es nicht merkt. Und überhaupt, wer hätte denn ein Interesse daran, ausser Lado selbst?» Als sie den leeren Becher in die Haltevorrichtung stellte, streifte sie Cavallis Bein.

«Keine Ahnung …», begann Cavalli und verlor kurz den Faden. Er drückte aufs Gaspedal und räusperte sich. «Aber es kommt noch besser: Es scheint keine Kopie dieses Gutachtens zu existieren.»

Regina versprach, der Abklärung bei den Juristen an der Empfangsstelle sofort nachzugehen.

«Weil Lado minderjährig war, galt eine Wegweisung als unzumutbar», fuhr Cavalli unkonzentriert fort. Er nahm den Verkehr nur aus dem Augenwinkel wahr. «Man müsste nachweisen können, dass er in seiner Heimat in gesicherten sozialen Verhältnissen lebt. Und wer tut das schon im Sudan? Er erhielt also den Status F und wurde der Stadt Zürich zugeteilt, die ihn in Witikon unterbrachte.»

«Wäre ihm die Bewilligung entzogen worden, wenn er volljährig wäre?»

«Wenn sich die sozialen Verhältnisse geändert hätten, ja. Aber das wäre kaum der Fall gewesen.» Cavalli lenkte seinen Volvo auf das Kasernenareal und parkte neben Meyers Ducati. Er stieg rasch aus.

«Hatte er sich während dieser Zeit etwas zu Schulden kommen lassen?», fragte Regina weiter.

«Lado? Nein. Nicht das Geringste. Er wurde vom Fachdienst für unbegleitete Jugendliche der Asylorganisation betreut. Laut ihren Unterlagen soll er zwar psychisch labil, doch nie ernsthaft krank gewesen sein. Er hat sich immer an die Vorschriften gehalten, war unauffällig, eher in sich gekehrt. Verkehrte nicht mit andern Flüchtlingen, nahm nie an Aktivitäten teil.»

Cavalli zögerte vor dem Eingang zum Kripo-Gebäude. «Und trotzdem. Irgendetwas muss gewesen sein. Ein Einzelgänger wird nicht einfach so erschlagen.»

«Ausser, er war ein symbolisches Opfer», wandte Regina ein. «Stellvertretend für alle Schwarzen, die hier in der Schweiz unerwünscht sind.»

Im Sitzungszimmer führte Pilecki die Wettliste nach. Er sah nicht auf, als Cavalli seine Unterlagen ausbreitete.

«Kaum zu fassen», kommentierte er das Resultat.

Neugierig schaute ihm Regina über die Schulter. «Wer führt?»

Mit einem resignierten Ausdruck zeigte Gurtner mit dem Daumen auf Fahrni. «Dieser Banause da. Sieht sich keinen einzigen Match an und fabuliert die absurdesten Resultate zusammen.»

Regina grinste und zwinkerte Fahrni zu. «Offenbar sind sie nicht so absurd.»

Fahrni kaute zufrieden an einem Brötchen und hob unschuldig die Hände.

Cavalli rief die Runde zur Ordnung. Er holte als Erstes die Resultate des WD hervor.

«Fingerabdrücke können wir vergessen. Sogar an der Kellertür, durch die der Täter vermutlich ins Haus eindrang, war nichts zu holen. Zu viele Leute gingen ein und aus. Das Löschwasser zerstörte, was übrig blieb. Der Riegel am Fenster von El Karibs Zimmer klemmte tatsächlich. Keine Fremdeinwirkung. Alles deutet darauf hin, dass der Tod der Familie ein tragischer Unfall war. Bei der Spraydose wird die Sache interessant. Sie enthält FCKW.» Er blickte erwartungsvoll in die Runde.

«Seit Jahren verboten, oder?», vergewisserte sich Pilecki.

«Richtig. Die Herstellung war nur bis zum 30. Juni 1997 erlaubt», bestätigte Cavalli. «Ein Jahr darauf wurde auch die Abgabe an Konsumenten verboten.»

Gurtner rechnete nach. «Das heisst, die Dose ist mindestens sechs Jahre alt?»

«Oder im Ausland gekauft worden», fügte Fahrni hinzu.

«Genau.» Cavalli blätterte weiter. «An Lados Rücken wurden Spuren von Benzin gefunden. Der Täter wollte sicher sein, dass der Junge wirklich brannte.»

«Es ist immer gut, auf Nummer sicher zu gehen», bemerkte Gurtner.

Regina rückte ihren Stuhl so zurecht, dass sie Gurtner nicht mehr im Blickfeld hatte. Cavalli ging zum Bericht der Brandspezialisten über. Er erklärte, dass man den Brandbeschleuniger zuerst im Wohnzimmer verschüttet hatte, um anschliessend die Molotow-Cocktails durchs Fenster zu werfen. «Die Weinflaschen enthielten bleifreies Benzin.»

«An jeder Tankstelle erhältlich», fügte Meyer trocken hinzu.

«Aber warum Weinflaschen? Jugendliche trinken doch Bier.»

«Nicht in Witikon», grinste Pilecki.

«Dass der Brandanschlag von Jugendlichen verübt wurde, ist reine Spekulation», mahnte Cavalli. «Es deutet bis jetzt nichts eindeutig darauf hin.»

Regina erzählte, was ihre Recherche über Rechtsextremismus ergeben hatte: «Die Vorfälle zeichnen sich dadurch aus, dass sie immer brutaler werden.» Sie kam auf den Abdruck auf Lados Hüfte zu sprechen. «Es könnte gut ein Hakenkreuz sein.» Sie reichte die Fotos herum.

«Oder ein Renaultzeichen», bemerkte Meyer beiläufig.

Fahrni verdrehte die Augen. «Bei dir muss alles einen Motor haben.»

Regina liess sich nicht ablenken. «Und dass der Täter braune Farbe verwendet hat, dürfte auch kein Zufall sein.»

Cavalli winkte ab. «Nichts ist Zufall. Aber das heisst nicht, dass die nächstliegende Erklärung auch die richtige ist. Die Tat trägt nicht die Handschrift von Jugendlichen. Sie ist nicht impulsiv, hat kaum Anzeichen von Wut. Der Täter machte nur das Allernötigste, um den Mord zu vertuschen.»

Er wiederholte die Theorie der emotionalen Wiedergutmachung. «Die Tat wurde sorgfältig geplant. Der Brandstifter drang ins Haus ein und verteilte den Brandbeschleuniger im Raum. Er wollte sich nicht nur auf die Molotow-Cocktails verlassen. Er war ordentlich und genau.» Cavalli schritt zur Tafel. «Die Fachhochschule der Polizei in Brandenburg unterscheidet vier Hauptgruppen von Brandstiftern, ausgehend vom Motiv.» Er notierte die vier Gruppen. «Da ist zunächst der Täter, der sich durch die Brandstiftung einen kalkulierten Vorteil verschaffen will. Dazu gehören Versicherungsbetrüger, aber auch Leute, die mit dem Brand eine andere Straftat verdecken wollen. Tätergruppe zwei, das sind jene zumeist krankhaften Zündler, die sich an der Angst anderer erfreuen. Dann folgen die Täter, die politisch motiviert handeln und etwa Asylunterkünfte in Brand stecken.»

«Was ist, wenn das Motiv nicht eindeutig ist?», unterbrach Fahrni.

«Diese Schemen stellen lediglich Wahrscheinlichkeiten dar. Natürlich müssen sie im Kontext der Einzeltat eingeordnet werden», erklärte Cavalli ungeduldig und fuhr fort. «Am grössten ist die vierte Gruppe: Menschen, die aus Geltungssucht, Verärgerung oder Rache Feuer legen. Besonders auffällig ist der hohe Anteil an Feuerwehrmännern.» Cavalli schielte zu Regina.

«Bei den Löscharbeiten dürfen sie zeigen, was sie können.»

«Ist die Anzahl Mörder bei der Kripo auch besonders hoch?», fragte Regina. «Weil die Sachbearbeiter sich beim Lösen der Fälle profilieren wollen?»

Cavalli ignorierte sie. «Welcher Kategorie ordnen wir unseren Brand zu?»

«Der ersten natürlich. Der Täter wollte ja den Mord vertuschen», antwortete Fahrni.

«Könnte grad so gut die dritte Gruppe sein», wandte Pilecki ein. «Wenn bereits der Mord politisch motiviert war.»

Cavalli nickte. «Für jede Motivgruppe wurden typische Zusammenhänge zwischen Tätereigenschaften und Merkmalen der Tat herausgearbeitet. Zum Beispiel sind Brandstifter mit rationalen Motiven im Durchschnitt älter und legen ihre Brände meistens drinnen. Dort sind sie unbeobachtet und können sorgfältig planen.»

«Jugendliche reden anders», sagte Meyer plötzlich. Als sie die fragenden Blicke sah, versuchte sie, ihre Bemerkung zu erklären. «Ich meine, wer sagt denn schon ‹hau ab› oder ‹Arschloch›? Das hätte man vor zwanzig Jahren vielleicht gehört. Aber heute doch nicht. ‹Verpiss dich›, ‹Fuck off› –»

«Witikon ist eben gesittet», bemerkte Pilecki. Er sah Cavalli an. «Das müsstest du am besten wissen. Schliesslich hast du einen Sohn, der in Witikon wohnt.»

In Cavallis Augen flackerte Schuldbewusstsein auf. Er versuchte sich daran zu erinnern, wie Christopher fluchte. Er wusste es nicht.

Pilecki stand auf. «Ich brauche eine Pause.»

«Du brauchst Nikotin», korrigierte ihn Gurtner.

«Nikotin, Koffein und Kalorien – und zwar in dieser Reihenfolge», stimmte Pilecki zu und riss die Fenster auf.

Nach der Pause ergriff Fahrni das Wort. Niemand in der Nachbarschaft hatte etwas Aussergewöhnliches bemerkt.

«Konzentriert euch auf Lado!», wies ihn Cavalli an. «Klärt ab, ob sich jemand an den Jungen erinnern kann!»

Fahrni nickte beflissen. «Rudolf war ab zwanzig Uhr zu Hause. Sagt seine Frau.»

«Ausser ihr kann niemand sein Alibi bestätigen?», hakte Cavalli nach.

Fahrni und Meyer schüttelten den Kopf.

Die Sprache kam auf Pollmann. Pilecki gab der Gruppe einen Überblick des Vortags. «Schmocker hat eindeutig Dreck am Stecken. Ob ein Zusammenhang mit unserem Fall besteht, ist unklar.»

«Vielleicht hat er Lado gekannt?», schlug Regina vor.

«Möglich», stimmte Pilecki zu. «Oder er weiss etwas über Pollmann.»

Gurtner verzog das Gesicht. «Das ist ein schräger Vogel.»

«Warum, weil er an Gott glaubt?», fragte Meyer ironisch.

«Der glaubt eher an schöne Jungs», war Gurtner überzeugt.

Pilecki berichtete, was sie über den Pfarrer herausgefunden hatten. Pollmann war als Drittes von fünf Geschwistern in der damaligen DDR zur Welt gekommen. Als Kind litt er unter Asthma und lag oft mit Lungenerkrankungen im Bett. Sein Vater, Minenarbeiter und strenger Kommunist, kam nach der Wende nicht mit den neuen gesellschaftlichen Idealen zurecht.

«Papa ging mit seinen Kindern gemäss Aussagen von Nachbarn nicht gerade zimperlich um.» Pilecki seufzte. «Und Klaus war nicht sein Liebling.» Schon als Jugendlicher habe sich Pollmann zur Kirche hingezogen gefühlt. «Er gründete in seiner Heimatstadt Eberswalde eine Art Gebetskreis. Dreimal pro Woche versammelte er Kinder und Jugendliche um sich, las ihnen aus der Bibel vor und half ihnen bei den Hausaufgaben.»

«Siehst du.» Das war Gurtner.

«Sein Theologiestudium absolvierte er in Tübingen, seine erste Pfarrstelle trat er in Ulm an. Vor zwei Jahren kam er nach Witikon. Angeblich, weil er neue Erfahrungen sammeln wollte.»

Regina notierte Stichworte. «Keine Frau?»

Pilecki verneinte. «Er engagiert sich stark in der Jugendarbeit. Auch für Flüchtlinge setzt er sich ein. Die Schwachen scheinen es ihm besonders angetan zu haben.»

«Logo, als Pfarrer», kommentierte Meyer. «Sonst wäre er Banker geworden.»

Pilecki gähnte. «Vielleicht war er lange genug das letzte Glied der Nahrungskette. Und versammelt deshalb gestrandete Schäfchen um sich. Gibt dem beschädigten Ego ein bisschen Aufwind.»

«Oder er ist einfach ein guter Mensch», bemerkte Regina trocken. «Auch das soll es geben.»

«Amen.»

«Weiter. Was wissen wir über Timon Schmocker?», fragte Cavalli.

Gurtner fasste zusammen: «Er ist aus gutem Elternhaus, in Witikon aufgewachsen. Spielte Tennis, als er noch das brave Söhnchen vortäuschte. Ende Primarschule sackten seine Schulleistungen ab, er schaffte nur knapp die Realschule, macht seither Ärger, klopft rassistische Sprüche. Erster Polizeikontakt 2001 wegen Sachbeschädigung – er schlitzte Autoreifen an den Fahrzeugen einiger Lehrer auf. Es folgten weitere Zwischenfälle: Belästigung jüngerer Schüler auf dem Schulweg, Schlägereien mit Ausländern. Vor einem halben Jahr legte er Brände in Abfalleimern rund um das Schulhaus.»

«Aber», Pilecki hob den Zeigefinger, «er verpasste gemäss Pollmann nicht ein einziges Mal den Konfirmandenunterricht.»

«Gestern habt ihr Timons Kollegen erwähnt», bemerkte Regina. «Habt ihr Namen?»

«Nein. Er rückt nicht raus damit. Aber die Beschreibung von einem haben wir. Es sollte nicht schwierig sein, ihn ausfindig zu machen.»

«Gut. Das hat jetzt Priorität. Ich möchte eine Liste aller Jugendlichen, die mit Timon Kontakt haben.»

«Lado muss im Zentrum unserer Ermittlung stehen», widersprach Cavalli. «Das Mordmotiv ist eng mit seinem Leben verknüpft.»

Regina sah das nicht so. «Das wissen wir nicht. Es könnte Zufall sein, dass er das Opfer war. Ich möchte dort weitermachen, wo wir konkrete Hinweise haben. Das ist im Moment bei diesen Jugendlichen. Timon Schmocker hat ein Motiv und kein Alibi. Alle sind sich einig, dass er etwas verbirgt. Wenn sich herausstellt, dass es nichts mit dem Brandanschlag zu tun hat, kannst du alle Kräfte für Lados Umfeld einsetzen.»

Sie liess sich nicht von Cavallis genervtem Blick einschüchtern. «Hast du ein graphologisches Gutachten der Sprayereien in Auftrag gegeben?»

«Nein.»

Regina sah ihm an, dass er es vergessen hatte. «Dann mach das bitte sofort!»

Cavallis Augen verengten sich. «Kommen wir zu Janett.»

Regina sah ihn ungläubig an. «Das ist nicht dein Ernst!»

«Er könnte das Feuer gut so gelegt haben, dass es erst zwei Stunden später, als er bei der Arbeit war, ausbrach», begann Cavalli, ohne Regina anzusehen. «Er ist seit drei Jahren geschieden, lebt allein. Kommt ursprünglich aus Schuls. Wohnt seit sieben Jahren in Witikon. Sohn eines Bergführers, der früh starb. Steinschlag. Janett war erst sieben. Es soll ein Unfall gewesen sein.» Sein Tonfall liess darauf deuten, dass er auch andere Möglichkeiten in Betracht zog.

«Vielleicht hat Gion die Bergwand präpariert?», schlug Regina kühl vor.

Cavalli sah sie interessiert an. «Ja, vielleicht. Hab ich mir noch gar nicht überlegt. Aber für solche Spekulationen ist es noch zu früh.»

Er wandte sich an die Ermittlungsgruppe. Ein Gefühl von Beklemmung hatte sich im Raum ausgebreitet. «Janett kam nicht gut mit dem Tod seines Vaters zurecht. Seine Lehrer beschreiben ihn als ängstlich, zurückgezogen und ungeschickt. Er war bis zehn Bettnässer. Vor rund vier –»

Regina stand auf und schlug ihre Akte zu. «Das reicht!»

«– Wochen wurde er in Begleitung eines schwarzen Jugendlichen gesehen», schloss Cavalli und verschränkte die Hände im Nacken.

Regina erstarrte. Das Schweigen im Raum war hörbar. Dann packte sie langsam ihre Sachen und stand auf. «Ich habe einen Gerichtstermin. Lass mir die Gesprächsprotokolle per Mail zukommen.» Sie fühlte sich blossgestellt und vermied die Blicke der Polizisten.

Cavalli verabschiedete sich vom Pressesprecher und dachte wehmütig an dessen Vorgängerin. Sie hatte zwar klar gesagt, dass er Distanz halten solle, wenn er nicht bereit sei, nach einer gemeinsamen Nacht mit ihr zu frühstücken. Doch inzwischen war ein halbes Jahr verstrichen. Vielleicht hatte sie ihre Meinung geändert. Er stellte ihre Nummer ein. Der Anschluss war nicht mehr in Betrieb. Cavalli nahm es gelassen. Er musste beim Migrationsamt weitere Erkundigungen einziehen. Blandina würde ihm gern behilflich sein.

Er parkte wie zuvor im Parkverbot und sprang aus dem Wagen. Blandina winkte ihm zu, als er die Eingangshalle betrat. Cavalli näherte sich dem Schalter und erhaschte eine Nase voll Vanille. Irritiert trat er einen Schritt zurück.

«Kann ich dir helfen?», fragte Blandina zweideutig.
Cavalli zog ein Foto von Janett hervor. «Kennst du den?»
«Klar. Er ist öfters hier. Warum?»
«Er besucht nicht zufälligerweise Melchior Fontana?», fragte Cavalli verblüfft. Damit hatte er nicht gerechnet.
«Doch. Wer ist er?» Blandina glaubte, einen wichtigen Hinweis geliefert zu haben. Der erwartungsvolle Ausdruck auf ihrem Gesicht machte einer ernsten Stirnfalte Platz. «Entschuldige. Du darfst bestimmt nicht darüber reden.»
Mit einem Seufzer gab Cavalli zu, dass er nichts lieber täte, als seine Bürde mit ihr zu teilen.
Blandina lächelte verständnisvoll. «Vielleicht kann ich dir wieder bei einem Mittagessen Informationen liefern?»
«Mir wäre ein Nachtessen lieber», schlug Cavalli vor.
Blandina errötete vor Freude. «Klingt gut.»
«Acht Uhr?»
«Prima.»
Cavalli hoffte, dass sich das Vanillearoma bis dann verflüchtigen würde.
Fontana sah überrascht auf, als Cavalli in sein Büro trat. Ein Kugelschreiber fiel ihm aus der Hand und rollte über den Schreibtisch. «Schon wieder Sie?»
«Ich habe noch einige Fragen. Hat mich die Dame am Schalter nicht angemeldet?»
«Nein. Entschuldigung, ich war gerade in ein Dossier vertieft. Bitte, setzen Sie sich!»
Cavalli nahm auf dem Besucherstuhl Platz und zog einen Notizblock hervor.
«Ich suche Menschen, die Thok Lado gekannt haben», begann er.

Regina ging langsam die Zeughausstrasse entlang. Als sie am provisorischen Polizeigefängnis vorbeikam, blieb sie stehen.

Sie klammerte sich an den Eisenzaun, der das Kasernenareal umgab. Sie hätte noch einige Fragen an einen jungen Dealer gehabt, der am Vortag festgenommen worden war. Doch sie hatte nicht die Energie, ihm gegenüberzutreten. Sie ging weiter.

Cavallis Worte hallten in ihrem Kopf. Sie suchte nach den Ursachen für seinen Verdacht, denn sie musste verstehen, wie sie seine Informationen einordnen sollte. Sie wollte nicht wichtige Hinweise übersehen, weil ihre Sympathien für Janett ihren Blick trübten. Es war ihr klar, dass Cavalli nie einen andern Mann in ihrem Leben tolerieren würde. Bereits Felix, ihren Ex-Freund, hatte er mit herablassender Arroganz behandelt und durch seine blosse Anwesenheit in die Flucht getrieben. Zugegeben, das Fundament dieser Beziehung hatte schon zuvor zu bröckeln begonnen. Deshalb war Regina nicht erstaunt gewesen, als sie nur wenige Monate später eine Postkarte aus Thailand erhalten hatte, auf der Felix von seiner neuen Freundin – eine Zahnärztin aus Bali – schwärmte.

Die Frage war vielmehr, ob er Janett als möglichen Verdächtigen betrachtete, um sie zu verletzen oder weil der Verdacht begründet war. Sie könnte ihn geradeheraus fragen, doch sie war ihm nicht gewachsen, wenn er mit Giftpfeilen schoss.

Regina blieb stehen, während der Achter an ihr vorbeiratterte. Am Helvetiaplatz, gewöhnlich leer bis auf wenige Alkoholabhängige und Drögeler, herrschte Marktbetrieb. Sie tauchte kurzentschlossen in die Farben ein. Gärtner und Bauern boten Setzlinge und Topfblumen an, die hier am Helvetiaplatz fehl am Platz wirkten. Sie blieb vor einem zarten Klatschmohn stehen und bewunderte die dünnen Blütenblätter. Kräftige weisse Gladiolen standen neben dem Mohn Wache. Schliesslich kaufte sie eine Gartengerbera, obschon sie wusste, dass sie die Blume nie einpflanzen würde.

War es eine Machtfrage? Störte er sich daran, dass sie das Sagen hatte? Sie überlegte, ob sie zu wenig feinfühlig vorgegangen war. Ob sie ihn blossgestellt hatte, als offensichtlich wurde, dass er das graphologische Gutachten vergessen hatte. Plötzlich blieb sie stehen und schüttelte über sich selbst den Kopf. Wie rasch war sie doch bereit, die Schuld bei sich zu suchen. Jetzt ist aber Schluss, sagte sie sich. Soll er selber sehen, wie er mit seinem verletzten Stolz klarkommt. Bevor sie das Bezirksgebäude betrat, zog sie ihr Handy hervor. Lieber Gion, tippte sie. Auch dir vielen Dank. Die Blumen sind wunderschön.

«Sagst du mir jetzt endlich, wohin du fährst?» Gurtner bog in eine Tankstelle ein und stellte den Motor ab.

«Zu Schmocker», provozierte Pilecki. Er stieg aus und füllte den Tank. Als er zur Kasse schritt, rief Gurtner ihm nach, er solle ein Sandwich besorgen.

Kurz darauf warf Pilecki das Brötchen durchs offene Autofenster.

«Nun sag schon!» Gurtner startete den Wagen und wartete, bis Pilecki die Tür zugeschlagen hatte. Dann bog er Richtung Witikon in die Hauptstrasse ein.

«Ans Schwarze Meer», verriet Pilecki endlich. Er betrachtete interessiert den Velostreifen am Strassenrand.

«Ans Meer? Du gehst baden?»

«Mal sehen, wie warm es ist. Vielleicht begnüge ich mich damit, Sandburgen zu bauen.» Seine Stimme klang angespannt.

«Sandburgen?»

«Himmel, ja, Sandburgen. Die Dinger mit den Mauern drum herum.» Pilecki klopfte eine Zigarette aus dem Päckchen.

Gurtner wies ihn darauf hin, dass er bereits eine zwischen

den Lippen hatte. «Warum zum Teufel fährst du ans Schwarze Meer? Du fährst immer in die Tschechoslowakei – Tschetschenien», korrigierte er rasch, um Pilecki zuvorzukommen.

Pilecki kratzte sich am Kinn. Seine scharfen Augen fixierten einen weit entfernten Punkt. «Weil es kinderfreundlich ist», antwortete er schlicht.

Gurtner nickte bedächtig. «Ja, das ist sehr wichtig für einen 47-jährigen Junggesellen.»

Plötzlich fuhr Pilecki herum. «Hör mir gut zu! Ich erklär es dir ein einziges Mal. Wenn du Fragen hast, stell sie jetzt! Und danach will ich nie mehr etwas darüber hören, verstanden?»

Gurtner stimmte erschrocken zu.

«Ich fliege nach Kiew, wo mich Irina ihren Eltern vorstellen will. Danach –»

«Irina?» stiess Gurtner hervor, «das ist doch die … Tänzerin … aus dem ‹Blue Girl›?»

Die junge Ukrainerin war bei einer Razzia mit einer abgelaufenen Arbeitsbewilligung erwischt und ausgewiesen worden.

«– fahren wir gemeinsam mit ihrer Tochter für zwei Wochen ans Meer.»

Offensichtlich erwartete Pilecki eine Reaktion.

«Das ist … toll», stammelte Gurtner hilflos. Er bemerkte nicht, dass ihm Mayonnaise am Kinn klebte.

«Und wenn alles gut läuft, frage ich sie, ob sie mich heiratet.» Pilecki heftete seinen Blick auf Gurtner. Er sah ihm an, was ihm durch den Kopf ging. Er war auf den Spott bei der Polizei gefasst, doch wenn er täglich mit Gurtner zusammenarbeiten sollte, wollte er von ihm keine Sprüche über Irina hören. Gurtner wich seinem Blick aus. Er parkte vor Schmockers Haus.

«Was ist, kommst du?», fragte Pilecki, als Gurtner im Wagen sitzen blieb.

Gurtner hievte sich aus dem Fahrersitz. «Der Häuptling war doch während der Ermittlungen oft im ‹Blue Girl›. Macht es dir nichts aus, dass er … ich meine, mit ihr …»

Pilecki blieb stehen. «Irina ist vermutlich die einzige Frau, mit der er nicht geschlafen hat.»

Gurtner klingelte ohne Kommentar bei Schmockers.

Timon kam selbst zur Tür. Er sah nicht überrascht aus, als er die Polizisten erblickte. Er lehnte sich locker an den Türrahmen, als hätte er den Auftritt geübt. Im Hintergrund erklang eine Frauenstimme: «Wer ist es, Schatz?»

«Lässt du uns hinein?» Gurtner stand mit einem Fuss bereits in der Diele, sein Gesicht nur wenige Zentimeter vor Schmockers. Sollte es dem Jungen unangenehm sein, sah man es ihm nicht an. Langsam wich er einen Schritt zurück und bedeutete mit dem Kopf, dass sie eintreten sollten.

«Guten Tag, kann ich Ihnen …», Mira Schmocker verstummte. Unsicher hüpfte ihr Blick zwischen ihrem Sohn und den Polizisten hin und her.

«Frau Schmocker», Pilecki reichte ihr die Hand, «wir möchten Ihrem Sohn noch einige Fragen stellen.»

Die Frau war blasser als beim letzten Besuch, stellte Pilecki fest. Sie klammerte sich an den Stoff ihrer Seidenhose und rührte sich nicht.

«Bitte, kommen Sie herein», sagte sie schliesslich. «Kann ich Ihnen etwas anbieten? Kaffee? Mineralwasser? Orangensaft?»

«Kaffee wäre nett, danke.»

Ihr Sohn bestellte eine Cola und liess sich in einen Ledersessel fallen. Er legte die Füsse auf den Couchtisch.

«Pollmann konnte uns nicht weiterhelfen», begann Gurtner. Schmockers Blick sagte, dass er das auch nicht erwartet hatte. «Du hast für Samstagabend kein Alibi.»

Schmocker zuckte gleichgültig mit den Achseln. «Hab doch gesagt, dass ich hier war.»

«Allein.»

«Ja und? Ist das verboten?»

«Nein, aber ungünstig. Wenn ein Asylheim brennt. Und man als Rassist bekannt ist.»

«Ich bin kein Rassist.» Schmocker schien endlich interessiert. «Ich mag keine Schmarotzer, das ist alles.»

«Und Ausländer sind Schmarotzer?», fragte Pilecki. Er stand an der Fensterfront und beobachtete den dunkelhäutigen Gärtner auf einem Rasentraktor.

«Wie oft siehst du einen arbeiten?» Schmocker musterte sie mit einem herausfordernden Lächeln. Er war sich der Ironie der Situation bewusst.

Mira Schmocker ersparte Pilecki eine Antwort. Leise stellte sie die Kaffeetassen auf den Tisch. «Zucker? Milch?»

Timon betrachtete seine Cola. «Du hast die Zitrone vergessen.» Seine Mutter sah die Polizisten entschuldigend an und verschwand wieder in der Küche.

«Was treibst du eigentlich den ganzen Tag?», fragte Pilecki.

«Ich wüsste nicht, was Sie das angeht.» Schmocker prostete den Polizisten zu. «Aber weil Sie wahrscheinlich hier sitzen bleiben werden, bis Sie es erfahren, beantworte ich die Frage: Ich mache eine Standortbestimmung.»

Gurtners Augenbrauen schossen in die Höhe. Er wollte seine Kaffeetasse hinstellen, doch sein Finger steckte im Griff fest.

Pilecki unterdrückte ein Grinsen. «Und weisst du schon, wo du stehst?»

«Klar. Aber nicht, wo ich hin will.» Schmocker hielt sein Glas hoch, damit seine Mutter eine Zitronenscheibe hineinlegen konnte. «Sehen Sie, es gibt so viele Möglichkeiten. Und man lebt ja nur einmal.»

«Natürlich», pflichtete Pilecki ihm bei. «Und wo treibst du

dich herum, während du diesen tiefsinnigen Gedanken nachhängst?»

«Da und dort. Kommt darauf an.»

«Worauf?»

«Wo meine Kollegen sind, was gerade los ist.»

«Wo du gerade Ausländer fertig machen kannst», half Gurtner nach.

Schmocker lächelte nichts sagend.

«Wer sind deine Kollegen?» Pilecki zog einen Kugelschreiber hervor. Als sich das Schweigen in die Länge zog, wiederholte er die Frage.

«Wofür halten Sie mich?», fragte Schmocker abschätzig. «Sehe ich aus, als würde ich meine Freunde verpetzen?»

«Wir wissen, dass du oft mit einem dunklen Jungen zusammen bist. Lange, schwarze Haare», sagte Pilecki ungeduldig. «Sag schon! Wir kriegen den Namen so oder so.»

«Schatz», erklang Mira Schmockers Stimme aus dem Hintergrund. Keiner hatte gemerkt, dass sie noch da war. «Sie meinen doch Chris.»

«Halt die Schnauze!», fuhr Timon sie an. Er stellte das Glas mit einem Knall hin und verschränkte die Arme.

«Chris? Und weiter?»

Mira Schmocker zögerte. Sie versuchte, mit ihrem Sohn Blickkontakt aufzunehmen, doch dieser starrte hartnäckig auf einen Colaspritzer.

«Timon.» Sie ging einige Schritte auf ihn zu. Ihre Hand schwebte über seiner Schulter, doch sie wagte nicht ihn anzufassen.

Pilecki wartete. Die Spannung war spürbar. Schmockers Kiefermuskeln zuckten. Pilecki schielte zu Gurtner. Er versuchte immer noch unauffällig, seinen Finger zu befreien.

Plötzlich fasste Mira Schmocker einen Entschluss. Sie richtete sich auf und sagte laut: «Cavalli. Christopher Cavalli.»

Kaum war der Name gefallen, gab der Griff Gurtners Finger frei. Unfähig, die entfesselten Kräfte rechtzeitig zu bremsen, schaute Gurtner zu, wie der Kaffee über den Rand schwappte.

Timon lachte laut. Dieses Mal spielte er den Polizisten nichts vor. Er warf den Kopf in den Nacken und presste die Hand auf seinen Bauch. Sein Lachen lag ihnen noch in den Ohren, nachdem sie eilig das Haus verlassen hatten.

Constanze Cavalli zupfte vor dem Spiegel im Flur ihre Frisur zurecht und schlüpfte in einen Regenmantel. Es war höchste Zeit, ihre Haaransätze nachfärben zu lassen, stellte sie fest. Immer mehr graue Strähnen mischten sich unter das Blond. Sie wandte sich unzufrieden vom Spiegel ab. Für solche Gedanken hatte sie im Moment keine Zeit. In dreissig Minuten wurde sie in der Klinik erwartet. Sie rief Christopher zum Abschied einige Worte zu. Als sie nach der Türklinke griff, klingelte es.

Sie sah den beiden Männern sofort an, dass sie von der Polizei kamen. Obwohl sie seit ihrer Scheidung nur wenig Kontakt mit Polizisten gehabt hatte, erkannte sie die abwartende, forsche Haltung.

«Frau Cavalli?»

«Ja?»

«Wir müssen mit Ihrem Sohn sprechen.»

Das Mitleid in den scharfen Augen des drahtigen Mannes beunruhigte Constanze. «Ich muss zur Arbeit. Kann das nicht warten?» Sie presste verärgert die Lippen zusammen und sah demonstrativ auf ihre Uhr.

«Leider nein.» Höflich, aber bestimmt betraten sie die Wohnung.

Constanze seufzte laut. «Wenn es wirklich nicht anders geht.» Sie stellte ihre Sachen hin und entschuldigte sich, um in der Klinik ihre Verspätung anzukündigen.

Pilecki und Gurtner tauschten Blicke aus. Eine imposante Figur. Obwohl sie gross und blond war, passte die Deutsche nicht in die Reihe von Barbiepuppen, mit denen Cavalli üblicherweise das Bett teilte. Mit Constanze Cavalli war nicht zu spassen. Die Ehe musste von kurzer Dauer gewesen sein.

«Sind Sie Ärztin?», fragte Gurtner, als Constanze wieder auftauchte.

«Ja. Psychiaterin», antwortete sie knapp. «Sagen Sie endlich, worum es geht. Ich habe nicht den ganzen Tag Zeit.»

Pilecki erklärte, warum sie Christopher sprechen wollten. Constanzes Augen bohrten sich in seine, und er ertappte sich bei der Frage, ob sie das von ihrem Ex-Mann oder dieser von ihr gelernt hatte.

«Und Sie sagen, Bruno leitet die Ermittlung? Warum ist er nicht selber gekommen?»

Pilecki erzählte nicht, dass er Christopher zuerst alleine sprechen wollte. Er wusste, dass Cavalli keine gute Beziehung zu seinem Sohn hatte. Deshalb fürchtete er, Christopher würde in Anwesenheit seines Vaters nichts von sich preisgeben. «Er ist im Moment besetzt», antwortete er vage.

Zu den Furchen an Constanzes Mundwinkeln gesellte sich eine weitere auf ihrer Stirn. Sie schritt entschlossen auf das Zimmer ihres Sohnes zu. Ohne anzuklopfen öffnete sie die Tür.

Christopher Cavalli war seinem Vater wie aus dem Gesicht geschnitten. Seine schmalen, dunklen Augen weiteten sich erschrocken, als die Zimmertür plötzlich aufflog. Er liess rasch etwas unter der Bettdecke verschwinden. Seine schwarzen Haare waren zu einem Pferdeschwanz zusammengebunden.

Pilecki ging auf den Jungen zu. «Chris? Mein Name ist Juri Pilecki. Ich muss dir einige Fragen stellen. Darf ich mich setzen?»

Christopher machte eine kurze Kopfbewegung, die seine Gleichgültigkeit ausdrücken sollte. Er klammerte sich an eine Dose Red Bull.

«Können Sie uns bitte alleine lassen?» Die Aufforderung galt Constanze, die sich mit verschränkten Armen mitten ins Zimmer gestellt hatte.

«Sie haben kein Recht, einen Minderjährigen ohne Anwesenheit seines gesetzlichen Vertreters zu verhören.»

Natürlich habe ich das, dachte Pilecki. Ruhig erklärte er: «Das ist keine Einvernahme. Wir möchten nur wissen, wo sich Chris am vergangenen Samstagabend aufgehalten hat.»

Als Pilecki sah, wie sich die Züge des Jugendlichen vor Angst verzogen, breitete sich ein ungutes Gefühl in seiner Magengegend aus. Constanze blieb im Raum. Ihr Sohn stellte die Dose hin, verschränkte die Hände im Nacken und hob das Kinn. Wäre die Situation nicht so ernst gewesen, hätte Pilecki über diese vertraute Geste gelacht. Doch während Cavalli damit seine Untergebenen beeindruckte, sah sein Sohn bloss hilflos aus. Die männliche Haltung passte nicht zu seiner schmächtigen Statur.

«Weiss Adoda Bescheid?», fragte Christopher kühl.

«Wer?»

«Hör endlich mit diesem Blödsinn auf», herrschte Constanze ihren Sohn an. Sie wandte sich an die Polizisten. «Wenn er unter Druck steht, verfällt er in kindliche Muster», erklärte sie.

Christopher errötete.

«Als Kind nannte er Bruno so. Es heisst Vater auf Cherokee.»

«Tsalagi», murmelte Christopher. Constanze machte eine abschätzige Handbewegung.

Pilecki gab die Hoffnung auf weiterzukommen, solange sie im Raum war.

«Nein», beantwortete er die Frage. «Er weiss von nichts. Soll ich ihn anrufen?»

Die Panik in den Augen des Jungen erschreckte Pilecki. Doch so rasch, wie sie aufgeblitzt war, verschwand sie wieder. An ihre Stelle trat ein gleichgültiger Ausdruck. Christopher verschwand. Zurück blieb eine Hülle. Er beantwortete keine Fragen, zeigte keine Reaktion.

Pilecki stand auf. «Wo war Ihr Sohn am Samstagabend?»

Constanze schien die Antwort abzuwägen. «Bei einem Freund. Timon Schmocker.» Sie deutete das Schweigen der Polizisten als schlechtes Zeichen. «Ich werde jetzt meinen Mann anrufen. Ich will wissen, was hier vorgeht.» Sie stapfte aus dem Zimmer.

«Mann?», flüsterte Gurtner. Pilecki zuckte mit den Schultern und setzte sich zu Christopher. Dies würde vielleicht die einzige Gelegenheit sein, den Jungen allein zu befragen.

«Was hast du unter die Decke geschoben, als wir reinkamen?»

Christopher drehte den Kopf gegen die Wand. Pilecki griff langsam nach der Decke. Als sich der Junge nicht wehrte, hob er sie hoch. Er zog ein Buch hervor. «Yû we'hi ugû'wa'li i», las er laut. Neugierig schlug er eine Seite auf. Sie war mit seltsamen Zeichen gefüllt. «Ist das Tsala – wie hast du die Sprache der Cherokee genannt?»

Christopher reagierte nicht.

«Die Schrift sieht wie ein Kunstwerk aus», staunte Pilecki. Er reichte Gurtner das Buch.

«Tatsächlich», stimmte er zu. «Kannst du das lesen?»

Christopher liess sich nicht aus seinem Schweigen locken.

Melchior Fontana spielte gedankenversunken mit einem bunt bemalten Stein. Er drehte ihn in der Hand und fuhr mit dem Finger über die glatte Oberfläche.

«Ich kann Ihnen leider nicht weiterhelfen.» Er wiederholte, was er bereits erklärt hatte: dass ihm sein Schreibtischjob wenig Einsicht in den Alltag der Asylsuchenden gewährte.

Cavalli bohrte weiter: «Denken Sie nach! Hat Lado je eine Andeutung darüber gemacht, wo er sich tagsüber aufhielt? Er hat sich nicht in seinem Zimmer verschanzt, so viel wissen wir. Die übrigen Hausbewohner haben ausgesagt, er sei oft weg gewesen.»

Fontana legte den Stein so hin, dass ein oranger Fleck auf der Oberseite sichtbar wurde. Seine Augen glitten rastlos über die Dossiers auf seinem Schreibtisch. «Er hat nie etwas gesagt. Er war sehr verschlossen, beantwortete nur die Fragen, die ihm gestellt wurden. Wenn überhaupt.»

Cavalli wechselte das Thema. «Wie ist er geflüchtet?»

Erleichtert lehnte sich Fontana zurück. Endlich eine Frage, die er beantworten konnte. «Die meisten Sudanesen wählen die so genannte Afrikaroute. Sie versuchen, durch die Sahara an die nordafrikanische Mittelmeerküste zu gelangen. Von dort aus setzen sie mit Booten nach Europa über.»

«Ziemlich gefährlich», kommentierte Cavalli.

Fontana zuckte mit den Schultern. «Natürlich. Schon die Reise durch die Wüste ist riskant. Die Männer – manchmal sind auch Frauen darunter – werden auf Lastwagen quer durch die Sahara transportiert. Immer wieder verirren sich die Fahrer, oder die Schlepper laden ihre Passagiere einfach aus, wenn es brenzlig wird. Ohne Wasser und Nahrung. Diejenigen, welche die Küste erreichen, können sich glücklich schätzen.»

Cavalli kannte die Fakten, doch Fontanas Schilderungen führten ihm vor Augen, wie stark der Glaube an ein besseres Leben in Europa sein musste. Und wie schmerzlich die Enttäuschung, wenn sich der Traum als Illusion erwies.

«An der Küste sehen sich die Flüchtlinge mit neuen Problemen konfrontiert», fuhr Fontana fort. «Die europäische Südgrenze wird immer besser bewacht. Die Route über Tunesien ist kaum mehr benutzbar, da die tunesischen und italienischen Behörden eng zusammenarbeiten. Am durchlässigsten ist der Weg von Libyen nach Lampedusa oder Sizilien. Aber die Schlepper füllen die Boote bis auf den letzten Platz, geben den Menschen kaum Nahrung mit. Sie schieben sie raus aufs Meer und verschwinden dann mit ihren Tausendernoten.» Er seufzte und rieb sich die Augen. «Entschuldigen Sie, ich habe zurzeit viel um die Ohren.»

«Kleine Kinder?», fragte Cavalli höflich.

Fontana winkte ab. «Nicht mehr so klein. Vielleicht werde ich einfach nur krank. Wo war ich stehen geblieben?»

«Die überfüllten Boote», half Cavalli.

«Viele kentern, einige schaffen es bis nach Italien. Dort werden die Flüchtlinge von den Behörden interniert. In der Regel erhalten sie nach einer gewissen Zeit eine Ausweisungsverfügung. Sie müssen dann Italien innerhalb von vierzehn Tagen verlassen. Sie können weiterreisen, wohin sie wollen. So kommen sie in die Schweiz.»

«Und Lado kam auf diesem Weg?»

«Es deutet alles darauf hin.»

«Wie konnte er die Schlepper bezahlen?»

«Discountschleusung», sagte Fontana trocken. «Sie ist aber heikel. Oft werden mittellose Migranten bewusst auffällig über die Grenze geschickt, damit die Grenzorgane auf sie aufmerksam werden. Etwas weiter entfernt wird unbemerkt eine Garantieschleusung abgewickelt.»

«Ein gut organisiertes Unternehmen.»

Fontana stimmte zu. «Acht bis dreizehn Milliarden Jahresumsätze. In Westeuropa. Grundsätzlich gilt, je mehr man zahlt, desto sicherer die Schleusung. Eine Garantieschleusung ist bequem. Die Qualität der gefälschten Dokumente ist ausgezeichnet. Bei Bedarf werden die Asylsuchenden mit einem kompletten Asylvorbringen ausgestattet. Allenfalls sogar mit ergänzenden Dokumenten zur Stützung der Glaubwürdigkeit. Eine Discountschleusung hingegen beschränkt sich auf ein Minimum an Unterstützung.»

«Und trotzdem. Auch eine Discountschleusung ist nicht gratis. Woher hatte Lado das Geld?»

«Die Grossfamilie, Angehörige desselben Clans, Bekannte, Nachbarn – alle helfen mit. Wenn sie ein Mitglied bis nach Europa bringen, sind sie für den Rest ihres Lebens saniert. Dieses schickt dann regelmässig Geld nach Hause.»

Fontana erriet Cavallis Gedanken. «Ich weiss, ich möchte auch nicht derjenige sein, der die Verantwortung für die ganze Sippe trägt.»

Cavalli musterte den Bündner. Er sah nicht gut aus. Seine Haut war fahl und spannte über seinen Wangenknochen. Sein dichtes, braunes Haar wirkte matt. Cavalli beschloss, noch eine letzte Frage zu stellen und Fontana dann in Ruhe zu lassen. Doch was Janett bei ihm gesucht hatte, musste er wissen. Bevor er das Foto des Feuerwehrmannes hervorziehen konnte, klingelte sein Handy.

Constanzes Stimme war ungewöhnlich schrill. Als Cavalli hörte, was sie zu berichten hatte, vergass er Janett.

«Pilecki und Gurtner sind bei dir?», wiederholte er. «Es musste ja so weit kommen, verdammte Scheisse», fluchte er ins Telefon. «Ich habe dir immer gesagt, es ist nur eine Frage der Zeit! Dieser Junge ist ein einziger riesiger Problemhaufen. Ich bin in einer Viertelstunde dort.»

Er brach die Verbindung ab und stiess den Stuhl mit dem Fuss zurück. Wortlos verliess er das Büro. In der Eingangshalle winkte ihm Blandina zu. Er ignorierte sie.

Während er, ohne die Verkehrsregeln zu beachten, nach

Witikon fuhr, tauchten Bilder aus Christophers Kindheit auf. Er erinnerte sich daran, wie sein Sohn mit zwei Jahren von seinem Hochstuhl gefallen war, unfähig, auf der kleinen Sitzfläche zu stehen. Wie er von dem Tag an darauf beharrt hatte, auf einem normalen Stuhl zu sitzen, obwohl sein Kinn kaum zur Tischkante reichte. Cavalli hatte seine Sturheit bewundert. Solange sie nicht gegen ihn gerichtet war. Wie damals, als er die Stützräder vom Fahrrad abmontiert hatte. Der Junge weigerte sich aufzusteigen, bis Cavalli der Geduldsfaden riss. Er hatte das widerspenstige Kind gepackt, auf den Sattel gesetzt und das Fahrrad weggestossen. Christopher hatte sich nicht einmal die Mühe gemacht, zu treten. Er wartete einfach, bis das Rad langsamer und ein Sturz unausweichlich wurde. Und brach sich dabei den Arm.

Dass Cavalli diesen Moment nie mehr vergass, lag nicht so sehr am Unfall selbst, sondern an Christophers Reaktion. Als der Fünfjährige auf dem Boden lag, weinte er nicht. Er hob den Kopf und sah seinen Vater triumphierend an. Von dem Moment an wusste Cavalli, dass es keinen Zweck hatte, ihn zu irgendetwas zu zwingen.

Trotzdem tappte er immer wieder in die Falle. Er warf ihn ins Wasser, als er sich weigerte, schwimmen zu lernen. Klemmte ihn unter den Arm und stellte ihn im Wald ab, als er sich gegen Spaziergänge wehrte. Servierte ihm zwei Tage lang den gleichen Teller Fenchel.

Anfangs hatte Cavalli geglaubt, das Kind sei bloss starrköpfig. Doch mit der Zeit nahm er Christophers Reaktion persönlich. Dass sein eigener Sohn ihn ablehnte, traf ihn hart. Constanze hingegen blühte auf. Sie rieb ihm seine Unfähigkeit unter die Nase, glücklich, einen wunden Punkt im harten Panzer ihres Mannes gefunden zu haben.

Cavalli parkte hinter dem Dienstwagen von Pilecki und Gurtner. Er war seit Jahren nicht mehr hier gewesen. Constanze hatte die Eigentumswohnung kurz nach der Scheidung gekauft. Damals war der Neubau von nackter Erde umgeben gewesen. Heute überragten Birken das Dach.

Er klingelte.

Constanze machte sofort auf. Ihre steife Haltung liess darauf schliessen, dass es ihr schwer fiel, nicht ausfällig zu werden. Was sie in Anwesenheit der Polizisten nicht auszusprechen wagte, kompensierte sie mit einem maliziösen Blick. Sie führte ihn zu Christophers Zimmer. Cavalli blieb in der Tür stehen. Als er Pilecki und Gurtner im Zimmer seines Sohnes erblickte, stieg ein Gefühl von Scham in ihm auf.

«Ihr könnt gehen», sagte er kühl.

Gurtner verliess rasch das Zimmer. Pilecki stellte sich vor seinen Chef und legte ihm beschwichtigend die Hand auf den Arm. Cavalli schüttelte ihn ab.

«Wir haben nur sein Alibi überprüft.» Pilecki sprach die Worte, als hätten sie nichts weiter zu bedeuten. «Kein Grund zur Sorge.»

«Für wie blöd hältst du mich? Geh. Ich übernehme hier.»

Unsicher blickte Pilecki zurück zu Christopher. Er hatte sich nicht bewegt. Mit einem scheinbar gelangweilten Gesichtsausdruck starrte er Löcher in die Luft.

Die Zimmertür fiel hinter Cavalli ins Schloss. Er stellte sich vor das Bett seines Sohnes.

«Was hast du zu sagen?», presste er hervor.

Christopher ignorierte ihn.

Cavalli wartete. Die Minuten verstrichen. Er versuchte, sich mit tiefen Atemzügen zu beruhigen. Bei Befragungen war seine Ausdauer seine grösste Stärke. Er konnte stundenlang konzentriert warten. Bis die Fassade seines Gegenübers zu bröckeln begann und Verzweiflung zum Vorschein kam. Dann brachte er das Lügenkonstrukt zu Fall.

Christopher hatte ebenfalls Ausdauer. Er hielt dem Blick seines Vaters stand.

Cavalli musterte ihn. Er fühlte sich hilflos. Das Gefühl der Ohnmacht schlug in Wut um. Schweissperlen traten auf seine Stirn. Er nahm einen Geruch war: Haschisch. Darunter erkannte er das Fundament, auf dem alle Gerüche im Raum aufgebaut waren. Es bestand aus der Ausdünstung von schmutzigen Jeans, Teppichputzmittel und der knisternden Trockenheit, die elektronische Geräte verursachen. Von Christopher selber ging kein Geruch aus. Vielleicht registrierte er ihn nicht, weil er seinem eigenen zu ähnlich war.

Cavalli hatte Mühe, klare Gedanken zu fassen. Die Gleichgültigkeit, mit der Christopher seine Zukunft aufs Spiel setzte, ärgerte ihn.

Dann gähnte Christopher.

Das war Öl ins Feuer gegossen. Cavalli verlor die Beherrschung. Er packte ihn am Kragen und hob ihn hoch. Kurz blitzte die Panik in Christophers Augen wieder auf, dann hatte er sich unter Kontrolle. Er liess sich schlaff fallen, so dass sein Vater ihn mit beiden Händen halten musste.

«Hast du es getan?», zischte Cavalli.

Christopher schwieg.

Cavalli liess los.

Die Tür flog auf, und Constanze stürmte ins Zimmer.

«Was machst du?», schrie sie und eilte auf ihren Sohn zu.

Cavalli begann, das Zimmer nach Hinweisen zu durchsuchen. Er kippte Schubladen auf den Boden und riss die Bettwäsche vom Bett. Constanze versuchte, ihn zurückzuhalten, doch Cavalli schüttelte sie ab, als wäre sie eine lästige Fliege. Das Bild des toten Mädchens schob sich vor seine Erinnerung an Christophers Kindheit. Er schmiss die Bettdecke in eine Ecke und hob die Matratze.

Dort lag ein Plastiksack.

Langsam öffnete er ihn. Er enthielt genug Haschisch, um ein ganzes Schulhaus zu versorgen. Cavalli hielt Constanze den Sack unter die Nase.

«Beeindruckend, deine erzieherischen Fähigkeiten», sagte er. Dann ging er vor Christopher in die Hocke. «Für diese Menge wirst du dich wegen Dealens verantworten müssen.»

Er stand auf und sah auf seinen Sohn herab. «Unter der Matratze versteckt», lachte er abschätzig. «Wie originell.»

Was Cavallis körperlicher Angriff nicht geschafft hatte, erreichte sein Spott. In Christophers Augen schimmerten Tränen. Cavalli kehrte ihm den Rücken zu und suchte weiter. Constanze stand wie versteinert im Zimmer, die Hand über den Mund gelegt. Im Schrank zog Cavalli unter einigen T-Shirts zwei Pornohefte hervor. Er blätterte darin und verzog angewidert das Gesicht. Christophers Augen liefen über. Cavalli liess die Hefte zu seinen Füssen fallen und machte sich am letzten Fach des Schranks zu schaffen. Er fand eine Kartonschachtel hinter einem Stapel Unterwäsche. Misstrauisch nahm er sie an sich. Er war nicht auf die Reaktion seines Sohnes gefasst.

Christopher sprang auf und stürzte sich auf seinen Vater. Er versuchte, ihm die Schachtel aus den Händen zu reissen. Sie flog auf.

Cavalli erstarrte. Als er den fein gewobenen blauen Stoff sah, wusste er sofort, was darin eingewickelt war. Er nahm den mit farbigen Perlen bestickten Gurt behutsam in die Hand. Die symbolischen Bilder erzählten die Geschichte seiner Familie, Mitglieder des Vogel-Clans. Constanze hatte vor zehn Jahren behauptet, sie hätte den Gurt mit dem Rest seiner persönlichen Sachen weggeworfen, nachdem sie Cavalli vor die Tür gestellt hatte. Sie hatte immer gewusst, wie sie ihn zutiefst verletzen konnte.

Christophers Schluchzen holte ihn in die Gegenwart

zurück. Mit steinerner Miene legte er den Gurt zurück in die Schachtel, zwischen die Briefe seiner Grossmutter. Er klemmte die Schachtel unter den Arm. Mit der freien Hand führte er Christopher aus dem Zimmer. So plötzlich, wie sie aufgebraust war, war seine Wut verschwunden. Er spürte nur noch Trauer.

«Die Scheiss-Kügeli-Schlucker waren es», wiederholte der junge Mann und rutschte auf dem Stuhl so weit nach unten, dass Regina nur noch seinen Kopf und seine Knie im Blickfeld hatte. «Mann, die nehmen doch alles mit, was sie in den Busch schicken können.»

Regina betrachtete den vorbestraften Verdächtigen. Sie war überzeugt, dass sie ihm mehrere Einbrüche nachweisen konnte, doch die Serie in Witikon ging eindeutig nicht auf sein Konto.

«Wie kommen Sie darauf, dass Asylsuchende für die Einbrüche verantwortlich sind?»

»Das ist doch klar, Mann.»

Bevor Regina einen neuen Anlauf nehmen konnte, klopfte es an der Tür. Sie blieb sitzen. Antonella hatte strikte Anweisungen, während einer Einvernahme nicht zu stören.

«Sie behaupten, um drei Uhr morgens –«

Wieder klopfte es. Regina entschuldigte sich und öffnete die Tür einen Spalt. «Ich bin mitten in einer Einvernahme», wies sie die Sekretärin ungehalten zurecht.

«Ein Notfall», flüsterte Antonella.

Regina trat in den Flur. «Ich hoffe, dass es wichtig ist!»

Antonella reichte ihr eine Notiz. «Pilecki von der Kapo. Du sollst sofort zurückrufen.»

Cavalli füllte die Formalitäten im Polizeigefängnis aus. Dann reichte er die Beweismittel ein und wartete, bis die Leibesvisitation abgeschlossen war. Endlich winkte ihm der diensthabende Polizist zu.

«Alles klar. Du kannst rein.»

Er setzte sich Christopher gegenüber. Er war plötzlich unsicher, ob es eine gute Idee gewesen war, ihn herzubringen. Er hatte gehofft, Christopher dadurch aufzurütteln und ihm den Ernst der Lage bewusst zu machen. Doch anstatt dass sein Sohn erklärte, wo er am Samstagabend gewesen war, spielte er nervös mit seinem Haargummi.

Cavalli zog ein Standardformular hervor. Es war jetzt wichtig, dass er sich minuziös an die Vorschriften hielt. Wenn er von ihnen abwich, würde er sich Vorwürfe wegen absichtlicher Vertuschung oder Verschleierung von Tatsachen anhören müssen.

Er hatte seit Jahren keine Befragung mehr nach offiziellem Leitfaden durchgeführt. Doch jetzt war er froh, sich an der fremden Logik orientieren zu können. Innerlich schaltete er auf Autopilot um und stellte neutral die erste Frage. Christopher beantwortete sie nicht. Cavalli blickte ihn müde an.

Plötzlich ging die Tür auf, und Regina betrat den Raum. Für einen Augenblick fühlte er sich erleichtert. Doch sofort wurde ihm bewusst, in welcher Funktion sie da war.

«Ich übernehme hier», verkündete sie und streifte ihre Jacke ab. Sie ging auf Christopher zu und streckte ihm ihre Hand hin. Ohne aufzusehen, berührte er sie mit schlappen Fingern.

«Wir sprechen uns später», sagte sie zu Cavalli. Sie machte sich daran, ihre Unterlagen auszupacken.

Cavalli erhob sich vom Stuhl. «Ich will bei der Befragung dabei sein.»

«Constanze ist unterwegs», erwiderte Regina. Sie öffnete ihm die Tür. «Achtzehn Uhr. In meinem Büro.»

Dann wandte sie sich Christopher zu. «Chris, weisst du, worum es hier geht? Was hat dir dein Vater erzählt?»

«Nichts», nuschelte er. Sein Pferdeschwanz hatte sich gelöst, und die schwarzen Haarsträhnen verdeckten sein Gesicht.

Regina erklärte es ihm. Christopher schaute nicht auf, während sie sprach.

«Wo warst du am Samstagabend?» Als Christopher nicht reagierte, lehnte sich Regina nach vorne. «Chris, schau mich an!» Er hob den Kopf und sah in die ungefähre Richtung Reginas.

«Wo warst du?»

Nichts.

Seufzend lehnte sich Regina zurück. Immerhin versteckte Christopher sein Gesicht nicht mehr hinter seinem Haarschopf. Sie musterte ihn. Er liess es gleichgültig geschehen.

«Erzähl mir von Timon. Er soll eng mit dir befreundet sein.»

Christopher zuckte cool mit den Achseln. «Und wenn schon.»

«Wie ist er?»

«Geil.»

«Was macht ihr zusammen?», fragte Regina, überrascht, dass sie eine Antwort erhalten hatte.

«Musik hören, gamen.» Er knackte mit den Fingerknöcheln und schaute Regina an. «Was man eben so macht.»

«Zu zweit? Oder mit andern Kollegen zusammen?»

«Kommt darauf an. Wer grad Zeit hat. Was wir machen.» Er schaute sich um. «Gibts hier eigentlich nichts zu trinken?»

Regina stand widerwillig auf. Sie wollte das Gespräch nicht unterbrechen, jetzt, wo er zu reden begonnen hatte. Doch wenn sie ihn bei Laune halten wollte, blieb ihr nichts anderes übrig.

«Was willst du? Cola? Wasser?»

«Red Bull», forderte er, um ihre Reaktion zu testen. Als sie das Zimmer ohne Kommentar verliess, sah er ihr erstaunt nach. Kurz darauf kam sie mit einer Dose Red Bull und einem Sandwich zurück.

«Wo trefft ihr euch?», fuhr Regina fort.

Christopher packte das Sandwich aus und roch daran. «Salami wäre mir lieber gewesen.»

Regina liess sich nicht provozieren. «Ich werde es mir merken.»

Sie beobachtete, wie Christopher trotzdem genüsslich ins Brot biss. Der ängstliche Junge war verschwunden, an seiner Stelle sass ein Jugendlicher, dem sie zutraute, zwei Kilogramm Haschisch zu verhökern. Er nahm einen tiefen Schluck der blassen Flüssigkeit und rülpste.

«Trefft ihr euch in Witikon? Oder in der Stadt?»

«Meistens in der Stadt», sagte er mit vollem Mund. «Die Lokale sind geiler.»

Regina unterdrückte ein Schmunzeln. «In Witikon ist wohl nicht viel los.»

Christopher gestikulierte mit dem Sandwich, so dass die Krümel auf den Boden fielen. «Witikon ist Scheisse.»

Bevor er näher darauf eingehen konnte, wurde die Tür geöffnet, und ein junger Polizist führte Constance herein. Ihr Blick glitt kontrollierend über Christopher.

Sie setzte sich neben ihn und musterte Regina. «Was ist denn mit dir passiert?»

Regina wusste nicht, wovon sie sprach. Sie hatte Constance seit Jahren nicht mehr gesehen.

«Du siehst irgendwie anders aus», erklärte Constance.

Regina zweifelte keinen Moment daran, dass die Bemerkung als Beleidigung gedacht war.

«Es muss wohl das Alter sein», fuhr Constance fort.

Christopher beobachtete seine Mutter verlegen. Als sie ihre Aufmerksamkeit auf ihn richtete, liess er seinen Vorhang aus schwarzem Haar über sein Gesicht fallen.

Regina räusperte sich und fuhr mit den Fragen fort. Doch es hatte keinen Zweck mehr. Christopher sagte keinen Ton. Constanze entschuldigte sich für ihren unkooperativen Sohn und gab zu verstehen, dass Reginas Befragungstechnik an seinem Schweigen Schuld sei.

«Schliessen wir für heute», meinte Regina resigniert. Es war ihr anzusehen, was sie von Constanze hielt. Sie legte eine Hand auf Christophers Schulter. «Wenn du dich jetzt strikt an die Regeln hältst und kooperierst, wird dir die Jugendanwaltschaft anrechnen, dass du noch nie mit dem Gesetz in Konflikt geraten bist. Aber denk daran, zwei Kilogramm Haschisch werden ernst genommen. Du kannst es dir nicht leisten, irgendeinen Blödsinn anzustellen. Ich möchte, dass du mir eine Liste all deiner Freunde zusammenstellst. Ich will wissen, wo ihr euch trefft, was ihr zusammen macht.»

Christopher legte den Kopf schräg und sah sie zweifelnd an. Doch er widersprach nicht. Regina hoffte, dass er den Ernst der Lage begriff und die Chance packte, die sie ihm bot. Wenn er unschuldig war. Wenn er nicht aus Langeweile, Frust oder ganz ohne Grund eine Asylunterkunft in Brand gesteckt hatte. Sie spürte einen Kloss im Hals und drückte seine Schulter.

«Du kannst gehen.»

Regina machte auf dem Weg zurück in die Bezirksanwaltschaft einen Abstecher zum Falafelstand. Obwohl ihr gar nicht nach Essen zumute war, brauchte sie die Stärkung. Ihre Gedanken wirbelten wild durcheinander. Wenn sie es nicht schaffte, diese ein bisschen zu ordnen, würde sie beim Gespräch mit Cavalli den Kürzeren ziehen. Sie wusste aus Erfahrung, dass sie ihm gegenüber nicht die kleinste Schwäche zeigen durfte. Er kannte sie zu gut.

Der Türke am Stand lächelte ihr aufmunternd zu, während

er gekonnt das Fladenbrot rollte. Er schenkte ihr eine Cola. Die kleine Aufmerksamkeit hob für einen kurzen Moment ihre Laune. Als sie jedoch am Stehtisch ihre Notizen hervorzog und Fakten von Gefühlen und Vermutungen zu trennen versuchte, spürte sie wieder den Kloss im Hals.

Tatsache war, dass es in Witikon rassistische Vorfälle gegeben hatte. Tatsache war ebenfalls, dass Jugendliche involviert gewesen waren. Und dass auch die Spuren an der Brandstelle auf jugendliche Täter hindeuteten. Und schliesslich, dass in diesem Zusammenhang die Namen Timon Schmocker und Christopher Cavalli gefallen waren. Daran gab es kein Rütteln. Beide hatten für die fragliche Zeit kein Alibi, ausser demjenigen, das sie sich gegenseitig gaben. Beide waren arbeitslos und hatten keine geregelte Tagesstruktur.

Regina legte den halben Falafel zurück auf den Kartonteller. Die Strasse war belebt, der Feierabendverkehr setzte ein. Der Menschenstrom floss Richtung Hauptbahnhof. Sie schlug die entgegengesetzte Richtung ein und liess den letzten Gedanken zu, der an ihr nagte: dass Janett in Begleitung eines schwarzen Jugendlichen gesehen worden war. Als Cavalli ihr die Tatsache an den Kopf geworfen hatte, war sie nicht in der Lage gewesen, die Aussage zu begreifen. Doch jetzt konnte sie die Augen nicht vor der Bedeutung der Worte verschliessen. Sie zweifelte keinen Augenblick daran, dass Cavalli Janett nur aus Eifersucht unter die Lupe genommen hatte. Doch er wäre fair genug, vom Feuerwehrmann abzulassen, wenn er nichts entdeckte. Er hatte Zweifel in ihr gesät, und sie begannen zu keimen. Warum interessierte sich Janett ausgerechnet jetzt für sie? Sie hatte schon mehrmals mit ihm zu tun gehabt. Er war zwar immer freundlich gewesen, doch sein Interesse ging nie über das Berufliche hinaus.

Der Lärm des Feierabendverkehrs folgte ihr in die Bezirksanwaltschaft.

Cavallis Schritte hallten auf den Steinplatten. Die BAZ war wie leergefegt. Eine beschürzte Frau schob langsam einen Putzwagen vor sich her.

Cavalli sah Regina an, dass sie gut vorbereitet war. Sie setzte sich hinter ihren Schreibtisch und deutete auf den Besucherstuhl. Die breite Tischplatte zwischen ihnen vergrösserte die Distanz, die Cavallis Verhalten geschaffen hatte.

Regina sah ihm in die Augen: «Du warst heute auf dem Migrationsamt.»

Darauf war er nicht gefasst. Er verschränkte die Arme.

«Wir hatten beim Rapport beschlossen, dass ihr eure ganze Aufmerksamkeit vorerst auf die rechtsextreme Szene in Witikon richtet», sagte Regina.

«Du, nicht wir», erinnerte Cavalli.

«Richtig. Und deshalb habe ich erwartet, dass du die Ermittlung in diese Richtung leitest.» Regina legte die Handflächen auf den Tisch. Die kühle Platte wirkte beruhigend. «Das war Punkt eins. Zweitens: Du hast deinen eigenen Sohn befragen wollen.»

Cavallis Augen verengten sich.

«Du weisst genau, dass kein Richter Christophers Aussagen unter diesen Umständen als stichhaltig genug einschätzen würde. Durch dein Vorgehen bringst du die Untersuchung in Gefahr. Du hättest dich sofort an mich wenden müssen, als du Christophers mögliche Verwicklung erkannt hast.»

Sie wich seinem harten Blick nicht aus. Als Bezirksanwältin stand es ihr zu, dass sie die Richtung der Untersuchung bestimmte und dafür sorgte, dass die Beweise vor Gericht standhielten. «Chris ist ein möglicher Verdächtiger in einem Mordfall.»

Der Satz hing wie ein Damoklesschwert in der Luft.

«Ich kann nicht zulassen, dass du diese Ermittlung weiterhin leitest.»

Cavalli sass wie versteinert auf seinem Stuhl. Er hatte unbewusst darauf vertraut, dass Regina ihm Rückendeckung geben würde, bis klar wurde, ob Chris tatsächlich involviert war. Dass er dann den Fall abgeben musste, war klar. Doch bis jetzt bestand Christophers Vergehen einzig darin, dass er kein Alibi vorwies und einen rassistischen Freund hatte. Das Haschisch war eine andere Geschichte.

Cavallis Ärger machte einer bleiernen Resignation Platz. Seine Glieder wurden schwer, und seine Kampflust verliess ihn. Von fern hörte er Reginas Stimme.

«… die Einbruchserie in Witikon. Wir kommen nicht weiter. Ich möchte, dass du ein geografisches Profil der Serie erstellst. Du wirst aus deiner Zusammenarbeit mit dem BKA wertvolle Erfahrungen einfliessen lassen. Dein Vorgesetzter ist informiert.» Sie schlug einen sanfteren Ton an. «Cava? Hörst du mir zu?»

Nicht einmal der vertraute Kosename drang zu ihm durch. Regina verfiel in unsicheres Schweigen.

Cavallis Handy klingelte. Automatisch drückte er auf den richtigen Knopf und meldete sich. Hahn berichtete, dass er die Resultate vom zahnärztlichen Institut erhalten hatte. Lado war zum Zeitpunkt seines Todes neunzehn Jahre alt gewesen. Mit ausdrucksloser Stimme leitete Cavalli die Information an Regina weiter. Er hörte seinen eigenen schweren Atem. Von seinem Platz aus konnte er auf das Volkshaus sehen. Ein Velofahrer flitzte zwischen den Autokolonnen hindurch. Cavalli glaubte, einen schwachen Duft von Sommer zu spüren. Er stand auf und ging ans Fenster. Er richtete seinen Blick nach Westen, zum Meer. Wenn er jetzt losrennen würde, würde er es in einigen Tagen bis zur Küste schaffen. Er hatte bereits einmal eine ähnliche Strecke zurückgelegt, als er beschlossen hatte, Strassburg zu verlassen, um nach Hause zu gehen. Damals war er erst vierzehn Jahre alt und ein ungeübter Läufer gewesen. Heute wäre er schneller. Ein Sonnenstrahl stach durch ein kleines Loch der Wolkendecke und beleuchtete ihn. Er setzte seine Sonnenbrille auf und tauchte seine Welt wieder in Dunkelheit.

Regina erhob sich ebenfalls. Ihre Vorsätze lösten sich in Mitgefühl auf. «Cava, wenn er unschuldig ist, werden wir es herausfinden.» Sie legte ihre Hand auf seine Schulter. «Das Beste, was du jetzt tun kannst, ist, dich aus den Ermittlungen herauszuhalten. Chris braucht dich als Vater, nicht als Polizist. Pilecki wird den Fall so weiterführen, wie du es ihm beigebracht hast.»

Cavalli starrte in die Ferne. «Pilecki hat ab übernächster Woche Ferien.»

Das hatte Regina nicht gewusst. «Es gibt auch andere fähige Kriminalpolizisten. Aber keine weiteren Geo-Profiler.»

Cavalli nahm einen letzten Anlauf. «Ich möchte von Lado ein Opferprofil erstellen.»

«Der Bruch erwartet dich morgen um acht Uhr.» Regina hätte ihren Beschluss gern in schöne Worte verpackt, doch Cavalli wäre nicht darauf hereingefallen. Sie hätte bloss seinen Stolz verletzt.

Ihre Hand glitt von seiner Schulter, als er sich vom Fenster wegbewegte. Er steuerte auf die Tür zu.

«Cava», rief sie ihm nach.

Er blieb stehen, drehte sich aber nicht um.

«Was du in deiner Freizeit machst, ist natürlich deine Sache.»

Er ging weiter.

Der Sommerabend war nicht warm. Trotzdem zog es die Menschen auf die Strassen. Aus den Hinterhöfen erklang das Echo von Kinderstimmen; auf den Dachterrassen wurde gegessen. Cavalli fuhr direkt nach Hause. Er schmiss eine halbe Packung Polenta in heisses Wasser, ohne sich die Mühe zu machen, Salz beizufügen. Er löffelte den Maisbrei im Stehen aus der Pfanne. Dann zog er sich um und schnürte seine Joggingschuhe. Aus der Wohnung über ihm ertönte der schrille Anpfiff eines weiteren Fussballmatches.

Der Wald leuchtete in einem satten Grün. Mit gleichmässigen Schritten nahm Cavalli seine übliche Laufstrecke in Angriff. Der Weg führte steil bergauf Richtung Loorenkopf. Er nahm tiefe Atemzüge und spürte, wie der Sauerstoff seinen Körper durchflutete. Das bleierne Gefühl in den Beinen verschwand, als er seinen Rhythmus fand. Die Erinnerung an jenen Morgen in Strassburg, als er das Rennen entdeckte, stieg in ihm hoch. Es war sein vierzehnter Geburtstag gewesen. Schon im Bett hatte er den süssen, schweren Duft von Schokolade gerochen. Jahr für Jahr buk seine Mutter denselben ekelhaften Kuchen. Er zählte die Zeit, die er ab seinem neunten Lebensjahr bei ihr verbringen musste, in klebrigen Klumpen. Der fünfte Kuchen war einer zu viel gewesen. Er war in der Küche gestanden und hatte auf das Kuchengitter gestarrt. Plötzlich trugen ihn seine Beine fort. Nach Westen. Nach Hause, zu seiner geliebten Grossmutter. Zu Beginn rang er nach Luft. Mit der Zeit gewöhnte sich sein Körper an die Bewegung. Jeder Schritt weckte die Lust auf mehr, wellenförmig durchfloss ihn das Bewusstsein, am Leben zu sein. Von den Zehen über die Waden, den Rücken hinauf, geballt in seinen Schultern, bis in die Fingerspitzen hinein.

Er war beim Loorenkopf angekommen und rannte am Aussichtsturm vorbei Richtung Gockhausen. Die Strecke war jetzt flach, und er legte an Tempo zu. Eine Joggerin mit blondem Pferdeschwanz lief ihm entgegen. Sie erinnerte ihn an seine Verabredung mit Blandina. Er hätte sie vor einer Stunde abholen sollen. Er drosselte sein Tempo nicht. Sie würde es ihm verzeihen.

In Gockhausen machte er einen ungeplanten Umweg

durch Reginas Wohnquartier. Die Fenster ihrer Wohnung waren zu. Er rannte schneller, damit er sich auf seinen Atem konzentrieren musste. Blickte trotzdem noch einmal zurück. Dann stach er wieder in den Wald. Bei einem Brunnen machte er kurz Halt, um den bitteren Geschmack, den die Erinnerung an das Gespräch mit Regina verursachte, auszuspülen. Die Dämmerung setzte ein.

Als er am Atlantik angekommen war, hatte er nicht mehr weitergewusst. Das offene Meer versperrte ihm den Weg. Er hatte einen Gegner gefunden, der stärker war als er. Sein Frust wandelte sich in Achtung vor dem tobenden Wasser. Der Wind peitschte das Wasser auf, weisse Schaumkronen ritten auf den Wellen. Er liess sich langsam vom Meer hinausziehen und tauchte in die Dunkelheit ab. Immer und immer wieder. Die Wellen trugen ihn zurück ans Land, vom Sand massiert und erholt.

Er erreichte die Stadtgrenze. Es war inzwischen dunkel. Er verlangsamte sein Tempo und bog in den Kiesweg ein, der an der Brandstelle vorbeiführte. Die Absperrbänder der Polizei flatterten leise, wo Unbekannte sie durchtrennt hatten.

Cavalli ging auf die geschwärzten Mauern zu. Das eingeschlagene Fenster war mit Karton abgedeckt. Der Garten war in völlige Dunkelheit getaucht. Cavalli folgte der Spur der Feuerwehr im niedergetrampelten Gras. Es war aussergewöhnlich still. Das leise Gefühl, nicht allein zu sein, beschlich ihn und schärfte seine Sinne. Er näherte sich der Hecke, die ihm den Rücken deckte. Er konnte knapp die Umrisse eines Schuppens erkennen. Sorgfältig folgte er der Grenze des Grundstücks. Ein Zweiglein knackte unter seinem Fuss, und er erstarrte. Hielt den Atem an. Nichts. Er nahm einen langsamen Schritt, dann noch einen. Ging neben der Tür zum Schuppen in die Hocke und lehnte sich an die hölzerne Wand.

Hatten die Kinder in diesem Garten gespielt? Sich im Gras

vergnügt, gestritten und Käfer beobachtet? Oder hatten sie das Lachen im Krieg verloren? Vielleicht hatten sie in ihrem kurzen Leben nie gelernt, was es hiess, glücklich zu sein. Und Lado? Cavalli dachte an die Bilder von Kindersoldaten: dünne Knaben mit Kalaschnikows, die fast grösser waren als sie selber. Die Volksbefreiungsarmee SPLA rekrutierte Kinder in abgelegenen Dörfern. Versprach, sie in eine gute Schule zu bringen, die sich dann als militärisches Ausbildungslager entpuppte. Sie waren Kanonenfutter in einem aussichtslosen Kampf gegen die Panzer der Regierungsarmee. In der Schweiz missbrauchen wir junge Afrikaner auf gesittete Weise, dachte Cavalli. Und sie uns.

Sein Gefühl, dass jemand im Garten war, wurde stärker. Er liess den Blick über jeden Schatten gleiten. Dem Geruch von feuchtem Gras mischte sich die Ausdünstung eines Menschen bei. Cavalli streckte den Arm und presste seine Hand auf die Türfläche. Sie ging nicht auf. Er erhob sich leicht, um den Riegel zu erreichen. Das rostige Metall war mit einem Zahlenschloss versehen.

Cavalli konzentrierte sich auf die Gerüche. Die Nachtluft strömte aus dem Wald und schob sich unter das Aroma der Zivilisation. Auf der Ostseite des Gartens war die Durchmischung stärker. Er ging behutsam auf die Stelle zu. Er erinnerte sich daran, hier den Plastikball gesehen zu haben. Dort, wo das Spielzeug gelegen hatte, erspähte er einen Schatten. Die Umrisse passten nicht zum Bild, das Cavalli in Erinnerung hatte. Die bizarren Formen der geknoteten Gräser waren weniger hoch gewesen, die Sträucher weiter im Hintergrund. Das Adrenalin schoss durch seinen Körper. Er ging auf den Schatten zu. Als er näher kam, glaubte er, einen Menschen zu erkennen. Dieser müsste ihn gehört haben, doch er regte sich nicht. Cavalli meinte, sich getäuscht zu haben. Er lauschte angestrengt in die Nacht. Hörte keine Atemzüge. Er versuchte, den Geruch der Gestalt zu erfassen. Erhaschte die Spur einer menschlichen Ausdünstung: warm, scharf und leicht staubig. Die Gestalt musste schon eine Weile in der gleichen Position verharrt haben. Cavalli bückte sich und kniete ins Gras. Langsam gewöhnten sich seine Augen an die Dunkelheit. Der schwarze Fleck löste sich in Schattierungen auf. Er erkannte zwei helle Flecken in einem dunklen Gesicht. Ein vertikaler Strich schimmerte. Es ging keine Bedrohung von der Figur aus. Sie sass wie versteinert da und starrte auf das Haus. Die alten, knochigen Hände hielten den farbigen Spielzeugball.

Adam Sahl drehte den Kopf nicht, als sich Cavalli neben ihn setzte. Jetzt erkannte Cavalli, dass der Strich auf der Wange des alten Mannes glänzte, weil der Mondschein auf der nassen Tränenspur reflektiert wurde.

Er ertrug die Fragen nicht. Jedes Wort legte er auf die Waagschale, in ständiger Angst, sich zu verraten. Man hatte Verdacht geschöpft. Er spürte es. Ein Zittern ergriff ihn. Er hörte seine Zähne klappern, wie ein Güterzug, der sich näherte. Die schmalen Augen hatten sich in seine gebohrt, die Pupillen unerkennbar in der dunklen Iris. Die kräftigen Arme vor der Brust verschränkt, zwei eiserne Griffe, die bald zupacken würden. Er hörte den dumpfen Aufprall der Flasche. Spürte die Verzweiflung, als sich das Leben des Jungen dunkelrot über den Waldboden ergoss. Sah den stummen Schrei im Fenster. Er fand nicht die Kraft, seine Tränen wegzuwischen.

Ich vermisse Thok, wurde ihm auf einmal bewusst. Er war in sein Leben geglitten und hatte die Leere langsam gefüllt, ohne grosse Wellen zu schlagen. Er hatte dort Zuneigung gefunden, wo er sie am wenigsten erwartet hatte. Thok hatte ihm das Lachen wieder beigebracht. Und das Weinen.

6

Rollschuhe oder Barbiepuppe? Pilecki stand in der Spielwarenabteilung und wägte Pro und Kontra ab. Am liebsten hätte er ein Fahrrad gekauft, aber er wollte nicht den Eindruck erwecken, dass er sich mit teuren Geschenken einzuschmeicheln versuchte. Irina würde die Rollschuhe vorziehen. Sie hielt nicht viel von den künstlichen Puppen.

Pilecki betrachtete die langbeinige Blondine. Cavallis Frauen kamen ihm in den Sinn. Er schmunzelte. Vielleicht hatte sein Chef als Kind mit Barbies gespielt. Was solls, dachte er. Das Geschenk war für Katja, nicht für Irina. Wenn die Beziehung zu Irina halten sollte, war dies die kleinste Prüfung.

Pilecki ging zur Kasse.

«Ihre Tochter wird sich freuen», lobte die Kassiererin seine Wahl.

Pilecki korrigierte sie nicht. Als er das Wechselgeld einsteckte, klingelte sein Handy.

«Juri? Regina Flint. Entschuldige, dass ich störe. Ich muss dich sprechen.»

«Kommst du nicht zum Rapport?», fragte Pilecki. «Dreizehn Uhr.»

«Nein. Ich muss dich jetzt sehen.»

«Worum gehts?»

«Das möchte ich nicht am Telefon besprechen. Kannst du zu mir ins Büro kommen?»

«Jetzt?», fragte Pilecki erstaunt.

«Ja.»

«In Ordnung.» Pilecki steckte das Handy in seine Tasche zurück. Er stieg am Paradeplatz in den Zweier und fuhr direkt zum Bezirksgebäude. Als er an der Tramhaltestelle ausstieg, schlug ihm Baulärm entgegen. Sein Atem passte sich dem Staccato des Bodenstampfers an.

Regina erwartete ihn. «Setz dich. Kann ich dir etwas holen? Kaffee? Mineralwasser?»

«Kaffee wäre super.» Pilecki schaute sich im Büro um. Die Akten auf dem Schreibtisch lagen in ordentlichen Stapeln, Ordner und juristische Fachbücher füllten die Regale bis auf den letzten Platz. Er suchte einen Aschenbecher und entdeckte eine schwarze Postkarte mit der Aufschrift: Uns stinkt. Er liess das Zigarettenpäckchen in seiner Brusttasche.

Regina stellte ihm den Kaffee hin. «Du fragst dich bestimmt, was so dringend ist.»

Pilecki wartete.

«Ich habe eine Bitte an dich.» Regina spielte mit ihrem Fingerring. «Hast du genug Zucker? Kaffeerahm?»

Pilecki nickte wortlos und wartete.

Regina holte tief Luft. «Hör zu. Ich weiss, dass du übernächste Woche Ferien hast.» Sie erzählte ihm, dass sie Cavalli vom Fall abgezogen hatte.

Pilecki war nicht erstaunt. «Glaubst du, Christopher steckt mit drin?»

Regina seufzte. «Ich habe wirklich keine Ahnung. Cavalli wollte die Ermittlung schon in eine andere Richtung lenken, bevor Christophers Name fiel. Aber wir dürfen die Augen nicht vor der Tatsache verschliessen, dass bis jetzt einzig Fremdenfeindlichkeit als mögliches Motiv gefallen ist. Und sowohl Chris wie Timon Schmocker haben in der Vergangenheit Ausländer belästigt.»

«Wir stehen ganz am Anfang. Wir sehen erst die Spitze des Eisbergs», warnte Pilecki.

«Ich weiss. Deshalb ist es wichtig, für alles offen zu bleiben.» Regina sah ihn bittend an.

Pilecki drehte den Kopf zum Fenster. «Es gibt viele gute Polizisten beim KV.»

«Aber keinen, dem Cavalli so vertraut wie dir.» Regina sah, dass Pilecki die Leitung nicht übernehmen wollte. Sie hatte ein schlechtes Gewissen, ihn unter Druck zu setzen. Sie tat es trotzdem.

«Wir müssen Christopher genauer unter die Lupe nehmen. Wie du weisst, bedeutet das, dass wir auch sein Umfeld untersuchen. Cavalli legt viel Wert darauf, sein Privatleben unter Verschluss zu halten. Du bist diskret. Du bist kompetent, tolerant und hast es nicht nötig, dich auf Kosten anderer zu profilieren. Du wirst ihm sein Versagen nicht unter die Nase reiben, ihm nicht –»

«Ist ja gut, ich weiss, was du sagen willst», unterbrach Pilecki. Er stand auf und griff automatisch zum Zigarettenpäckchen. Sein Blick fiel auf den Plastiksack mit der Barbiepuppe.

Regina holte einen Aschenbecher aus der Schublade.

«Wenn ich nicht bald Urlaub hätte ...» Pileckis Worte hingen verloren im Raum.

Regina schwieg.

Er sah sie an. Die Aktenberge bildeten eine Festungsmauer um sie. Er fluchte innerlich, als sie ihren Blick flehend an ihn heftete. Verdammt, dachte er. Der Häuptling hat das Glück vor der Nase. Er müsste nur zugreifen. Und weil er unfähig ist, sich seinen Ängsten zu stellen, soll ich meine Zukunft aufs Spiel setzen. Monatelang hatte Pilecki wortlos zugesehen, wie sich Cavalli und Regina im Kreis drehten. Statt die Liebe zu packen, wenn sie in Reichweite war, wich Cavalli feig zurück. Hätte er den Schritt gewagt, stünde er jetzt nicht allein da.

«Er vertraut nur dir», wiederholte Regina.

«Ich werde es mir überlegen», antwortete Pilecki.

«Danke!» Regina sah ihn erleichtert an.

Pilecki spürte, dass sie seine Antwort als Zustimmung wertete.

Cavalli sammelte die Befragungsprotokolle ein. Seine Kollegen vom Bruch hatten ihm sämtliche Unterlagen der Einbruchserie kopiert. Um sie alle durchzusehen, brauchte er Tage. Er trug sie in sein Büro und liess sie auf seinen Schreibtisch fallen.

Es klopfte, und Pilecki streckte den Kopf herein. «Chef?»

Cavalli sah auf.

Auf dem Boden lag ein Bleistift. Pilecki hob ihn auf und drehte ihn zwischen den Fingern. «Regina hat mich informiert.»

Cavalli sah ihn schweigend an.

«Ich übernehme die Leitung», fuhr Pilecki fort. Als Cavalli nicht reagierte, beugte er sich vor. «Hörst du mich?»

«Laut und deutlich. Was erwartest du von mir?»

«Unterlagen, Informationen.» Pilecki musste sich beherrschen.

Mit einer gleichgültigen Kopfbewegung zeigte Cavalli auf das Regal. «Dort stehen sie.»

Pilecki stand auf. Seine Augen blitzten verärgert. Er zog einen Ordner hervor und blätterte darin.

«In welche Richtung soll ich die Ermittlungen lenken?», fragte er aus Höflichkeit.

Cavalli verzog das Gesicht. «Wenn du die Leitung übernehmen willst, musst du in der Lage sein, das selbst zu bestimmen.»

Pilecki legte den Ordner auf den Schreibtisch. «Ich bin sehr wohl in der Lage, das zu bestimmen. Aber du hast vielleicht Informationen, die du mir noch nicht mitgeteilt hast!»

Cavalli zuckte nonchalant mit den Schultern. «Nichts

Wichtiges. Ich dachte, du hättest bald Ferien. In neun Tagen wirst du diesen Fall nicht lösen.»

Pilecki atmete tief ein und führte sich Cavallis Situation nochmals vor Augen. Mit Mühe brachte er Verständnis auf. «Dann werde ich sie verschieben müssen.»

Cavalli schnalzte mit der Zunge. Obwohl er wusste, dass er ungerecht war, sagte er: «Hast du kein Privatleben? Vielleicht musst du mal über die Bücher.»

Pilecki klemmte den Ordner unter den Arm und warf ein Buch auf den Tisch. Es rutschte über die Kante hinaus und landete zu Cavallis Füssen. «Ich wollte es Christopher geben. Es scheint ihm wichtig zu sein.»

Er hatte Constanze um das Buch gebeten, nachdem Cavalli seinen Sohn zur Befragung mitgenommen hatte. Für den Fall, dass Christopher über Nacht festgehalten wurde. «Fahrni wird die restlichen Unterlagen holen.»

Mit einem lauten Knall schlug er die Tür zu.

Cavalli hob das Buch auf. Erstaunt las er den vertrauten Titel: Yû we'hi ugû'wa'li i. Er öffnete den Buchdeckel und sah, dass Chris seinen Namen unterhalb Cavallis hineingeschrieben hatte. Was wollte er mit dem Buch? Er konnte es schliesslich nicht lesen.

Resigniert schob er es zwischen seine Unterlagen. Er beschloss, Fontana einen letzten Besuch abzustatten.

Regina bat Erich Rudolf, Platz zu nehmen. Dafür, dass er sich «die Stimme der Witiker» nannte, war er auffallend unsicher. Er streichelte mit dem Finger seinen Oberlippenbart und musterte beeindruckt die Fachbücher im Regal.

Regina ging alle Punkte seiner Aussage nochmals durch. Rudolf blieb bei der Behauptung, er sei in der Brandnacht zu Hause gewesen.

«Als in Witikon vor zwei Jahren ein Durchgangszentrum

eröffnet wurde, haben Sie die Bevölkerung dagegen mobilisiert», hielt Regina ihm vor. «Ist das richtig?»

«Wir müssen uns nicht alles gefallen lassen», verteidigte sich Rudolf. Hinter seiner Brille funkelten seine Augen empört. «Witikon ist ein ruhiger Ort. Die Einwohner haben ein Recht darauf, dass es so bleibt.»

«Und das Durchgangszentrum hat diese Ruhe gestört?»

«Wir brauchen keine Kriminellen. Sie sehen ja, was passiert ist. Ein Dutzend Einbrüche! Die Asylanten stehlen alles, was nicht niet- und nagelfest ist.»

Rudolf verschränkte die Arme selbstgerecht. Er erwartete keinen Dank für sein Engagement, doch mindestens Anerkennung. «Das linke Pack kann gut reden», kam er in Fahrt. «Es verdient an den Asylanten. Ein bisschen mit ihnen plaudern, einige Ratschläge erteilen … aber denken sie je daran, was das den Staat kostet? Und wer die Kosten übernimmt? Dafür habe ich nicht ein Leben lang gearbeitet!»

Regina schloss kurz die Augen. «Als Sie sich damals gegen das Durchgangszentrum gewehrt haben, wurden Sie auch von Jugendlichen unterstützt?»

Der Themawechsel kam Rudolf ungelegen.

«Jugendliche?», wiederholte er.

«Ja. Sie haben uns eine Liste ihrer engsten Mitstreiter gegeben. Sie hatten aber auch Sympathisanten, die bloss am Rand mitgewirkt haben. Waren Jugendliche darunter?»

Rudolf dachte nach. Regina stellte fest, dass ihm das Denken schwerer fiel als das Reden.

«Nein. Die Jugend interessiert sich doch kaum für das, was um sie herum geschieht. Obwohl, eines muss man den jungen Witikern lassen: Es gibt einen kleinen politischen Kern, der sich nicht davor scheut, Stellung zu beziehen.»

«Einen rechtsextremen Kern?», fragte Regina.

«Extrem würde ich das nicht nennen.» In seiner Stimme

lag Stolz. Rudolf beschrieb verschiedene Vorfälle, die auf das Konto der wenigen engagierten Jugendlichen gingen. Sie reichten von der «Zurechtweisung» von Asylsuchenden bis zur «Zurückeroberung» öffentlichen Raums.

Regina zog ein Foto von Timon Schmocker hervor. «Kennen Sie ihn?»

Rudolf blickte unsicher auf. In seinen Augen lag ein argwöhnisches Funkeln. Er zog umständlich ein Taschentuch aus seiner Hosentasche und putzte sich die Nase.

Regina verlor die Beherrschung. «Herr Rudolf, ich möchte Sie daran erinnern, dass wir es hier mit Mord zu tun haben! Wenn Sie Informationen verschweigen, wird Sie das teuer zu stehen kommen.»

Erich Rudolf räusperte sich. Er zuckte mit der Nase. Regina musste an einen Hasen denken.

«Ja, ich kenne ihn.»

«Und? Weiter?»

«Ich habe ihn in der Nähe des abgebrannten Asylantenheims gesehen.»

Regina wartete.

«Das war vor einigen Wochen. Er hat etwas an die Wände gesprayt.»

«Etwas?»

«Fuck Niggers.»

«Sie haben es nicht gemeldet», stellte Regina fest. Ihre Stimme war hart.

Rudolf zuckte mit den Schultern. Er vermied Reginas Blick.

Regina betrachtete die selbst erwählte «Stimme» des Volkes. Sie war sich an sture Polemik gewohnt. Plakative Reden wühlten sie nicht mehr auf. Doch sie ertrug die Macht nicht, die Rudolf in diesem Moment ohne sein Wissen über sie hatte. An seinen nächsten Worten hing viel.

Regina zeigte ihm ein Foto von Christopher.

Rudolf nickte. «Klar kenne ich den. Der fällt ja auf.» Er lachte.

Reginas Glieder wurden schwer. So rasch wie möglich ging sie die Fakten mit Rudolf durch. Notierte seine Beobachtungen und die genauen Daten und Uhrzeiten. Dann begleitete sie ihn zur Tür. Kaum war er draussen, riss sie die Fenster auf.

Rudolf hatte gesehen, wie Christopher um die Asylunterkunft geschlichen war.

Das Echo seiner Worte hämmerte in ihrem Schädel: Geschlichen, geschlichen, geschlichen …

Das Telefon klingelte.

Abwesend meldete sie sich: «Ja, Flint.»

«Cavalli.»

Bevor er weitersprechen konnte, stiess Regina einen zittrigen Seufzer aus. «Cava, gut, dass du anrufst. Hör zu, ich muss –»

Sie wurde unterbrochen: «Frau Flint?»

Regina stutzte. «Was?»

«Sind Sie Bezirksanwältin Regina Flint?»

Regina starrte das Telefon an. Sollte das ein Witz sein?

«Hallo? Sind Sie noch dran?»

Erst jetzt merkte Regina, dass Cavalli mit einem italienischen Akzent sprach.

«Jaaa», antwortete sie langsam.

«Lorenzo Cavalli am Apparat.»

Reginas Handflächen wurden feucht, und der Hörer rutschte ihr fast aus der Hand.

«Entschuldigen Sie», sagte sie atemlos, «ich hielt Sie für jemand anders.»

Lorenzo Cavalli ging nicht auf ihre Entschuldigung ein. «Ich rufe wegen des Brandanschlags in Zürich-Witikon an. Sie leiten die Untersuchung?»

«Jaaa», sagte Regina erneut. Die vertraute Stimme passte nicht zum formellen Ton.

«Ist es richtig, dass Sie gegen Christopher Cavalli ermitteln?»

«Sein Name ist aufgetaucht», gab Regina ausweichend Auskunft.

«Sie können offen sein. Ich bin Rechtsanwalt. Ich praktiziere seit einigen Jahren nicht mehr, doch ich verfolge weiterhin wichtige Untersuchungen. Meine Schwiegertochter hat angerufen. Sie behauptet, Christopher sei einvernommen worden. Ich möchte wissen, was Sie gegen meinen Enkel in der Hand haben.»

Regina hatte sich wieder gefasst. Sie leitete einige allgemeine Informationen weiter. Sie reichten Lorenzo Cavalli nicht.

«Mehr darf ich Ihnen nicht sagen», entschuldigte sich Regina.

«Mein Sohn hat die Kanzlei in Lugano übernommen. Er ist auf Wirtschaftsrecht spezialisiert, hat aber Beziehungen zu ehemaligen Studienkollegen, die im Strafrecht tätig sind. Wenn Christopher einen Verteidiger braucht, kann ich ihn einschalten. In der Zwischenzeit werde ich mich um eine Vollmacht kümmern. Ich will Genaueres über die Rechtslage wissen.»

Regina zögerte. «Darf ich Sie etwas Persönliches fragen?»

«Bitte.»

«Weiss Ihr Sohn, dass Sie angerufen haben?»

«Gabriele? Natürlich.»

«Nein, Bruno.»

«Sie kennen Bruno? Nein, ich habe ihn nicht informiert. Ich brauche seine Erlaubnis nicht. Christopher ist mein Enkel. Ich fühle mich verantwortlich, wenn er in Schwierigkeiten steckt.»

«Ich werde es ihm sagen müssen.»

«Wissen Sie, Stolz ist ein bewundernswerter Charakterzug. Doch er kann auch ein Hindernis sein. Bruno missbraucht seinen Stolz. Was seine Stärke sein könnte, ist seine grösste Schwäche. Er wird Gabriele nie um Hilfe bitten. Ich will nicht, dass meine Familie durch den Schmutz gezogen wird. Gabriele wird Christopher zur Seite stehen.»

«Und Gabriele? Ist er Ihrer Meinung?» Wenn Gabriele seinem Bruder ähnlich war, sah Regina schwarz.

«Gabriele hat kein Problem mit Bruno. Im Gegenteil. Er hat ihn immer bewundert.»

Regina hatte eine letzte Frage: «Stehen Sie ihrem Enkel nahe?»

«Nein. Bruno hat den Kontakt früh abgebrochen.»

Regina hatte ein schlechtes Gewissen, aus persönlichem Interesse Fragen zu stellen, doch ihre Neugier siegte. «Warum?»

Lorenzo Cavalli zögerte. Regina fragte sich, ob sie zu weit gegangen war.

Schliesslich antwortete er: «Bruno will mich damit bestrafen. Kennen Sie ihn gut?»

«Ja.»

«Dann wissen Sie vermutlich, dass er erst als Jugendlicher zu uns nach Lugano kam. Er hat mir nie verziehen, dass er nicht von Anfang an Teil unserer Familie war.»

Regina hörte gebannt zu. Doch Lorenzo Cavalli sagte nichts mehr.

Pilecki ging Cavallis Unterlagen noch einmal durch. Die systematische Arbeitsweise seines Chefs erleichterte es ihm, sich zurecht zu finden. Cavalli hielt sich streng an den von ihm selber geplanten Ablauf. Entsprechend legte er die Ordner zum Fall an. Pilecki fand auf Anhieb, was er suchte.

Er kopierte die Protokolle von Pollmanns Befragung. Gurtner hatte eine Liste mit Personen zusammengestellt, die mit dem Pfarrer persönlich oder beruflich zu tun hatten. Er steckte sie ein und suchte Fahrni und Meyer auf.

Fahrni stellte am Bildschirm einen Bericht fertig. Meyer sass auf seinem Schreibtisch und diktierte ihm den Inhalt. Sie gestikulierte mit einer Dose Cola.

«He!», begrüsste sie Pilecki mit einem Grinsen. «Schön daneben, dein Tipp. Drei zu eins für England. So ein Blödsinn!» Sie klopfte Fahrni auf die Schulter. «Fahrni holst du nicht mehr ein.»

«Selig sind die Unwissenden», antwortete Pilecki gedämpft. «Oder waren es die Dummen? Oder die Armen?»

Fahrni sah auf, als er Pileckis Stimme hörte. Besorgt fragte er, ob alles in Ordnung sei.

Pilecki seufzte und erzählte, dass er die Leitung des Falls übernommen habe. Bevor Fahrni und Meyer sich zu seinen Ferien äusserten, gab er ihnen Anweisungen:

«Ich möchte, dass ihr zu Pollmann fahrt. Es nimmt mich wunder, wie er auf euch wirkt. Ich habe hier die Gesprächsprotokolle der letzten Tage. Seht sie durch!»

Meyer sprang vom Tisch. «Sollen wir die Befragung in eine bestimmte Richtung lenken?»

«Nein, noch nicht. Lasst euch von eurem Gefühl leiten. Etwas an ihm lässt mir keine Ruhe. Wir reden später darüber. Ich will euch nicht beeinflussen.»

«Alles klar», sagte Fahrni. «Tut mir Leid wegen deiner Ferien. Deine Mutter ist bestimmt enttäuscht.»

Pilecki hatte keine Lust, ihn zu korrigieren. Er hob zum Abschied halbherzig die Hand.

Meyer war schon zur Tür hinaus, bevor Fahrni den Computer heruntergefahren hatte. Sie wartete ungeduldig auf dem Parkplatz.

«Nehmen wir mein Motorrad?», fragte sie hoffnungsvoll, als Fahrni sie eingeholt hatte.

Fahrni schüttelte mit geweiteten Augen den Kopf. «Auf dieses Monstrum steige ich nicht!»

Mit einer übertriebenen Geste öffnete Meyer ihm die Beifahrertür eines Dienstwagens. «Bitte sehr. Setz dich vorsichtig, du könntest dich am Armaturenbrett verletzen.»

Fahrni lächelte unbekümmert.

Als Meyer ausser Sichtweite des Polizeigebäudes war, schaltete sie Blaulicht und Sirene ein.

«Was machst du?», rief Fahrni. «Das ist doch kein Notfall!»

Pollmann beobachtete die Polizisten von seinem Schlafzimmerfenster aus. Sie kamen auf das Pfarrhaus zu. Nervös betrachtete er die schlafende Gestalt in seinem Bett. Er schlich leise aus dem Zimmer. Im Flur schaute er kurz in den Spiegel. Er strich sein Haar glatt und wartete vor der geschlossenen Haustür. Als es klingelte, liess er eine Minute verstreichen, bevor er öffnete.

Fahrni begrüsste ihn freundlich. Pollmann führte die Polizisten ins Wohnzimmer.

«Kann ich Ihnen etwas anbieten?»

Fahrni nickte begeistert.

Als Pollmann in die Küche ging, stand Meyer auf und folgte ihm.

«Brauchen Sie Hilfe?», fragte sie in der Tür.

Pollmann drehte sich erschrocken um. In der Hand hielt er einen Teller mit Gebäck. Durch die plötzliche Bewegung rutschten zwei Kekse über den Rand und fielen auf den Boden.

«Tut mir Leid, ich wollte Sie nicht erschrecken.»

Meyer beobachtete den schmächtigen Mann. Ungeschickt bückte er sich, um die Gebäckstücke aufzuheben. Dabei rutschten weitere Kekse auf den Steinboden. Sie kniete ebenfalls hin und half beim Auflesen. Sie spürte, dass ihre Nähe Pollmann unangenehm war.

«Es ist schon lange her, dass ich mich vor einen Pfarrer hingekniet habe», scherzte sie und wartete auf seine Reaktion.

Pollmann schnitt eine Grimasse, die ein Lächeln sein sollte. Er ging ins Wohnzimmer zurück und setzte sich an den Tisch. Er wartete mit gefalteten Händen auf die bevorstehenden Fragen.

Fahrni biss in einen Keks und strahlte Pollmann an. «Selbst gebacken?»

Pollmann nickte. «Aber nicht von mir. Ich bin kein besonders guter Koch.»

Aus einem Zimmer im oberen Stock waren Schritte zu hören. Pollmann sprach rasch weiter. Er beschrieb, wie er kochen gelernt hatte, erzählte Anekdoten über verbrannte Mahlzeiten und versalzene Suppen. Fahrni hörte dem Redeschwall kauend zu.

Meyer stand auf. Sie ging zur Treppe.

«Wo gehen Sie hin?» Pollmann sprang auf.

«Auf die Toilette», antwortete Meyer gelassen.

«Sie ist hier unten.» Pollmann zeigte auf eine geschlossene Tür.

Meyer war schon im ersten Stock. Sie näherte sich dem Raum, der über dem Wohnzimmer lag. Eine Hand legte sich auf ihren Arm. Die Finger krallten sich fest.

«Das ist nicht die Toilette!» Pollmanns Stimme war schrill.

«Bambi?», rief Fahrni besorgt.

Meyer riss ihren Arm los.

Plötzlich ging die Tür auf.

Regina stiess mit der Schulter die Tür zum Migrationsamt auf. Sie verstand nicht, wer gepfuscht hatte. Ihre Kollegen von der

Empfangsstelle Basel behaupteten, Lados Dossier vollständig an den Kanton weitergeleitet zu haben. Irgendwo musste das Altersgutachten verloren gegangen sein. Dass es erstellt worden war, stand fest: Sie hatte mit dem zuständigen Arzt gesprochen. Er konnte sich nicht an das Resultat erinnern, behauptete jedoch, er hätte immer eine Kopie in seinen Akten. Diese war aber ebenfalls unauffindbar.

Das kommt davon, wenn am falschen Ort gespart wird, dachte Regina. Das Personal war zu knapp, die Belastung an den Empfangsstellen zu gross. Die Juristen konnten sich kaum an einzelne Gesichter erinnern, sie bearbeiteten Fälle wie am Fliessband. Wäre Lado nicht ermordet worden, hätte niemand den Fehler bemerkt.

Die Sachbearbeiterin am Informationsschalter war mit ihren Fingernägeln beschäftigt. Sie legte die Nagelfeile erst beiseite, als Regina sich ungeduldig räusperte.

«Zweiter Stock. Büro 216», gab sie gelangweilt Auskunft.

Regina nahm den Lift. Einige Büros im langen Flur waren bereits leer. Die Teilzeitarbeitenden waren ins Wochenende gestartet. Aus Fontanas Büro drangen Gesprächsfetzen. Sie erkannte Cavallis Stimme.

«Stör ich?», fragte sie spitz, als sie eintrat.

Fontana stand ruckartig auf. «Kommen Sie nur, wir sind gleich fertig.»

Cavalli lehnte sich im Stuhl zurück und blickte Regina herausfordernd an. «Noch zwei Minuten. Kannst du uns bitte allein lassen?»

Regina setzte sich.

«Noch eine letzte Frage», sagte Cavalli und lächelte freundlich. «Wenn dieser Freund von mir nun länger als drei Monate in der Schweiz bleiben möchte, welche Möglichkeiten hat er?»

Fontana erklärte Cavalli die verschiedenen Touristenvisa.

Cavalli machte sich Notizen. Er schielte triumphierend zu Regina.

«Vielen Dank.» Cavalli stand auf. «Sie waren sehr hilfreich.» Er reichte Fontana die Hand. Dann streckte er sie Regina hin.

Sie nahm sie reflexartig.

«Regina», verabschiedete er sich. In der Tür bemerkte er beiläufig: «Ein alter Freund aus den USA kommt mich besuchen. Gar nicht so einfach, der ganze administrative Aufwand.» Als er sich umdrehte, rutschten ihm einige Unterlagen aus seiner Mappe.

So locker nimmt er es also doch nicht, dachte Regina. Trotzdem fühlte sie sich wie geohrfeigt.

«Wie kann ich Ihnen helfen?» Fontana sah überarbeitet aus.

«Ich komme wegen Thok Lado.» Regina erklärte, wonach sie suchte. Zusammen mit Fontana ging sie jede Station des jungen Sudanesen durch.

«Ich verstehe nicht, wer ein Interesse daran haben könnte, das Gutachten falsch auszustellen», staunte sie.

«Es könnte ein Versehen gewesen sein», erklärte Fontana. Er massierte seine Stirn. «Die Änderungen im Asylverfahren haben gewohnte Abläufe durcheinander gebracht und zu einer grösseren Belastung der Sachbearbeiter geführt. Da passiert so etwas schnell einmal.»

«Die Änderungen sind aber erst per 1. April in Kraft getreten», wandte Regina ein. «Lados Fall wurde vorher bearbeitet.»

«Trotzdem. Vieles war in Bewegung.» Er rieb sich die Augen. «Ich will niemanden entschuldigen. So etwas darf natürlich nicht passieren. Ich suche nur nach einer Erklärung.»

Regina musterte ihn. Fasste er ihre Fragen als Kritik auf? «Ich weiss, es wird immer mehr von Ihnen verlangt. Bei uns auf der BAZ ist es nicht anders. Ich muss dieser Panne nachgehen. Nehmen Sie es bitte nicht persönlich!»

«Danke. Trotzdem, ich fühle mich verantwortlich. Haben Sie schon konkrete Hinweise?»

«Sie reden vom Brandanschlag?», fragte Regina.

Fontana nickte. Er malte mit seinem Kugelschreiber Kreise auf einer alten Notiz.

Regina schüttelte den Kopf. «Nein, nichts Konkretes.»

«Es erstaunt mich nicht, dass es so weit gekommen ist. Die Jugend kennt keine Grenzen mehr», meinte Fontana.

Regina korrigierte ihn: «Es ist keineswegs sicher, dass es Jugendliche waren. Wir prüfen alle Möglichkeiten.»

«Ich dachte, man hätte Hinweise gefunden?»

Regina schwieg.

«Wer könnte sonst ein Interesse am Tod dieser Menschen haben?»

Regina zuckte nichts sagend mit den Schultern.

Fontana sah auf die Uhr. «Haben Sie noch weitere Fragen? Ich muss bald los. Freitags fahre ich immer früher. Ein langer Heimweg», erklärte er.

«Sie wohnen im Bündnerland?»

«Ja. Ich möchte meiner Familie das Leben in Zürich nicht zumuten.»

«Sie nehmen einiges auf sich», bemerkte Regina.

«Es lohnt sich.» Fontana blickte aus dem Fenster. In Gedanken schien er bereits zu Hause zu sein.

«Dann fass ich mich kurz», sagte Regina. Sie zog ein Foto von Timon Schmocker hervor. «Kennen Sie ihn?»

Fontana vertiefte sich in das Bild. Er kniff die Augen zusammen. Als er aufsah, sagte er langsam: «Es ist möglich, dass ich ihn mit Lado zusammen gesehen habe.»

«Mit Lado?» Regina setzte sich gerade hin. «Sind Sie sicher?»

«Kurz nachdem Lado Witikon zugeteilt wurde, hatte er einen Termin beim Fachdienst für unbegleitete Jugendliche. Ich war zufälligerweise am selben Tag an einer Sitzung bei der Asylorganisation. Thok wurde von einem Jugendlichen begleitet. Er war gross und blond. Es könnte der Junge auf dem Foto gewesen sein.»

Regina zeigte ihm ein weiteres Bild. Sie wartete nervös auf eine Reaktion.

«Ja, ich glaube, der war auch dabei.» Fontana starrte auf das Foto von Christopher. «Er kommt mir bekannt vor.»

Plötzlich dämmerte es ihm. «Ist er mit dem Polizisten verwandt? Dem, der soeben hier war?»

Regina spürte, wie sich ihre Kehle zuschnürte.

«Alles in Ordnung?» Fontanas Stimme klang weit weg. «Kann ich Ihnen ein Glas Wasser holen?»

Reginas Lippen berührten ein kaltes Glas. «Danke», sagte sie leise. Sie stand auf. «Ich will Sie nicht länger aufhalten.»

Fontana begleitete sie zum Lift.

Christopher kannte Thok Lado. Er hatte kein Alibi.

Regina sah ihn plötzlich als Neunjährigen vor sich. Er lag auf dem Bauch, ein Schachbrett vor der Nase. Er hatte die weissen Figuren in einer Kolonne aufgestellt, der König zuvorderst, die Bauern ganz hinten. Er bewegte die Kolonne auf die schwarzen Figuren zu. Einer nach dem anderen flogen die besiegten Krieger vom Brett. Regina hatte angeboten, ihm das Schachspielen richtig beizubringen, aber er wollte nicht. Er hatte die Figuren wieder eingesammelt und sie erneut in einer Kolonne aufgestellt.

Die Lifttür ging auf. Gedankenversunken steuerte Regina auf den Ausgang zu. Aus dem Augenwinkel sah sie Cavalli. Er schäkerte mit der Blondine am Informationsschalter.

Eine unerwartete Wut ergriff Regina. Sie marschierte auf die beiden zu.

«Ich dachte, du stehst mehr auf schlanke Frauen», sagte sie zu ihrer eigenen Überraschung.

Cavalli stockte. Sein aufgesetzter Schlafzimmerblick wich einem amüsierten Funkeln. «Schlanke Frauen sind reizbar und unbeständig.»

Blandina verzog das Gesicht.

Cavalli schielte demonstrativ in ihren Ausschnitt. «Mollige Frauen haben auch andere Vorteile.»

«Ja, das ist unbestritten. Sie können überforderte Polizisten an ihren üppigen Busen drücken, damit sie die Augen vor ihrer Verantwortung verschliessen!»

Cavalli verengte die Augen. Blandina war vergessen. «Misch dich nicht in meine Angelegenheiten!»

«Deine Angelegenheiten? Seit wann ist Christopher deine Angelegenheit? Dein Vater zeigt ja mehr Interesse an seinem Wohlergehen als du.»

«Was weisst du schon über meinen Vater», zischte Cavalli.

«Mehr, als dir recht sein dürfte», konterte Regina.

Cavalli packte sie am Ellenbogen und führte sie nach draussen.

«Du tust mir weh!», fuhr ihn Regina an.

Er lockerte seinen Griff. «Darf ich dich daran erinnern, dass du genauso wenig an Christopher interessiert warst wie ich? Du hast dir mehr Sorgen um die Flecken auf deinem Teppich gemacht.»

«Das ist unfair!»

«Das ist die Wahrheit!»

«Und wenn schon. Ich weiss ganz genau, weshalb ich keine Kinder möchte. Ich mache mir nichts vor. Ich habe kein Kind in die Welt gesetzt, um das ich mich nicht sorgen kann.»

«Christopher war ein Unfall.»

«Wie du?» Die Frage platzte heraus, bevor Regina die Konsequenzen bedachte.

Cavalli erstarrte.

Regina verstummte.

Ganz kurz sah sie ihm an, wie sehr sie ihn getroffen hatte. Dann schob er den Riegel vor. Sie standen einander gegenüber. Regina wandte sich als Erste ab. Sie ging zur Tramhaltestelle.

Meyer wusste, dass sie Cavalli im Kraftraum finden würde. Sie stieg mit der Sporttasche über der Schulter ins Untergeschoss des Polizeigebäudes. Er war schon an den Geräten, als sie ankam.

«Kein Kickboxen heute?», fragte sie, um die Stille zu durchbrechen.

«Freitags nie», antwortete er.

Meyer schaltete das Laufband ein. «Hast du vor, nächste Saison wieder an Wettkämpfen teilzunehmen?»

«Nein. Ich werde langsam zu alt.» Cavalli griff nach einer Hantel. «Mein Seitfussstoss lässt nach.»

«Warum steigst du nicht auf gewöhnliches Boxen um?»

«Die Beinarbeit kommt zu kurz.»

Meyer wärmte sich nicht lange auf. Nach wenigen Minuten ging sie ebenfalls zu den Kraftgeräten über. Sie wusste nicht, wie sie das Thema anschneiden sollte.

Cavalli half ihr: «Was willst du?»

«Ich?», fragte sie unschuldig. Ihre Rehaugen waren dabei ganz nützlich.

Cavalli wechselte die Hantel. «Ich weiss genau, dass du freitags ins Jiu-Jitsu gehst.»

Meyer lächelte verlegen. «Ich möchte wissen, was du von Pollmann hältst.»

Cavalli legte die Hantel zurück und musterte sie. «Du willst mir etwas sagen. Raus damit.»

Meyer holte tief Luft und erzählte ihm, was bei Pollmann vorgefallen war.

«Timon Schmocker kam aus Pollmanns Schlafzimmer?»
«Splitternackt.»
«Und es war ihm überhaupt nicht peinlich?»
«Nein. Er streckte sich und stellte sich zur Schau. Vermutlich hoffte er, ich würde loskreischen.» Sie grinste. «Aber so toll sah er auch wieder nicht aus.»

Diese Vorstellung rang auch Cavalli ein Lächeln ab. «Und Pollmann?»

«Pollmann hat fast in die Hosen gemacht. Er hob abwehrend seine Hände, bevor wir ihn überhaupt ansahen. Und dann war noch dieser alte Afrikaner. Der schlich im Gang umher und beobachtete alles. Er ist mir unheimlich.»

Meyer ging zum Rückenstrecker. Eine Frage lag ihr auf der Zunge, doch sie wusste nicht, wie sie sie stellen sollte.

«Konntest du dich im Schlafzimmer umsehen?», wollte Cavalli wissen.

«Klar. Das Laken war feucht.»

Cavalli nickte anerkennend und fragte, wo.

«Am Rand. Auf derjenigen Seite, wo Timons Kleider lagen. Sie waren am Boden verteilt.»

«Was sagt Timon dazu?»

«Er behauptet, er schaue öfters bei Pollmann vorbei, wenn ihm langweilig sei. Er sei müde gewesen und habe ein Mittagsschläfchen gehalten. Ohne Pollmann.»

«Wer war sonst noch im Haus?»

«Niemand, ausser dem alten Sudanesen.»

Cavalli machte Rumpfbeugen. Er verstand nicht, wie die Macht zwischen Pollmann und Timon Schmocker verteilt war. Wer nutzte wen aus? Er zweifelte daran, dass Liebe im Spiel war. Er sah Meyer an. Sie wich seinem Blick aus.

«Was?», fragte er scharf.

Meyer riss sich zusammen. «Ist Christopher schwul?»

Cavalli setzte sich aufrecht. «Wie bitte?»

Sie redete rasch weiter. «Ich frag ja nur. Es waren ausschliesslich Männer im Haus. Entweder hat sich Timon selber einen runtergeholt, oder Pollmann hat es mit ihm getrieben. Christopher ist Timons bester Freund, aber die zwei sind total verschieden. Ich meine, was verbindet sie?»

Cavalli sass wie versteinert auf der Römischen Liege.

«Lado und Christopher haben gewisse Ähnlichkeiten», fuhr Meyer fort: «Beide sind, beziehungsweise waren, ziemlich eigen, in sich gekehrt. Einzelgänger. Ideale Opfer eben. Ich frage mich, ob Pollmann und Timon gemeinsam unter einer Decke stecken. Sich mit Jungs vergnügen. Das würde die Sprache erklären. Kein Jugendlicher sprayt ‹Hau ab› oder ‹Arschloch› an die Wand», wiederholte sie.

Cavalli musste zugeben, dass ihre Frage berechtigt war. Ihre Theorie erklärte einige Ungereimtheiten. Was Christopher betraf, hatte er keine Ahnung. Im Pornoheft waren Frauen abgebildet gewesen. Doch das hiess nicht zwingend, dass er kein Interesse an Männern hatte. Seines Wissens hatte der Junge noch nie eine Liebesbeziehung gehabt.

Meyer wartete.

«Ich weiss es nicht», sagte er ehrlich.

«Timon sieht unheimlich gut aus – oberhalb der Gürtellinie. Nicht mein Geschmack», versicherte sie hastig, «aber er hat etwas Engelhaftes. Ich kann mir gut vorstellen, dass sowohl Männer wie Frauen auf ihn fliegen.»

«Red weiter.»

«Vielleicht haben Pollmann und Timon mit Lado ihre Spielchen getrieben. Etwas ging schief. Oder Lado wollte nicht mehr. Timon ist aufbrausend und jähzornig. Er will Macht ausüben. Ich kann mir denken, wie er reagiert, wenn jemand nicht nach seiner Pfeife tanzt.»

Meyer kam immer mehr in Fahrt. Cavalli nickte ihr aufmunternd zu.

«Oder es war nur Timon. Und Pollmann deckt ihn. Schweigepflicht oder so etwas. Erpressung? Timon verführt Pollmann und erpresst ihn damit?»

Sie verstummte.

«Und Chris?», fragte Cavalli.

Meyer zögerte und sah ihn an. Sie fuhr weniger energisch fort: «Es gibt immer Mitläufer. Freiwillige oder unfreiwillige Zeugen. Kannst du rausfinden, ob er … wie er zu …»

«Ob er es mit Timon treibt?»

«Ja.»

Cavalli sah sie an. Er kam gut klar mit ihrer ungehobelten Art.

«Ich werde es versuchen.»

Regina trug alle Zahlen in eine Excel-Tabelle ein. Die Ziffern tanzten auf dem Bildschirm. Egal, wie sie es drehte, es ging mehr hinaus als hereinkam. Zuberbühlers Geschäfte waren ihr ein Rätsel.

Sie schaute im Lotus Notes zum dritten Mal innerhalb einer Stunde ihren Posteingang an. Dieses Mal hatte sie Glück. Eine Mail von Janett wartete auf sie. Erwartungsvoll öffnete sie die Nachricht. Er beschrieb, wie er einen Rentner, den seine Ehefrau eingesperrt hatte, aus dem Badezimmer befreite. Eine Nachbarin hatte die verzweifelten Schreie gehört. Janetts humorvolle Schilderung brachte Regina zum Lachen.

Sie überlegte sich, was sie ihm antworten könnte. «Hallo Gion» oder «Lieber Gion»? Wie viel Hoffnung durfte sie schüren, ohne sich darüber im Klaren zu sein, was sie von ihm wollte? Sie liess die Anrede weg. Sollte sie ihm vorschlagen, am Wochenende gemeinsam etwas zu unternehmen? Ihre Finger schwebten unschlüssig über der Tastatur.

Genug, sagte sie sich. Zeit, ins kalte Wasser zu springen.

Sie war eine gute Schwimmerin. Das Leben war zu kurz, um Chancen ungenützt vorbeiziehen zu lassen. Das hatte sie oft genug getan. Sie betrachtete ihre Hände. Ihre Haut war glatt, doch bereits war die jugendliche Elastizität unwiederbringlich verschwunden. Bald würde niemand mehr den Kopf nach ihr umdrehen, dachte sie. Die Vorstellung, im Alter alleine zu sein, machte ihr Angst.

Sie fuhr den PC herunter und packte ihre Sachen. Zwanzig Minuten später stand sie vor dem Gebäude der Berufsfeuerwehr.

Janett strahlte, als er sie sah. «Das ist aber ein Timing! Ich habe in fünf Minuten Feierabend.»

«Ich weiss», lächelte Regina. «Frankreich gegen Griechenland?»

«Klar. Und wie schlagen wir die Zeit bis dahin tot?» Janett führte sie zum Aufenthaltsraum.

«Mit einem Bad in der Limmat?», schlug sie vor.

Erstaunt sah er sie an. «Ist es nicht ein bisschen kalt dafür?»

«Es ist Sommer», antwortete Regina unbekümmert. Sie genoss das Gefühl von Leichtigkeit, das sie ergriffen hatte.

Janett grinste verliebt. «Ich bin dabei. Ich habe in der Garderobe sogar eine Badehose. Wasser ist mein bester Freund.» Er wies einen Kollegen an, sich um Regina zu kümmern, während er sich umzog.

«Ich bin in zehn Minuten zurück. Lass die Jungs wissen, wenn du etwas brauchst.»

Sechs Feuerwehrmänner starrten sie neugierig an.

Sie spazierten der Sihl entlang Richtung Hauptbahnhof. Regina erzählte ihm von Christopher.

«Er ist dir wichtig», stellte Janett fest.

Regina überlegte. «Seltsamerweise, ja. Ich habe schon lange keinen Kontakt mehr zu ihm. Er war nie gerne bei uns, mochte mich nicht besonders. Doch irgendetwas an ihm berührt mich. Er ist so ... einsam. Klingt das komisch?»

«Überhaupt nicht. So, wie du seine Situation beschreibst, steht er tatsächlich allein da. Ein Kind braucht Eltern, die zu ihm halten. Egal, was es getan hat.»

«Wie war es für dich, als dein Vater starb?», fragte Regina. Janett sah sie überrascht an. «Woher weisst du davon?»

Regina starrte verlegen auf das Eisengeländer am Wegrand.

«Regina?» Janett blieb stehen. Er nahm ihre Hand und strich mit dem Daumen über die feinen Adern. «Wenn du etwas über mich wissen möchtest, frag mich bitte direkt.»

Sie nickte beschämt.

«Es war schlimm», beantwortete Janett die Frage. «Man fand ihn erst vier Jahre später. Ich traute mich kaum mehr in die Berge. Ich hatte immer Angst, ich könnte auf seine Leiche stossen.»

Die Sihl verschwand unter dem Hauptbahnhof. Sie bogen Richtung Limmat ab. Zahlreiche Fahrräder versperrten ihnen den Weg auf dem Trottoir. Janett trat auf die Strasse. Er liess Reginas Hand nicht los.

«Und trotzdem kletterst du», stellte Regina fest. «Hast du keine Angst, dass deinem Sohn das gleiche Schicksal widerfahren könnte?»

«Natürlich. Aber genauso gut könnte ich bei einem Feuerwehr-Einsatz ums Leben kommen. Ich kann nicht mehr tun, als ihm Liebe und Vertrauen mit auf den Weg geben und hoffen, dass er mit dem fertig wird, was das Schicksal für ihn bereithält. Und du? Lebst du nicht auch gefährlich?»

Regina schüttelte den Kopf. «Nicht wirklich. Manchmal bedroht mich ein Angeschuldigter, aber es steckt mehr Wut als Gefahr dahinter. In den Achtzigerjahren wurden Autos von Bezirksanwälten angezündet. Seither ist es ruhiger. Ab und zu ein Drohbrief, ein unangenehmer Anruf. Ich mache mir keine Sorgen. Ausserdem trage ich keine Verantwortung für eine Familie.»

«Aber deine Eltern leben noch?»

«Schon. Doch wenn mir etwas zustossen würde, müsste ich mir von meiner Mutter höchstens Vorwürfe wegen meiner Unvorsichtigkeit anhören», sagte sie trocken.

Janett liess sich nicht von ihrem Tonfall täuschen. «Das tut dir weh.»

Regina schwieg. Sie kamen beim Letten an. Die Badeanstalt war fast leer. Einzelne Schwimmer hatten sich am Ufer der Limmat in grosse Badetücher gewickelt. Ein Wolkenschleier verdeckte die Abendsonne.

«Mich würde es um den Verstand bringen, wenn dir etwas zustossen würde.»

Regina vermied seinen Blick. «Gion ... ich ...» Sie zog ihre Hand zurück. Das Wasser floss zügig an ihnen vorbei.

Janett wartete.

«... ich geh mich umziehen», schloss Regina rasch.

Als sie zurückkam, war er bereits im Wasser. Mit kräftigen Zügen schwamm er flussaufwärts. Dann liess er sich auf dem Rücken zurücktreiben.

Regina stand am Ufer und starrte auf die kalte Wassermasse.

«Spring!», rief Janett.

Sie zögerte.

«Los!»

Sie sprang.

Als sie später bei einem Glas Rotwein vor dem Schwedenofen sassen, zog er sie an sich. Die Glut wärmte ihren Rücken. Sie strich ihm mit der Hand über das Gesicht. Es fühlte sich kantig an. Seine Lippen waren weich.

Cavalli hatte seinen Besuch nicht angekündigt. Er drückte die Klingel länger als nötig und wartete ungeduldig, bis die Tür aufging.

Constanze war nicht überrascht. Sie drehte sich um und ging ins Wohnzimmer. Cavalli folgte ihr.

«Wo ist Chris?», fragte er.

«Keine Ahnung.»

Sie legte den Kopf in den Nacken. Ihre Augen waren rot. Auf dem Glastisch vor ihr stand ein unangerührter Teller mit rohem Gemüse.

Einen Moment war Cavalli sprachlos. Constanze weinte nie. Dann beschloss er, dass ihre Trauer ihn nichts anging.

«Ich muss etwas wissen.»

Er ging im Raum hin und her. Die feminine Umgebung weckte unangenehme Erinnerungen an ihre erste gemeinsame Wohnung. Damals hatte sie die Miete bezahlt und demzufolge die Räume nach ihrem Geschmack eingerichtet.

Sie sah ihn an. Ihre Lider waren geschwollen, ihre Hände lagen schlaff auf dem Polster.

Er blieb vor ihr stehen. «Ist Chris schwul?»

Sie lachte abschätzig: «Natürlich nicht.»

«Warum bist du so sicher?»

«Weil ich seine Mutter bin.» Ihre Stimme klang seltsam losgelöst, als käme sie nicht von der steifen Person auf dem Sofa. Sie tätschelte das Polster. «Setz dich.»

Cavalli stutzte. Vorsichtig setzte er sich. Sie legte ihre Hand auf seinen Oberschenkel.

«Du hast mich nur geheiratet, weil Christopher unterwegs war», sagte sie verträumt.

Er stritt es nicht ab.

«Weisst du noch, wie wir uns kennen gelernt haben?»

Wie konnte er es vergessen. Er hatte bei einem Wettkampf einen Nasenbeinbruch erlitten. Die Schmerzen verklangen augenblicklich, als sie in der Notaufnahme auf ihn zukam. Er hatte vor dem Personalausgang auf sie gewartet. Und war erst vier Tage später nach Hause zurückgekehrt.

Constanze streifte die Schuhe ab und schlug die Füsse unter. Sie strich ihm rhythmisch über das Bein.

Er schob ihre Hand weg. «Was soll das?»

Sie erstarrte. Sein Blick streifte herablassend ihren Körper. Die Demütigung war mehr, als sie ertragen konnte. Ihr Schmerz schlug in Hass um.

«Verschwinde, du Hurensohn!»

Cavalli sprang auf. Er hörte ein Keuchen. Es kam von ihm. Er blinzelte, das Licht war plötzlich grell. Es bewegte sich auf ihn zu, und der Raum um ihn herum wurde eng. Die Wände krochen näher. Rückwärts ging er aus dem Wohnzimmer. Die Wohnungstür ging auf und Christopher schlich herein. Cavalli stolperte. Fing sich auf. Flüchtete.

Die kühle Nachtluft trocknete seinen Schweiss. Gierig sog er sie ein. Seine Beine trugen ihn weg, der Hauptstrasse entlang. Das Licht der Strassenlaternen leuchtete sanft. Zu weit, flüsterte eine Stimme, zu weit. Das Meer lag dazwischen. Und ein halbes Leben. Die Klangwolke um ihn löste sich auf. Einzelne Geräusche nahmen Konturen an. Sein Blick wurde schärfer. Der Duft der Nacht holte ihn zurück. Er hielt an. Er stand vor dem Pfarrhaus. Er dachte an Sahls Tränen und die Ruhe, die vom alten Mann ausging. Könnte er doch Teil dieser Ruhe sein, wenn auch bloss für einen Augenblick.

In einem der oberen Zimmer brannte Licht. Cavalli klingelte.

Pollmann öffnete sofort.

«Ich suche Sahl», sagte Cavalli atemlos.

Pollmann liess ihn herein. Er deutete auf einen Sessel. Als er sah, wie Cavalli die Augen zusammenkniff, löschte er das Licht. Cavalli sank auf einen Stuhl.

«Was ist passiert?»

Cavalli zögerte. Das Rauschen in seinen Ohren wurde leiser. Die Dunkelheit entlockte ihm ein Geständnis.

«Sie hat es wieder geschafft.»

«Wer?»

«Meine Ex-Frau.»

Pollmann wartete.

«Sie bringt mich noch um den Verstand», flüsterte Cavalli. Nur Constanze brachte ihn dazu, dermassen die Kontrolle über sich zu verlieren. Er liess den Gedanken zu, der die ganze Woche an ihm genagt hatte. «Vielleicht ging es ihm ähnlich.»

«Wem?»

«Meinem Sohn.» Cavallis Augen gewöhnten sich an die Dunkelheit. Die Stille streichelte ihn. «Er steht unter Mordverdacht. Christopher steht unter Mordverdacht», wiederholte er. Die Worte rollten langsam aus seinem Mund. Sie fielen auf den Boden, doch Pollmann wischte sie nicht weg. Jetzt war es gesagt. Die Anschuldigung wurde ernst. Cavalli begriff, was diese Woche passiert war. «Mein Sohn steht unter Mordverdacht.»

«Was glauben Sie?», fragte Pollmann.

Cavalli lauschte in die Stille hinein. In der Ferne hörte er, wie ein Fahrzeug den Gang wechselte, um den Hügel hinaufzufahren. Vor ihm sass nicht Pollmann, sondern ein Spiegel.

«Er gleicht mir in vielem.» Cavalli war überrascht, das gesagt zu haben.

«Hat er es getan?», fragte Pollmann sanft.

«Nein.» Mit Erleichterung nahm Cavalli die Überzeugung in seiner eigenen Stimme wahr. «Nein, dazu ist er nicht fähig. Er macht einen Bogen um Schwierigkeiten. Er räumt sie nicht aus dem Weg.»

«Und Sie?», wollte Pollmann wissen.

«Ich? Ich renne auf sie zu. Und schlage mir dabei die Nase

ein.» Er rieb sich die Nasenwurzel und dachte an seine Unfälle. Plötzlich nahm er den Pfarrer wahr. «Und was ist mit Ihnen?»

Pollmann lächelte traurig. «Ich bleibe stehen und sehe, wie sie auf mich zukommen.»

«In Form von blonden Engeln?», fragte Cavalli, wieder Polizist.

Pollmann seufzte. «Blonde Engel, arme Teufel.» Er hielt inne. Sein Kiefer hing nach unten, und er starrte aus blutunterlaufenen Augen vor sich hin.

«Warum bleiben Sie stehen?»

«Weil es meine Aufgabe ist.»

Cavalli versuchte, ihn zu verstehen.

«Wenn ein rastloser Junge in meinem Bett Ruhe findet und ohne Angst einschlafen kann, habe ich meine Aufgabe erfüllt. Er wird mein Heim als Oase betrachten und sich mir anvertrauen. Und wenn er dann wieder geht und sich nur ein klein wenig besser fühlt, ist es gut so», erklärte Pollmann leise. «Wenn sich ein einziger Witiker zu einem Flüchtling setzt und mit ihm eine Tasse Tee trinkt, folgen vielleicht andere seinem Beispiel.»

«Was treibt Sie an?»

«Das Gleiche wie Sie.»

Cavalli sah das nicht so: «Ich glaube nicht an Gott.»

«Warum ruhen Sie nie, bis ein Fall geklärt ist? Wonach sehnen Sie sich?»

Cavalli lehnte sich im Sessel zurück. Er dachte nach. Im oberen Stock knarrte der Boden, und ein Kind schrie kurz auf. Dann war es still.

«Ich sehne mich nach Stille. Danach, dass alle Puzzleteile richtig liegen und das vollständige Bild ruht. Wenn das letzte Teilchen passt, verstummen die Fragen. Es herrscht Ordnung. Die Welt schweigt.»

Pollmann stand auf und ging zum Fenster. Die Strassenlaternen erloschen. Für wenige Stunden überliess man Witikon der Dunkelheit.

«Diese Ordnung, die Sie beschreiben. Sie haben sie schon erlebt?» Es war keine Frage.

«Ja.» Cavalli schloss die Augen. Er spürte den Wind, der durch die Smoky Mountains wehte. Hörte das leise Rascheln der Blätter unter seinen nackten Füssen. Roch den Nebel, dem die Berge ihren Namen verdankten. Seine Grossmutter machte sich nie Sorgen, wenn er lange durch den Wald streifte. Sie wusste, dass er den Weg zurück finden würde. Ihre Wärme empfing ihn wie eine Wolldecke. Sie wickelte ihn ein und gab ihm das Gefühl, dass die Welt auf ihn gewartet hatte.

Pollmann beobachtete ihn. «Diese Stille nenne ich Liebe. Bedingungslose Liebe.»

Er wartete. Als Cavalli nicht reagierte, fragte er: «Wer hat sie Ihnen weggenommen?»

Cavalli öffnete die Augen. «Was spielt das für eine Rolle? Wir können nicht zurück.»

«Nein», stimmte Pollmann zu, «zurück können wir nicht. Aber verzeihen.»

«Wozu?» Die Frage klang bitter.

«Um andern nicht die gleichen Wunden zuzufügen.»

«Sie suchen diese bedingungslose Liebe, wie Sie es nennen, doch auch», hielt ihm Cavalli vor.

Pollmann schüttelte den Kopf. «Nein, ich habe sie gefunden. Ich habe bloss gesagt, uns treibt dasselbe an.»

Als Cavalli ihm widersprechen wollte, hob Pollmann die Hand. «Sagen Sie nichts.»

Cavalli stand auf. Seine Glieder waren schwer. Müde ging er zur Tür.

«Ich lasse Sahl grüssen.»

Pollmann nickte. Er blieb lange am Fenster stehen und

starrte in den Garten. Er betrachtete Sahl, der mit angezogenen Beinen unter einem Baum lag.

Regina erwachte aus einem traumlosen Schlaf. Am Himmel war es still. Verwirrt schaute sie auf ihren Wecker. Zwei Uhr. Sie lauschte in die Stille. Was hatte sie geweckt?

Janett war weg. Dort, wo er gelegen hatte, erkannte sie eine leichte Vertiefung. Sie fuhr mit der Hand über die Stelle.

Regina schlug die Decke zurück. Sie ging ins Wohnzimmer. Aus der Küche drang ein seltsames Licht. Es flackerte und erlosch. Beunruhigt schaute sie nach. Die Küche war leer.

«Gion?», rief sie in die Dunkelheit.

Sie hörte draussen ein Kratzen. Als würde etwas über die Steinplatten geschleppt. Eine Gänsehaut liess sie frösteln, und sie rieb sich die Arme. Ihr Blick fiel auf ihr Handy, das auf dem Küchentisch lag. Sie nahm es in die Hand. Nur für den Fall. Das Laminat war kalt unter ihren Füssen. Etwas stimmte nicht.

Erst jetzt nahm sie einen scharfen Geruch wahr: Rauch. Erschrocken sah sie sich um. Da hörte sie es wieder: ein Kratzen. Dann ein dumpfer Aufschlag. Es kam vom Garten. Das Geräusch zog sie an. Die Angst hielt sie zurück. Sie presste das Ohr an die Haustür. Ihre Fantasie malte das Bild einer Flammenwand, die über sie hereinbrach, wenn sie die Tür öffnete. Doch die Hitze, die sie auf einmal spürte, kam von ihr.

Sie riss die Tür auf. Überall war Wasser. Sirenen ertönten in der Ferne.

Janett warf einen qualmenden Stuhl auf den Rasen. Als er sie sah, rief er ihr etwas zu.

«Was?» Sie traute sich nicht in den Garten, aus Angst, sich die nackten Füsse zu verbrennen.

Janett deutete auf den Wasserhahn neben dem Eingang. Sie drehte ihn zu, und der Schlauch fiel in sich zusammen.

Fassungslos starrte Regina auf die Überreste ihrer Gartenstühle. Die Sirenen kamen näher.

«Hast du die Feuerwehr angerufen?», fragte Janett.

Regina verneinte.

«Vermutlich ein Nachbar. Die Stühle brannten lichterloh.»

Ein Fenster ging auf und eine ängstliche Stimme fragte, ob Regina Hilfe brauche. Es folgten Schritte auf dem Asphalt, das Quietschen eines Gartentors.

«Jemand hat sie angezündet?»

Janett sah sie besorgt an. «Sie standen dicht an der Hauswand. Das hätte schlimmer kommen können.»

Er lief seinen Kollegen entgegen.

Ein Streifenwagen bog um die Ecke, Nachbarn kamen aus ihren Häusern. Regina zog sich rasch an und fuhr mit der Bürste durchs Haar.

«Regina? Alles in Ordnung?» Pilecki legte eine Hand auf ihre Schulter. Eine Streife zog einen Notizblock hervor. Das Blaulicht der Sanität erlosch. Eine weitere Autotür, die zugeschlagen wurde, noch mehr Leute.

«Ja, ich glaube schon. Ich weiss nicht, was passiert ist.» Sie rief Janett. «Gion hat den Brand gelöscht, er muss etwas gehört haben.»

Die Streife notierte ihre Aussage. «Er war in der Wohnung?»

Regina schielte zu Pilecki. «Wir schliefen.»

«Und weiter?»

Janett legte einen Arm um Regina und fuhr fort: «Ich habe etwas im Garten gehört und schaute nach. Da brannten die Stühle bereits.»

«Hast du jemanden gesehen?»

«Nein.»

«Was hast du genau gehört?»

Janett dachte nach. «Ich kann es nicht richtig erklären. Es

klang nach Feuer. Ich bin seit fast zwanzig Jahren bei der Feuerwehr. Flammengeräusche erkenne ich sofort.»

«Im Schlaf? Durch eine geschlossene Haustür?» Regina sah Pilecki scharf an.

«Vielleicht waren es auch die veränderten Lichtverhältnisse. Ich kann es wirklich nicht sagen.»

Pilecki musterte Janett. «Du bist ein Profi. Ist es nicht unvorsichtig, barfuss und mit nacktem Oberkörper einen Brand zu löschen?»

Bevor Janett antworten konnte, rief ihm ein Feuerwehrmann etwas zu.

«Ich komme gleich wieder», entschuldigte er sich. Pilecki und Regina folgten ihm. Der Feuerwehrmann stand neben einer Föhre. In der Hand hielt er ein Buch.

«Das lag auf der Wiese.»

Pilecki nahm es mit einem mulmigen Gefühl entgegen. «Scheisse!»

«Was ist?» Regina schaute ihm über die Schulter.

«Fasst nichts mehr an», befahl Pilecki. Er zog sein Handy hervor und erkundigte sich, ob die Spurensicherung unterwegs war.

«Das ist kein Grossereignis», wandte ein überraschter Feuerwehrmann ein.

«Der Brand könnte in Zusammenhang mit einem Mordfall stehen», erklärte Pilecki. Er stiess die angehaltene Luft aus und fluchte.

Regina stützte die Hände in die Seite. «Sagst du mir jetzt, was los ist?»

Pilecki deutete auf das Buch. «Es gehört Chris.»

«Chris?», wiederholte Regina. «Nein, das kann nicht sein.» Die Worte klangen hohl. Natürlich konnte das sein.

Pilecki wies seine Kollegen an, die Sicherung der Brandstelle vorzunehmen.

«Gurtner wird jeden Moment da sein», sagte er zu Regina. «Ich muss los. Ich will keine Zeit verlieren.»
«Ich komme mit.»
Pilecki nickte. Eine Zigarette baumelte vergessen zwischen seinen Lippen. Sie stiegen in seinen Wagen und bahnten sich einen Weg durch die schmale Zufahrtsstrasse.
«Wie spät war es, als du gemerkt hast, dass Janett nicht mehr neben dir lag?», wollte Pilecki wissen.
«Zirka zwei Uhr», antwortete Regina. Sie schilderte die Ereignisse der Reihe nach. Der Zigarettenrauch kratzte ihr im Hals, und sie hatte Durst. Sie wusste, worauf Pilecki hinauswollte. Theoretisch könnte Janett selbst die Stühle angezündet haben. Sie hörte Cavallis ironische Stimme: «Bei den Löscharbeiten dürfen sie zeigen, was sie können.»
«Das ist absurd», sagte sie in die Nacht hinein. «Gion hat das nicht nötig.»
Pilecki verstand den Gedankensprung. «Vermutlich. Aber wir müssen trotzdem alle Möglichkeiten in Betracht ziehen.»
Sie hielten vor Constanzes Wohnung. Die Fenster waren dunkel. Pilecki schaltete den Motor aus und blieb sitzen. «Es gibt Momente, da hasse ich meinen Beruf.»
«Vielleicht lag das Buch schon längere Zeit dort», sagte Regina hoffnungsvoll.
Pilecki verneinte. «Heute Morgen hatte ich es noch in der Hand.»
«Möglicherweise ist es nicht das Gleiche?»
Er lachte trocken auf. «Schau es dir mal genauer an. Es steht kaum auf der Bestsellerliste.»
Regina nahm den Plastiksack in die Hand. Als sie die vertraute Schrift sah, wusste sie, was er meinte.
«Aber was hat Chris damit gemacht? Es gehört Cavalli.»
«Gelesen, würde ich schätzen.»
Auf Tsalagi?, fragte sich Regina.

Sie stiegen aus.

Constanze öffnete erst beim dritten Klingeln. Regina erschrak, als sie die tiefen Furchen im Gesicht der Frau sah. Sie trat einen Schritt zur Seite, und nun erkannte Regina, dass ihre Augen geschwollen waren.

«Ist etwas passiert?», fragte sie vorsichtig. Die erwartete bissige Antwort blieb aus.

Constanze sank auf einen Stuhl. «Was hat er jetzt getan?»

«Ist er hier?» Pilecki sprach leise, als wollte er die Tatsache herunterspielen, dass ein Polizeibesuch um drei Uhr morgens auf gravierende Umstände hindeutete.

«Sehen Sie doch selber nach», presste Constanze hervor.

Regina ging neben ihr in die Hocke. «Ist alles in Ordnung?»

«In Ordnung? Machst du Witze? Was war schon je in Ordnung?» Sie vergrub ihr Gesicht im Ärmel ihres Nachthemdes.

Regina stand auf und folgte Pilecki. Er stand neben Christophers Bett. Der Junge bemerkte nichts. Er stöhnte im Schlaf und murmelte etwas. Sein schwarzes Haar war wie ein Fächer über das Kissen ausgebreitet. Er ballte die Hand zur Faust und knirschte mit den Zähnen. Regina legte eine Hand auf seinen Arm und strich langsam darüber. Christopher regte sich nicht. Sie sah zu Pilecki hoch. Er kniete sich hin und rüttelte sanft an Christophers Schulter.

«Mhm», stöhnte er und drehte sich zur Wand.

«Christopher», flüsterte Pilecki.

Die fremde Stimme weckte ihn sofort. Seine Augen flogen auf. Blitzartig schoss er hoch.

«Tut mir Leid, ich wollte dich nicht erschrecken.»

Christopher versuchte, sich zu orientieren.

«Ich wars nicht», sagte er verschlafen.

Pilecki runzelte die Stirn. «Weisst du, warum wir hier sind?»

Christopher sagte nichts.

«Chris, wann bist du zu Bett gegangen?» Regina setzte sich auf die Bettkante.

Er zuckte mit den Schultern und gähnte. Regina wiederholte die Frage.

«Irgendwann», murmelte er.

«Kannst du das präzisieren?», fragte sie.

Als er schwieg, fügte sie hinzu: «Genauer sagen?»

«Ist schlafen jetzt auch verboten?»

Regina seufzte. Sie rieb sich die Augen und tauschte mit Pilecki einen Blick aus. Sein spitzes Kinn warf einen langen Schatten auf die Zimmerwand.

«Hör auf damit», sagte er ungeduldig. «Du steckst wirklich in der Scheisse. Mach es nicht noch schlimmer!»

Chris drehte den Kopf weg.

Regina stand auf. «Zieh dich an! Wir warten draussen.»

Pilecki ging ans Fenster und prüfte die Distanz zum Boden. Dann verliessen sie das Zimmer.

«Ich warte im Garten auf ihn», sagte Pilecki routiniert.

Regina suchte Constanze. Sie war nirgends zu finden.

«Constanze?» Langsam ging Regina zur Schlafzimmertür. Das Bett war leer. Sie rief trotzdem in den Raum hinein.

Nach einer Viertelstunde klopfte sie an Christophers Tür. Keine Antwort. Sie öffnete die Tür einen Spalt. Ein kühler Luftzug wehte ihr entgegen. Das Fenster stand offen. Sie streckte den Kopf hinaus und sah, wie Pilecki Chris zum Wagen führte.

«Ist Constanze bei euch?», fragte sie in die Nacht hinein.

«Nein.»

Regina gab die Suche auf. «Ich möchte Cavalli informieren.»

Sie hörten, wie Christopher ruckartig Luft einsog.

«Um Mitternacht», sagte er rasch.

«Schön, dass dein Gedächtnis wieder funktioniert», bemerkte Pilecki trocken. «Aber wir fahren trotzdem zu deinem Vater.»

Christopher drückte die Stirn gegen die Scheibe.

Als sie vor Cavallis Wohnung hielten, schlug Pilecki vor, mit Christopher im Wagen zu warten.

Regina sah, dass Licht brannte. Die Haustür war unverschlossen. Leise ging sie die Treppen hoch und klopfte an Cavallis Wohnungstür. Er machte sofort auf. Sie folgte ihm in die Küche und blieb in der Tür stehen. Vor ihr lagen unzählige Karteikarten in verschiedenen Farben. Wie ein Teppich bedeckten sie den Küchenboden. Auf dem Tisch waren Notizblätter ausgebreitet mit Diagrammen, Pfeilen und rot unterstrichenen Schlagwörtern.

«Tee?», bot er an, als sei es üblich, um halb vier morgens Besuch zu empfangen.

Regina lehnte ab. Sie erzählte, was vor knapp zwei Stunden passiert war. Er hörte resigniert zu. Als sie Janett erwähnte, wartete sie auf eine verletzende Bemerkung. Cavalli kniff zwar die Augen zusammen, sagte aber nichts.

«Christopher wartet draussen im Wagen?»

Regina nickte.

«Ich bin gleich so weit.»

Regina folgte ihm ins Schlafzimmer. Sie hatte sich gegen einen Wutanfall gestählt, doch er blieb aus. Schwerfällig streifte Cavalli seine Trainerhose ab und schlüpfte in ein Paar Jeans. Er zog ein frisches T-Shirt aus dem Schrank.

«Und warum glaubst du, dass Chris etwas damit zu tun hat?»

Sie erzählte ihm vom Buch.

Cavalli erstarrte. «Ein Buch? Nicht etwa mit Liebessprüchen?»

«Keine Ahnung. Es ist auf Tsalagi.»

«Yû we'hi ugû'wa'li i?»
«Gut möglich.»
Cavalli starrte auf das T-Shirt in seiner Hand. Ein seltsamer Ausdruck lag auf seinem Gesicht. Regina ging auf ihn zu.
«Stimmt etwas nicht?»
Nach langem Schweigen antwortete er: «Chris hatte das Buch nicht. Sondern ich.»

Das war knapp gewesen. Fast hätten sie ihn erwischt. Er war nicht genug vorbereitet. Nicht mehr in der Lage dazu. Der Schlafmangel zehrte an seinem Verstand. Erschöpfung schaffte Raum für Fehler. Die Hand an der Scheibe verfolgte ihn. Sie klammerte sich an sein Bewusstsein, so dass er nicht in den Schlaf gleiten konnte.

Er holte aus seiner Erinnerung die gemeinsamen Spaziergänge durch den nächtlichen Wald hervor. In der Dunkelheit waren sie sicher gewesen. Keine neugierigen Blicke verfolgten sie, er musste sich nicht darum sorgen, erkannt zu werden.

Thok liebte den Turm. Er nahm stets zwei Stufen aufs Mal und breitete die Arme aus, wenn er oben ankam. Sie lehnten sich ans Holzgeländer und betrachteten den Greifensee, der still und schwarz zu ihren Füssen lag.

Die Berührungen ergaben sich wie von selbst. Thok wehrte sich nicht. Im Schatten des Mondlichts war sein Gesichtsausdruck nicht zu erkennen. Sind es die gleichen Sterne wie zu Hause?, hatte er einmal besorgt gefragt. Sterne reden, fügte er als Erklärung hinzu.

7

Regina bestellte noch eine Tasse Grüntee und schlug die NZZ auf. Sie fand darin keine Meldung über die Ereignisse der vergangenen Nacht. Vermutlich hatten ihre Gartenstühle nach Redaktionsschluss gebrannt. Sie war sicher, dass die Sonntagspresse darüber berichten würde. Die Journalisten würden heute in den Archiven nach ähnlichen Vorfällen suchen und Mutmassungen darüber anstellen, ob eine neue Gewaltwelle gegenüber Bezirksanwälten bevorstünde.

Sie blätterte weiter. Es war erst zehn vor eins. Sie war zu früh. Trotzdem schaute sie immer wieder zum Eingang. Im Hintergrund röchelte die Espressomaschine. Sie ging zum Wirtschaftsteil über. Ihre Gedanken kehrten zur vergangenen Nacht zurück. Janett war bis in die frühen Morgenstunden geblieben und hatte auf sie gewartet. Als sie erschöpft die Tür aufschloss, kam er ihr entgegen und nahm sie in seine Arme. Es war ihr zu viel. Er merkte es sofort und zog sich zurück, um Kaffee zu kochen. Sie wäre lieber allein gewesen.

Die Tür zum Restaurant wurde aufgestossen. Als eine Frau mit Einkaufstaschen den Kellner begrüsste, senkte Regina den Blick wieder. Er hatte wissen wollen, wie die Befragung gelaufen war. Ob Christopher die Tat gestanden habe. Sein Interesse verunsicherte sie. Cavallis Worte nagten an ihr. Sie wusste nicht mehr, wem sie trauen konnte. Mit einem Seufzer legte sie die Zeitung beiseite und nahm einen Schluck Tee. Wieder ging die Tür auf. Zwei Männer traten ein und blieben stehen. Ihre Augen schweiften über die Gäste. Regina setzte sich ruckartig aufrecht.

Lorenzo Cavalli war grösser und schmaler, als sie erwartet hatte. Trotzdem erkannte sie ihn sofort. Seine elegante Erscheinung zog den Blick der Anwesenden auf sich. Mit einer kurzen Handbewegung forderte er den Kellner auf, ihm behilflich zu sein. Regina stand auf. Er erblickte sie und entliess den Kellner.

«Frau Flint?»

Regina begrüsste ihn.

Er stellte seinen Begleiter vor. «Mein Sohn, Gabriele.»

Regina schüttelte Gabrieles Hand. Sein Händedruck war schwach, sein Gesichtsausdruck neutral. Ausser seinem blonden Haar, das an den Schläfen ergraut war, liess wenig auf sein Alter schliessen.

Lorenzo Cavalli legte seine Hand auf Reginas Stuhllehne und forderte sie auf, Platz zu nehmen. Dabei liess er seine Augen über ihren Körper gleiten. Sie setzte sich rasch. Es fiel ihr schwer, ihren Blick von seinem Gesicht zu lösen. Obwohl seine Züge wenig Ähnlichkeit mit denen Cavallis hatten, glichen sich Vater und Sohn. Es kam Regina vor, als hätte jemand den indianischen Einschlag retouchiert.

Lorenzo Cavalli holte die Vollmacht aus seiner Mappe und reichte sie Regina. «Constanze hat wieder angerufen, als Sie Christopher mitten in der Nacht abholten.»

Regina beschloss, die Erklärung nicht als Kritik aufzufassen. Sie erzählte ihm, was vorgefallen war. Gabriele machte sich Notizen.

«Bruno behauptet, er habe dieses Buch auf sich getragen?», fragte Lorenzo Cavalli scharf.

Regina nickte. «Er sagt, es gehöre ihm. Allerdings steht über Christophers Name bloss Tsi'skwa.»

«Tsi'skwa», ein kurzes Lächeln huschte über Gabrieles Gesicht. «Ja, es gehört –«

«Das heisst nicht, dass er die Wahrheit sagt», unterbrach ihn sein Vater.

«Ich weiss nur, dass dieses Buch gestern Morgen noch in den Händen der Polizei war.» Regina schilderte Pileckis

Geschichte. «Cav… Bruno kann sich nicht daran erinnern, wo er das Buch verloren hat. Er habe es zu seinen Unterlagen gelegt. Und diese mit nach Hause genommen.»

Lorenzo Cavalli lachte trocken. «Bruno kann sich an alles erinnern. Aber kommen wir zum Sachverhalt. Sie haben nichts als Indizien gegen Christopher in der Hand, habe ich Recht?»

«Genauso fehlen entlastende Momente», unterstrich Regina. Mehr sagte sie nicht dazu.

Sie kamen auf den Brandanschlag in Witikon zu sprechen. Lorenzo Cavallis Blick wurde finster. Er hörte konzentriert zu.

«Dass er darüber schweigt, was er am Samstagabend gemacht hat, macht ihn verdächtig», schloss Regina.

«Besteht ein Zusammenhang mit den beschlagnahmten Drogen?», fragte Gabriele. In seinen Augen sah Regina echtes Mitgefühl.

«Es dürfte ihm klar sein, dass ein Brandanschlag», sie räusperte sich, «oder ein Mord um einiges schwerer wiegen als der Handel mit Haschisch.»

Lorenzo Cavallis Blick verlor sich in der Ferne. Er sah plötzlich alt aus. Langsam schob er seine Kaffeetasse weg. «Der Kreis schliesst sich», murmelte er. Als er Reginas fragenden Blick spürte, fuhr er fort: «Bruno war vierzehn, als ich einen Anruf der französischen Polizei erhielt. Er sei wegen Diebstahls festgenommen worden.» Er starrte auf den Abdruck, den die Untertasse auf dem Tischtuch hinterlassen hatte. «Der Ladenbesitzer zog seine Anzeige zurück. Bruno hat sich nie für die Umstände entschuldigt, die er allen gemacht hat. Im Gegenteil. Er weigerte sich, zu seiner Mutter zurückzukehren! Und nun wiederholt sich die Geschichte.»

Regina wies ihn nicht auf den grossen Unterschied zwischen Diebstahl und Mord hin. Sie sah Gabriele an, dass er dasselbe dachte.

«Christopher fühlt sich bei seiner Mutter wohl», entgegnete Regina lahm.

Lorenzo Cavallis linke Augenbraue schoss in die Höhe.

Gabriele erklärte, dass Constanze am Rand ihrer Kräfte war. «Bruno und sie haben beschlossen, dass Christopher vorübergehend bei Bruno wohnen wird.»

Regina glaubte, nicht richtig gehört zu haben. Es war unvorstellbar, dass Cavalli freiwillig zustimmte. Womit hatte sie ihn unter Druck gesetzt?

Lorenzo Cavalli winkte den Kellner zu sich und reichte Regina ein Kärtchen. «Wir wohnen im ‹Schweizerhof›, hier ist die Telefonnummer. Ich will dabei sein, wenn Sie Christopher befragen.»

Kommt nicht in Frage, dachte Regina und lächelte höflich.

Gabriele blieb sitzen, als sein Vater das Restaurant verliess. «Danke, dass Sie sich an einem Samstag Zeit für uns nehmen.»

«Christopher liegt mir auch am Herzen.»

«Sie kennen ihn ... näher, nicht?»

Regina sah ihn an. «Sie wissen nicht viel über das Leben ihres Bruders?»

«Seit er sein Studium abgebrochen hat, haben wir uns kaum gesehen.»

«Haben Sie auch in Zürich studiert?»

Gabriele bestellte einen weiteren Espresso. «Wie die meisten Tessiner. Wir waren im gleichen Semester.» Er lächelte. «Wir sind ja sozusagen Zwillinge. Unsere Geburtstage liegen nur zwei Tage auseinander.»

Das wusste Regina nicht. «Wer ist älter?»

«Ich. Und Sie? Wie stehen Sie zu Bruno und Christopher?»

Regina erzählte, dass sie vier Jahre mit Cavalli zusammengelebt hatte. «Seither habe ich Christopher nicht mehr gesehen. Aber er hat sich nicht gross verändert.»

Gabriele riss ein Päckchen Zucker auf. «Ich habe meinen Neffen erst zweimal getroffen. Er hat kaum den Mund aufgebracht. Ich dachte, es liege daran, dass Bruno Schlechtes über mich erzählt hat. Mein Bruder kann mich nicht leiden.»

Regina schüttelte den Kopf. «Nein, Chris ist so. Verschlossen, introvertiert. Manchmal fast ablehnend.»

«Kommt mir irgendwie bekannt vor», sagte Gabriele sarkastisch. Er rührte in seinem Kaffee. «Trauen Sie ihm einen Mord zu?»

Regina erschrak über seine harte Stimme. «Es geht nicht darum, ob ich es ihm zutraue oder nicht.» Sie konnte sich höchstens vorstellen, dass Chris ein Mitläufer war. Vermutlich würde er viel tun, um Aufmerksamkeit zu erlangen. Sie kamen auf Rechtliches zu sprechen. Regina erzählte, dass sie Kontakt zur Jugendanwaltschaft aufgenommen hatte. «Bei der Menge Haschisch wird es vermutlich auf eine jugendstrafrechtliche Massnahme hinauslaufen. Er gibt zu, dass er den Stoff verkaufen wollte.»

«Ist Zürich streng? Muss er mit einer stationären Massnahme rechnen?»

«Das kommt immer auf die Familienverhältnisse und das soziale Umfeld an. Eine Fremdplatzierung oder gar Einschliessung ist das Letzte, was die Juga will. Zuerst wird sie abklären, ob eine Therapie Erfolg verspricht. Das hängt damit zusammen, ob der Jugendliche gut integriert ist, ob seine Eltern bereit sind, aktiv mitzumachen. Wenn er Glück hat, kommt er mit einer Arbeitsleistung davon. Die Juga arbeitet mit den Hilfswerken zusammen. Sie vermittelt zum Beispiel Einsätze bei Bergbauern.»

«Eine gute Lösung», kommentierte Gabriele.

«Haben Sie Kinder?»

«Ja. Eine zwölfjährige Tochter und einen siebenjährigen Sohn.» Er sah Regina an, dass ihr eine weitere Frage auf der Zunge lag. «Fragen Sie nur.»

«Ist es wirklich in Christophers Sinn, wenn Sie und Ihr Vater sich …» Sie zögerte.

«Einmischen?», beendete Gabriele den Satz.

«Das ist vielleicht ein bisschen negativ ausgedrückt. Aber wenn Sie sich nicht gut mit Bruno vertragen, könnte das einen weiteren Keil zwischen ihn und Christopher treiben.»

Gabriele nickte. «Ich habe die gleichen Bedenken geäussert. Aber mein Vater lässt sich nicht umstimmen. Die Familie ist ihm wichtig. Und Bruno gab ihm nie eine Gelegenheit, das zu beweisen. Das ärgert ihn. Jetzt sieht er seine Chance.»

Regina sah ihn skeptisch an. «Und was ist mit Ihnen?»

«Ich werde tun, was ich kann. Ob es das Beste für Christopher ist, weiss ich nicht. Wenn er Bruno nachschlägt, werden wir uns alle die Köpfe einrennen. Und nie ein Wort des Dankes hören.»

Plötzlich hatte Regina genug. «Ich werde Sie auf dem Laufenden halten.»

Sie wollte die Rechnung begleichen, doch Gabriele winkte ab.

Meyer holte bis zum Mittelstreifen aus und legte sich tief in die Rechtskurve. Ihr Knie schwebte nur wenige Zentimeter über dem Asphalt. Dann drehte sie voll auf und donnerte durch das kleine Waldstück. Das Röhren ihrer Ducati war Musik in ihren Ohren. Pilecki machte jede Bewegung vertrauensvoll mit: kein ängstlicher Klammergriff, kein Stöhnen in ihrem Nacken. Sie liessen das Glatttal hinter sich und flogen den Berg hinauf.

In allen vier Bauzentren, die sie aufgesucht hatten, war dasselbe zu vernehmen gewesen: Der Braunton, den sie suchten, wurde nicht mehr hergestellt. Man hatte ihnen ein beinahe identisches Braun angeboten, doch die exakte Sprayfarbe war nirgends zu finden.

Meyer flitzte an der Ortstafel von Zürich vorbei, und Pilecki machte sich mit einem Schulterklopfen bemerkbar. Widerwillig bremste sie auf fünfzig Stundenkilometer ab. Sie bog in eine Einbahnstrasse ein und suchte die Hausnummer 68. Mit einem Seufzer drosselte sie die Benzinzufuhr.

«Sind wir hier richtig?»

Pilecki zog einen Zettel aus seiner Hosentasche. «68, ja.» Er schaute auf. «Er hat nichts davon gesagt, dass sie in einer Villa wohnt.»

«Das versteht sich doch von selbst.»

Pilecki grinste. Tanja Kolb war gemäss dem Tennislehrer von Schmockers eng mit Timon befreundet.

Ein Teenager mit einer Dose Bier in der Hand kam an die Tür und winkte sie wortlos herein. Er wippte zum Takt der Musik, die aus dem Garten drang. Pilecki und Meyer folgten ihm durch ein sparsam möbliertes Wohnzimmer hinaus auf die Terrasse. Im Garten vor ihnen war ein Fest in vollem Gange.

«Tanja!», bellte der Junge und gestikulierte mit der Bierdose.

Ein blondes Mädchen in einem knappen Bikini schaute auf. Als sie die Fremden sah, löste sie sich aus der Gruppe. Sie schlenderte auf die Polizisten zu.

«Tanja Kolb?», fragte Pilecki.

Sie nickte. Einige neugierige Mädchen waren ihr gefolgt. Pilecki erklärte, warum sie gekommen waren.

«Timon?» Tanja lachte auf. «Das ist schon ewig her. Mit diesem Psychopathen habe ich nichts mehr zu tun. Der tickt doch nicht richtig.» Sie schielte zu ihren Freundinnen.

«Möchten Sie auch ein Bier?»

Pilecki und Meyer lehnten ab. «Was feiert ihr?»

«Meinen Geburtstag.» Sie setzte sich auf die Steinmauer, die die Terrasse vom Garten abtrennte.

«Timon tickt nicht richtig?», wiederholte Meyer. Die Mädchen kicherten.

Tanja machte mit ihren Armen eine ausladende Geste. «Für ihn ist alles ein Spiel, seine Familie, seine Freunde, sein ganzes Leben. Du weisst nie, was er wirklich denkt. Nimmst du ihn ernst, merkst du plötzlich, dass er dich nur reinlegen will.»

Zustimmendes Nicken.

«Er verarscht alle», fuhr sie fort. «Muss immer zeigen, wie super-schlau er ist.»

«Echt bescheuert!» Das war ein Mädchen mit einem Piercing im Bauchnabel.

«Aber etwas an ihm muss dir gefallen haben», sagte Meyer.

Tanja zuckte gelassen mit den Schultern. «Ich war damals unreif. Stand auf so was.»

«Wann war das?»

«Schon fast ein Jahr her.»

Meyer übte sich in Selbstbeherrschung. Als Pilecki ihre bebenden Nasenflügel sah, konnte er ein Lachen nicht unterdrücken.

Tanja sah ihn komisch an. «Warum stellen Sie diese Fragen? Hat er wieder Scheisse gebaut?»

Es herrschte eine erwartungsvolle Stille. Meyer nahm Tanja zur Seite und signalisierte Pilecki, dass er die Gäste weiter befragen sollte.

«Hast du mit ihm geschlafen?», fragte sie das Mädchen.

«Was?» Tanja glaubte, sich verhört zu haben.

«Sex. Hast du mit ihm Sex gehabt?»

Eine Röte kroch über Tanjas Hals bis zu ihrem Haaransatz.

«Hast du mit ihm geschlafen?», wiederholte Meyer.

«Er sieht echt gut aus», glaubte sich Tanja rechtfertigen zu müssen.

«Also ja?»

«Ja.»

«Wie war er?»

In Meyers Rücken kicherte ein Mädchen hinter vorgehaltener Hand. Meyer schaute irritiert über die Schulter.

«Ganz normal», sagte Tanja. «In dieser Beziehung wenigstens.»

«Keine Probleme?»

Tanja schüttelte verlegen den Kopf. Sie verschränkte die Arme, als hätte sie ihre Blösse eben bemerkt.

«Hattest du je das Gefühl, dass er sich auch für Jungs interessiert?»

«Ganz bestimmt nicht!»

Meyer wandte sich wieder an die Gruppe. «Kennt jemand Timons Freund Christopher?»

Nickende Köpfe, Augenrollen, ein zustimmendes Gemurmel.

«Timons Schatten», erklärte das Mädchen mit dem Piercing.

«Eher sein Hündchen.»

«Liebhaber?», warf Meyer in die Runde.

«Nie im Leben!»

Weitere Jugendliche hatten sich zur Gruppe gesellt, angezogen vom Lachen der Mädchen. «Wer, Chris?», fragte eine tiefere Stimme. «Was ist mit ihm?»

«Ob er Timons Guy ist.»

«Schmocker?» Mit einem metallischen Klicken wurde eine Dose geöffnet.

«Schmocker, schwul? Dem Psycho trau ich vieles zu, aber schwul ist er nicht. Willst du auch ein Spiesschen?»

«Chris vielleicht?»
«Der Waschlappen hat doch nur Angst vor Mädchen!»
«Eben.»
«Deswegen muss man nicht gleich schwul sein.»
«Er war früher ganz in Ordnung. Seit er mit Timon herumhängt, ist er nicht mehr ganz dicht.»
Das Stimmengewirr wurde lauter. Meyer und Pilecki hörten aufmerksam zu. Pilecki zog einen Stift hervor und notierte Stichwörter. Keiner der Jugendlichen verlor ein gutes Wort über Timon oder Christopher. Es war offensichtlich, dass sie sich ihnen überlegen fühlten. Während einige der Mädchen zumindest Timons Aussehen und Selbstsicherheit bewunderten, beschrieben sie Christopher als einfallslosen Mitläufer.
«Danke, ihr habt uns geholfen», beruhigte Meyer die Gruppe. Als Pilecki seinen Notizblock einsteckte, schlenderten die Teenager langsam davon. Meyer legte die Hand auf den Arm eines Mädchens, das erstaunlich wenig gesagt hatte, und führte sie Richtung Wohnzimmer. «Wie denkst du über Timon und Christopher?»
«Timon ist ein Idiot», bestätigte sie.
«Und Christopher?»
Sie scharrte mit dem Fuss auf der Steinplatte. «Wenn er nicht bekifft ist und so, ist er ganz in Ordnung.»
Meyer ging mit ihr ins Wohnzimmer. «Kennst du ihn näher?»
Das Mädchen kehrte Meyer den Rücken zu und betrachtete ein Bild an der Wand. «Wir haben ab und zu Musik gehört und so.»
«Wie heisst du?»
«Hawa.»
«Hawa, triffst du dich immer noch mit ihm?»
Sie schüttelte den Kopf und vertiefte sich in die Quadrate auf der Leinwand.

«Warum nicht?»

«Das Kiffen nervt», nuschelte sie. «Und ich will mich in nichts reinziehen lassen.»

«Zum Beispiel?» Meyers Tonfall duldete keine Lügen.

Hawa drehte sich um. «Ich hab Ziele im Leben, o.k.? Ich will nichts vermasseln.» Sie zögerte. «Er baut zu viel Mist.»

«Mist?»

«Diese ganzen Sprayer-Geschichten.» Als Meyer erwartungsvoll schwieg, fuhr sie fort: «Das ist doch Scheisse. Und ich finde es fies, auf Ausländern rumzuhacken. Er ist eigentlich nicht so.» Ihre Stimme wurde kräftiger. «Wenn wir zusammen Musik hören, ist er wirklich nett. Ich meine, er flucht nicht dauernd und macht sich auch Gedanken und so.»

«Worüber?»

«Das Leben, was das Ganze soll. Solche Dinge halt.»

«Was hält er vom Leben?»

«Er hat manchmal echte Depro-Stimmung.» Hawa kratzte sich nachdenklich am Arm. «Es ist wirklich schade. Er ist nicht dumm. Ich meine, wenn wir reden, hat er gute Ideen. Er kann sogar richtig witzig sein.»

Meyer bedankte sich, und Hawa kehrte zu ihren Freundinnen zurück.

Pilecki hatte bereits den Helm aufgesetzt und begutachtete Meyers Ducati. Der polierte Gitterrohrrahmen reflektierte seinen sehnsüchtigen Blick. Kein familienfreundliches Fahrzeug, dachte er.

Meyer sprang schwungvoll auf die Sitzbank. «Gott sei Dank habe ich keine Tochter! Das Gekicher würde ich keine zwei Minuten aushalten.»

Pilecki sah sie komisch an. «Mhm. Sag mal, wie schwer ist deine Maschine?»

«Gut 200 Kilogramm.»

Er fuhr mit der Hand über den Tank. «Leistung?»

«90 Kilowatt. Sechs Gänge, zwei Zylinder mit je vier Ventilen, Hubraum 996 Kubikzentimeter, kein ABS. Komm schon, steig auf. Ich hab Hunger.» Sie liess den Motor aufheulen. Bevor sie den Gang einlegen konnte, klingelte Pileckis Handy. Ungeduldig wippte Meyer hin und her, während Pilecki einsilbige Antworten gab.

«Flint», erklärte er, nachdem er das Gespräch beendet hatte. «Ob ich heute Nachmittag Christopher noch einmal befragen könne. Die Familie des Häuptlings ist aufmarschiert. Flint will, dass wir möglichst viel aus Chris herausquetschen, bevor alle wie wild auf ihn einreden.»

Meyer stellte den Motor ab. «Die Indianer? Aus den USA?»

«Nein, die Tessiner.»

«Ach so.» Sie klang enttäuscht.

«Ich hätte dich gern dabei. Geht das?»

«Es muss.» Sie setzte den Helm auf. Sie hatte versprochen, sich um den stotternden Fiat ihrer zukünftigen Schwiegermutter zu kümmern. Das würde sich erübrigen, wenn sie weiterhin ihre Wochenenden im Dienst verbrachte.

«Hat Giulio die Nase voll?», rief Pilecki über den Motorenlärm.

«Gestrichen voll!» Meyer beschleunigte.

«Sizilianer sind nicht die idealen Männer für Polizistinnen», stellte er fest.

Sie hörte ihn nicht.

Er stand auf und ging zur Spüle. Dort spritzte er sich kaltes Wasser ins Gesicht. Das Handtuch fühlte sich rau an auf seiner Haut, er rubbelte kräftiger. Er ging wieder in die Hocke. Die Bilder, die er auf dem Boden ausgebreitet hatte, erschreckten ihn nicht mehr. Das erschreckte ihn. Es erschreckt mich, dass sie mich nicht mehr erschrecken, dachte er. Er starrte auf den verkohlten Körper. Wer bist du, Thok Lado? Lado streckte die Zunge raus.

Cavalli blinzelte. Die Zunge bewegte sich nicht. Sie lag erstarrt zwischen zwei aufgeplatzten, fleischigen Wülsten. Vor Kurzem hatte der Junge mit seiner Zunge Hoffnungen und Träume in Worte gefasst. Jetzt war sie schwarz wie die Seele des Brandstifters.

Cavalli schüttelte über sich den Kopf. Der Tod des Jungen liess sich nicht mit Bosheit erklären. Das war zu einfach. Die Glieder der Kette, vom Auslöser der Ereignisse bis zum tödlichen Schlag, hatten nur eine Gemeinsamkeit: Sie reihten sich aneinander. Was sie verband, unterschied sich von Glied zu Glied.

Er starrte auf die Küchenwand. Alles, was er über Lado wusste, hatte er auf orange Zettel geschrieben und an die Wand geheftet. Es war wenig. Cavalli fuhr sich mit der flachen Hand über die Stirn, drückte auf die Gedanken, die in seinem Schädel schlummerten. Sie regten sich nicht. Die Angst, dass Christopher die erste Verbindung zwischen den Gliedern war, blockierte sie.

Wo steckte der Junge? Er hätte vor einer Stunde hier sein müssen. Cavalli stand auf und machte mit den Schultern lockernde Bewegungen. Er ging ans Fenster und spähte hinaus. Seine Augen schweiften über die Hecke, zur Blaufichte am Wegrand und rasch wieder zurück. Er schaute genauer hin. Im Schatten der Hecke stand Sahl.

Cavalli trabte die Treppe hinunter ins Freie. Sahl kam einen Schritt auf ihn zu. Mit einer Kopfbewegung bedeutete ihm Cavalli zu folgen.

Der alte Mann legte auf dem Zwischenboden eine Pause ein. Seine Finger sahen auf dem schwarz glänzenden Handlauf wie verdorrte Zweige aus. Er schien sich der Vegetation seiner Heimat angepasst zu haben. Dann setzte er sich langsam wieder in Bewegung. Cavalli führte Sahl ins Wohnzimmer.

In der Küche sammelte er rasch die Bilder ein und schob sie in eine Mappe. Er merkte, dass er Hunger hatte. Sahl konnte bestimmt auch etwas zu essen vertragen. Auf dem Herd stand eine Pfanne mit dem restlichen Mais. Es war ihm peinlich, seinem Gast den geschmacklosen Brei vorzusetzen. Er stöberte im Vorratsschrank, fand aber nur Vitaminbrausetabletten und eine Packung Linsen. Auch der Kühlschrank gab nicht viel mehr her. Er zog eine Bratpfanne hervor und goss Olivenöl hinein. Dann kippte er den Brei dazu und suchte alle Gewürze zusammen.

Sahl stand vor einem schwarz-weissen Küstenbild. Cavalli hatte das Foto vor einigen Jahren in North Carolina aufgenommen. Ein Stück Treibholz lag im Sand, umkämpft von den Wellen, die es in den Atlantik zurückzuziehen versuchten, und dem Festland, das es nicht losliess. Als Cavalli das Interesse des Mannes erkannte, holte er eine Mappe mit weiteren Bildern hervor. Sahl breitete sie auf dem Boden aus und ging in die Hocke. Die meisten waren Aufnahmen des Atlantiks. Eine Serie hatte er den bizarren Sandmustern zwischen den Dünen gewidmet. Sahl betrachtete die Bilder intensiv und nickte. Er sah Cavalli fragend an.

Cavalli legte eine weitere Mappe behutsam vor den Sudanesen, der sie sorgfältig aufklappte. Das vertraute Gesicht seiner Grossmutter kam zum Vorschein. Ihre Augen, zwei dunkle Fenster zu einer grenzenlosen Liebe, blickten direkt in die Kamera. Falten bildeten ein einzigartiges Muster auf ihrer dunklen Haut. Cavalli roch den herben Duft, der sie umgab, wenn sie auf der Terrasse sass und Tee schlürfte. Er legte den Kopf schräg, als befände sie sich neben ihm, und fing Sahls Blick ein. Er verstand.

Cavalli holte seine alte Nikon. Er demonstrierte die verschiedenen Funktionen der Kamera. Sahl blickte durch die Linse und fokussierte auf eine Hantel neben dem Sofa. Cavalli stellte die Blende ein. Der Sudanese drückte auf den Auslöser. Er stand auf und wanderte mit der Kamera vor dem Auge in der Wohnung umher, während Cavalli zwei Teller mit gebratenem Maisbrei füllte.

Sie assen schweigend. Cavalli schämte sich nicht mehr für die Mahlzeit. Er goss heissen Tee auf und schloss die Augen. Seine Hand umklammerte die warme Tasse, der Dampf strich ihm ums Kinn.

Janett hielt eine Fackel in der Hand. Die Flamme tanzte vor seinem Gesicht. Der Schatten zog seinen Mund in die Länge. Cavalli versuchte zu erkennen, ob er grinste. Der Schatten schaukelte wie ein Pendel hin und her; eine Gesichtshälfte lachte, die andere weinte. Plötzlich erkannte Cavalli, dass der dunkle Schatten eine Zunge war. Janett kam mit der Fackel auf ihn zu. Aber es war nicht der Feuerwehrmann. Es war eine Frau. Und doch war es Janett. Von fern hörte er Sirenen, ein Löschzug war unterwegs. Das Geräusch wurde lauter. Cavalli presste die Hände auf die Ohren, aber der Lärm hörte nicht auf.

Mit einem Ruck hob er den Kopf. Sein Nacken schmerzte, sein Mund war trocken. Er versuchte, die Frau im Traum zu erkennen, doch sie entglitt ihm. Jemand klingelte an der Tür. Er erhob sich steif und schob den Stuhl zurück. Das Gesicht der Frau blitzte auf und verschwand wieder in seinem Unterbewusstsein. Er ging zur Tür.

«Endlich!» Constanze drängte sich an ihm vorbei und stellte einen Koffer im Flur ab.

Christopher blieb im Treppenhaus stehen.

«Worauf wartest du?», fragte sie ungeduldig.

Er machte einen Schritt über die Schwelle.

Constanze wandte sich an Cavalli: «Sieh zu, dass du darüber Bescheid weisst, wo er sich aufhält. Er muss um 22 Uhr zu Hause sein. Timon ist tabu. Kein Alkohol. Mindestens zwei Bewerbungen pro Woche.»

Cavalli blendete ihre Stimme aus. Seine Einwände versiegten, als er seinen Sohn betrachtete. Christopher starrte seine Turnschuhe an, die Hände tief in den Hosentaschen vergraben.

«Er muss um 17 Uhr im Kripo-Gebäude sein. Du musst ihn nur hinfahren, dein Vater und Gabriele werden Regina auf die Finger schauen.»

Cavallis Zunge fühlte sich wie Watte an. Constanze machte auf dem Absatz kehrt, küsste Christopher flüchtig aufs Haar und eilte die Treppe hinunter.

Sahl war weg.

«Das Kassationsgericht hat bestätigt, dass es ein unzulässiges Beweismittel ist», erklärte Regina.

«Auch wenn der Angeschuldigte einwilligt?» Pilecki war frustriert. Er hatte gehofft, Regina würde es nicht so genau nehmen.

Sie nickte. «Entscheid vom 3. Dezember 2001. Der Einsatz von Lügendetektoren verstösst gegen den Schutz der psychischen Unversehrtheit. Paragraph 154 StPO verbietet ihn, unabhängig davon, ob er auf Anordnung der Strafverfolgungsbehörden oder auf private Initiative hin durchgeführt und anschliessend im Strafverfahren eingeführt wird.»

«Das ergibt doch keinen Sinn, das weisst du ganz genau. Wenn er freiwillig zustimmt …»

«Natürlich ergibt das einen Sinn. Stell dir vor, der Angeklagte willigt nicht ein. Das Fehlen eines Polygraphentests wird, wenn auch nicht rechtlich, so doch faktisch zu seinen Ungunsten interpretiert werden.» Regina verstummte, als Cavalli mit Christopher den Raum betrat.

Pilecki ging auf den Jungen zu. «Hey. Setz dich.» Er bot ihm etwas zu trinken an.

Regina bat Cavalli um ein Gespräch unter vier Augen. «So kommen wir nicht weiter. Chris wird kein Wort sagen, wenn seine halbe Familie daneben sitzt.»

Cavalli verschränkte die Arme. «Das ist mir klar. Ich habe weder meinen Vater noch die Erzengel gebeten herzukommen. Ist Rafaele eigentlich auch da?»

«Rafaele? Dein Bruder?»

«Halbbruder», brummte er.

«Nein. Nur Gabriele. Aber drei Cavallis sind mehr als genug. Am liebsten wäre mir, Pilecki und Meyer könnten allein mit ihm reden.»

Cavalli wusste, dass Reginas rücksichtsvoller Tonfall ein Entgegenkommen war. Er hatte von Gesetzes wegen kein Recht, bei der Einvernahme dabei zu sein. «Wenn das Gespräch aufgenommen wird, bin ich einverstanden.»

Regina atmete erleichtert auf. «Gut. Danke, dass du –» Sie verstummte, als Lorenzo Cavalli und sein Sohn aus dem Lift traten.

«Bruno.» Lorenzo Cavalli reichte ihm die Hand. Gabriele tat es ihm gleich.

«Lorenzo.» Ein kurzes Nicken. «Regina wird sich um dich kümmern», sagte Cavalli. «Wir sehen uns später.»

«Warst du am Samstagabend mit Timon zusammen?» Meyer beugte sich über den Tisch. «Chris? Was habt ihr gemacht?»

«Nichts.»

«Aber ihr habt den Abend zusammen verbracht?»

«Ja.»

«Bei dir zu Hause?»

«Mal da, mal dort.»

«Deine Mutter sagt, du warst bei Timon.»

«Ja.»

«Timon sagt, er war bei dir.»

Christopher blickte verwirrt auf. Er rollte die Cola-Flasche von einer Hand in die andere. «Nein. Wir waren bei ihm.»

«Hast du eine Freundin?», wechselte Pilecki das Thema.

«Was?»

«Eine Freundin.»

«Was spielt das für eine Rolle?»

«Beantworte die Frage!»

«Nein.»

«Einen Freund?»

«Wie, einen Freund?»

«Bist du homosexuell?»

Die Cola-Flasche rollte unbeachtet davon. Christopher ballte die Hände zu Fäusten und schob das Kinn vor. «Ich bin doch keine Schwuchtel!»

«Und Timon?»

Christopher vermied den Blick der Polizisten. «Auch nicht.»

«Aber er gefällt dir?», fragte Meyer neutral.

«Was soll das?»

«Es ist doch nichts dabei, wenn er dir gefällt», besänftigte ihn Meyer. «Niemand wird es erfahren.»

Christopher schüttelte den Kopf. «Nein! Ich steh nicht auf so was.»

Meyer glaubte ihm. «Und Timon?»

«Die Mädchen laufen ihm nach.»

«Schaut er hin?»

«Mehr als das.» Er kratzte sich verlegen und erhob sich, um die Cola-Flasche vom Tischrand zu fischen.

Pilecki fing Meyers Blick ein. Sie nickte, und er fuhr fort: «Du hast Thok Lado gekannt. Man hat dich und Timon zusammen mit ihm gesehen.»

Christophers Mund blieb offen stehen. Sein verwirrter Ausdruck schien echt. «Mich? Mit diesem Neger? Dem, der im Haus war?»

Pilecki sah ihm in die Augen. «Dem, der ermordet wurde.»

Christopher starrte ihn entsetzt an. Pilecki kam es vor, als fühle er sich von jemandem verraten. Ein Schleier legte sich über das Gesicht des Jungen. Er sackte auf dem Stuhl zusammen.

«Chris? Du hast Thok gekannt.»

«Wieso fragen Sie, wenn Sie eh alles besser wissen?»

«Ich möchte es von dir hören.»

«Was bringts? Sie glauben mir doch nicht.» Tränen brannten in seinen Augen. Er wischte sie mit einer verschämten Armbewegung weg. Er trommelte mit dem Zeigefinger auf der leeren Flasche.

«Was machst du den ganzen Tag?», wechselte Meyer erneut das Thema.

Christopher zuckte mit den Schultern. Er hatte keine Lust mehr mitzumachen. Meyer stellte Fragen über seinen Alltag, seine Freizeit, seine Freunde. Zwischendurch lenkte sie die Befragung immer wieder geschickt Richtung Lado. Nach einer fruchtlosen Stunde begrub sie die Hoffnung, dass er auspacken würde. Sie stand auf und gab Pilecki ein Zeichen.

Im Flur schüttelte sie den Kopf. «Wir kommen heute nicht weiter. Ich will mit beiden zusammen reden: Timon und Christopher. Ich will wissen, wie sie aufeinander reagieren.»

Pilecki stimmte zu. «Wenn er es getan hat, dann sicher nicht allein. Er wäre physisch gar nicht in der Lage, Thok ohne Hilfe ins Haus zu tragen. Vermutlich auch nicht kaltblütig genug.»

Meyer sah das auch so. «Ich sag dem Häuptling, dass er Chris holen kann. Und überlasse die restlichen Cavalli dir.» Sie grinste, als Pilecki mit gespieltem Entsetzen den Blick zur Decke richtete.

Sie fand Cavalli im Kraftraum. Das Laufband surrte leise. Man sah ihm seine Nervosität nicht an, doch Meyer registrierte, dass er sein Tempo erhöhte, als er sie erblickte.

Sie schüttelte rasch den Kopf: «Nein. Er bleibt dabei, dass er mit der Sache nichts zu tun hat.»

Cavalli fand wieder zu seinem Rhythmus zurück. «Wie geht es weiter? Was hat Pilecki jetzt vor?»

Meyer zögerte. Sie schaute über ihre Schulter, als könnte Pilecki durch die Betonwand auftauchen. «Juri fährt ganz auf Reginas Schiene», begann sie. Dann erzählte sie vom Besuch bei Tanja Kolb. «Wir haben nur ein wenig den Puls gefühlt. Jetzt will er alle einzeln befragen. Er hat auch Schmockers Hausangestellte, Nachbarn und einige nähere Bekannte vorgeladen.»

«Und Christophers Bekanntenkreis auch, nehme ich an?»

«Jaaa.» Sie dehnte die Silbe vorsichtig.

Cavallis Ausdruck war neutral. Er wartete.

«Schulkollegen, Lehrer.» Sie verstummte.

«Familie?»

«Mhm.» Sie wechselte rasch das Thema. «Wir haben mit dem Dekan gesprochen. Pollmann darf im Moment nicht arbeiten. Der Fall liegt nun beim Kirchenrat. In seiner Vergangenheit haben wir bis jetzt keine Hinweise darauf gefunden, dass er Jungen sexuell belästigt hat. Wir konnten aber auch keine Freundin finden. Seine Geschwister behaupten, körperliche Liebe interessiere ihn nicht.»

«Und Lado? Gräbt Pilecki überhaupt nicht weiter?»

«Wir haben die Kapazität nicht. Wenn wir mit den Jugendlichen nicht weiterkommen, wird er den Kreis erweitern.»

«Lado kreist nicht auf irgendeiner Umlaufbahn», entgegnete Cavalli verärgert. «Er ist das Zentrum. Hast du dir überlegt, was es mit dem Zeitpunkt des Brandes auf sich hat?»

«Dem Flüchtlingstag?» Meyer sah ihn unsicher an.

Cavalli wischte sich mit einem Handtuch den Schweiss ab. Er sagte nichts.

«Ich habe mir darüber Gedanken gemacht. Bin aber zu keinem Ergebnis gekommen.»

«Erzähl.»

«Zufälle sind selten. Alle Ereignisse hängen irgendwie zusammen. Aber ich verstehe die Reihenfolge nicht.» Als er nickte, fuhr sie fort: «Verübte der Täter den Brandanschlag am Flüchtlingstag, weil er so die symbolische Bedeutung steigern konnte? Oder gab ihm der Flüchtlingstag erst die Gelegenheit, die Tat auszuführen?» Sie strich gedankenverloren über eine Hantel. «Wir müssen mehr über Lado wissen.»

«Richtig. Hast du morgen etwas vor?»

«Morgen ist Sonntag», stellte sie fest. Als sie seinen Blick sah, fügte sie rasch hinzu: «Aber eigentlich habe ich keine Pläne.»

«Lado war vier Monate lang in einem Durchgangszentrum in Altstetten. Er war nicht allein. Ich habe eine Liste aller Asylsuchenden, die zur gleichen Zeit dort untergebracht waren. Die Entscheidung liegt bei dir.»

Sie stimmte zu. Sie fühlte sich geehrt, dass er sie ins Vertrauen zog, und wollte sich die Gelegenheit nicht entgehen lassen, so nahe mit ihm zusammenzuarbeiten. Wenn nur Regina nichts davon erfuhr.

Christopher öffnete vorsichtig die Tür. Weit und breit war niemand zu sehen. Leise schlich er den Gang hinunter zur Treppe. Er vernahm Reginas Stimme aus einem Büro. Sein Grossvater antwortete messerscharf. Ein Stuhl kratzte auf dem Boden. Schritte. Christopher drückte sich an die Wand neben dem Getränkeautomaten. Die Tür ging auf. Er hörte Reginas Bewegungen an, dass sie verärgert war. Er wagte einen scheuen Blick. Sie stand wenige Meter links von ihm. Rasch zog er den Kopf zurück. Sein Herz pochte. Er atmete durch den Mund, um keine Geräusche von sich zu geben. Sein Grossvater und sein Onkel sprachen italienisch. Es war nicht das Italienisch, dessen Klang ihm aus den Ferien bekannt war. Lorenzo Cavallis Sätze klangen abgehackt, die Wörter explosiv, wie Schüsse aus einer Pistole. Gabrieles Tonfall war ruhiger, als versuche er, seinen Vater zu besänftigen.

Die Treppe war rund zehn Meter rechts von ihm. Christopher überlegte, ob er hinschleichen konnte, ohne gesehen zu werden. Er verwarf die Idee wieder. Regina schien die Geduld auszugehen. Christopher erkannte die Zeichen. Er hatte sie früher oft beobachtet. Sie konnte die Hände nicht stillhalten. Spielte mit ihrem Fingerring. Liess ihren Blick an ihrem Gesprächspartner vorbeigleiten, ohne ihn richtig anzusehen.

Höfliche Worte des Abschieds. Lange Schritte, die sich entfernten. Frauenschritte. Die Männer blieben stehen. Christopher hielt die Luft an. Dann hörte er, wie eine Lifttür aufging. Er rannte zur Treppe.

Die Wache am Eingang schaute auf, als er das Gebäude verlassen wollte. Christopher vergrub die Hände in den Hosentaschen und schlenderte an ihm vorbei. Als der Polizist mit einem misstrauischen Blick aufstand, nickte Christopher kurz.

«Cavalli», sagte er gelassen, in einem Tonfall, der keinen Zweifel darüber offen liess, wer das Sagen hatte. Die Wache musterte seine Gesichtszüge und setzte sich unsicher.

Draussen rannte Christopher Richtung Sihlporte. Er verlangsamte sein Tempo nicht, als er bei den Metallstufen ankam, die zur Sihl hinunterführten. Seine Füsse schlugen auf dem Holzsteg auf. Eine Unterführung verdunkelte seinen Weg. Erschöpft liess er sich gegen die Betonmauer fallen und zog sein Handy hervor. Sein Atem kam in kurzen Stössen.

Timon nahm sofort ab. «Wo bist du, verdammt! Wir hatten eine Abmachung.»

Christopher erzählte von der Befragung.

«Hast du etwas gesagt?»

«Nein.»

«Kein Wort? Wenn du mich anlügst, wird dir auch dein Vater nicht helfen können. Scheiss-Bulle.»

«Timon, ich schwörs! Ich habe nichts gesagt. Ich komme vorbei. Gib mir eine halbe Stunde», flehte er.

«Du hast nicht alle Tassen im Schrank. Hierher?» Er lachte überheblich. «Mitternacht. Gleicher Ort. Keine Ausrede.»

«Das geht nicht. Alle schauen mir auf die Finger.»

«Dann sieh zu, dass sie heute Nacht wegschauen, sonst ...» Timon sprach die Drohung nicht aus. Es war nicht nötig. Christopher wusste genau, was passieren würde, wenn er sich nicht an die Regeln hielt.

«Weiss Pollmann davon?»

«Klar.»

«Ich brauche vorher einen Joint.»

«Das hättest du dir früher überlegen sollen. Scheiss-Versteck, du Idiot. Ich will dich hier nicht sehen, klar?»

Christopher nickte wortlos.

Regina stieg eine Station früher aus dem Bus und ging den Rest zu Fuss. Sie brauchte die Bewegung, um abzuschalten. Der Ärger darüber, dass Christopher sich unbemerkt aus dem Kripo-Gebäude schleichen konnte, war noch nicht verflogen. Lorenzo Cavalli hatte sie sofort wissen lassen, was er von ihrer Kompetenz hielt. Als sei es ihre Aufgabe, den Jungen zu beaufsichtigen.

Sie mochte den Mann nicht. Zum ersten Mal brachte sie ein gewisses Verständnis dafür auf, dass Cavalli seine Familie aus seinem Leben gestrichen hatte. Gabriele gegenüber empfand sie nichts. Er war wie ein See, der den Himmel – seinen Vater – spiegelte. Bestenfalls kräuselte sich die Oberfläche und veränderte leicht das Abbild. Schlimmstenfalls gab er ein exaktes Spiegelbild wieder. Die Erzengel. Regina schmunzelte. Ob Rafaele auch so angepasst war?

Der Kirchturm tauchte vor ihr auf. Sie war viel zu schnell in Witikon angekommen. Sie bog in die Zufahrtsstrasse ein und spazierte an Pollmanns Haus vorbei. Im Garten stillte eine Flüchtlingsfrau ihr Kind. Sie bemerkte Regina nicht.

Regina überlegte, ob sie Pollmann einen Besuch abstatten sollte. Die Zeit reichte nicht, sie hatte versprochen, vor acht bei Janett zu sein. Sie spürte das Verlangen, sich in den Garten des Pfarrhauses zu setzen. Es ging eine Ruhe von ihm aus, als stünde die Zeit zwischen dem Flieder und den Pfingstrosen still. Doch Pollmann war ein Verdächtiger, sie hatte in seiner Nähe nichts verloren.

Bevor sie weitergehen konnte, ging die Haustür auf. Pollmann winkte sie zu sich. Er zeigte auf eine Holzbank neben der Tür. «Setzen Sie sich.»

Regina kam seinem Wunsch zögernd nach. «Ich habe eigentlich keine Zeit.»

Er liess sich schwerfällig neben ihr nieder. «Ja. Das ist immer so.»

«Ich habe eine Verabredung», entschuldigte sie sich.

«Was hält Sie fern?»

Regina sah ihn überrascht an. Eine voreilige Antwort lag ihr auf der Zunge. Zu ihren Füssen marschierten drei Ameisen mit schwerer Beute. Sie hielt inne. Warum eilte sie eigentlich nicht zu Janett, froh darüber, so viele Stunden wie möglich mit ihm zu verbringen? Warum klopfte ihr Herz nicht aufgeregt, erwiderten ihre Augen sein Leuchten nicht? Und was ging das Pollmann an?

«Ich traue ihm nicht.» Verwundert hörte sie ihre eigenen Worte. Wann war das ungute Gefühl zu Misstrauen geworden? Vor allem: Traute sie Janett nicht, oder traute sie ihren Empfindungen nicht? Warum löste Pollmann dieses Misstrauen nicht in ihr aus?

Pollmann nickte. «Wer hat das Misstrauen gesät?»

Gesät? Cavalli. Oder hatte er sie nur darauf aufmerksam gemacht?

«Vermutlich die Umstände. Ich weiss nicht, ob er in einen Mordfall verwickelt ist.»

«Und trotzdem gehen Sie hin.»

«Er ist ein warmer, grosszügiger Mensch.» Regina erinnerte sich an seine rauen Hände, sein borstiges Haar. Er brachte sie zum Lachen. Er mochte Fussball.

«Wollen Sie seine Liebe annehmen? Oder glauben Sie, es tun zu müssen?»

Sie wickelte eine Haarsträhne um den Finger. Vielleicht war es tatsächlich nur die Angst, etwas zu verpassen, die sie zu Janett hinzog. Was hatte sie im Leben vorzuzeigen? Keine Familie. Einige Ex-Partner. Eine einzige, gescheiterte Liebe. Ihren Beruf. Immer nur ihren Beruf. Die Ameisen gingen tüchtig ihrem Geschäft nach. Ein Riss in der Steinplatte brachte sie nicht von ihrer Mission ab.

Regina fühlte sich riesig. Wie ein unbeweglicher Fels, der dazu bestimmt war, auf dem gleichen Flecken zu ruhen. Genau diesen Brocken wollte sie ins Rollen bringen. Janett bewegte ihn nicht. Er leistete ihm Gesellschaft.

Pollmann lehnte seinen Kopf gegen die Hauswand. Das warme Abendlicht gab seinem blassen Gesicht Farbe. «Hoffen Sie, dass er schuldig ist?»

Erschrocken sah Regina ihn an. Sie protestierte, doch er hob die Hand. «Manchmal wünschen wir, dass uns eine Entscheidung abgenommen wird. Egal, wie.»

Reginas Proteste verstummten. Die Ameisen hatten ihre Beute in Sicherheit gebracht. Sie zogen von Neuem los.

«Sie ist weg», sagte Pollmann in den leeren Raum hinein. Christopher trat aus der Vorratskammer.
«Sie haben nichts gesagt?» Er wischte sich die Krümel vom Mund.
«Nein.» Pollmann öffnete den Kühlschrank und reichte ihm einen Broccoli. Dann suchte er Salat und Karotten im Kühlfach.
«Und jetzt?»
Der Pfarrer gab dem Drehtablett einen Stoss, bis ein Kochtopf erschien. «Jetzt gehst du nach Hause. Oder du hilfst mir beim Kochen. Fatma übernimmt den Reis, sobald die Kleine schläft.»
«Ich kann nicht nach Hause», klagte Christopher. «Mein Vater bringt mich um.»
Pollmann lehnte sich gegen den Geschirrschrank. «Das hättest du dir überlegen müssen, bevor du getürmt bist.»
«Timon haben Sie auch nicht weggeschickt.»
«Ich schicke dich nicht weg. Du kannst so lange bleiben, wie du willst.» Er drückte ihm ein Küchenmesser in die Hand.
Christopher beäugte den Broccoli zweifelnd. Pollmann zeigte ihm, wie er geschnitten werden musste.
«Ich begleite dich nach dem Essen nach Hause, in Ordnung?»
«Mal sehen.»

Pfiffe empfingen die Spieler, als sie auf den Platz zurückkehrten. Keine erwähnenswerte Szene in der ersten Halbzeit. Es stand 0:0. Nedved, Rosicky, Baros, Koller: Von ihnen war nichts zu sehen gewesen. Keine Kombinationen, keine zügigen Angriffsaktionen. Das Spiel blieb tor- und trostlos. Oder lag es an ihrer Laune? Regina rückte das Kissen zurecht. Janett versuchte nicht mehr, ihre Hand zu nehmen.

«Möchtest du noch ein Bier?»

Sie lehnte ab. Ihr schlechtes Gewissen verleitete sie dazu, näher an ihn heranzurücken.

Die Pfiffe schlugen in Jubel um, als Koller das erste Tor erzielte. Innerhalb einer Viertelstunde trafen die Tschechen noch zweimal. Milan Baros war nicht mehr zu bremsen. Die Angriffswelle riss Regina mit. Sie rutschte nach vorne. Aus dem Augenwinkel sah sie, dass Janett sie anstarrte.

«Was?»

«Du siehst schön aus, wenn du dich für etwas begeisterst.»

Regina griff verlegen nach den Pommes-Chips.

Janett legte seine Hand auf ihren Fuss, den sie untergeschlagen hatte. «Regina, was ist los?»

«Nichts, warum?», antwortete sie zu schnell.

«Ich mache dich nervös.»

Sie holte tief Luft. Es musste raus. «Hast du Thok Lado gekannt?»

Erstaunt riss er die Augen auf. «Lado? Den ermordeten Sudanesen?»

Sie sah weg. «Ja.»

«Denkst du, ich hätte dir das nicht gesagt, wenn es so wäre?»

Sie zuckte mit den Schultern.

Er schwieg nachdenklich. Plötzlich stand er auf und schaltete mitten im Angriff der Dänen den Fernseher aus. Er ging vor Regina in die Hocke und nahm ihre Hände. Sie sah ihm nicht in die Augen.

«Regina. Schau mich bitte an.»

Sie wusste, was sie sehen würde. Schmerz, Enttäuschung. So war es.

«Ich habe Thok Lado vor seinem Tod nie gesehen. Ich

kenne keinen der Flüchtlinge aus der niedergebrannten Asylunterkunft. Ich habe weder das Haus noch deine Gartenstühle angezündet.» Er fuhr ihr durchs Haar. Sie wich zurück.

«Es tut mir Leid», flüsterte sie. «Bitte nimm es nicht persönlich.»

Er bot an, sie nach Hause zu fahren.

«Gern. Es war ein langer Tag. Morgen …», begann sie zögernd.

Er erlöste sie: «Morgen ist Andi bei mir. Mein Sohn», erklärte er, als sie ihn fragend ansah. «Wir machen eine Radtour. An die Töss oder vielleicht ins Toggenburg. Mal sehen, wozu er Lust hat. Wenn er häufig trainiert, braucht er am Sonntag eine Pause.» Er stand auf und sammelte das Geschirr ein. Ein Glas rutschte ihm fast aus der Hand. Er fing es auf. «Leichtathletik», fuhr er fort, als müsse er Reginas Verdacht mit Worten zukleistern. «Manchmal ist er vier- oder fünfmal auf dem Platz. Glücklicherweise fällt ihm die Schule leicht. Er ist nicht besonders sprachbegabt, doch wenigstens bleibt ihm das Französisch-Büffeln erspart.»

«Ach?»

«Meine Frau, entschuldige, Ex-Frau – ich habe mich immer noch nicht daran gewöhnt – hat von Anfang an nur Französisch mit ihm gesprochen. Einfacher kann man eine Sprache nicht lernen.» Er fand seine Autoschlüssel nicht.

«Sie liegen auf dem Küchentisch», half Regina. Es war eine Gewohnheit, Details zu speichern.

Janett verstummte, als hätte er sich leer geredet. Beide schwiegen auf der Fahrt nach Gockhausen.

Eine halbe Stunde später hatte sich Regina in eine Ecke ihres Sofas geschmiegt, in einer Hand hielt sie eine Tasse Grüntee, in der anderen Zuberbühlers Steuererklärung. Sie verglich die Zahlen mit seinen Firmenunterlagen. Von fern registrierte sie, dass es zu regnen begonnen hatte. Die Tropfen glitten die Scheibe hinunter. Regina gähnte. Sie würde einen Revisor oder einen Spezialisten der SA 1 beiziehen müssen. Sie dachte an Lorenzo und Gabriele Cavalli, legte Zuberbühlers Unterlagen beiseite und schlug die Zeitung auf.

Die internationale Hilfe in Darfur war angelaufen. Bundesrätin Calmy-Rey befand sich mit einer Schweizer Delegation im Kriegsgebiet, um sich ein Bild der Situation zu machen. Regina fragte sich, ob das nötig war. Musste sie die Flüchtlingslager in der unendlich weiten Steppe mit eigenen Augen sehen? Andererseits lenkte sie so die Aufmerksamkeit der Medien auf das Los der Vertriebenen. Hatte Lado zu den mit Kalaschnikows und Patronengürteln ausgerüsteten Kämpfern gehört? Oder hatte er nur mit der SPLA im Süden gekämpft?

Regina versuchte, sich in Zahra El Karibs Lage zu versetzen. Hatte sie sich vor den Janjawid, den berittenen Milizen, in Sicherheit bringen können? Oder musste sie zusehen, wie ihr Dorf abgebrannt, ihr Mann getötet wurde? Regina faltete die Zeitung zusammen und dimmte das Licht. So erkannte sie hinter der dunklen Scheibe das Glatttal. Sie umschloss ihre Knie mit den Armen und stützte ihr Kinn ab. Sie konnte nicht nachempfinden, was die junge Frau durchgemacht hatte. Das Schicksal hatte Regina begünstigt. Ihre Sorgen kamen ihr lächerlich vor, doch sie wurden dadurch nicht kleiner.

Sie stand auf und legte eine CD von Bach ein. Rostropovichs Cello stimmte die schwermütige zweite Suite an. Regina schloss die Augen und lauschte der rauen Melodie. Als die letzten Töne verklangen, schaltete sie die Anlage aus, damit der Klang im Raum weiterschwebte.

Sie hörte ein sanftes Klopfen. Sie horchte genauer hin. Schaute auf die Uhr. Halb eins. Sie trat ans Fenster und spähte in die Dunkelheit. Das Glatttal leuchtete. Im dicht besiedelten Gebiet wurde es nie finster. Da war es wieder. Es kam vom Eingang. Die Musik löste sich auf. An ihrer Stelle hörte

Regina das Rauschen ihres eigenen Blutes. Wie eine Dampflokomotive pumpte ihr Herz Sauerstoff in ihre Glieder. Sie spürte ein Kribbeln auf der Kopfhaut. Ihre Sinne schalteten auf Alarm. Sie ging einige Schritte Richtung Flur. Blieb ängstlich stehen. Instinktiv erwartete sie Rauch. Die Luft war klar.

Sie glaubte, Schritte zu hören. Kurze, schnelle. Oder war es ihr Herzklopfen? Das Trommeln des Regens auf dem Vordach? Vorsichtig schlich sie ins Schlafzimmer. Sie schaltete das Licht nicht ein. Aus einer Schublade holte sie einen Pfefferspray. Wo war ihr Handy? In der Küche. Gleich neben der Tür. Sie ging hin. Es lag nicht dort. Fieberhaft überlegte sie, wo sie es hingelegt hatte. Auf die Ablage beim Eingang? Sie starrte die Wohnungstür an. Erleichtert stellte sie fest, dass sie den Sicherheitsriegel vorgeschoben hatte. Das kurze Aufatmen wich einem erschrockenen Adrenalinstoss, als das trappelnde Geräusch wieder einsetzte. Es war nicht der Regen.

Regina wünschte, sie könnte die Augen schliessen und an einem sonnigen Sonntagmorgen wieder erwachen. Seit sie im vergangenen Herbst von einem Einbrecher im Schlaf überrascht worden war, liess sie sich rasch in Angst versetzen. Die Panik, als ihr eine Hand über den Mund gehalten worden war, sass tief. Sie stieg sofort auf, wenn sie ungewöhnliche Geräusche hörte.

Sie presste die Hand vor den Mund und versuchte, klar zu denken. Ihr war übel. Das trappelnde Geräusch verstummte. Einen Augenblick lang hüllte sich die Nacht in Schweigen. Dann polterte es laut. Regina sprang vor Schreck zurück. Ihre Vernunft sagte ihr, dass das Poltern nicht laut war. Ihre geschärften Sinne meldeten einen tosenden Angriff auf ihre Ohren. Dann setzte unerwartet ihre Logik ein.

Einbrecher klopfen nicht an die Haustür.

Sie nahm einen wackeligen Schritt nach vorne. Drückte ihr Auge an den Spion.

Cavalli stand vor der Tür.

Reginas Finger verfingen sich im Schlüsselbund. Sie setzte erneut an und schloss auf. Sie schob den Sicherheitsriegel zurück.

«Cava.» Ihre Erleichterung verdrängte ihr Erstaunen über den nächtlichen Besuch.

Er sah sie schuldbewusst an. «Ich sah Licht im Wohnzimmer. Deine Angst – ist es noch nicht besser geworden?»

Sie schüttelte stumm den Kopf.

Er machte einige Schritte an Ort, um sich warm zu halten. Jetzt sah Regina, dass er völlig durchnässt war. Sein T-Shirt klebte an seinem Oberkörper, seine Beine glänzten. Wasser tropfte vom Haar, rann Richtung Kinn und verschwand in den Bartstoppeln.

«Ich hol dir ein Frottiertuch», sagte sie rasch.

Sie schaute zu, wie er sich trockenrubbelte. Seine triefenden Kleider tropften weiter.

«Willst du dich kurz unter die Dusche stellen?», schlug sie vor. «Ich habe immer noch das Sweatshirt, das du mir letzten Herbst ausgeliehen hast. Deine Kleider kann ich kurz in den Trockner legen.»

«Wenn es dir nichts ausmacht.»

«Überhaupt nicht.»

Sie setzte frischen Tee auf, als er unter der Dusche stand. Dann holte sie einen Wäschekorb und klopfte an die Badezimmertür. Der Dampf schlug ihr entgegen, hinter dem Vorhang sah sie seine Umrisse. Sie blieb stehen.

«Ich sammle deine Kleider ein», sagte sie laut, um das Rauschen des Wassers zu übertönen.

«Danke.»

Sie setzte sich auf den WC-Deckel. «Wieso gehst du mitten in der Nacht joggen?»

Cavalli legte seinen Kopf in den Nacken und liess das

heisse Wasser auf seine Stirn prasseln. Langsam entspannte er sich. «Es war mir zu eng.»

«Ist Chris wieder aufgetaucht?»

«Mhm.»

«Streit?»

«Mhm.»

«Schlimm?»

«Ja.»

«Deine Wohnung ist zu klein für zwei Personen», stellte Regina fest. «Wo schläft er überhaupt?»

«In meinem Bett.»

«Und du? Auf dem Sofa?»

Cavalli stellte das Wasser ab. Regina reichte ihm ein Handtuch. Er trocknete sich hinter dem Duschvorhang mit kräftigen Zügen ab.

«Hast du eigentlich vor, hier sitzen zu bleiben?», fragte er amüsiert.

Regina sprang auf. Sie klemmte den Korb unter den Arm und zog die Tür hinter sich zu. Nachdem sie die nassen Kleider in den Trockner geworfen hatte, holte sie eine weitere Teetasse hervor.

«Wo ist das Sweatshirt?», fragte Cavalli hinter ihr. Er hatte das Frottiertuch um die Hüfte geschlungen, mit einer Hand kämmte er sein Haar.

Regina suchte es aus ihrem Schrank hervor. Als sie zurückkam, stand er am Fenster, tief in Gedanken versunken. Sie legte eine Hand auf seine Schulter.

«Warum bist du gekommen?»

Er starrte in die Nacht hinaus.

«Cava?»

Er nahm das Sweatshirt und streifte es sich über. Wandte sich ihr zu. Seine dunklen Augen bohrten sich in ihre. «Weil ich dich bitten möchte, mir zu glauben.»

Regina wartete.

«Er hatte dieses Buch nicht. Es war bei mir. Pilecki brachte es am Morgen vorbei.»

Regina wich seinem Blick nicht aus. «Es fällt mir schwer, dir zu glauben. Ich habe das Gefühl, die Hälfte der Zeit verfolgst du deine eigenen Interessen.»

Er ballte die Hände zu Fäusten, streckte die Finger wieder und knackte mit den Knöcheln. «Ich habe übertrieben. Aber nie gelogen.»

Regina interpretierte die Worte als Entschuldigung. «Erzähl mir, warum du Janett verdächtigst.»

Cavalli ging zum Sofa und setzte sich. «Es begann, als er dich nach der Obduktion anrief. Weisst du noch?»

Natürlich wusste sie es noch. Sie hatte sich selber gewundert, dass er einen Brandbericht geschrieben hatte.

«Ich fragte mich, warum er dich sehen wollte. Abgesehen vom offensichtlichsten Grund», er verzog seinen Mund zu einem Lächeln, doch es erreichte seine Augen nicht. «Wollte er dich kontrollieren? Im Auge behalten? Brauchte er Informationen? Wie auch immer, mir war nicht wohl bei der Sache. Ich hörte mich um. Je mehr ich erfuhr, desto misstrauischer wurde ich. Zu viel passte. Eigentlich alles. Ausser – er hat kein Motiv.» Er sah ihren skeptischen Blick. «Es kann Zufall sein. Oder auch nicht. Aber genug spricht dafür, die Spur weiterzuverfolgen.»

«Das hättest du auch auf eine höflichere Art und Weise tun können.»

«Ich weiss.» Er stützte sein Kinn auf seine gefalteten Hände.

«Das Buch», seufzte Regina. «Was hast du damit gemacht, nachdem es dir Pilecki gegeben hat?»

«Zu meinen Unterlagen gelegt.»

«Und dann?»

«Ich hatte sie den ganzen Tag bei mir. Glaub mir, ich bin jeden Schritt durchgegangen, ich weiss nicht, wo ich es verloren habe.»

«Du vergisst nie etwas.» Regina nahm einen Schluck Tee. Sie musterte Cavallis niedergeschlagene Haltung. War sein Verhalten Teil einer Strategie, Christopher zu entlasten? «Was heisst Tsi'skwa?»

Er zögerte. Rieb mit der Handfläche sein Gesicht.

«Cava, deine Geheimnistuerei erleichtert es mir nicht gerade, dir zu glauben.»

«Vogel.»

«Vogel?»

«Tsi'skwa heisst Vogel. Meine Grossmutter nennt mich so, weil ich mit dem Flugzeug zu ihr kam.»

Regina lehnte sich zurück. Es war ein schönes Bild, das sie vor sich sah. Aber ein Vogel kam aus freien Stücken. Er flog davon, wenn die Weite lockte. Er wurde nicht in einem Käfig hin und her gereicht.

«Und Yû we'hi ugû'wa'li i?»

Cavalli sah überrascht auf. «Du kannst dir den Titel merken?»

Regina lächelte. «Sprachbegabt.»

Er nahm ihre Hand. «Ich unterschätze dich immer wieder.» Sein Tonfall suggerierte, dass ihm das noch nie passiert war. «Für lebende Menschen», erklärte er. «Ku! Sge! Tsisa'ti nige'su na. Tsa duhi' yi. Na'gwa-skinpi usinuli'yu hu skwane' lu gu' tsisga'ya agine'ga.» Er trug die Worte in einem nasalen Singsang vor.

«Hör zu! Niemand ist einsam in deiner Nähe. Du bist wunderschön. Du hast aus mir einen zufriedenen Mann gemacht», übersetzte er.

Regina hörte gebannt zu.

«Ein Liebesspruch. Er soll Frauen dazu bringen, sich zu

verlieben.» Er grinste. «Jetzt weisst du, warum ich Erfolg habe.»

Sie stiess ihn liebevoll. «Und ich dachte immer, es liegt an deinen Muskeln.»

«Nicht an meinem Charme?»

«Den hältst du gut versteckt.»

Er wurde wieder ernst. «Ich weiss nicht, was Chris mit dem Buch wollte.»

«Mädchen verzaubern?», schlug Regina vor.

Cavalli sah weg.

«Es gibt Schlimmeres», tröstete sie ihn. Als er nicht reagierte, rutschte sie näher. «Stört es dich, dass er dazu dein Buch benutzt?»

Cavalli murmelte etwas. Sie verstand ihn nicht.

«Ist er schwul?», wiederholte er.

«Chris?»

Cavalli vermied ihren Blick.

Regina dachte nach. Sie versuchte sich daran zu erinnern, ob er an Mädchen interessiert gewesen war. Er war damals ein Kind gewesen. Sie schüttelte den Kopf. «Keine Ahnung. Wäre es schlimm für dich?»

Er beantwortete die Frage nicht. «Es würde einiges erklären, wenn er … ein mögliches Motiv … oder …» Er verstummte.

«Lado? Du denkst, er könnte eine sexuelle Beziehung zu Lado gehabt haben?»

«Oder Timon.» Die Spannung in seinen Schultern war zurück.

«Diese Sprüche, verzaubern sie auch Männer?»

Cavalli schüttelte den Kopf. «Soviel ich weiss, nicht. Hast du schon einmal traditionelle Liebessprüche für Homosexuelle gelesen?» Er lachte trocken. «Bei den Cherokee war Polygamie lange erlaubt. Es hatte zu wenig Männer. Viele fielen in den zahlreichen Kriegen. Schon deswegen war Homosexualität tabu. Die wenigen Männer mussten die Nachkommen sichern.» Er versuchte, die Stimmung aufzulockern: «Siehst du, Untreue liegt in meinen Genen.»

Sie verdrehte die Augen. «Hast du Chris gefragt?»

Er schüttelte den Kopf.

«Vielleicht lernst du ihn jetzt, wo er bei dir wohnt, besser kennen. Wie lange bleibt er?»

«Mindestens vier Wochen.»

Regina zog ihre Hand zurück. «Womit hat sie dich erpresst?»

Cavalli lehnte den Kopf gegen die Wand und schloss die Augen.

«Was hast du getan?» Reginas Tonfall war scharf. «Hat es einen Zusammenhang mit diesem Fall?»

«Nein.» Als er ihren misstrauischen Ausdruck sah, versicherte er: «Ich habe nichts getan. Vielleicht ein wenig geprahlt.»

«Geprahlt?»

«Ich warf ihr vor, unfähig zu sein», begann er zögernd.

Regina konnte sich die Situation gut vorstellen. «Und dann hast du behauptet, du könntest einen Jugendlichen viel besser erziehen – obwohl du all die Jahre lang keinen Finger gerührt hast.»

«So ähnlich», gestand Cavalli mit einem Lächeln.

Regina verstand. Erst seine Arroganz brachte ihn dazu, eine Verpflichtung einzugehen.

«Ich hätte ihn auch sonst genommen», sagte er leise.

«Davon habe ich nie etwas gemerkt», entgegnete sie. Sie war enttäuscht. Für einen kurzen Moment hatte sie geglaubt, er wäre bereit, mehr Verantwortung zu übernehmen.

Cavalli betrachtete den Schatten, den die Stehlampe an die Decke warf. Plötzlich wurde er von einer Erinnerung gepackt.

Er schnellte hoch. «Die Strassenlaternen!»

Regina drehte sich um.

«Als ich bei Constanze war, kam Chris zur Tür herein. Genau dann, als ich die Wohnung verliess. Ich rannte zu Pollmann –»

«Du bist zu Pollmann gerannt?», unterbrach ihn Regina.

«Ich rannte einfach weg – los – und befand mich plötzlich vor dem Pfarrhaus. Das kann nicht mehr als fünf Minuten gedauert haben. Wir redeten eine Weile. Höchstens eine halbe Stunde. Die Strassenlaternen erloschen, als ich bei ihm war. Das heisst, Chris kam zirka um halb eins nach Hause.»

«Der Brand brach um halb zwei aus.» Regina rechnete. «Eine Stunde reicht, um von Witikon nach Gockhausen zu fahren und Gartenstühle anzuzünden.»

«Es fahren keine Busse. Er hat kein Mofa. Und um drei Uhr schlief er tief. Das hast du mit eigenen Augen gesehen.»

«Möglicherweise war er nicht allein. Die zweite Person kann ihn gefahren haben.»

«Du glaubst mir nicht.»

«Es geht nicht darum, was ich glaube», sagte Regina müde. «Ich möchte dir nur zeigen, dass er es theoretisch gewesen sein kann.»

Er hatte ihn nie richtig verstanden. Zu Beginn glaubte er, Thok suche Nähe. Die Berührungen schienen ihm zu gefallen. Der Junge war auch einsam. Orientierungslos. Er war am Ziel angekommen und merkte, dass es nur eine Zwischenstation war. Sie redeten. Er fühlte sich geschmeichelt, denn Thok sog seine Ratschläge gierig auf. Er war schlau. Hatte früh gelernt zu überleben. Er erzählte Geschichten, doch es war schwierig zu unterscheiden, was tatsächlich geschehen und was dazugedichtet war. Trotzdem hörte er Thoks Erzählungen gebannt zu. Er malte blumige Bilder von fremden Welten. Nachtlager in den Bergen, lange Ritte durch die Steppen;

Tänze und Kämpfe. Seine Finger zeichneten Bilder in die Luft auf dem Loorenkopfturm. Seine Stimme war heiser. Vom Grauen des Kriegs sprach er nie. Auch darüber nicht, woher er als Kind die Kraft gefunden hatte, eine schwere Kalaschnikow zu tragen.

Er nahm Thoks dunkle Hände und führte sie an seinen Körper. Er zeigte ihm, wie er sie zu bewegen hatte. Behutsam zog er ihm das T-Shirt aus und bewunderte seinen athletischen Körper.

Thok hörte auf zu erzählen.

8

Als Cavalli um acht Uhr vor Meyers Wohnung in Oerlikon anhielt, stand sie bereit. Beim Anblick ihrer erwartungsvollen Haltung überkam ihn ein nostalgisches Gefühl. Wann war er das letzte Mal so neugierig auf einen neuen Tag gewesen? Er erinnerte sich an seine Anfangszeiten als junger Polizist. Damals hatte er im ganzen Körper ein Kribbeln gespürt, wenn er seine Waffe ins Holster steckte.

Er lächelte sie wohlwollend an. «Steig ein!»

«Morgen, Chef.»

«Wir beginnen in Rüti. Dort sind viele Afrikaner untergebracht, darunter drei Sudanesen. Ich denke, wenn Lado sich jemandem anvertraut hat, dann einem Landsmann. Oder einem Gleichaltrigen. Du kannst bis dorthin meine Unterlagen studieren.» Er deutete auf den Rücksitz.

Sie nahm die Mappe und legte sie auf ihre Knie. Im ersten Plastikmäppchen befanden sich chronologisch geordnete Zeitungsberichte über den Konflikt in Darfur. Zögernd blätterte sie den dicken Stapel durch.

«Du wirst nicht darum herumkommen, mehr zu lesen, wenn du gut sein willst. Nur mit breitem Wissen deckst du Ungereimtheiten auf. Oder weisst mindestens, wo du ansetzen musst», sagte Cavalli. Er wusste, dass ihr alles Schriftliche zuwider war.

Sie sah aus dem Fenster. «Manchmal bin ich unsicher, ob das KV die richtige Abteilung für mich ist. Mit Gefahren kann ich besser umgehen als mit Recherchen.»

Cavalli schüttelte den Kopf. «Eine Verschwendung deiner Intelligenz. Du brauchst kein Hochschulstudium, um die NZZ zu lesen. Fang mit den Artikeln über das Dublin-Abkommen an. Weisst du, worum es bei den Bilateralen II geht?»

«Um den Abbau der Grenzkontrollen.»

«Das ist Schengen. Die Verträge sind zwar formell miteinander verbunden und auch in einem einzigen Genehmigungsbeschluss untergebracht, sachlich sind aber die Asylfragen – also Dublin – klar von Schengen getrennt.» Cavalli bog in die Nordumfahrung ein und beschleunigte. «Das Dublin-Recht regelt, welcher Staat für die Behandlung eines Asylgesuchs zuständig ist. Seit Eurodac in Betrieb ist, wird – kennst du die Datenbank Eurodac?»

Meyer nickte. «Fingerabdrücke.»

«Seit sie in Betrieb ist, werden alle Asylsuchenden erfasst. Auch illegal eingereiste. So kann der Asylweg zurückverfolgt werden. Nun hat die EU eine Bilanz ziehen lassen. Bei 15 000 Asylsuchenden wurde festgestellt, dass sie bereits in anderen Ländern ein Gesuch gestellt haben.»

«Dann haben sie keine Chance auf Asyl in der Schweiz, oder?»

«Wenn ein anderer Staat zuständig ist, wird ein Aufnahmegesuch an ihn gerichtet. Und wenn dieser Staat zustimmt, wird der Asylsuchende an ihn überführt. Aber wichtig für uns ist, dass man die Asylwege genau verfolgen kann. Wenn also Lado zuerst nach Deutschland gereist wäre, hätte man seine Angaben in Eurodac registriert.»

«Heisst er wirklich Thok Lado?»

«Ja. Er hat anfangs einen anderen Namen angegeben, doch es war dem Befrager sofort klar, dass der Junge nicht aus Darfur stammte.»

«Warum?»

Cavalli schmunzelte. «Lies nach!» Als er ihren ungeduldigen Blick sah, gab er nach. «Darfur liegt im Westen des Sudans. Dort leben afrikanische Bauernvölker wie die Fur. Daneben gibt es auch arabisierte Hirtenvölker. Lado gab an, ein Bauer zu sein. Doch weder sein Akzent, sein Aussehen noch seine Aussagen passten. Er wusste zum Beispiel nichts über den Anbau von Sorghum. Und die Ritze auf seiner Stirn sind ein eindeutiges Zeichen der Nuer aus dem Südsudan. Sie sind nur schwer zu verbergen.» Er verstummte und deutete auf die Unterlagen.

Meyer vertiefte sich in die Zeitungsartikel. Cavalli beobachtete sie aus dem Augenwinkel. Erneut hatte er das Gefühl, es unterscheide sie eine ganze Generation und nicht nur zehn Jahre. In ihrem Alter hatte er sich scheiden lassen. Eine innere Unruhe ergriff ihn, und er gab Gas. Er blieb auf der linken Spur, nachdem er einen Lastwagen überholt hatte. Meyer schaute auf und grinste.

Die Sudanesen in Rüti kannten Lado nicht. Dafür erinnerte sich ein junger Mann aus Nigeria an ihn. Viel hatte er jedoch nicht zu berichten.

«Glaubst du, die erzählen uns überhaupt etwas?», fragte Meyer skeptisch, als sie wieder auf der Autobahn waren.

«Es soll Wunder geben», seufzte Cavalli. Doch auch in Uster, Glattbrugg und Winterthur trafen sie auf eine Mauer des Schweigens. Die Polizei war nicht willkommen. Als sie vor der Asylunterkunft in Dietikon parkten, hatte er wenig Hoffnung, etwas zu erfahren.

Ein pikanter Duft stieg Cavalli in die Nase. Er merkte, dass er seit dem Vorabend nichts gegessen hatte. Er war ohne Frühstück aus der Wohnung geschlichen, um Christopher nicht zu wecken.

Eine junge Frau in engen Jeans riss die Tür auf. Ihr Lachen erstarb auf ihren Lippen, als sie die Polizisten sah. Sie setzte eine nichts sagende Miene auf und trat einen Schritt zur Seite. Die Tür führte in die Küche. Der herrliche Duft kam vom Herd. Cavalli erklärte sein Anliegen. Die Frau legte den Kopf schräg. Hinter ihr starrten ihn vier weitere Personen an.

Sie sagten nichts. Das einzige Geräusch kam aus dem

Kochtopf. Cavalli atmete tief ein. Dabei knurrte sein Magen laut. Eine Frau mit schwingenden Zöpfchen kicherte. Dann brach eine Diskussion aus in einer Sprache, die Cavalli nicht verstand.

Die Frau an der Tür gestikulierte mit einem Kochlöffel. Sie wurde überstimmt. Laut seufzend holte sie zwei Teller und füllte sie mit heissem Ragout. Sie stellte die Mahlzeit auf den Tisch. Cavalli und Meyer setzten sich.

«Ja, ich kenne Thok», gab sie zu.

Cavalli hörte auf zu kauen. Sie tippte mit dem Zeigefinger auf ihre Schläfe.

«Gestört? Verwirrt?», fragte er mit vollem Mund. Meyer glaubte, ein Leuchten in seinen Augen zu bemerken, doch vielleicht war es nur das Licht. Cavalli forderte sie mit einem Blick auf zu essen. Sie hatte ihren Teller nicht angerührt. Widerwillig nahm sie den Löffel in die Hand.

«Der hat Probleme. Sie gehen ihm am besten aus dem Weg.»

«Was für Probleme?»

Sie zögerte. Ihr Gesicht wurde finster. Sie schielte zu einem älteren Mann. Cavalli sah nur noch das Weiss ihrer Augen.

«Geister», erklärte sie schlicht.

Meyers Löffel blieb auf halbem Weg zu ihrem Mund stehen.

Cavalli nickte verständnisvoll. «Die Ahnen.»

Fünf Köpfe nickten ehrfürchtig zurück.

«Was wollen sie von ihm?»

Die Frau setzte sich. Sie zeigte mit dem Kochlöffel auf Cavalli. «Das weiss nur Thok.»

Das zustimmende Gemurmel klang ernst.

«Sie haben von ihm Besitz ergriffen. Er findet keinen Schlaf. Streift in der Nacht umher. Das nimmt kein gutes Ende.»

Sie wusste nicht, wie Recht sie hatte. Cavalli überlegte, ob er ihr die Wahrheit sagen sollte. Doch er fürchtete ihre Reaktion. Ein Unverheirateter wurde vom Tod übermannt. Nicht zurückgerufen oder feierlich in die Menschenfamilie eingeladen. Der Tod war ein Ungeheuer.

«Hat jemand Kontakt mit den Geistern?»

Sie schüttelte den Kopf. «Nicht hier.»

Meyer starrte Cavalli an, als wäre er ebenfalls von einem Geist besessen. Er bedankte sich und versprach, Lado in Ruhe zu lassen. Er nahm sich vor, allein zurückzukommen.

Meyer fand ihre Stimme erst wieder, als sie die Asylunterkunft hinter sich gelassen hatten. «Soll das ein Witz sein?»

Cavalli zeigte auf die Unterlagen. «Lesen …»

«Geister? Besessen? Als Nächstes hören wir noch, dass er von einem Geist umgebracht wurde.»

«Du darfst das nicht so eng sehen. Ein Geist ist bloss die letzte Existenzform des Menschen. Er wird gefürchtet, weil er ein Aussenseiter ist. Er steht in direkter Verbindung mit Gott. Aber Geister sind unberechenbar. Und sie sprechen durch Menschen. Man soll ihnen besser aus dem Weg gehen.»

Er trug seine Erklärung ohne Ironie vor.

«Es ist eine andere Welt, Bambi. Viele Afrikaner leben in zwei Halbkulturen. Manchmal finden sie nicht mehr zu einem Ganzen zusammen. Deshalb ist es so wichtig, diesen Mord unter diesem Aspekt anzuschauen. Lado ist das Zentrum. Was man ihm angetan hat, steht in irgendeinem Zusammenhang mit seiner Person, nicht seiner Rolle als Asylsuchender.» Er kurbelte das Fenster herunter, um die frische Luft hereinzulassen. «Natürlich wurde er nicht von einem Geist ermordet. Aber er hatte Angst. Wenn wir verstehen, warum, dann verstehen wir vielleicht, wovor.»

Sie schwiegen auf der Rückfahrt nach Zürich. Cavalli fuhr

an Oerlikon vorbei. Er machte keine Anstalten, Meyer nach Hause zu fahren. Sie fragte nicht, was er vorhatte.

Als Cavalli den Kirchturm in Witikon erblickte, dachte er an Pollmann. Konnte dieser als Theologe nachvollziehen, was in Lado vorgegangen war? Oder beschränkte sich sein Wissen auf den eigenen Glauben? Offenbar fand er den Zugang zu jungen Menschen. Plötzlich kam ihm Christopher in den Sinn. Er hatte keine Ahnung, was sein Sohn machte. Er hatte vorgehabt, von unterwegs anzurufen, es dann aber vergessen. Mit einem schlechten Gewissen wählte er seine eigene Nummer.

Christopher ging nicht ans Telefon. Cavalli versuchte es auf seiner Handynummer.

«Ja?»

«Chris?»

«Mhm.»

«Wo bist du?»

«Bei dir in der Wohnung.»

«Warum gehst du nicht ans Telefon?»

«Der Beantworter schaltet sich zu rasch ein.»

Cavalli nahm die Erklärung skeptisch zur Kenntnis. «Alles in Ordnung?»

«Mhm.»

«Was machst du?»

«Nichts.»

Was machte Christopher, wenn Constanze bei der Arbeit war? Sass er immer zu Hause herum?

«Wann gibt es Abendessen?», fragte sein Sohn.

«Was?»

«Wann kochst du?» Christopher klang ungeduldig.

Cavalli bog in den Weg ein, der zur Asylunterkunft führte, und hielt an. «Ich bin in einer Stunde zu Hause.» Er schaute auf die Uhr. Es war bereits halb sieben. «Koch doch du in der Zwischenzeit etwas.»

«Ich? Ich kann nicht kochen.»

Meyer wollte aussteigen, doch Cavalli gab ihr ein Zeichen, sitzen zu bleiben. «Chris, ich muss gehen. Wir reden später.» Er brach die Verbindung ab.

Meyer sah ihn fragend an.

«Findest du es normal, dass ein Sechzehnjähriger bekocht werden muss?» Cavallis Tonfall deutete an, dass er ein Nein erwartete.

«Ja. Wenn du von einem männlichen Sechzehnjährigen sprichst.» Sie zuckte die Achseln. «Ich finde es nicht gut, aber leider normal. Ich musste für meine Brüder kochen, bis sie auszogen. Und sie waren erst noch älter als ich. Sag mal, was macht er den ganzen Tag, so ohne Schule und Job?»

Wenn er das nur wüsste.

«Giulio hat einen Cousin, der hat eine Pizzeria in Seebach. Soll ich mal fragen, ob er Hilfe braucht?»

Cavalli glaubte nicht, dass sich Christopher als Küchenhilfe eignete. Aber er hatte keinen besseren Vorschlag. «Warum nicht? Danke.»

Er stieg aus und bat sie, sich ans Steuer zu setzen. Sie kam seinem Wunsch überrascht nach.

«Du willst ungesehen eine Leiche vom Kofferraum ins Haus tragen. Wie fährst du?»

Meyer liess den Motor an. Sie fuhr die restlichen hundert Meter im Schritttempo zur Asylunterkunft. Dort lenkte sie den Volvo zwischen dem Gebäude und dem Waldrand auf die Wiese und fuhr rückwärts bis zu einer Tanne, möglichst nah der Hauswand entlang. Sie stieg aus und überprüfte den Abstand.

«Hol ihn raus!»

Sie ging zum Kofferraum. Darin befand sich ein grosser Sandsack. Sie griff danach.

«Verdammt, der ist ja schwer wie Blei!»

«75 Kilogramm.»

«Dann muss ich zuerst die Kellertür öffnen. Das ist sonst unmöglich.»

«Also los!» Cavalli ging zum Strässchen zurück und beobachtete sie aus der Perspektive eines Spaziergängers. Der Volvo schwankte hin und her, als sie den schweren Sack aus dem Kofferraum zerrte. Sie war hinter dem Kofferraumdeckel verborgen.

Cavalli betrachtete das Haus. Das Fenster von Zahra El Karib befand sich auf der anderen Seite.

«Chef! Wohin genau?», fragte Meyer vor dem Keller. Ihr linker Arm brannte wie Feuer.

«Ins Wohnzimmer.» Cavalli schaute zu, wie sie versuchte, mit dem unförmigen Gegenstand durch die Kellertür zu gelangen.

«Wie gross bist du?»

«1.65», keuchte sie.

Überall, wo der Sandsack oder Meyers Arm anstiess, malte Cavalli mit einem Stück Kreide einen Strich. Als sie endlich im Wohnzimmer ankam, liess sie die Last mit einem Stöhnen fallen.

Cavalli schaute auf die Uhr. «Sechs Minuten.»

Sie stützte die Hände in die Hüften. «Das ist lange.»

Sie untersuchten die Kreidemarkierungen. Am Treppenaufgang fiel Cavalli auf einer Kante rund zwanzig Zentimeter oberhalb seines Zeichens ein schmaler, dunkler Strich auf. Meyer holte eine Taschenlampe aus dem Wagen und reichte sie ihm.

«Ist es möglich?» Aufgeregt stand sie auf die Zehenspitzen.

«Wenn es Blut ist, muss das die Höhe seines Ellenbogens sein. Dann ist er vermutlich Rechtshänder. Und grösser als du.»

Meyer nickte zustimmend. Ein Rechtshänder hätte die schwere Last wie sie auf die linke Schulter genommen.

Cavalli rief die Spurensicherung an. Hatten die Techniker den feinen Strich übersehen? Wie war so eine Schlamperei zu erklären? Rosmarie Koch, die Leiterin des Wissenschaftlichen Dienstes, nahm ihre Arbeit pedantisch genau. Sie verlangte von jedem Mitarbeiter Hingabe und Präzision.

Sie nahm den Anruf selber entgegen und versprach grimmig, den Kriminaltechnischen Dienst zu informieren. Sie wollte sofort zur Brandstelle kommen.

Kaum hatte Cavalli die Verbindung beendet, ging ein Anruf bei ihm ein. Ein Kollege meldete einen weiteren Einbruch in Zollikerberg. Die Einzelheiten liessen darauf schliessen, dass es sich um dieselben Täter handelte, die seit Wochen ihr Unwesen in der Gegend trieben.

«Verdammt», fluchte Cavalli. Er berichtete Meyer.

«Mitten am Tag?», fragte sie erstaunt.

«Die Besitzer waren übers Wochenende weg, sie sind soeben nach Hause gekommen. Irgendwann zwischen gestern Morgen und heute Abend wurde eingebrochen. Ich muss hinfahren. Ruf Pilecki an! Er soll herkommen und dem WD auf die Finger schauen. Koch muss alle Kreidemarkierungen untersuchen. Sie soll zwanzig Zentimeter oberhalb der Striche beginnen. Wir können davon ausgehen, dass der Täter grösser war als du. Hast du alles im Griff?»

«Klar.»

«Gut. Bambi», er sah sie eindringlich an, «sieh zu, dass alles, was wir heute erfahren haben, in die Ermittlung einfliesst. Morgen, beim Rapport. Pilecki ist offen. Er verfolgt zwar in erster Linie die Spur der Jugendlichen, doch er wird deine Informationen richtig einordnen.»

«Er wird nicht erfreut sein, dass du an seinem Fall arbeitest.» Es war eine Warnung, keine Kritik.

«Ich arbeite nicht, um ihm eine Freude zu machen. Hast du ein Problem damit?»

Sie musterte ihre Schuhe. «Nein.» Zwar stand sie nicht gern zwischen den Fronten, doch solange man sie nicht als Vermittlerin missbrauchte, konnte sie damit leben. «Er hat übrigens Janett vorgeladen.»

«Was?» Cavalli erstarrte. «Janett?»

«Wegen dem Brand bei Flint. Zu viele Zufälle, sagt er.»

Cavalli lächelte. «Gut», sagte er langsam. Pilecki begann, in die gleiche Richtung zu denken wie er selber. Es war nur noch eine Frage der Zeit, bis sein Stellvertreter einsah, dass er seine Energie ganz auf Lado konzentrieren musste.

Es war kurz nach Mitternacht, als Cavalli seine Wohnungstür aufschloss. Ein Geruch von Schweissfüssen stieg ihm in die Nase. Neben dem Eingang standen Christophers Turnschuhe. Im Wohnzimmer brannte Licht. Cavalli streckte vorsichtig den Kopf hinein. Es war leer. Auf dem Sofa lag ein zerknülltes Papiertaschentuch, daneben eine Socke.

Cavalli schlich ins Schlafzimmer. Er vernahm ein rhythmisches, scharfes Klicken. Christopher lag quer im breiten Bett, die Arme weit von sich gestreckt. Sein Oberkörper war nackt, die Beine in der Decke verheddert. Er sah aus wie die Freiheitsstatue. Das Klicken stammte aus seinen Kopfhörern.

Cavalli stellte den CD-Spieler ab. Dabei stiess er mit dem Fuss gegen eine Büchse, die laut davonrollte. Christopher machte keinen Wank. Erstmals fiel Cavalli auf, dass sein Sohn die gleiche elegante Nase wie sein Vater hatte. Sie muss eine Generation übersprungen haben, schmunzelte er vor sich hin und fuhr mit dem Zeigefinger über seine eigene, krumme Nase. Regina führte die Unregelmässigkeit auf seine Boxverletzungen zurück, doch in Wirklichkeit war sie nie gerade gewesen.

Cavalli nahm die Kopfhörer vorsichtig von Christophers

Ohren und entwirrte die langen Haarsträhnen, die sich ums Kabel gewickelt hatten. Dann strich er in der Küche ein Butterbrot und legte es neben das Bett. Zum Schluss sammelte er den Abfall ein und schloss die Schlafzimmertür.

Auf dem Küchentisch nahm er die orangen Notizzettel zur Hand und begann, sie zu ergänzen. Bald sah die Wand wie ein Feuerwerk aus. Lado fing in seiner Fantasie zu leben an.

Um acht hatte Pilecki die Ermittlungsgruppe um sich versammelt. Bülent Karan war ihnen neu zugeteilt worden, vier weitere Polizisten halfen vorübergehend bei den zahlreichen Befragungen. Koch und ein Assistent vom Kriminaltechnischen Dienst waren ebenfalls anwesend.

«Hast du den Match verpasst?», fragte Gurtner, als Pilecki gedrückt die Sitzung eröffnete.

«Nein.» Pilecki ging weder auf den Sieg der Tschechen noch auf die Wettliste ein. Er forderte Meyer auf, über die neusten Entwicklungen zu berichten. Automatisch griff er nach dem Päckchen Zigaretten in seiner Brusttasche, liess die Hand wieder fallen, als ihm klar wurde, dass im Besprechungszimmer immer noch Rauchverbot war.

Meyer begann mit dem dünnen Strich. Koch blickte düster in die Runde. Sie bestätigte, dass es sich um Blut handelte.

«Der Täter könnte eine Schramme am Ellenbogen haben», folgerte Meyer.

«Oder es handelt sich um Lados Blut», wandte Gurtner ein.

«Macht euch keine zu grossen Hoffnungen», unterbrach Koch. «Die Menge ist so gering; es wird schwierig sein, eine DNA-Analyse durchzuführen.»

«Kann das Blut auch älter sein?», wollte Fahrni wissen.

«Natürlich.» Koch setzte ihre Lesebrille auf und blätterte in den Laborberichten. «Im Moment kann ich nicht mehr dazu sagen. Aber dafür zu den Textilfasern auf dem Sofa. Die Analyse ergab eine Spurenüberkreuzung –»

«Unter Lados Rücken?», präzisierte Pilecki.

«Wo sonst? Der Rest des Sofas wurde durch das Feuer zerstört.» Koch machte eine ungeduldige Handbewegung. «Wir haben unter dem Mikroskop Fasern gefunden, die mit grösster Wahrscheinlichkeit von einer Autodecke stammen.»

Pilecki fasste zusammen, was die Abklärungen der Fahrzeuge ergeben hatte. «Mindestens zwanzig verschiedene Personenwagen wurden in der Nähe des Brandortes gesichtet. Die Angaben sind ungenau und widersprüchlich. Kein Hinweis hat bis jetzt weitergeführt. Ich bin gestern allen nachgegangen.» Er seufzte. Nach wie vor hatte er die unbegründete Hoffnung, plötzlich einen Durchbruch zu erzielen, der zur schnellen Lösung des Falls führen würde. Er gestand sich nur ungern ein, dass die Ermittlung stillstand. Noch sieben Tage. Dann würde Irina am Flughafen in Kiew stehen. Er hatte es noch nicht über sich gebracht, den Besuch abzusagen. Er gab sich der trügerischen Illusion hin, sein pausenloser Einsatz würde vom Schicksal belohnt. Er zog eine Zigarette hervor.

«Wie sieht es mit Hinweisen aus der Bevölkerung aus?», meldete sich Karan zu Wort.

«Du meinst, abgesehen von den Kommentaren darüber, dass Asylsuchende mit ihrem Verhalten solche Taten provozieren?», fragte Pilecki ironisch. Eine Woche lang hatten die Tageszeitungen eine Reihe Leserbriefe abgedruckt, die sich zum Hintergrund der Tat äusserten. Das Thema polarisierte.

«Die ‹Cap Anamur› hat wieder Sympathien für Flüchtlinge geweckt», stellte Fahrni fest. Er hielt den Tages-Anzeiger hoch. Das deutsche Flüchtlingsschiff hatte 37 Afrikaner im Mittelmeer entdeckt und an Bord genommen. Italien und Malta schoben sich gegenseitig die Verantwortung für sie zu. Es war ein bürokratisches Trauerspiel. Die gezeichneten Menschen hatten die Frontseiten der Medien erobert. «Es sollen Sudanesen sein.»

«Das sagen sie alle», hielt ihm Gurtner vor.

Pilecki gab Meyer wieder das Wort, und sie erzählte vom Besuch der Asylunterkünfte.

«Ich dachte, der Häuptling müsse die Finger vom Fall lassen?» Gurtner sah Pilecki fragend an.

Pilecki antwortete nicht. Er fragte Meyer, ob sie die Gespräche protokolliert habe.

Sie riss die Augen auf.

«Wenn ich die Informationen berücksichtigen soll, brauche ich sie schriftlich.» Pilecki schaute auf die Uhr. Er wollte die Besprechung kurz halten, es stand ihnen viel Arbeit bevor. Er verteilte die Aufgaben.

«Wo ist eigentlich Flint?», fragte Gurtner plötzlich.

«In Basel. An der Empfangsstelle. Sie wird am frühen Nachmittag zurück sein. Um vierzehn Uhr findet eine weitere Pressekonferenz unter ihrer Leitung statt.»

Pilecki entliess seine Mitarbeiter und ging zum Kaffeeautomaten. Die Stimmung im Flur war ausgelassen. Viele Polizisten waren in Gedanken schon in den Ferien. Wenn Irina die Einreise in die Schweiz nicht verboten wäre, könnte er sie bitten herzukommen. Er spürte einen Schatten im Rücken und drehte sich um. Cavalli beobachtete ihn.

Pilecki hob den Becher zum Gruss. «Hast ja ein spannendes Wochenende gehabt.» Er rührte im Kaffee. «Findest du es richtig, Bambi da mit reinzuziehen? Du weisst, dass du dich auf verbotenem Terrain bewegst.»

Cavalli sagte nichts.

Pilecki wechselte das Thema. «Dein Vater ist sehr engagiert.»

Cavalli erstarrte. Sein Vater hatte kein Recht, in seinem Leben herumzuschnüffeln.

«Wir müssen reden», sagte Pilecki. «Kommst du kurz in mein Büro?»

Cavalli folgte ihm wortlos. Pilecki schloss die Tür. Er deutete auf den Besucherstuhl, doch Cavalli blieb stehen.

Pilecki musterte ihn. «Ich habe auch mit deiner Mutter gesprochen.»

Cavalli blinzelte, unsicher, ob er richtig gehört hatte. Die Kälte, die ihn durchflutete, stammte nicht von der kühlen Brise, die vom Kasernenareal herüberwehte.

«… Sorgen um Christopher», schloss Pilecki.

Cavalli starrte ihn an. «Mit meiner Mutter?»

«Ja, mit deiner Mutter.»

«Wie um Himmelswillen kommst du darauf, meine Mutter anzurufen?»

Pilecki stiess eine Rauchwolke aus. «Wie ich darauf komme? Ich erklär es dir: Ich ermittle in einem Mordfall. Es gehört zu meinen Aufgaben, Verdächtige unter die Lupe zu nehmen. Dazu gehört ihr Umfeld. Das liegt auch in deinem und Christophers Interesse.»

«Meine Mutter hat nichts mit Christophers Umfeld zu tun. Sie kennt ihn nicht. Sie weiss nicht einmal, dass er existiert.»

Pilecki ging einen Schritt auf ihn zu. «Willst du dich nicht setzen?»

Cavalli bewegte sich nicht.

Pilecki lehnte sich müde gegen den Schreibtisch. «Christopher hat vor zwei Jahren mit ihr Kontakt aufgenommen.» Als Cavalli nicht reagierte, fuhr er fort. «Er wollte sie treffen. Sie lehnte ab. Aus Angst, in seinen Augen die gleiche Verachtung zu sehen, die du für sie empfindest, behauptet sie.» Er machte eine Pause. Trank aus einer Flasche Wasser auf seinem Schreibtisch. «Seither schreiben sie einander regelmässig.»

«Wie kann sie es wagen!» Cavalli ging ans Fenster. Vor dem Polizeigefängnis lachte eine Frauenstimme auf. Plötzlich kam ihm Pollmann in den Sinn: «Wer hat sie Ihnen weggenommen, diese bedingungslose Liebe?» Wollte sie ihm jetzt auch den Sohn wegnehmen?

Pilecki schüttelte verständnislos den Kopf. «Was gibt dir das Recht, über andere zu urteilen?»

«Ich will meine Ruhe! Ist das so viel verlangt?» Und Ordnung in meinem Leben, dachte er. Er hatte es schön säuberlich in verschiedene Schubladen eingeteilt. In der ersten befand sich seine Kindheit im Reservat. Sie war mit Schätzen gefüllt, die er hegte. Weiche Stimmen auf Tsalagi. Englische Lieder, Maisbrei und Nebel. Seine Grossmutter, die ihm neun Jahre lang Mutter und Vater gewesen war. In der zweiten Schublade hatte er die fünf Jahre bei seiner Mutter in Strassburg eingeschlossen. Das verhasste Französisch, die einsamen Nächte und den klebrigen Kuchen. In der dritten lag die Zeit in Lugano beim Vater, voll von Büchern, Prüfungen und Streit. Erst als er nach Zürich gezogen war, wurden die Grenzen durchlässiger. Wenn er die Sprache wechselte, musste er aufpassen, dass er nicht die falsche Schublade öffnete. Sich das falsche Verhalten überstreifte. Deshalb sprach er am liebsten Deutsch. Die Sprache, in der er sein Leben unter Kontrolle hatte.

Pilecki setzte sich. «Sie hat seine Briefe aufbewahrt. Aber sie will sie nicht ohne seine Einwilligung aushändigen. Sie klang unsicher, als könnte sie Chris aus Versehen belasten, wenn sie zu viel preisgäbe.»

«Hat sie überhaupt etwas über ihn gesagt?» Cavallis Neugier war stärker als seine Ablehnung.

«Sie mag ihn. Er sei feinfühlig und interessiert. Wolle viel über ihre Kindheit im Reservat wissen. Habe ab und zu etwas auf Tsalagi geschrieben.»

Cavalli hörte zu.

«Er hat von einem Mädchen erzählt. Nannte keinen

Namen. Aber er hat sie beschrieben, bis ins Detail.» Er schmunzelte, als er Cavallis Ausdruck sah. «Nein, so genau auch wieder nicht. Der Beschreibung nach könnte es Hawa sein. Er hat seine Grossmutter um Tipps im Umgang mit Frauen gebeten.»

«Da fragt er ja gerade die Richtige», sagte Cavalli bitter.

«Ach, hör doch auf damit. Sie hat getan, was sie tun musste. Ihren Lebensunterhalt verdient, so gut sie konnte. Willst du ihr das ewig vorwerfen?» Es kam ihm absurd vor, dass Cavalli die Tätigkeit seiner Mutter so ablehnte, während er selber sich so nach Irina sehnte, Stripperin hin oder her.

Cavalli stand auf. «Sonst noch etwas?»

«Ja. Chris hat auch Timon erwähnt. Aber deine Mutter schweigt sich darüber aus, was er genau schrieb.» Er klopfte mit einem Bleistift auf den Schreibtisch. «Wie gehen wir vor? Willst du mit Chris reden? Oder soll ich sie nochmals bitten, uns die Briefe zu geben?»

«Dazu hast du kein Recht. Chris ist noch nicht verhaftet.» Cavalli ging auf die Tür zu.

«Ich weiss», antwortete Pilecki. «Regina –»

Cavalli fuhr herum. «Non! Regina wird nichts von meiner Mutter erfahren!»

Pilecki verwarf die Hände und richtete den Blick zur Decke.

Cavalli starrte auf das blaue Linoleum im Flur. Ein Polizist führte einen jungen Mann an ihm vorbei. Die tief liegenden Augen kamen ihm bekannt vor. Als sie auf gleicher Höhe waren, zog der Verhaftete seine Lippe hoch. Er spuckte auf Cavallis Füsse. Unfähig zu reagieren betrachtete Cavalli den Speichel, der in einer dünnen Linie auf das Linoleum lief. Er beobachtete, wie feine Blasen nach unten glitten. Sie blieben neben seiner Schuhsohle liegen. Als er aufschaute, war der

Mann weg. Bledar. Natürlich. Hatte sich der Drogendealer also wieder erwischen lassen.

Draussen fuhr der Vierzehner vorbei. Die Sihl winkte Cavalli zu. Zwischen den Wolken drangen einzelne Sonnenstrahlen hervor, sie blitzten auf dem Wasser auf. Er folgte dem Fluss. Der Holzsteg knarrte. Unter der Brücke hatte sich ein Obdachloser in die Dunkelheit verkrochen.

Am Bahnhof Selnau stieg er die Treppe zur Strasse hinauf. Überliess den stillen Graben den Süchtigen und den Hundeführern. Er stand vor einer Haustür. Klingelte. Hörte Schritte auf der Treppe. Iris kam an die Tür. Sie sah verschlafen aus, hatte sich in einen unförmigen Bademantel gewickelt. Ihre Beine waren unrasiert. Aber an ihrem grössten Vorzug, der Nähe ihrer Wohnung zum Kripo-Gebäude, hatte sich nichts geändert. Ein warmes Lächeln breitete sich auf ihrem Gesicht aus, als sie Cavalli sah. Sie fuhr ihm mit der Hand durchs Haar, über den Nacken, den Rücken hinunter. Sie hat nur zwei Silben, dachte Cavalli.

Regina bedankte sich beim Leiter der Empfangsstelle. Er führte sie an einem Aufenthaltsraum vorbei, der Aussicht auf den Stacheldrahtzaun des Ausschaffungsgefängnisses von nebenan bot. Eine Gruppe junger Männer sass beisammen und schwatzte. Während sie darauf wartete, durch die Ausgangskontrolle gelassen zu werden, liess sich Regina die Informationen nochmals durch den Kopf gehen.

Thok Lados Asylverfahren hatte in diesen Räumen mit einer ersten Kurzbefragung begonnen. Regina hatte gesehen, wo man ihm Fingerabdrücke genommen, wo man seine Personalien erfasst hatte. Sie waren die einzelnen Schritte durchgegangen, von der ärztlichen Untersuchung bis zur Erfassung seiner Daten. Der Ablauf war genau festgelegt, es blieb wenig Spielraum für Abweichungen. Ein Altersgutachten sei Lados

Dossier beigelegt worden. Die gleiche Information hatte sie bereits telefonisch erhalten. Er sei ein Asylsuchender wie jeder andere gewesen, hatte man ihr erzählt, sein Verhalten war in keiner Weise aufgefallen.

Die Securitas winkte Regina durch. Neben der Empfangsstelle ertönte der Lärm der Hauptstrasse. Regina ging um das Gebäude herum, zu einem Container etwas abseits. Asylsuchende sassen auf Klappstühlen am Wegrand und schauten ihr nach.

Leonor stand auf, als Regina den Container betrat. «Regina! Schön, dich zu sehen! Es ist ewig her.» Die Juristin ging auf sie zu und küsste die Luft neben ihrer Wange. «Ich habe mich sehr auf deinen Besuch gefreut.»

Regina begrüsste sie herzlich. «Ich mich auch. Du hast Recht, es ist lange her. Es braucht immer eine Fachtagung oder einen Kongress, um uns an den gleichen Ort zu führen.»

«Oder deine Arbeit», lachte Leonor. «Setz dich! Willst du eine Tasse Kaffee?»

Regina lehnte ab. «Wasser bitte. Wie läufts bei HEKS?»

Während Leonor einschenkte, erzählte sie, was sich in den letzten Monaten beim Hilfswerk der Evangelischen Kirchen Schweiz getan hatte. «Es ist immer ein Kampf ums Geld. Wer spendet schon für Asylsuchende? Lieber verzichtet man auf faire Verfahren und hofft, dass die Leute möglichst rasch verschwinden. Oder man schafft so unangenehme Bedingungen, dass die Flüchtlinge den Unterschied zu ihrer Heimat gar nicht bemerken. Und bei dir?»

Regina brachte sie auf den neusten Stand.

Ihre Kollegin blickte sie schelmisch an. «Und dein Ex? Ist er immer noch zu haben? Oder wieder in festen Händen?»

Regina lachte. «Cavalli ist auch zu haben, wenn er in festen Händen ist. Allerdings ist er im Moment mit andern Dingen beschäftigt.»

«Gibt es in seinem Leben andere Dinge?» Leonor blickte sie unschuldig an. Sie setzte sich. «Entschuldige. Du bist nicht gekommen, um über charmante, erotische, fantasievolle, unglaublich –»

«Leonor!»

«Du liebst ihn immer noch.» Sie seufzte. «Nun gut. Wenn ich so lange gewartet habe, kann ich auch ein paar Jahre länger warten.»

Regina schüttelte den Kopf. «Nein, das ist vorbei. Endgültig. Er rennt weiterhin vor der Verantwortung davon. Will sich zu nichts verpflichten. Ausserdem ... es gibt da jemanden ...»

«Toll! Wie sieht er aus? Was macht er?»

«Er ist bei der Feuerwehr. Sportlich, feinfühlig ...»

«Sexy?»

Regina überlegte. «Nett.»

Leonor hielt eine Hand hoch. «Stopp! Bei mir läuten Alarmglocken. Du brauchst keinen netten Mann. Nette Männer sind langweilig. Du willst schliesslich keine Familie gründen, oder?»

«Was hat denn das damit zu tun?», empörte sich Regina. «Gion ist überhaupt nicht langweilig. Natürlich steht er mir nicht so nahe wie Cava. Ich kenne ihn schliesslich erst seit Kurzem. Aber er ist ... er ist ...»

«Aha.»

«Was, aha? Muss man denn immer gleich vom Stuhl kippen?» Regina fühlte sich ertappt.

Leonor legte ihr frotzelndes Verhalten ab. «Wach endlich auf! Lass Cavalli los! Mein Gott, er ist ja nur ein Mann.»

Regina wollte protestieren, doch es lag zu viel Wahrheit in Leonors Worten. Sie betrachtete ihre selbstsichere Freundin. Überraschend stieg eine Erinnerung an ihre Fahrprüfung vor fast zwanzig Jahren hoch. Sie war so nervös gewesen, dass sie sich übergeben hatte. «Mein Gott, es ist ja nur eine Fahrprüfung», hatte ihre Mutter vorwurfsvoll durch die geschlossene Badezimmertür gezischt. Regina hatte nicht bestanden.

Leonor entschuldigte sich. «Ich weiss, es ist weder die Zeit noch der Ort für so ein Gespräch. Es tut mir einfach weh, dass du dich so billig verkaufst. Sieh dich an: Du bist attraktiv, intelligent und erfolgreich. Aber dieser Macker braucht nur mit den Fingern zu schnippen und schon liegst du ihm zu Füssen.»

Nach langem Schweigen sagte Regina: «Ist gespeichert.» Sie holte ihre Unterlagen hervor. «Eigentlich bin ich nicht hier, um über mein Liebesleben zu reden, sondern über einen jungen Asylsuchenden.»

Leonor lehnte sich zurück. «Ich bin ganz Ohr. Schiess los!»

Regina erzählte, warum sie in Basel war.

«Thok Lado? Ja, er war bei mir. Im vergangenen Herbst. Ich habe ihm gesagt, dass keine Aussicht auf einen positiven Entscheid bestehe. Die Fluchtgründe waren nicht ausreichend, und er war ein furchtbar schlechter Lügner – das nur so nebenbei. Doch auf sein Gesuch wurde immerhin eingetreten. Er hatte Glück. An den Empfangsstellen werden immer mehr Nichteintretensentscheide, so genannte NEE, gefällt. Die Zahl der Asylsuchenden ist stark zurückgegangen, doch unsere Fälle nehmen zu. Wir vertreten seit jeher nur Asylsuchende, deren Rekurs Erfolg verspricht. Aber», sie hob einen Zeigefinger, «jetzt ist unsere Arbeit wichtiger denn je, da NEE sofort auf die Strasse gestellt werden. Die Hälfte unserer Rekurse wird gutgeheissen. Wenn das nichts über das System sagt! Das Asylrecht wird ausgehöhlt. Es ist den Behörden oft nicht möglich, die Geschichten oder Dokumente seriös zu prüfen.»

«Was passiert mit den Asylsuchenden, auf deren Gesuch nicht eingetreten wird?»

Leonor seufzte dramatisch. «Das wissen wir nicht so genau. Sie bekommen eine Tageskarte der Bahn in die Hand gedrückt und werden auf den Weg geschickt. Ohne Papiere können sie ja nicht in ihr Heimatland zurückgeschafft werden. Viele tauchen unter. Sie bleiben lieber illegal hier, als dass sie die Schweiz verlassen. Vermutlich landen sie irgendwann als Kriminelle bei dir. 120 waren es allein im April und Mai hier an der ES Basel.» Leonor schob ihren Stuhl zurück. «Ich habe in fünf Minuten einen Termin. Wollen wir heute Abend zusammen essen?»

Regina stand auf. «Das würde ich gern, aber ich muss nach Zürich zurück. Ein anderes Mal.»

Ihre Kollegin seufzte. «Wann genau wirst du pensioniert? Soll ich für dann einen Tisch beim Thailänder reservieren?»

Regina lachte und umarmte sie. «Ich habe eine bessere Idee. Wie lange ist es her, seit wir an einem Meat-Loaf-Konzert waren?»

Leonor stöhnte. «So weit zurück kann ich gar nicht rechnen. Singt er überhaupt noch?»

«Im Februar trat er in Sydney auf. Er kommt bestimmt wieder nach Europa. Ich werde mich erkundigen, wann.»

Sie verabschiedeten sich.

Vor dem Eingang wartete ein Mann geduldig darauf, dass er hereingebeten wurde.

Regina folgte dem Weg zurück Richtung Hauptstrasse. Sie kam an einem alten Zirkuswagen vorbei und blieb stehen: der Ökumenische Seelsorgedienst. Es war ein Versuch wert. Sie klopfte und trat ein. Eine junge Pfarrerin arrangierte Kornblumen in einer abgeschnittenen Pet-Flasche.

«Thok Lado?» Sie dachte angestrengt nach. «Der Name kommt mir bekannt vor. Haben Sie ein Foto?»

Regina zeigte ihr ein Bild von Lado.

«Klar, ich erinnere mich an ihn. Ein sehr gläubiger junger Mann. Worum geht es?»

Regina erzählte vom Mord.

«Das ist ja nicht zu fassen! Der arme Junge! So einen weiten Weg hinter sich und sein ganzes Leben noch vor sich.» Sie liess sich auf einen Stuhl fallen und starrte durch die Luft an Regina vorbei. «Und Sie haben keine Ahnung, warum er ermordet wurde?»

«Nein. Wir versuchen, uns ein Bild von ihm zu machen. Aber niemand scheint ihn wirklich zu kennen.» Regina sah die Pfarrerin hoffnungsvoll an.

Die Frau fuhr sich mit einer beruhigenden Geste über den Arm. «Er ist – war – ein warmer Mensch. Aber sehr einsam. Sie müssen sich vorstellen, diese jungen Männer werden auf eine Reise geschickt, die sie ins Unbekannte führt. Zu Hause sind sie in ihre Familien eingebunden, die weit über Eltern und Geschwister hinausgehen. Die soziale Kontrolle ist gross, der Halt ebenfalls. Plötzlich stehen sie allein da, tragen Verantwortung. Es wird von ihnen erwartet, dass sie Geld nach Hause schicken. Dass sie die Träume ihrer Verwandten verwirklichen. Viele sind dem Druck nicht gewachsen.» Die Pfarrerin neigte den Kopf zur Seite. «Ihr in der Strafverfolgung bekommt diese jungen Menschen zu Gesicht, wenn sie versagt haben. Dann sind ihre Träume bereits gestorben und sie verstehen, dass hier niemand auf sie wartet. Ich sehe sie am Anfang ihres Weges.»

«Hatte Lado Träume?»

Die junge Frau nickte. «Er wollte Geschäftsmann werden. Womit er genau Geschäfte machen wollte, war ihm selber nicht klar.» Ihre Stimme war gedämpft. «Er war irgendwie besonders. Abgeklärt, doch gleichzeitig naiv. Ja, es war diese Unschuld, die er ausstrahlte. Es erstaunt mich nicht, dass er in etwas hineingezogen wurde. Er war leichtgläubig. Und hatte Angst zu versagen. Er trug immer einen Talisman um den Hals. Einen kleinen Beutel, gefüllt mit Gräsern. Wenn er unsicher war, umfasste er den Beutel mit beiden Händen.» Sie machte eine nachdenkliche Pause. «Und er betete. Er war der erste Mensch, dem ich geraten habe, weniger zu beten und mehr zu handeln.»

Regina schmunzelte. Die Schilderungen hauchten dem verbrannten Körper Leben ein. «Wissen Sie etwas über seine Freunde? Hatte er Kontakte in der Schweiz?»

«Kontakte nicht, aber er fand rasch Kollegen. Er war sehr gesellig, und seine warmherzige Art kam gut an. Wurde er in krumme Geschäfte verwickelt? Drogen?»

«Es deutet bis jetzt nichts darauf hin», antwortete Regina nachdenklich. Die Beschreibung von Lado wollte nicht recht zum Bild passen, das die Zürcher Behörden vom jungen Sudanesen gemalt hatten.

Die Pfarrerin konnte nichts hinzufügen. Sie hatte Lado nicht mehr gesehen, nachdem er dem Kanton Zürich zugewiesen worden war.

Meyer überredete Fahrni, eine Stunde früher nach Witikon zu fahren. «Über Mittag ist das Restaurant voll. Dann können wir mit Lados Foto noch eine Runde drehen, bevor wir zu Pollmann gehen.»

«Das ist abgeschlossen, Jasmin», erinnerte Fahrni sie. «Juri will, dass wir uns auf Timons und Christophers Umfeld konzentrieren.»

Meyer ignorierte ihn. Sie parkte und steuerte zu Fuss auf das Restaurant Elefant zu. Die weissen Plastikstühle waren alle besetzt. Ein blutjunger Kellner hastete nervös zwischen den Tischen hin und her. Fahrni verzog das Gesicht, als er den Cervelatsalat auf einem Teller sah.

«Snob», beschimpfte Meyer ihn.
«Isst du das Zeug?», fragte ihr Kollege besorgt.
«Ich habe keine Mutter, die mir jeden Sonntag Braten kocht.»
«Soll ich sie nach dem Rezept fragen?»
Meyer prustete los. «Nimm mich lieber mal auf einen Besuch mit, damit ich weiss, was ich verpasse.»
Fahrni sah sie erfreut an. «Klar, das ist eine gute Idee.»
«Das war natürlich ein Witz, du Hohlkopf.» Sie ging auf den ersten Tisch zu und zeigte einer Gruppe Bauarbeiter das Foto von Lado. Die Männer schüttelten mit vollem Mund den Kopf.
«Warum? Meine Mutter würde sich bestimmt freuen.»
«Deine Freundin auch.»
«Du kannst ja Giulio mitnehmen», schlug er vor.
«Das wird immer besser.» Auch am Nachbartisch erkannte niemand Lado.
Fahrni eilte Meyer nach, die zackig von einem Tisch zum nächsten schritt. «Er isst bestimmt gern mal etwas anderes als Spaghetti.»
«Ja. Lasagne.»
Fahrni wusste nicht, ob sie es ernst meinte.
Eine ältere Frau hielt inne, als Meyer ihr das Foto zeigte. Sie schob die Tagessuppe zur Seite und griff nach dem Bild. «Trudi, ist das nicht der Neger mit der Glacé?»
Ihre Tischkollegin streckte den Hals, um den Mann auf dem Bild zu erkennen. «Doch, das ist er.»
Meyer wippte aufgeregt mit dem Fuss. «Sind Sie sicher?»
«Natürlich», zwitscherte Trudi. «Wir unterhielten uns noch darüber, dass Neger bestimmt oft Glacé essen.»
«Warum?», fragte Fahrni verwirrt.
«Ja, weil es bei ihnen doch so heiss ist!»
Meyer vermied es, Fahrni anzusehen. In einem ernsten

Tonfall bat sie die Damen, mehr zu erzählen. Sie erfuhren, dass Lado vor gut vier Wochen hier gewesen war.

«Allein?»

«Nein, mit einem gut aussehenden Herrn.»

Trudis Kollegin kicherte: «Dir gefallen alle Bündner!»

Meyer und Fahrni tauschten einen Blick aus. «Er war Bündner? Sind Sie sicher?»

«Meine Liebe, diesen Dialekt erkennt man doch!»

Die süsse Müdigkeit verflog, als Cavalli Meyers Anruf erhielt. Er fragte nicht, ob Pilecki informiert war. Er zog sich hastig an und richtete einige Worte des Abschieds an Iris. In zwanzig Minuten war er im «Elefant».

«Beschreiben Sie den Mann», befahl er.

Die Frauen waren überfordert. Er hatte helle Haare. Nein, dunkle. Ein Braunton, einigten sie sich. Schlank. Muskulös. Nicht muskulös, drahtig. Durchschnittlich.

«Muskulös oder drahtig?», hakte Cavalli nach.

Trudi zuckte hilflos mit den Schultern. «Das ist doch dasselbe. Die gesunde Luft im Bündnerland, verstehen Sie?»

Cavalli verstand nicht. «Was haben sie gemacht?»

Gegessen eben. Beide? Nein, nur der Neger. Der Bündner habe Kaffee getrunken. Im Bündnerland hätten sie genug Eis, lachte Trudi.

«Geredet?»

«Natürlich, sonst hätte ich seinen Akzent nicht gehört.» Doch sie habe nicht darauf geachtet, was gesagt wurde.

«Waren sich die beiden vertraut?»

«Wie meinen Sie das?»

«Hatten Sie das Gefühl, die beiden kennen sich gut?», präzisierte Cavalli.

Die Frauen sahen sich fragend an. Trudi zupfte an ihrer Dauerwelle herum. Sie wussten es nicht.

Cavalli zog unter dem erstaunten Blick von Meyer und Fahrni ein Foto von Janett hervor. «Erkennen Sie diesen Mann?»

Trudi nahm das Bild in die Hand. Sie kippte es ab, als wolle sie Janett von der Seite betrachten. Konzentriert musterte sie die Züge des Feuerwehrmannes, spitzte den Mund und schüttelte den Kopf. «Mhm ... Ich weiss es nicht. So genau habe ich nicht hingesehen.» Ihrer Kollegin ging es ähnlich. Beide entschuldigten sich wiederholt, sie hätten gerne weitergeholfen. Das Gedächtnis, klagten sie. Im Alter lasse es einen manchmal im Stich.

Fahrni nahm die Personalien der beiden Frauen auf. «Danke, Sie haben uns sehr geholfen.» Er lächelte sie freundlich an, als er ihre Hand drückte.

Cavalli zog die beiden Polizisten beiseite. «Auf wann ist Janetts Befragung angesetzt?»

«Nach der Pressekonferenz», antwortete Meyer.

«Gut. Dann bleibt euch Zeit, ein Gesprächsprotokoll zu verfassen. Seht zu, dass Pilecki es bis dann hat.»

Fahrni nickte beflissen.

Cavalli beschloss, kurz zu Hause vorbeizuschauen, bevor er ins Büro zurückging. Die Arbeit am Profil der Einbrüche hatte den Vorteil, dass er keine Termine hatte. Nach anfänglichem Desinteresse begann ihn die Aufgabe herauszufordern. Wie Regina gesagt hatte, konnte er das Wissen, das er sich beim BKA angeeignet hatte, ins Profil einfliessen lassen, und er war auf das Resultat gespannt.

Er schloss den Briefkasten auf und nahm seine Post heraus. Etwas fiel zu Boden. Er bückte sich und hob eine Filmrolle auf. Verwundert drehte er sie in den Fingern. Er blätterte die Post durch, es befand sich keine Erklärung unter den Rechnungen. Gedankenversunken stieg er die Treppe hoch. Aus einer Wohnung hämmerte ein dumpfer Bass.

Im ersten Stock ging eine Tür auf. Eine Frau stellte sich ihm in den Weg. Sie sah ihn mit zusammengekniffenem Mund an. «Entschuldigen Sie, aber so kann das nicht weitergehen!»
Cavalli runzelte die Stirn.
«Seit Tagen diese laute Musik, es ist nicht mehr auszuhalten. Ich bin nicht kleinlich, aber das geht zu weit.»
Plötzlich begriff er: Christopher.
«Ich werde mich darum kümmern.»
Erleichtert verschwand die Frau in ihrer Wohnung. Cavalli schloss seine eigene Tür auf. Die Klinke vibrierte. Der Schweissgeruch stieg ihm in die Nase. Er ging in die Küche und legte die Post auf den Tisch. Zwei schmutzige Teller und ein Karton Milch standen auf der «Washington Post».
Die Musikschläge trieben sein Blut stossweise durch den Körper. Vorsichtig ging er ins Wohnzimmer. Das Telefonkabel zog sich quer über das Parkett und verschwand in seinem Schlafzimmer. Er folgte ihm. Christopher sass auf dem Bett, Cavallis Laptop auf dem Schoss. Neben ihm stand eine Flasche Bier. Er schaute auf, als er die Silhouette im Türrahmen bemerkte. Erschrocken klappte er den Laptop zu.
Cavalli stellte die Musik ab. Er wusste nicht, worüber er sich zuerst beschweren sollte. Christopher hatte sich wie ein Brei in jeden Winkel ergossen.
«Was machst du mit meinem Laptop?», begann er mit gepresster Stimme.
«Meine Mails abrufen. Mir ist langweilig», klagte sein Sohn. «Warum hast du keinen Fernseher?»
Cavalli zog die Jalousien hoch und öffnete das Fenster. «Es ist ein wunderschöner Tag. Gehst du nie nach draussen? Fussball spielen? Oder baden?»
Christopher sah seinen Vater an, als hätte er ihm vorgeschlagen, Ballett zu tanzen. «Ich hab Hunger. Du hast nichts im Kühlschrank.»

«Dann geh doch einkaufen, verdammt.»

«Du gibst mir ja kein Geld.»

Cavalli zog fünfzig Franken hervor. «Ich will die Quittungen sehen. Und Alkohol ist verboten.» Er nahm die Bierflasche und schüttete den Inhalt aus dem Fenster.

Christopher nahm den Computer von den Knien und stand auf. In seiner Unterwäsche sah er noch schmächtiger aus als in den weiten Kleidern, die er normalerweise trug. Cavalli konnte seinen Blick nicht von ihm lösen. Der Junge zog rasch ein T-Shirt an. Cavalli starrte auf den Schriftzug der Kantonspolizei.

«Ich habe keine saubere Wäsche mehr.»

«Wo sind die schmutzigen Sachen?», fragte Cavalli resigniert. Mit dem Fuss schob er einige Kleidungsstücke auf dem Boden zusammen. Christopher reichte ihm eine Hose.

«Komm mit.» Er ging ins Bad und zeigte auf den Schrank. «Hier ist Waschmittel. Nein, das rechts», erklärte er, als Christopher nach einer Flasche Putzmittel griff. Er ging mit ihm in den Keller und erklärte ihm die Waschmaschine. Danach befahl er ihm zu duschen. Christopher gehorchte wortlos.

Cavalli nahm das Kapo-T-Shirt und suchte ein geeigneteres Oberteil. Er legte Christopher die Sachen hin. Während die Dusche lief, räumte er die Wohnung auf. Staubbüschel wirbelten um seine Füsse.

Der Kühlschrank war tatsächlich leer. Es hatte nicht einmal mehr Mais im Schrank. Er sammelte die herumstehenden Pet-Flaschen ein und stellte den Sack neben die Wohnungstür.

Christopher kam aus dem Bad und hinterliess eine feuchte Spur im Staub.

«Wir gehen essen», verkündete Cavalli.

«Essen?»

Zum ersten Mal seit Tagen sah Cavalli, wie sein Sohn sich über etwas freute.

«Ja. Es gibt unten an der Hauptstrasse eine Pizzeria. Ich nehme an, du magst Pizza?»

«Klar!»

Cavalli lächelte ihn an. «Dann nichts wie los!»

Nachdem sie ihre Bestellungen aufgegeben hatten, sprach Cavalli Meyers Angebot an. Christopher spielte unsicher mit seinem Messer.

«Die Jugendanwaltschaft wird es dir anrechnen, wenn du etwas Sinnvolles tust.»

Christopher schwieg.

«Du kannst froh sein, überhaupt so ein Angebot zu erhalten», ärgerte sich Cavalli. «Du kannst nichts, du hast keine Ausbildung!»

Der Kellner brachte die Pizzen, und Christopher vertiefte sich dankbar in seine Mahlzeit. Er schaute während des Essens nicht auf. Cavalli wollte die Briefe an seine Mutter ansprechen, doch er schaffte es nicht. Sie schwiegen.

«Ich muss zurück ins Büro», sagte er, nachdem er die Rechnung beglichen hatte.

Christopher nickte erleichtert.

«Ach ja, wenn du einkaufen gehst, gibst du noch diesen Film ab?» Cavalli zog die Rolle aus seiner Hosentasche. «Ich brauche nur die Negative. Keine Abzüge.»

Christopher nickte erneut. Er murmelte etwas zum Abschied und verschwand Richtung Migros. Die Pet-Flaschen liess er stehen.

«Führen irgendwelche Spuren ins Internet? Zum Beispiel in Online-Shops?», fragte ein Journalist vom Tagblatt.

«Wir prüfen alles», antwortete Regina vage. Sie fragte sich, wann ihr die Kontrolle über die Pressekonferenz entglitten war.

«Auch den Schweizer Anbieter London 66?» Das war der

Tages-Anzeiger. «London 66» verkaufte Kleidungsstücke der Marke Thor Steinar, beliebt unter den Neonazis.

«Wir haben keine konkreten Hinweise, dass die Täter aus der Neonazi-Szene stammen», antwortete Regina.

«Aber es stimmt, dass Nazi-Embleme heute nicht mehr eindeutig erkennbar sind?», wollte ein weiterer Journalist wissen.

Regina stimmte zu. «Skinheads mit Bomberjacke und Springerstiefeln sind eine Randerscheinung. Heute legen sie Wert auf verklausulierte Symbolik.»

«Denken Sie an Consdaple?»

Das Label war beliebt unter jungen Rechten. Auf T-Shirts des Herstellers war der Markenname mit Grossbuchstaben aufgedruckt. Wurden sie mit einer Jacke getragen, die die beiden ersten und letzten Buchstaben verdeckte, blieb der Schriftzug «NSDAP» übrig.

«Wie gesagt, die Neonazi-Szene ist nur eine Möglichkeit unter vielen.» Regina fasste das Wesentliche noch einmal zusammen und schloss die Pressekonferenz.

Als der letzte Journalist den Raum verlassen hatte, wandte sie sich an Pilecki. «Sie haben sich ganz in die rechte Szene verbissen. Wenn das in den Zeitungen nur gut kommt.»

Pilecki sah sie nachdenklich an. «Pass auf dich auf! Mit Neonazis ist nicht zu spassen.»

«Nichts deutet bis jetzt darauf hin, dass sie involviert sind.»

«Umso schlimmer. Wenn morgen in der Zeitung steht, dass wir in diese Richtung ermitteln, könnte das schlafende Hunde wecken.»

«Verdammt», ärgerte sich Regina. «Das Ganze ist mir einfach entglitten.»

«Wenn Journalisten etwas im Kopf haben, ist es schwierig, sie auf eine andere Fährte zu locken», tröstete Pilecki sie. Er fischte eine Zigarette hervor. Als er Reginas Blick sah, steckte er sie zurück. Er holte Luft: «Man hat heute eine wichtige Beobachtung gemeldet.»

«Erzähl.» Regina lehnte sich an den Tisch. Hinter ihr räumte ein Polizist Wassergläser und Presseunterlagen weg.

«Zwei Frauen haben berichtet, dass sie Lado im ‹Elefant› gesehen haben.»

Regina sah ihn aufgeregt an. «Wann?»

«Vor gut vier Wochen.» Pilecki räusperte sich. «Mit einem Bündner.»

«Einem ... Bündner?» Sie verstummte.

«Es ist nicht sicher, dass es sich um Janett handelt. Es tut mir Leid», fügte er hinzu. «Ich habe ihn vorgeladen. Er wird in fünf Minuten zur Befragung erscheinen. Willst du dabei sein?»

Regina lehnte ab. «Bitte nimm das Gespräch auf. Ich werde es mir nachher anhören.»

Pilecki versprach, ihrem Wunsch nachzukommen.

Regina überlegte, ob sie sich so in einem Menschen täuschen konnte. Vielleicht kannte Janett zwar Lado, hatte aber nichts mit dem Mord zu tun, dachte sie. Würde er das zugeben? Oder befürchtete er, man würde ihm nicht glauben? Sie fragte sich, was er für ein Motiv haben könnte. In Gedanken sah sie seinen liebevollen Blick, seine kräftigen Hände. Er hatte die Finger eines Bergsteigers: beweglich und stark. Stark genug ... sie wollte den Gedanken nicht zu Ende denken.

Cavallis Konzentration wich einem erfreuten Blick, als er Regina in der Tür erblickte. Dann registrierte er ihren bekümmerten Ausdruck.

«Ist etwas passiert?», fragte er.

«Nein, alles in Ordnung.» Regina setzte ein gezwungenes Lächeln auf. «Ich wollte nur fragen, wie du mit dem Profil vorankommst.»

Cavalli stand auf. «Was ist los?»

Regina suchte in ihrer Tasche nach einem Taschentuch. «Hast du diesen letzten Einbruch schon berücksichtigen können?»

«Mhm. Ich bin daran, die Abnahme der Interaktionswahrscheinlichkeit bei zunehmender Distanz von Tat- und Wohnort auszurechnen», log er, um ihre Aufmerksamkeit zu testen.

«Gut.»

Cavalli hob seine Augenbraue. «Das macht das CGT-System, nicht ich.»

«Ach ja, genau.»

«Du kennst es? Das Criminal Geographic Targeting System?» Er ging auf sie zu. «Janett?»

Sie nickte stumm.

«Hat er zugegeben, mit Lado zusammengewesen zu sein?»

«Ich weiss es nicht», flüsterte sie. «Pilecki befragt ihn jetzt.»

«Und du fragst dich, warum du zweifelst? Nicht spürst, ob er schuldig oder unschuldig ist?»

Sie nickte wieder.

«Es geht mir gleich. Bei Chris, meine ich.» Er strich ihr mit einem Finger über den Arm. «Ich sehe ihn an, und er ist mir so vertraut. Dann schaue ich auf seine Hände und merke, dass ich nicht weiss, wozu sie fähig sind.»

«Und ich frage mich, was diese Zweifel über mich aussagen», gestand Regina. «Bin ich einfach zu feige, den Sprung in eine neue Beziehung zu wagen? Suche ich eine Ausrede? Oder spüre ich, dass etwas nicht stimmt?»

«Was zieht dich denn an ihm an?», fragte Cavalli vorsichtig.

Regina blickte aus dem Fenster. «Vielleicht die Aussicht auf eine gemeinsame Zukunft. Wir haben ähnliche Vorstellungen über das Leben. Die gleichen Werte … dachte ich zumindest.»

Cavalli beobachtete eine feine Ader auf ihrer Schläfe. Er wollte seine Nase in ihrem Haar vergraben. Das vermisste er am meisten: in der Nacht zu erwachen und die langen Strähnen über seinem Gesicht zu spüren. «Ich glaube nicht, dass du mehr sehen kannst als das, was er dir zeigen will.»

«Danke.» Sie hob den Kopf und sah ihm in die Augen. Sie spürte eine tiefe Verbundenheit, die sie über alle Gräben hinweg zusammenhielt. Seit Jahren wartete sie vergeblich darauf, dass der häufige Streit und ihre unterschiedlichen Ansichten das starke Band zwischen ihnen schwächten. Sie wünschte sich, ihr Leben mit jemandem zu teilen, der am gleichen Strick zog. Cavalli war unberechenbar und unstet. Er war heute da und morgen weg. Aber er kannte sie wie kein anderer Mensch.

Christopher weinte. Er versuchte es hinter seinem Haarvorhang zu verbergen, doch seine Schultern bebten.

Pollmann wartete. Das Haus war leer. Die Stille legte sich tröstend um sie. Draussen begannen die Kirchenglocken zu läuten. Eine Beerdigung, dachte der Pfarrer. Er wünschte sich, auf der Kanzel zu stehen.

Christopher fuhr sich mit dem Arm über das Gesicht. Er murmelte etwas.

«Was hast du gesagt?», fragte Pollmann sachte.

Der Junge kaute auf seiner Unterlippe. «Was soll ich tun?»

Pollmann sah nur eine Lösung: «Gestehen und um Verzeihung bitten.»

Die Tränen flossen nun ungehemmt. «Ich kann nicht!»

«Du hast dein ganzes Leben vor dir, Christopher. Das ist ein Geschenk Gottes! Wirf es nicht weg!»

«Wen stört das schon? Ich bin sowieso allen im Weg. Adoda wird sich freuen, keine Alimente mehr zu zahlen. Und Mutter könnte so lange arbeiten, wie sie möchte.»

«Jetzt hör auf! Du klingst wie ein trotzendes Kind. Du allein trägst die Verantwortung für dein Leben. Deine Eltern werden für dich da sein, egal, was du machst. Aber ausbaden musst du deine Fehler selbst. Schliesslich hast du sie auch selbst begangen.»

«Ich will nicht ins Gefängnis!»

«Nachdem du deine Strafe verbüsst hast, kannst du neu anfangen. Wenn du versuchst, mit dieser Schuld weiterzuleben, wird sie dich auffressen.»

Christopher wand seine Arme um seinen Körper. «Ich hab Angst.»

«Ich weiss.» Pollmann holte sein Amulett. «Diesen Glücksbringer hat mir ein junger Mensch geschenkt. Ich brauchte damals Glück; er fand, er hätte mehr, als ihm zustehe. Nun bist du an der Reihe.» Er streifte das Lederband über Christophers Kopf.

«Würden Sie mich im Gefängnis besuchen?»

«Natürlich.»

«Der Wohnort des Täters steht immer in einem nicht zufälligen Verhältnis zum Tatort», erklärte Cavalli. «Es hat sich gezeigt, dass sogar Eigentumsdelikte in relativer Nähe zum Wohnort verübt werden. Die Wahrscheinlichkeit, eine Straftat zu begehen, nimmt mit zunehmender Distanz ab. Man nennt das ein ‹Distance Decay-Modell›. Dazu kommt aber noch eine Pufferzone. Das ist ein Sicherheitsbereich in der unmittelbaren Umgebung des Wohnorts.»

«Wegen des Risikos, identifiziert zu werden?», fragte Regina.

«Genau. Und mit dem CGT-System kann man die Interaktionswahrscheinlichkeit berechnen.»

«Werden Faktoren wie beispielsweise Bevölkerungsdichte berücksichtigt?»

«Klar. Die lokalen Besonderheiten –» Cavalli schaute irritiert zur Tür, als es zaghaft klopfte. «Ja?»

Er trommelte mit den Fingern auf seinen Bericht. Langsam wurde die Tür aufgestossen. Christopher streckte den Kopf herein. Als er merkte, dass er ein Gespräch unterbrochen hatte, blieb er unschlüssig stehen.

«Komm rein», befahl Cavalli.

Christopher trat zögernd ins Büro. Sein Blick wanderte von seinem Vater zu Regina.

«Was machst du hier?», fragte Cavalli überrascht. Als er keine Antwort erhielt, stand er auf. «Hör zu, ich hab jetzt keine Zeit. Ist es wichtig?»

Christopher starrte ihn seltsam an. Er scharrte mit dem Fuss; sein Turnschuh quietschte auf dem Boden.

«Machen wir eine kurze Pause?», schlug Regina vor.

Cavalli winkte ab. «Chris? Was willst du? Ich bin mitten in einer Besprechung.»

Christopher holte Luft. «Ich habe … ich will …» Sein Blick jagte im Büro hin und her und fiel auf Cavallis Waffe. Er schüttelte den Kopf. «Nichts, nur … Geld. Ich brauche etwas Geld.»

«Und das konnte nicht warten?»

«Ich brauche Badehosen. Du hast gesagt, ich soll baden gehen. Dazu brauche ich Badehosen.» Christopher sprach schnell, als wolle er vor den eigenen Worten davonrennen.

Cavalli reichte ihm widerwillig das Geld. «Wir reden am Abend.»

Christopher liess sich das nicht zweimal sagen. Als die Tür hinter ihm zufiel, deutete Regina aufs Fenster. Cavalli drehte sich um. Es regnete.

Auf der Fahrt nach Hause schaltete Cavalli sein Handy aus. Sein Vater hatte mehrmals versucht, ihn zu erreichen. Dazwischen waren zwei Anrufe von Constanze eingegangen. Cavalli hörte seine Combox nicht ab.

Janett bestritt, mit Lado im «Elefant» gewesen zu sein. Er blieb bei seiner Behauptung, den jungen Sudanesen noch nie gesehen zu haben. Cavalli war froh, dass Pilecki den Feuerwehrmann genauer unter die Lupe nahm. Noch erleichterter wäre er, wenn sich Regina nicht mehr mit ihm treffen würde.

Die Wohnung war leer. Dankbar öffnete Cavalli die Fenster, um die Abendluft hereinzulassen. Seine Gedanken kreisten um die Einbruchserie. Der letzte Einbruch war anders gewesen. Weniger dreist. Irgendwie verzettelt. Ob die Täter genug hatten? Jeder Job wird einmal zur Routine, dachte er.

Der Kühlschrank war voll. Hungrig sah Cavalli die Lebensmittel durch: drei Pack Salami, ein Schoko-Drink, Fertigpizzen und eine Flasche Cola. Es befand sich nichts darunter, das seinen Appetit anregte. Ohne Hoffnung öffnete er einen Schrank. Zu seinem Erstaunen hatte Christopher eine Packung Polenta gekauft.

Während der Mais kochte, betrachtete er die Zettel auf der Küchenwand. «Mag Glacé», ergänzte er.

Regina hatte ihm erzählt, was die Pfarrerin an der Empfangsstelle über Lado gesagt hatte. Er teilte ihre Meinung, dass sich der Junge verändert haben musste. Als warm und gesellig hatte ihn in Zürich niemand bezeichnet. Hatte er etwas Ernüchterndes erlebt? Oder machte ihm das fremde Land zu schaffen? Warum zog er sich plötzlich zurück? Lauter Fragen, auf die niemand eine Antwort hatte. Abgesehen von Lados afrikanischen Mitbewohnern im Durchgangszentrum Altstetten, die die Geister für Lados Zustand verantwortlich machten.

Cavalli wusste Reginas Vertrauensbeweis zu schätzen. Seine Einwände, der Sudanese müsse im Zentrum der Ermittlung stehen, waren nicht spurlos an ihr vorbeigegangen. Und sie war nicht zu stolz, es zuzugeben. Auch wenn sie weiterhin die Spur der Jugendlichen verfolgte. Dass sie ihm davon berichtete, war nicht nur ein Vertrauensbeweis, sondern auch ein Zeichen ihrer Freundschaft. Er schloss die Augen und holte ihren Duft zurück. Gönnte sich einen Abstecher in die Vergangenheit. Als er merkte, dass es weh tat, stellte er seine Erinnerungen ab.

Er beschloss, Blandina anzurufen. Das Telefon klingelte, bevor er ihre Nummer wählen konnte.

«Christopher ist hier. Wir hatten abgemacht, dass er mindestens vier Wochen bei dir wohnt!», ereiferte sich Constanze. «Ich brauche diese Auszeit. Gönnst du mir nicht einmal –»

«Was?», fuhr Cavalli ihr dazwischen. «Er hat doch gar keinen Schlüssel.»

«Ich nehme an, du hast ihn ihm zurückgegeben.»

«Natürlich nicht!»

«Ich will, dass du ihn sofort abholst. Wir hatten eine Abmachung!»

Es klingelte an der Tür. Cavalli machte mit dem Hörer am Ohr auf. Sein Vater stand vor ihm.

«– wenn er unbedingt will.»

«Che dici?», fragte Cavalli genervt. Er korrigierte sich: «Was?»

«Hörst du mir überhaupt zu?»

Lorenzo trat ein.

«Ist gut, ja, mach ich», versprach Cavalli rasch.

«Constanze», erklärte er, als er auflegte.

Lorenzo nickte. «Sie hat dir von meinem Vorschlag erzählt?»

«Vorschlag?» Cavalli wusste nicht, wovon er sprach.

Sein Vater ging ins Wohnzimmer und schaute sich um. «Hier wohnst du also.» Was er sah, schien ihm nicht zu gefallen. Er musterte die Fotografien an der Wand. «Du hängst immer noch der Vergangenheit nach, wie ich sehe.»

Cavalli ging in die Küche und rührte im Mais. «Wieso bist du hier?»

«Weil du dein Telefon nicht abnimmst.» Die Stimme aus dem Wohnzimmer klang vorwurfsvoll.

«Woher kennst du ihre Adresse?»

Lorenzo wusste genau, was er meinte. «Kannst du das Wort ‹Mutter› nicht einmal in den Mund nehmen?»

«Woher kennst –»

«Ich habe dich verstanden.» Er setzte sich an den Küchentisch und liess seinen Blick über die Notizzettel an der Wand gleiten. «Wir haben den Kontakt nie abgebrochen.»

Cavalli füllte einen Teller mit Maisbrei. Er bot seinem Vater nichts an. «Warum heiratest du sie nicht, jetzt, wo du frei bist?» Seine Frau war vor zwei Jahren gestorben.

Lorenzo musterte die Mahlzeit. «Darüber schulde ich dir keine Rechenschaft.»

«Was für ein Vorschlag?»

Lorenzo lehnte sich zurück und liess seinen Blick langsam über Cavalli gleiten. «Ich habe angeboten, Christopher einen Platz in einem Internat zu finanzieren. Falls er nicht vorher in einem Heim für Schwererziehbare landet.»

Cavalli verbrannte sich die Zunge. Er regte sich nicht.

«In einem strengen Internat», präsisierte Lorenzo.

«Kommt nicht in Frage.» Wusste Christopher davon? War er deswegen zu ihm ins Büro gekommen? Plötzlich hatte Cavalli ein schlechtes Gewissen, weil er sich keine Zeit für ihn genommen hatte.

«Constanze ist einverstanden.» Das Thema war für Lorenzo abgeschlossen.

«Ich nicht.» Cavalli stand auf und verschwand im Schlafzimmer. Kurz darauf kam er in Jogging-Kleidern zurück. Er setzte sich und schnürte seine Laufschuhe. Dann machte er unter dem empörten Blick seines Vaters Dehnübungen.

«Schliess ab, wenn du gehst», bat er ihn kühl. Er rannte leichtfüssig die Treppe hinunter.

Regina schlüpfte in einen Bademantel und kämmte ihr Haar. Barfuss ging sie ins Wohnzimmer und schaltete die Tagesschau ein. Ein Bild der «Cap Anamur» flimmerte über den Bildschirm. Die Flüchtlinge wurden nirgends an Land gelassen. Sie sassen auf dem Deck des Schiffes und warteten. Plötzlich kam Regina in den Sinn, dass sie noch beim Migrationsamt vorbeischauen wollte. Sie hatte es nach der Pressekonferenz vergessen. Sie wollte Fontana einiges über die Zusammenarbeit mit den Empfangsstellen fragen. Morgen, nahm sie sich vor.

Sie holte einige Bärentatzen aus der Küche und machte es sich wieder vor dem Fernseher bequem. Sie hörte dem Moderator nur mit halbem Ohr zu. In Gedanken ging sie die kommende Arbeitswoche durch. Am Mittwoch musste sie die Anklage gegen eine Prostituierte vertreten, die wegen Brandstiftung vor Gericht stand. Es würde ein klassischer Indizienprozess werden, typisch für das Rotlichtmilieu. Es fehlten Sachbeweise und Zeugen. Regina musste sich auf die Aussage eines Bordellchefs stützen, der behauptete, die Prostituierte habe ihm aus Rache für verschwundenes Bargeld mit Brandstiftung gedroht. Reginas Sympathien lagen klar bei der Frau, die am Tag nach dem Brand kaum freiwillig von ihrem Wohnsitz in Frankreich zur Einvernahme nach Zürich gereist wäre, wenn sie den Brand tatsächlich gelegt hätte.

Janett stand vor Reginas Haustür. Er hob die Hand. Seine Finger schwebten über der Klingel. Er betrachtete einen Blumentopf neben dem Eingang. Die Stiefmütterchen sahen vernachlässigt aus. Janett liess seine Hand fallen und trat einen Schritt zurück. Gedankenversunken musterte er die welken Blüten.

Die Idee, Regina einen Überraschungsbesuch abzustatten, erschien ihm auf einmal gewagt. Was, wenn sie sich nicht freute? Er trat von einem Fuss auf den anderen und fühlte sich dabei wie ein Schuljunge. Im schlimmsten Fall könnte er wieder gehen, versuchte er sich Mut zu machen. Er hob die Hand erneut. Klingelte wieder nicht. Um den Entscheid hinauszuzögern, ging er in den Garten. Er erinnerte sich daran, neben dem Haus eine Giesskanne gesehen zu haben.

Ein Igel huschte durchs Gras. Janett schaute ihm nach. Die Giesskanne stand unter Reginas Schlafzimmerfenster. Er bückte sich, den Blick immer noch auf den Igel gerichtet. Als er den Griff berührte, wurde er von hinten gepackt. Sein Arm wurde nach oben gezerrt, und er stiess einen überraschten Laut aus. Ein jäher Schmerz schoss durch seinen Körper. Eine eiserne Hand legte sich um seinen Hals.

Regina schaltete den Fernseher aus. Sie überlegte, ob sie eine Runde joggen sollte, konnte sich aber nicht dazu überwinden. Seit dem vergangenen Herbst ging sie ziemlich regelmässig auf den Vita-Parcours, vor allem wenn sie angespannt oder verspannt war. Manchmal hatte sie sogar Spass daran. Heute Abend entschied sie sich dagegen, sie fühlte sich entspannt. Es war der erste Abend seit Langem, den sie allein zu Hause verbrachte. Sie beschloss, Chantal anzurufen. Ihre Schwester wollte mit ihr eine Woche verreisen, zum ersten Mal ohne Kinder. Seit zwei Monaten diskutierten sie den Reiz verschiedener Destinationen. Regina überliess Chantal die Wahl, schliesslich war es für diese etwas Besonderes. Für Regina zählte die Vorfreude, ganze sieben Tage mit ihr zusammen zu sein.

Um sicher zu gehen, dass sie am Wochenende wirklich

nichts vorhatte, schlug Regina ihre Agenda auf. Für Sonntag hatte sie den EM-Final eingetragen und den Abend für Janett reserviert. Beim Gedanken an ihn beschlich sie ein ungutes Gefühl. Sie realisierte, dass sie Angst um ihn hatte. Oder vor ihm?

Janett versuchte, sich vom Klammergriff zu befreien. Seine Schulter fühlte sich an, als würde sie jeden Moment aus dem Gelenk springen. Er versuchte, etwas zu sagen, aber seine Stimme versagte. Als er den Kopf nach hinten drückte, in der Hoffnung, seinen Angreifer sehen zu können, wurde sein Arm weiter nach oben gezerrt. Er verzog das Gesicht vor Schmerz und holte mit dem Fuss aus. Mit voller Wucht schlug er seine Ferse in das Schienbein hinter sich. Er spürte einen stechenden Schmerz im Kreuz, als etwas Dumpfes dagegen stiess. Er rang nach Luft und krallte sich mit der freien Hand in den Arm um seinen Hals. Er bohrte seine Finger in das Fleisch. Es war hart, die Muskeln unter der Haut wie Stahlseile.

Chantal ging nicht ans Telefon. Enttäuscht legte Regina auf. Sie stellte den Wasserkocher an und holte einen Teebeutel aus dem Schrank. Während sie darauf wartete, dass das Wasser kochte, streifte sie in der Wohnung umher. War es wirklich zwanzig Jahre her, seit sie mit Leonor am Meat-Loaf-Konzert gewesen war? Sie ging zum Regal und suchte Bat Out of Hell hervor. Sie schmunzelte, als sie die vertraute Hülle sah. Sie hatte ihre Mutter damals belogen und behauptet, in der Tonhalle gewesen zu sein. Im Nachhinein erschien es ihr als wenig wahrscheinlich, dass ihre Mutter die Geschichte geglaubt hatte. Doch sie hatte Regina nie zur Rede gestellt.

Die Musik versetzte Regina einen Adrenalinschub. Sie packte ihre Malsachen aus und stellte das Teewasser beiseite. Laut mitsingend drückte sie die Farben auf ihre Palette.

Janett hörte von fern eine Stimme, die ihn aufforderte, sich zu ergeben. Er unternahm einen letzten Versuch, sich zu befreien. Doch der Tritt, den er seinem Angreifer versetzte, war schwach. Seine Knie wurden weich, er fühlte sich seltsam losgelöst von seinem Körper. Er fiel nach vorne und schlug mit dem Kinn auf etwas Spitzes auf. Er roch das feuchte Gras, spürte ein Gewicht auf dem Rücken. Eine Hand tastete ihn ab. Sie griff in seine Hosentasche und zog Handy und Brieftasche heraus. Dann langte sie unter seine Arme und fuhr seine Beine hinunter. Janett schloss die Augen.

Regina glaubte, Sirenen zu hören. Sie stellte die Musik leiser und horchte. Nicht schon wieder, dachte sie, während sie nach Rauch Ausschau hielt. Nichts deutete auf einen erneuten Brand hin. Das muss aufhören, sagte sie laut. Sie konnte nicht bei jedem fremden Geräusch zusammenzucken, bei jeder Sirene nervös über die Schulter schauen.

Die Sirenen kamen näher. Reginas Mund war trocken. Sie liess den Pinsel liegen und ging ans Fenster. Der Abendhimmel war grau, aber klar. Sie ging zum Eingang und öffnete die Haustür einen Spalt. Ein Streifenwagen hielt vor dem Haus.

Rasch schlüpfte sie in ein Paar Schuhe und rannte nach draussen. Ein Nachbar zeigte auf den Garten. Regina ging ums Haus.

Janett lag auf dem Boden, das Gesicht im Gras. Cavalli drückte ihm sein Knie in den Rücken. Der Streifenpolizist liess die Handschellen zuschnappen.

«Was ist hier los?», fragte Regina scharf.

Janett sah sie benommen an.

«Ich habe ihn dabei erwischt, wie er um deine Wohnung schlich», erklärte Cavalli. Er zog Janett unsanft hoch.

Regina blickte von Janett zu Cavalli. Sie versuchte zu verstehen, was geschehen war. Janett blinzelte und holte hustend Luft. Er sah Cavalli kopfschüttelnd an. «Du spinnst!», krächzte er.

Cavalli reagierte nicht. Er schilderte, wie er vorbeigejoggt war und zufälligerweise Janett gesehen hatte, der sich an ihrem Schlafzimmerfenster vorbeistahl.

Regina schaute zum Streifenpolizisten.

Der junge Mann hob die Hände, um zu zeigen, dass er nicht Bescheid wusste. «Wir erhielten einen Notruf von Ihrem Nachbarn.»

Janett hustete immer noch. «Willst du mich dafür verhaften, dass ich meine Freundin besucht habe?»

Regina fuhr auf.

«Deine Freundin», Cavalli betonte jede Silbe, «war im Haus, nicht im Garten.» Er sah Regina an. «Hast du ihn erwartet?»

Sie schüttelte den Kopf und sah Janett fragend an.

Der Polizist schaute verwirrt von Regina zu Janett. «Ihr seid ein Paar?»

Keiner antwortete.

Regina senkte den Blick. «Nimm bitte die Handschellen ab. Er trägt keine Waffe, oder?» Die Frage galt Cavalli. Sie wandte sich an Janett. «Was hast du in meinem Garten gesucht?»

Janett machte kreisende Bewegungen mit seinem Arm. Dann rieb er seine Schulter. «Eine Giesskanne», beantwortete er Reginas Frage.

Thok versuchte, seine Narben zu verbergen. Eine lange zog sich quer von seiner linken Schulter über seine Wirbelsäule bis hin zur untersten Rippe. Er erzählte nicht, was passiert war. Er umklammerte den Beutel um seinen Hals und schaukelte hin und her.

Hast du getötet?, fragte er ihn. Thok antwortete nicht. Hast du dem Feind in die Augen gesehen, als er starb? Thok richtete den Blick zu den Sternen und atmete tief ein.

Er fuhr mit dem Finger Thoks Hals entlang und tastete sich zur Narbe vor. Langsam folgte er ihr. Thok drückte die Augen zu und hielt den Atem an, bis ihm die Luft ausging.

«Ich lasse dich auch nicht kalt», sagte er und zog Thok in seine Arme. «Du musst dich nicht dagegen wehren. Ich bin für dich da.»

Er fragte sich nicht, wie. Er dachte nicht an den nächsten Tag. Das Schicksal hatte sie unerwartet zusammengeführt, und er lernte, mit einer ungewissen Zukunft umzugehen.

9

Pilecki betrachtete sich im Spiegel. Was er sah, gefiel ihm nicht. Seine Haut wirkte grau und schlaff; seine Augen lagen tief in ihren Höhlen, das Grün kaum erkennbar. Das habe ich nun davon, dachte er. Der Alkohol schafft mich. Sein Kopf fühlte sich wie die Werkstatt eines Zimmermanns an. Das dumpfe Hämmern wiederholte regelmässig die gleichen Worte: selber schuld, selber schuld ...

Er setzte Kaffee auf und nahm eine kühle Dusche. Er war bis weit nach Mitternacht mit einem Kollegen von einer Bar zur nächsten gezogen. Die Sauftour rechtfertigte er mit der Ausrede, dass damit Schluss sein würde, wenn zu Hause Frau und Kind auf ihn warteten. Er hatte getrunken, bis er kaum mehr wusste, an welchem Fall er arbeitete.

Pilecki knöpfte mit zittrigen Fingern sein Hemd zu. Er trank seinen Kaffee schwarz und kämmte die Haare vor dem Spiegel. Irina war sechzehn Jahre jünger als er. Ich gebe das Rauchen auf, nahm er sich vor. Und das Trinken. Falls sie mich überhaupt noch sehen will, wenn ich am Montag nicht am Flughafen stehe. Er zündete eine letzte Zigarette an.

Im Kripo-Gebäude war es ruhig. Pilecki suchte Gurtner auf. Er bearbeitete die Liste von Freunden, die Christopher überraschend schnell zusammengestellt hatte.

«Es ist Zeit, dass du unter die Haube kommst», begrüsste ihn Gurtner, «sonst säufst du dich noch zu Tode.»

Pilecki wollte den Kopf schütteln, aber die Schmerzen hielten ihn davon ab. «Nur halb so schlimm», murmelte er. «Hast du schon Kontakt aufgenommen?» Er deutete auf die Liste.

«Ja. Der Junge hat eine komische Vorstellung von Freundschaft. Es handelt sich bei den meisten um Kunden, wie es scheint. Das Gift ist begeistert. Sie laden alle vor und hoffen, so auf die Spur der grossen Fische zu kommen.»

Pilecki freute sich. «Gut, so viel Vernunft hätte ich Christopher gar nicht zugetraut. Wenn Flint ihn beeindrucken kann, dann besteht noch Hoffnung.»

«Warten wir die gemeinsame Einvernahme mit Timon ab», meinte Gurtner skeptisch. Er musterte Pilecki. «Kommst du wieder mal zum Essen? Helen hat immer noch von ihrem selbst gemachten Sauerkraut. Sie spart es für dich auf.»

Beim Gedanken an Essen wurde Pilecki schlecht. Er lehnte dankend ab.

«Mit Speck? Salzkartoffeln?», lockte Gurtner. «Frauen stehen nicht auf Skelette.»

«Danke, aber ich mag im Moment nicht ans Essen denken», murmelte Pilecki. Er bat Gurtner, beim Gespräch mit dem Graphologen dabei zu sein. «Er kommt jeden Moment. Ich wäre froh um ein zweites Paar Ohren.»

«Du meinst ein Hirn, das nicht benebelt ist.»

Er entlockte Pilecki ein halbherziges Grinsen.

Der Gutachter wartete bereits im Flur. Zu dritt setzten sie sich an den Besprechungstisch. Während Pilecki zusah, wie der junge Psychologe seine Unterlagen hervorzog, merkte er, dass er nervös war. Er hoffte, das Gutachten würde Christopher entlasten, glaubte jedoch nicht richtig daran.

«Ich muss gleich zu Beginn klarstellen, dass die wenigen Wörter, die an die Hausmauer gesprayt wurden, den wissenschaftlichen Anforderungen nicht genügen», begann der Graphologe. Er hoffte auf Verständnis und fuhr fort. «Die Schriftpsychologie ist eine empirisch fundierte Methode der Handschriftendiagnostik. Dazu müssen gewisse Kriterien erfüllt sein.»

«Aber Sie haben trotzdem ein Gutachten erstellt», warf Pilecki ungeduldig ein.

«Ich erkläre Ihnen die Ausgangslage, damit Sie das Resultat besser verstehen. Was wissen Sie über Schriftpsychologie?»

Gurtner verschränkte die Arme.

«Schriftpsychologie erforscht die psychologischen, physiologischen, schreibtechnischen und sozialen Entstehungsbedingungen handschriftlicher Schreibleistungen mit», er unterbrach seine Ausführungen, als Pilecki zwei Schmerztabletten in den Mund warf, «erfahrungswissenschaftlichen Methoden.» Der Mann zog einige Blätter hervor und erklärte anhand von Mustern, worauf ein Schriftpsychologe achtet. «Sie sehen, wir haben eigentlich viel zu wenig. Ich empfehle Ihnen deshalb, ein forensisches Schriftvergleichsgutachten in Auftrag zu geben, sobald Sie einen Verdächtigen haben. Dieses wird Ihnen genau sagen können, ob es sich dabei um dieselbe Person handelt, die die Parolen an die Wand gesprayt hat.»

«Ist das nicht das Gleiche wie ein graphologisches Gutachten?», fragte Gurtner.

Der Psychologe verneinte. «Man kann Handschriften mit unterschiedlichen Absichten untersuchen: mit Fokus auf den Ausdruck oder aber auf die Identifizierung des Schreibers. Eine forensische Handschriftenuntersuchung prüft die Echtheit eines Schriftstücks. Es gibt dabei keine Deutungen.»

«Zuerst möchten wir das Resultat Ihrer Untersuchung sehen», forderte Pilecki.

Der Gutachter breitete die Fotos der besprayten Mauer auf dem Tisch aus und fasste das Wesentliche zusammen. Zum Schluss fuhr er mit dem Finger den Buchstaben nach: «Die Schrift hat eine schwache Spannung. Sie weist verschiedene Schriftstörungen auf», er deutete auf das U in «Hau ab». «Es fehlt auch die Knüpfungsgewandtheit. Und hier», er zeigte auf das C in «Arschloch», «sehen wir eine Bewegungsinkonsequenz.»

«Das heisst?»

«Mit achtzigprozentiger Wahrscheinlichkeit haben wir es mit einem ungeübten Sprayer zu tun. Die Schrift ist linksschräg, und die Endzüge fehlen. Es treten linksläufige Einrollungen auf. In psychologischer Hinsicht spricht sie für Kontaktabwehr bei äusserlicher Liebenswürdigkeit. Ich vermute, es fehlt dem Schreiber an innerem Gleichgewicht und psychischer Gesundheit.»

Pilecki starrte ihn an. «Alter?»

«Kann ich schwer einschätzen. Zwischen fünfundzwanzig und fünfundfünfzig Jahren, würde ich mal sagen.»

«Also kein Jugendlicher?», vergewisserte sich Gurtner.

«Kaum. Wie gesagt, ich habe zu wenige Schriftproben.»

Pilecki schloss erleichtert die Augen.

«Aber wenn wir Ihnen ein weiteres Muster geben, können Sie mit hundertprozentiger Sicherheit sagen, ob es von der gleichen Person stammt?» Gurtner sah zu Pilecki und bat wortlos um Erlaubnis. Dieser nickte.

«Nun, zu 99 Prozent», sicherte sich der Psychologe ab.

Gurtner versprach, ihm sofort weitere Schriftproben zukommen zu lassen. Sie vereinbarten einen Termin für die forensische Handschriftenuntersuchung. Vor Ende der Woche konnten sie keine Resultate erwarten.

Pilecki legte die Stirn auf die Tischplatte, nachdem der Mann sich verabschiedet hatte.

«Der Häuptling wird sich freuen», sagte Gurtner. Er blätterte im ausführlichen Bericht des Schriftpsychologen.

«Auch wenn Chris und Timon die Wörter nicht gesprayt haben, heisst das nicht, dass sie unschuldig sind», mahnte Pilecki. «Wir haben zwei Zeugenaussagen, die sie mit Lado in Verbindung bringen.»

Gurtner nickte. «Hat Pollmann eigentlich ein Auto?» Er schob Pilecki ein Glas Wasser hin.

«Nein. Aber einen Führerschein.»

«Ich wüsste gern, wo der Täter die Leiche bis zum Brand versteckt hielt. Warum gehen wir nicht mit einem Foto von Lado an die Öffentlichkeit? Wir werden nicht gerade mit Hinweisen aus der Bevölkerung überhäuft.»

«Die Schweizer können doch einen Schwarzen nicht vom anderen unterscheiden», meinte Pilecki sarkastisch.

Cavalli sah von seinem Laptop auf, als Christopher in die Küche schlenderte. Er ging zum Kühlschrank und nahm die Milch heraus. Er trank direkt aus dem Karton. Es tropfte auf den Boden. Chris wischte die weisse Spur mit dem nackten Fuss weg.

«Dir auch guten Morgen», begrüsste ihn Cavalli.

Christopher setzte sich mit einem Stück Brot an den Tisch. Cavalli entfernte vorsichtshalber seine Unterlagen, als er sah, wie Chris grosszügig Konfitüre aus dem Glas löffelte.

«Ich will nach Hause», sagte Christopher mit vollem Mund.

«Ich weiss», antwortete Cavalli. Wenn der Junge wenigstens eine Aufgabe hätte, dachte er. Etwas, womit er die endlosen Stunden füllen könnte. «Hast du deine Bewerbungen geschrieben?» Hatte Constanze gesagt, er müsse zwei pro Tag oder zwei pro Woche schreiben?

«Wofür?», schmatzte Christopher.

Gute Frage. «Ich nehme an für irgendeine Lehrstelle.»

«Es gibt keine.» Eine Haarsträhne lag in der Konfitüre.

Cavalli spürte, wie er sich zu ärgern begann. «Hast du überhaupt keine Idee, was du machen willst? Ausser herumhängen?»

Sein Sohn zuckte mit den Schultern. «Vielleicht gibt es im Gefängnis Lehrstellen.»

Cavalli erstarrte. Christopher senkte den Kopf.

«Willst du mir etwas sagen?», fragte Cavalli schärfer als beabsichtigt. War das ein Geständnis? Die Angst lief ihm kalt den Rücken hinunter. Er stand auf und ging um den Küchentisch herum. Er hob mit einer Hand das Kinn seines Sohnes. «Sieh mich an! Hast du etwas mit dem Tod von Lado zu tun?»

Christophers Blick war verzweifelt. Er öffnete den Mund, doch es kamen keine Worte heraus.

Plötzlich sah Cavalli etwas um seinen Hals. «Was ist das?» Er griff nach einem Lederband, das im T-Shirt verschwand. Christopher versuchte, die Hand seines Vaters wegzuschieben, doch Cavalli zog am Band. Ein Amulett kam hervor. Cavalli starrte auf den Anhänger und erinnerte sich daran, wie Pollmann ihn bei seinem ersten Besuch an sich gerissen hatte.

«Woher hast du das?» Cavalli liess das Amulett fallen und fasste Christopher an beiden Schultern. «Verdammt, sag etwas!»

Christopher starrte auf seine Füsse. «Von Pollmann», flüsterte er.

«Woher kennst du Pollmann?»

«Von Timon.»

Der Pfarrer hatte nie erwähnt, dass er Christopher kannte. Warum nicht? Er hatte die äussere Ähnlichkeit bestimmt sofort erkannt, auch wenn er – was unwahrscheinlich war – Christophers Nachnamen nicht wusste. Er spürte, wie die Schultern seines Sohnes bebten.

«Hat dir Pollmann etwas getan?»

«Getan?»

«Hat er dich … angefasst?»

«Nein, nie. Ehrlich nicht», brachte Christopher mit Mühe hervor.

«Hattet ihr … hat er …» Cavalli konnte es nicht aussprechen. Die Vorstellung schnürte ihm die Kehle zu, und er legte seine Stirn auf Christophers Kopf.

«Nein!»
«Warum hat er dir das Amulett gegeben?»
Christopher antwortete nicht.
«Wo warst du am Samstagabend?»
Christopher schwieg.

Cavalli fuhr direkt zum Migrationsamt. Laute Stimmen in seinem Kopf bombardierten ihn mit Fragen. Er konnte sie nicht zum Verstummen bringen, denn er hatte keine Antworten. Blándina nickte nur kurz, als sie Cavalli sah. Sie roch immer noch nach Vanille. Cavalli ging wortlos an ihr vorbei zur Treppe.

Fontanas Bürotür stand offen. Er war in ein Telefongespräch vertieft. Cavalli wartete ungeduldig in der Tür. Als der Sachbearbeiter ihn erblickte, legte er auf.

«Schon wieder Sie.» Fontana winkte ihn herein. «Was kann ich für Sie tun?»

Cavalli registrierte, dass er immer noch krank aussah. Er zog das Amulett hervor und zeigte es ihm. Fontana nahm es in die Hand.

«Ein afrikanisches Amulett», stellte er fest. Er hustete trocken.

Cavalli wartete. Als Fontana nichts weiter sagte, fragte er: «Haben Sie es schon einmal gesehen?»

«Dieses Amulett?» Fontana grübelte. «Es kommt mir irgendwie bekannt vor.»

Cavalli beugte sich nach vorne.

«Vielleicht ... es könnte sein, dass der junge Sudanese einen ähnlichen Glücksbringer getragen hat.» Fontana stützte seinen Kopf in beide Hände.

«Lado? Sind Sie sicher?»

Fontana spielte mit dem Lederband. Cavalli beobachtete ihn. Er hoffte, dass Fontanas Erinnerungsvermögen nicht durch den Wunsch, behilflich zu sein, beeinflusst wurde. Um seinem Gedächtnis den nötigen Freiraum zu geben, wechselte er abrupt das Thema. «Wer ist an der EM Ihr Favorit?»

Fontana schaute überrascht auf. «Tschechien, warum?»

«Nur so. Sie spielen gut, die Tschechen. Ich bin zwar kein grosser Fussballfan, doch meine Kollegen schwärmen von der Mannschaft. Haben Sie Tschechien gegen Holland gesehen? Der Match soll gut gewesen sein.»

«Mittelmässig. Die Tschechen hätten kaum gewonnen, wenn Stam nicht vom Platz gestellt worden wäre», entgegnete Fontana zögernd.

«Wie gesagt, davon verstehe ich wenig. Doch am Schluss zählt nur der Sieg, nicht wahr?»

Fontana stimmte ihm zu. «Wie überall im Leben. Es gibt keinen Platz für Schwäche.» Er hielt das Amulett gegen das Licht, das in staubigen Strahlen durchs Fenster schien. «Ja, Lado hat es getragen.»

Regina zögerte. Die Seelsorgerin hatte behauptet, Lados Talismann sei ein kleiner Beutel gewesen. Doch es war einfach, sich zu täuschen. Viele junge Afrikaner trugen Glücksbringer auf sich. Vielleicht hatten sich zwei Erinnerungen vermischt.

«Doch, es genügt für einen Durchsuchungsbefehl», beantwortete sie Cavallis Frage. Sie spürte durchs Telefon hindurch seine Genugtuung. «Aber halt dich bitte von Pollmann fern! Pilecki wird das übernehmen.» Sie liess sein Schweigen nicht durchgehen. «Versprich es mir!»

Cavalli stiess die angehaltene Luft aus. «Wenn es sein muss. Pilecki hat keine Zeit. In zwei Stunden hat er die Befragung von Chris und Timon angesetzt.»

«Die Durchsuchung kann bis nach der Befragung warten», versicherte Regina. «Ich nehme nicht an, dass Pollmann etwas weiss?»

Cavalli hielt es nicht für nötig, die Frage zu beantworten. Sie wechselte das Thema. «Hat Chris bei Meyers Kollegen angerufen?»

«Ich glaube nicht.» Cavalli wusste nicht mehr, ob er ihm die Nummer gegeben hatte. Er erzählte ihr vom Vorschlag seines Vaters, Chris in ein Internat zu stecken.

Reginas Reaktion enttäuschte ihn. «Das ist vielleicht gar keine schlechte Idee. Er könnte seine schulischen Defizite aufholen, wäre beaufsichtigt. Was spricht dagegen? Dass du die Hilfe deines Vaters annehmen müsstest?»

«Natürlich nicht! Aber ein Internat … das ist … wie ein Gefängnis», schloss er hilflos, nicht ohne die Ironie seiner Worte zu bemerken.

Regina schwieg. Es hatte keinen Sinn, darüber zu sprechen. Cavalli konnte sich glücklich schätzen, wenn er mitreden durfte, wo Christopher die nächsten Jahre verbringen würde. «Wie weit bist du mit den Einbrüchen?»

«Morgen hast du das Profil.»

«Super, danke. Ich werde die Papiere für die Durchsuchung sofort ausstellen. Versuch dich abzulenken», riet sie. «Du kannst frühestens gegen Abend eine Rückmeldung erwarten.»

«Wir haben einen Termin beim Jugendanwalt. Das ist Ablenkung genug.» Constanze würde ebenfalls dabei sein. Es graute ihm schon davor. Vermutlich würde sie auch seinen Vater mitschleppen.

«Es ist gut, wenn es vorwärts geht. Die Ungewissheit kann für Chris genauso belastend sein», versuchte Regina ihn zu trösten. Als sie auflegte, kreisten ihre Gedanken weiter um Christopher. Warum gab es Menschen, die mit allen Schwierigkeiten fertig wurden? Und andere, denen von Anfang an der Sprung ins Leben nicht recht gelingen wollte? Hatte auch sie versagt? Vielleicht hätte sie die gemeinsamen Sonntage ernster nehmen müssen.

Sie packte ihre Sachen. Sie hatte um elf einen Termin mit Zuberbühlers Anwalt. Die Zeit reichte, um kurz bei der Feuerwehr vorbeizuschauen. Sie hatte am Vorabend nicht mehr mit Janett gesprochen. Sie gestand sich ein, dass sie ihn lieber in der Öffentlichkeit traf.

Seine Augen leuchteten nicht auf, als er sie sah. «Kaffee?», bot er an.

«Gerne.» Sie folgte ihm durch die Wache. Sein Gang war steif, er schaute nicht zu ihr hinüber.

«Wie geht es deiner Schulter?»

«Sie ist noch ganz. Hier rechts.»

Regina griff nach einer Türfalle. «Es war keine Absicht, Cavalli –»

«Halt!» Janett packte sie am Arm.

Regina sprang zurück und stolperte. Sie riss sich los.

«Regina!» Janett sah sie entgeistert an. Ein Kollege bog um die Ecke und zögerte, als er die Spannung zwischen den beiden bemerkte. Dann ging er weiter.

Regina sah über die Schulter und hielt inne. Janetts Ausdruck war gleichzeitig verdattert und bestürzt.

«Es ist nur die falsche Tür», erklärte er. Er öffnete sie. Dahinter befand sich ein Loch im Boden. «Alle Türen, deren Fallen auf Schulterhöhe sind, führen zur Garage.» Er zeigte auf die Stange, die im Loch verschwand.

«Ach so.» Regina sah verlegen weg.

Sie gingen schweigend zum Aufenthaltsraum. Janett stellte ihr eine Tasse Kaffee hin und reichte ihr die Milch.

«Du hast Angst vor mir.» Er betrachtete einen Fisch im Aquarium, als sähe er ihn zum ersten Mal. «Glaubst du, ich könnte mich so gut verstellen?»

Regina hielt die Kaffeetasse mit beiden Händen. «Dass du mich magst, heisst nicht, dass du nicht … ich meine, bevor wir uns trafen …»

«Einen Mann umgebracht habe? Und dann verliebe ich mich zufälligerweise in die Bezirksanwältin, die die Ermittlung führt? Klar doch. Ich kann problemlos mit ihr schlafen und mir gleichzeitig darüber Gedanken machen, wie ich sie loswerde.» Er schob seine Tasse weg. «Vielleicht habe ich mich nur an dich rangemacht, um zu wissen, wo du mit den Ermittlungen stehst? Genau, während du schläfst, kann ich mich in deiner Wohnung umsehen, du hast deine Unterlagen bestimmt zu Hause. Und die Zeit nutzen, um einige Beweise zu fälschen, Spuren zu legen!» Als er Reginas entsetzten Blick sah, verstummte er. Er liess seinen Kopf in die Hände fallen. «Tut mir Leid, ich bin –»

Er kam nicht weiter. Ein schrilles Läuten übertönte seine Worte. Mit einer Geschwindigkeit, die Regina nicht für möglich gehalten hätte, sprang er auf. Ein Bruchteil einer Sekunde, und sein Privatleben war vergessen. Er rief seinen Kollegen Anweisungen zu und verschwand, bevor Regina verstand, was geschehen war. Als der erste Löschzug die Weststrasse hinunterraste, hatte sie immer noch die Kaffeetasse in der Hand.

«Gott hat den Menschen die Wahl zwischen Feuerwaffen und Vieh gegeben. Die Nuer wählten das Vieh. Die Europäer die Waffen.» Die Geschichte war ein Mythos, doch Tatsache war, dass Lado von einem Europäer getötet wurde. Oder nicht? War es ein Asylsuchender gewesen? Massen sie den rassistischen Sprüchen zu viel Bedeutung bei?

Gott wohnt im Himmel, las Cavalli weiter. Die Sterne sind seine Kinder. Im Regen fällt Gott auf die Erde hinunter und zeigt sich den Gläubigen.

«Unser Vater, es ist dein Weltall, es ist dein Wille, lass uns in Frieden leben, lass die Seelen deines Volkes unbeschwert bleiben. Du bist unser Vater, heb alles Übel hinweg von unserem Pfad», sprach Cavalli ein Gebet der Nuer nach. Sie habe noch nie jemanden so viel beten gesehen, hatte die Seelsorgerin an der Empfangsstelle Basel gesagt. Cavalli hatte daraus geschlossen, dass Lado Sorgen hatte. Jetzt las er, dass die Nuer beteten, weil sie gerne mit Gott sprachen – auch wenn sie glücklich waren.

Hatte Lados Unglück erst später begonnen? Der Begriff «besessen» tauchte erstmals im Durchgangszentrum in Altstetten auf. Was war passiert, nachdem er nach Zürich gezogen war? «Das Ende des Glücks kam, als eine Hyäne das Seil entzweibiss, das die beiden Welten verband.» Zuvor befand sich der Mensch in einem Zustand kindlicher Unwissenheit und Unsterblichkeit. Es hatte zwei Welten gegeben; die Einwohner luden einander durch Trommeln zu Tanzvergnügen ein. Mit dem Biss der Hyäne verschwand die Seligkeit der himmlischen Heimat. Die Menschen mussten sterben, um in die jenseitige Welt zurückzukehren.

Wer war die Hyäne?

Timon lehnte sich im Stuhl zurück und lächelte. «Ich hab doch gesagt, dass ich kein Rassist bin. Ich habe nichts gegen Neger, wenn sie in Afrika bleiben.»

«Und wenn sie nicht in Afrika bleiben?», fragte Pilecki.

«Dann habe ich ein Problem mit ihnen.» Timon verschränkte die Arme im Nacken. Christopher sass neben ihm und tat, als nehme er Timon nicht wahr. Gleichzeitig hörte er bang zu.

«Aber umbringen würde ich keinen», fuhr Timon fort. «Wozu auch? Der Nächste ist gleich zur Stelle. Sie vermehren sich ja wie Karnickel.»

Mira Schmocker putzte sich verlegen die Nase. Rosa Flecken breiteten sich auf ihrem Gesicht aus. Cavalli sass reglos neben Christopher und fixierte Timon mit den Augen.

«Wie löst du dein Problem?», fragte Pilecki weiter.

«Es gibt nicht für jedes Problem eine Lösung», meinte Timon philosophisch.

«Hör auf mit diesem Blödsinn!» Meyer ging die Geduld langsam aus. «Du rammst ihnen die Faust ins Gesicht, hab ich Recht?»

Timon zuckte nichts sagend mit den Schultern.

«Und du, Chris?» Meyer erhob sich leicht vom Stuhl und beugte sich über den Tisch. «Hast du je einen Schwarzen geschlagen?»

Christopher versuchte, Timons Blick einzufangen, ohne den Kopf zur Seite zu drehen. Er schaffte es nicht. Meyer registrierte es mit Genugtuung. Jetzt musst du selber Antworten finden, dachte sie.

Christopher murmelte etwas.

«Lauter bitte, ich höre dich nicht.»

«Ja», flüsterte Christopher.

Cavalli beobachtete, wie Timons Hand unter dem Tisch verschwand. Christopher zuckte zusammen. Meyer ging um den Tisch herum und bat beide aufzustehen. Dann zog sie ihre Stühle vom Tisch weg.

«Setzt euch!» Chris gehorchte. Timon blieb stehen. Er war über einen Kopf grösser als Meyer. Plötzlich durchfuhr sie die Erinnerung daran, wie er nackt aus Pollmanns Zimmer gekommen war. Timon schien ihre Gedanken zu lesen. Er musterte sie von oben bis unten.

Meyer spürte, wie sie aggressiv wurde. «Setz dich, habe ich gesagt!»

Timon setzte sich provokativ. Meyer ging an ihren Platz zurück und nickte Pilecki zu.

«Du hast einen Schwarzen geschlagen», wiederholte Pilecki und versuchte, Christopher in die Augen zu schauen. «Wann war das?»

«Wann?» Er starrte konzentriert auf seine Turnschuhe. «Ich weiss nicht mehr.»

«Gestern? Letzte Woche? Vor einem Monat?»

Christopher scharrte mit einem Fuss. «Vielleicht vor einem Monat. Oder mehr.» Er schielte zu seinem Vater.

«Ein Asylsuchender?»

Er schüttelte den Kopf, ohne aufzusehen.

«Wie ist es genau abgelaufen?»

«Ich erinnere mich nicht.»

«Timon?» Pilecki forderte ihn zum Reden auf.

«Ich war nicht dabei», antwortete er gelassen.

Christopher sah überrascht auf.

Pilecki bemerkte es. Skeptisch fragte er ihn: «Du hast ihn alleine verprügelt?»

«Ich weiss nicht mehr.»

«Mit Hilfe von Timon?» Als Christopher nicht antwortete, fragte er: «Hat er geweint?»

«Andi?», entfuhr es Christopher. Er schob seine Schultern hoch wie eine Schildkröte, die den Kopf einzog. Timons Gesicht verfinsterte sich.

«Ja. Andi. Hat er geweint? Hast du ihm wehgetan?»

«Er hat es verdient.»

«Hat er geweint?»

Christopher nickte.

«Wohin hast du ihn geschlagen?»

«Kommt es drauf an?» Langsam verlor Christopher die Selbstbeherrschung. Timon sah seinen Freund drohend an.

Pilecki wiederholte die Frage.

«Überall», gestand Christopher.

«Und er liess sich das einfach gefallen? Hat nicht zurückgeschlagen?»

Christopher blickte unsicher zu Timon. Er öffnete den Mund, doch es kamen keine Worte heraus.

«Timon hat ihn festgehalten?», erriet Pilecki.

Christopher nickte. Timon fuhr hoch, von einer blinden Wut gepackt, und schmiss den Stuhl um. Christopher hob schützend die Hand vors Gesicht. Meyer sprang auf, doch Timon hatte sich bereits wieder gefasst und den Stuhl aufgestellt. Innerhalb des Bruchteils einer Sekunde setzte er die Maske wieder auf, die er soeben fallen gelassen hatte.

«Alles Lügen!», behauptete er kalt. Er wandte sich an Christopher. «Ich habe lange genug versucht, dich zu decken. Zu dir gehalten, obwohl du dauernd Mist baust. Verdammter Versager!» Er drehte sich zu Pilecki. «Er ist stärker, als er aussieht. Ich habe gesehen, wie er den Jungen verprügelt hat. Wahrscheinlich kannte er sogar den toten Neger. Ich würde es ihm auf jeden Fall zutrauen.»

«Ein Mord? Du traust ihm einen Mord zu?», hakte Pilecki nach. Im Raum herrschte Totenstille.

«Klar, warum nicht? Er ist auch mit einem Messer auf mich losgegangen.»

Christopher sah ihn fassungslos an. Der kleine Rest Selbstbeherrschung löste sich in Luft auf. Seine Augen liefen über, und er vergrub sein Gesicht in den Händen.

Timon trug seine Anschuldigungen so überheblich vor, als könne er die Realität nach seinem Wunsch gestalten. Cavalli regte sich nicht. In Mira Schmockers Augen blitzte Hoffnung auf.

«Chris? Was sagst du dazu?», fragte Pilecki scharf.

«Nein! Das stimmt nicht. Ich habe Andi verprügelt, weil Timon es wollte. Mehr habe ich nicht getan, ich schwörs!»

Pilecki ging um den Tisch und stellte sich vor Christopher. «Hast du Lado auch verprügelt, weil Timon es wollte?»

«Nein! Ich kenne diesen Neg… Afrikaner nicht. Ich habe ihn noch nie gesehen.» Er putzte sich mit dem Arm die Nase.

«Wir haben einen Zeugen, der euch zusammen beobachtet

hat.» Pilecki griff nach Christophers Arm. «Darf ich deinen Ellenbogen sehen?»

Als der Junge verwirrt nickte, untersuchte Pilecki seinen Arm. Keine Schrammen. Er wandte sich an Timon, der die Arme vor der Brust verschränkte. Er trug ein langärmliges Leibchen.

«Zieh deinen Ärmel zurück!»

Timon weigerte sich.

«Er hat euch auf einem Foto erkannt.»

«Dann lügt er», sagte Timon gleichgültig.

«Beim Sprayen hat man euch auch beobachtet.» Pilecki verschränkte die Arme ebenfalls.

«Ich bin künstlerisch begabt. Manchmal ist es wichtig, mit neuen Ausdrucksformen zu experimentieren.» Ein Lächeln lauerte in seinen Mundwinkeln.

«Anscheinend auch sprachbegabt», sagte Pilecki ironisch. Er wandte sich an Christopher. «Oder warst du das?» Er ging vor ihm in die Hocke, damit er hinter seinem schwarzen Vorhang sein Gesicht erkannte. «Fuck Niggers», zitierte er.

Christopher drehte den Kopf weg. Sein Blick streifte seinen Vater. Es war Cavalli nicht anzusehen, was ihm durch den Kopf ging. Chris schaute weg.

«Ja», flüsterte er.

«Du hast das an die Hausmauer gesprayt?», vergewisserte sich Pilecki.

«Ja!»

«Und ‹Hau ab›, ‹Arschloch›?»

«Nein!» Er sah Cavalli an. «Glaub mir, ich habe nichts damit zu tun!»

Pilecki gab Meyer ein Zeichen. Sie ergriff das Wort. «Warum hat dir Pollmann das Amulett gegeben?»

Der Themenwechsel kam überraschend. Timon sah erstaunt auf. Christopher wiederholte, was er bereits seinem

Vater erzählt hatte. Timon kniff die Augen zusammen. Er schien darüber verärgert, dass sein Freund gehandelt hatte, ohne ihn zu informieren. Seine Reaktion entging Meyer nicht. Sie fragte, ob Pollmann ihm auch einen Glücksbringer geschenkt hatte.

«Ich brauche kein Glück. Ich verlasse mich auf meinen Verstand», grunzte Timon.

Meyer nickte wissend. «Und deinen Körper.»

«Was soll das heissen?», fuhr Timon sie an.

«Pollmann zeigst du mehr von deinem Körper als von deinem Verstand.»

«Wer behauptet das?» Timon verzog beleidigt den Mund.

«Ich habe es mit eigenen Augen gesehen», sagte Meyer trocken.

«Man darf sich wohl noch hinlegen, wenn man müde ist!»

«Allein?»

«Verdammt, das habe ich alles schon erzählt!»

«Chris? Was hast du dazu zu sagen?»

Christopher wusste nicht, wovon sie sprach. Cavalli registrierte seinen fragenden Blick mit Erleichterung. Chris hörte offensichtlich zum ersten Mal, dass die Beziehung zwischen Pollmann und Timon möglicherweise über das Normale hinausging. Vielleicht taten sie dem Pfarrer Unrecht.

Meyer kam wieder auf Lado zu sprechen. Sowohl Timon wie Christopher blieben bei ihrer Aussage.

«Ich muss auf die Toilette», sagte Timon plötzlich.

«Wir sind gleich fertig.» Meyer ging noch einige Details durch, die ihr unklar waren.

Timon wurde unruhig. «Ich muss wirklich!»

«Ist ja gut.» Meyer notierte etwas. Sie schüttelte den Kugelschreiber. «Leer. Hat jemand einen Schreiber?»

Timon stand auf. Pilecki reichte Meyer einen Bleistift. Sie las etwas nach.

«Wie lange hast du bei Pollmann geschlafen?», fragte sie nebenbei.

«Ich geh jetzt!» Timons Augen blitzten verärgert.

Seine Mutter erhob sich sorgenvoll. Cavalli fragte sich, ob Meyer Macht demonstrieren wollte oder ob sie etwas vorhatte.

Meyer stand langsam auf. Sie notierte im Stehen weitere Stichworte. Timon drängte sich an ihr vorbei. Sie griff nach seinem Arm. «Einen Moment! Ich komme mit.» Blitzschnell streifte sie seinen Ärmel zurück. Er riss sich los. Doch Meyer hatte die dunkelrote Kruste an seinem Unterarm gesehen.

«Hätte eine solche Wunde nicht eine grössere Blutspur an der Kellerwand hinterlassen?», überlegte Regina.

«Kommt darauf an, ob er mit dem Arm über die Kante geschürft ist.» Cavalli rieb sich das Gesicht. Die Stimmen in seinem Kopf wurden mit jeder unbeantworteten Frage lauter. «Warum blieben keine Hautpartikel haften? Hahn könnte uns weiterhelfen. Aber Timon wird sich nicht freiwillig untersuchen lassen.»

«Nein», stimmte Regina zu. «Und wir haben nicht genug in der Hand, um eine Abklärung anzuordnen. Ist dir nicht gut?» Er sah abgekämpft aus.

«Ich muss mir ein bequemeres Sofa zutun», meinte er. Und endlich wissen, welche Rolle Chris in diesem Fall spielt. Er war nach wie vor überzeugt, dass der Mord nicht die Handschrift eines Jugendlichen trug. Aber Christopher verbarg etwas. Sollte er als Vater nicht merken, was es war? Holte ihn sein Versagen jetzt ein? In seinem Kopf murmelte es unaufhörlich. Er sehnte sich nach Stille.

Regina legte ihre Hand auf seinen Arm. «Kann ich etwas für dich tun?»

Bevor Cavalli antworten konnte, kam Christopher zur Tür herein.

«Ich bin fertig», nuschelte er. Seine Augen waren rot, seine Haltung gebückt. Regina kam es vor, als sei er in den letzten Tagen um Jahre älter geworden. Sie sah von Vater zu Sohn und verspürte das Bedürfnis, die Untersuchung fallen zu lassen und so zu tun, als sei alles ein böser Traum. Sie schob den absurden Gedanken beiseite. «Habt ihr Hunger? Darf ich euch zum Mittagessen einladen?»

Christopher richtete sich erfreut auf.

Cavalli zögerte. «Ich habe noch viel zu erledigen. Wir müssen um drei beim Jugendanwalt sein.» Er war zu unruhig, um sich eine Pause zu gönnen. Es war, als würde die Zeit davonlaufen, wohin, wusste er nicht. Aber er befürchtete, etwas zu verpassen, wenn er stillstand.

Regina sah Christophers Enttäuschung. Mit fester Stimme sagte sie: «Das ist jetzt egal. Wir gehen essen. Eine Stunde Pause wirst du wohl einlegen können.» Als er immer noch nicht darauf einstieg, nahm sie seine Hand. «Dafür kann das Geo-Profil einen Tag länger warten, einverstanden?»

Er schüttelte seine Schwermut ab. «Einverstanden. Aber das will ich schriftlich!»

Für Europäer ist Zeit eine Ware, die verkauft wird. Deshalb kann sie vergeudet werden. Afrikaner erzeugen Zeit. Das dachte Cavalli, als sie auf ihre Bestellungen warteten. Was noch nicht geschehen ist, fällt in die Kategorie der Nicht-Zeit. Es war ein zweidimensionales Gebilde: Die Zeit reichte weit zurück in die Vergangenheit und kaum in die Zukunft. Bei den Cherokee war es genau umgekehrt: Die Zukunft zählte; was vergangen war, ging vergessen. Erst mit der Erfindung der Schrift vor 150 Jahren wurde die Vergangenheit überhaupt festgehalten. Es gab aber Lücken, die nicht gefüllt werden konnten. Der Vorteil dieses Zeitempfindens war, dass auch Kriege und Feindschaften vergessen gingen. Jede Generation hatte die Chance, die Geschichte neu zu schreiben. Auch die Schrift vermochte diese Zukunftsorientierung der Cherokee nicht mehr zu ändern. Cavalli schmunzelte in sich hinein. Er dachte an die Worte seines Vaters: dass er der Vergangenheit nachhänge. Vielleicht habe ich afrikanische Wurzeln, überlegte er.

Der Kellner stellte die Getränke hin. Cavalli musterte sein Wasser. Die Blasen stiegen am Rand des Glases hoch und verschwanden auf der Oberfläche. Was sichtbar wird, ist nicht immer besser erkennbar. Was hatte Lado gesehen, als er in die Schweiz kam? Wohlstand und Ordnung? Hatte er gemerkt, dass es unter der Oberfläche brodelte? Hatte er seine Vergangenheit mitgenommen? Oder hatte die Hyäne auch dieses Band durchgebissen?

«Woran denkst du?», holte Regina ihn in die Gegenwart zurück. Sie neigte den Kopf leicht zur Seite, so dass er unter ihrem Haar ihren Hals erblickte. Seine Augen folgten der hellen Haut, die allzu früh im Kragen ihrer Bluse verschwand.

«An dich.» Cavalli vergass Christopher, der damit beschäftigt war, den Brotkorb leer zu essen.

«Blödsinn», schmunzelte sie.

«Wie kann ich an etwas anderes denken, wenn du mir gegenübersitzt?» Er nahm ihre Hand. «Danke für die Einladung. Du hast Recht, man kann Zeit auch erzeugen.»

«Kann man das?»

«Natürlich. Das machen wir doch gerade.»

«Vielleicht nehmen wir sie uns einfach. Stehlen sie.»

«Das heisst, wir werden dafür büssen müssen.»

«So habe ich das nicht gemeint.» Sie zog ihre Hand nicht zurück. «Hast du Ferienpläne?»

«Ich wollte eigentlich nach Hause fahren, aber daraus wird wohl nichts.»

«Zu Elisi?», fragte Christopher. Regina und Cavalli drehten überrascht den Kopf.

«Ja», antwortete Cavalli. «Meine Grossmutter», erklärte er Regina.

«Nimmst du mich mit?», fragte Christopher beiläufig. Er zupfte nervös am Brot.

«Du darfst das Land während der Untersuchung nicht verlassen.»

Der Funken in Christophers Augen erlosch. Als der Kellner ihm einen Teller Ravioli vorsetzte, schaufelte er sie konzentriert in den Mund.

«Warst du schon einmal in den USA?», fragte ihn Regina.

Christopher murmelte etwas, ohne vom Teller aufzusehen. Er war als Erster fertig. «Ich warte draussen.» Er bahnte sich einen Weg durch das volle Restaurant, ohne zurückzublicken.

Regina sah ihm nach. «Kannst du dir vorstellen, ihn ins Reservat mitzunehmen?»

Cavalli zuckte nichts sagend die Schultern.

«Wovor hast du Angst?», bohrte sie.

Cavalli seufzte. «Es ist zu umständlich.»

«Du befürchtest, er könnte deine Erinnerungen entweihen, nicht wahr?» Regina sah, wie er sich zurückzog. «Woran hast du vorhin gedacht, als wir unsere Bestellungen aufgaben?»

Cavalli kaute nachdenklich. «An Lado.»

«Und?»

«Und daran, dass seine Herkunft in diesem Fall eine Rolle spielt.»

«Warum bist du so sicher?»

Er legte die Gabel beiseite. «Weil unsere Wurzeln unsere Reaktionen und unser Handeln bestimmen.»

Regina sah ihn skeptisch an. «Wenn du Erziehung, Erbanlagen, soziales Umfeld, wirtschaftliche Umstände und Zufälle ausklammerst, ja, dann hast du Recht.»

«Aber diese Faktoren fliessen immer in unsere Ermittlungen ein. Nur die Wurzeln beachten wir zu wenig. Weisst du etwas über die Nuer?»

«Nein», gab Regina zu. «Aber ist das nicht zu einfach? Lado wurde früh in die Armee eingezogen. Er war in einem Ausbildungslager in Kenya. Hatte vermutlich Freunde aus ganz anderen Kulturen.»

«Und trotzdem war er ein Nuer aus dem Südsudan. Der vielleicht den Neumond feierte, weil seine Eltern es taten. Der vielleicht Angst vor Geistern hatte, vor diesen namenlosen Aussenseitern, weil sie unberechenbar sind. Hat er sie mit Gaben besänftigt, um Unheil abzuwenden? Und wenn nun dieses Unheil trotzdem auf ihn zukam? Was hat er dann gemacht? Bestimmt nicht das, was du machen würdest.»

Regina hörte aufmerksam zu.

Cavalli merkte, dass er ihr Interesse geweckt hatte. «Wenn du Pilze suchst und du findest einen, was machst du?»

«Ich kenne mich mit Pilzen nicht aus. Ich würde ihn stehen lassen.»

Cavalli machte eine ungeduldige Handbewegung. «Stell dir vor, du würdest dich auskennen.»

«Dann würde ich ihn wohl pflücken», antwortete Regina.

«Ich nicht. Auch den Zweiten und den Dritten nicht. Erst den Vierten.»

«Warum?»

«Weil man das nicht macht. Meine Grossmutter hat das nicht gemacht und ihre Grossmutter auch nicht. Denn wenn es keinen vierten Pilz gibt, sind sie bedroht, und der Mensch hat demzufolge kein Recht, sie zu ernten. Ich kenne mich übrigens mit Pilzen auch nicht aus», fügte er hinzu. «Aber obwohl man heute alles züchten und kaufen kann, würde ich mich schämen, den ersten Pilz, die erste Walderdbeere oder was auch immer zu pflücken.»

Regina wagte nicht, etwas dagegen einzuwenden. Selten hatte er von sich aus so viel erzählt. Sie ermunterte ihn mit einem Nicken weiterzureden.

«Wenn ich als Kind schlecht geträumt habe, hat meine Grossmutter Zedernzweige aufs Feuer geworfen, um die Geister zu vertreiben. Sie glaubte nicht wirklich an Geister. Sie ist eine gebildete Frau, damit du dir kein falsches Bild machst. Sie hat Englisch studiert und auf politischer Ebene dafür gekämpft, dass Tsalagi wieder als Schulsprache eingeführt wurde. Aber der Geruch von Zedern beruhigt sie, weil sie es mit dem Trost ihrer Mutter verbindet. Und tief drin habe ich ebenfalls das Gefühl, es könne nichts Schlechtes passieren, wenn ich Zedern rieche. Verstehst du, was ich sagen will?»

«Du willst ein Opferprofil von Lado machen», fasste Regina zusammen.

Cavalli grinste. «Genau.»

«Also gut. Ich gebe dir grünes Licht. Sobald du das Geo-Profil fertig hast.»

Cavalli traute seinen Ohren nicht. «Du weisst, was das bedeutet? Für ein seriöses Profil brauche ich Zugang zu allen Unterlagen. Ich muss mit Zeugen reden, Beweise sichten und selber recherchieren können.»

«Aber nur im Zusammenhang mit Lados Umfeld, oder? Die Verdächtigen spielen keine Rolle?», vergewisserte sich Regina.

«Am Anfang noch nicht. Wichtig ist, wie Lado auf die Tatsituation reagiert haben könnte. Daraus schliessen wir auf das Verhalten seines Angreifers. Aber das kommt erst in einem zweiten Schritt», versicherte er rasch. Allerdings standen in der Regel Opfer- und Täterrisiko in einem komplementären Verhältnis zu einander. Somit würden auch Informationen zum Täter ins Profil einfliessen. Sonst wäre es gar nicht möglich, die Daten zu sinnvollen Mustern zu strukturieren. Doch dazu schwieg er im Moment. «Soll ich ein Gutachten erstellen?»

Das war Regina zu riskant. Wenn Christopher in den Fall verwickelt war, hätte das Gutachten keine Bedeutung. «Nein. Nur die Empfehlung, ob ein Gutachten sinnvoll wäre. Das muss im Moment reichen.»

Cavalli war mehr als zufrieden. «Ressourcen? Ich will Fahrni miteinbeziehen.»

Regina schüttelte den Kopf. «Nein. Das musst du allein schaffen. Warum ausgerechnet Fahrni?»

«Er ist der Einzige, der sich in einer Bibliothek auskennt», erklärte Cavalli trocken. «Und ein guter Spiegel, um Hypothesen zu testen. Er kann seine eigene Meinung ausschalten und mir eine reine Projektionsfläche sein. Aber ich komme auch allein klar.»

«Du kannst deine Hypothesen gern an mir testen», bot Regina an.

Cavalli lachte. «An dir? Seit wann kannst du deine Meinung zurückhalten?»

Pilecki teilte sein Team in zwei Gruppen auf. Meyer und Fahrni schickte er in den ersten Stock, Gurtner und Karan begannen mit der Durchsuchung im Erdgeschoss.

«Wonach suchen Sie genau?», fragte Pollmann. Er sass auf dem Sofa und klammerte sich an ein Buch.

«Das wissen wir, wenn wir es gefunden haben.» Pilecki musterte den Pfarrer. Er erinnerte ihn an einen Schilfhalm: dünn, bleich und vom Wind gezeichnet. Pilecki holte einen Stuhl und setzte sich ihm gegenüber. Vor einer Stunde hatte er vom IRM Bescheid erhalten, dass die geringe Menge Blut an der Kellerwand nicht für eine DNA-Analyse ausreichte. Auf Christophers Buch waren keine Fingerabdrücke von Pollmann gefunden worden, bloss diejenigen von Chris selber und von Cavalli. Wenn ein Dritter das Buch in Reginas Garten gelegt hatte, so hatte er Handschuhe getragen. Das passte zu Cavallis Meinung, dass der Täter gut organisiert war und im Voraus plante.

«Woher haben Sie das Amulett?», fragte Pilecki.

«Von einem Freund.» Pollmann schaukelte sanft nach vorne und zurück.

«Lado?»

«Nein.»

«Können Sie sich immer noch nicht an den Namen Ihres Freundes erinnern?» Pileckis Stimme drückte seine Zweifel darüber aus, dass Pollmann den Namen tatsächlich vergessen hatte.

Pollmann sah ihm in die Augen. «James Okono.»

«Adresse?» Pilecki zog einen Notizblock hervor.

«Er ist tot.»

Pilecki senkte den Blick. «Tut mir Leid. Woran ist er gestorben?»

«Aids.»

«Aids?» Pilecki hörte auf zu schreiben.

Pollmann lachte müde. «Ich weiss, was Sie denken. Nein, ich bin nicht HIV-positiv. Und nein, ich bin nicht homosexuell. Auch nicht pädophil», fügte er sicherheitshalber hinzu. «Ich habe während Jahren in einem Aidshospiz Sterbende begleitet. Und von einem Patienten, der mir ans Herz gewachsen war, das Amulett geschenkt bekommen. Das ist alles.»

Pilecki spürte Bewunderung für den Pfarrer. Gleichzeitig traute er ihm nicht. Hatte ihm der Polizeialltag den Glauben an das Gute im Menschen geraubt? Pollmann war schwer zu fassen. Vielleicht, weil er sich für andere aufopferte. Blieb am Ende gar nichts mehr von ihm übrig, das fassbar war?

«Darf ich Ihren linken Ellenbogen sehen?», bat Pilecki höflich.

Wenn Pollmann über diese Frage überrascht war, zeigte er es nicht. Er legte das Buch beiseite und kam Pileckis Wunsch nach. Keine Schramme.

«Die Blechtrommel», stellte Pilecki fest. «Sind Sie immer noch dran?»

Liebevoll nahm Pollmann das Buch wieder in die Hand. «Zum sechsten Mal. Oskar ist mir so vertraut. Haben Sie es gelesen?»

«Ja. Mir wird immer leicht übel, wenn ich den Umschlag sehe. Die Aale», erklärte er. Das Gespräch wurde unterbrochen, als Meyer die Treppe herunterkam. In der Hand trug sie ein Pack Präservative.

«Gehören sie Ihnen?», fragte sie Pollmann. Er nickte.

«Sie haben gesagt, Sie hätten keine körperlichen Bedürfnisse», zitierte sie den Pfarrer.

Pollmann nahm die versteckte Anschuldigung gelassen. «Ich verschenke sie. Aidsprävention.»

«An wen?»

«Jugendliche, Flüchtlinge, wer immer sie braucht. Wenn Sie glauben, dass der Gebrauch eines Präservativs selbstverständlich ist, so täuschen Sie sich. Auch in der Schweiz nimmt die Anzahl HIV-positiver Menschen zu. Und über die Situation in Entwicklungsländern muss ich wohl nichts sagen. Da nutze ich jede Gelegenheit, um auf die Gefahr einer Ansteckung hinzuweisen.»

Meyer warf Pilecki einen zweifelnden Blick zu. Er bedeutete ihr, mit der Durchsuchung fortzufahren.

«War Lado schön?», fragte Pilecki.

«Schön? Lado?» Pollmann lachte. «Sie geben wohl nie auf. Ja, ich denke, man könnte Lado als schön bezeichnen. Für mich sind jedoch alle Menschen schön.»

Pilecki seufzte. Er stand auf und ging in die Küche, wo Gurtner die Schränke durchsuchte.

«Kochen kann der Pfarrer», stellte Gurtner fest. «So eine grosse Auswahl an Lebensmitteln habe ich in einer Privatküche noch gar nie gesehen.» Er deutete auf ein Paket Kichererbsen. «Die braucht er wohl, in dieser Situation.» Gurtner reichte Pilecki einen Plastiksack. Darin befand sich ein Notizblock. «Es sind einige Telefonnummern darauf notiert. Immerhin ein Anfang.»

Pilecki nickte.

Karan kam zur Tür herein. «Der halbe Haushalt könnte mit Lado in Verbindung gebracht werden», stellte er fest. «Bücher über afrikanische Religionen, Okkultismus, Fotos von Schwarzen, Souvenirs aus unzähligen Ländern», zählte er auf. «Ich weiss gar nicht mehr, wonach ich eigentlich suche.»

Gurtner stimmte zu. «Die Mordwaffe könnte irgendein stumpfer Gegenstand sein.» Er machte eine ausschweifende Geste mit dem Arm, die alles miteinschloss, was sich in der Küche befand.

«Vielleicht finden wir etwas, das seine Beziehung zu Jugendlichen erklärt.»

«Denkst du an ein Fotoalbum mit Bildern von nackten Minderjährigen?», fragte Gurtner sarkastisch. «Auf seinem Nachttisch?»

Pilecki verdrehte gereizt die Augen. «Ich bin draussen.» Er ging vor die Haustür und holte die nächste letzte Zigarette hervor. Gurtners Pessimismus war verständlich. Was hatten sie sich erhofft? Pollmann wusste, dass er unter Verdacht stand. Seine Beziehung zu Jugendlichen war Gegenstand einer laufenden Untersuchung, wenn etwas an den Vorwürfen dran war, hatte er bestimmt kein Beweismaterial im Haus. Und dass er Lado gekannt hatte, war bekannt. Sie griffen nach Strohhalmen. Weil sie sonst nichts hatten. Verdammte Scheisse, fluchte er.

Im oberen Stock ging ein Fenster auf. Fahrni streckte den Kopf hinaus. Er sah ungewöhnlich ernst aus. «Komm rauf! Das musst du dir ansehen», rief er Pilecki zu.

Regina schloss die Akte und reichte sie Benedikt Krebs.
Ihr Vorgesetzter erhob sich. Er richtete seine Brille und begleitete Regina zur Tür. «Danke für die lückenlose Dokumentation. Sie erspart mir viel Arbeit.»

«Ich fass es nicht, dass die Nigeria-Connection immer noch angewendet wird», staunte Regina. Es war noch kein Jahr her, seit der Fall vor Gericht gekommen war. Der geständige Nigerianer war zu zwanzig Monaten Gefängnis verurteilt worden, weil er Geld erschwindelt hatte.

«Solange Leichtgläubige anbeissen, werden Betrüger es weiter versuchen.» Krebs verstand Reginas Verwunderung. Da bekam man von einem wildfremden Absender eine E-Mail mit der Bitte, Hilfe beim Transferieren eines in Afrika blockierten Vermögens zu leisten, und stieg auf das Angebot ein. Wegen des Versprechens, eine saftige Provision dafür zu erhalten. Natürlich wurde man aufgefordert, die Unkosten zu übernehmen.

«Um wie viel geht es dieses Mal?», fragte Regina.

«Dreissigtausend Franken. Beim zweiten Opfer blieb es beim vollendeten Versuch.»

«Gehst du von Betrug aus?»

«Ja. Und Urkundenfälschung. Ich werde zweieinhalb Jahre Gefängnis beantragen. Möchtest du auch eine Tasse Kaffee?» Er steuerte auf die Kaffeenische zu.

Regina lehnte ab. «Ich bin schon nervös genug.» Die Angst, Christopher könnte einen Menschen getötet haben, verfolgte sie wie ein Schatten. Dazu kam die Anspannung, die Janetts Verhalten in ihr auslöste.

«Kein Durchbruch in Sicht? Was hat das schriftpsychologische Gutachten …» Krebs verstummte, als Antonella Regina ans Telefon rief.

«Juri Pilecki», informierte sie Regina.

Cavalli hatte Mühe, sich zu konzentrieren. Es zog ihn nach Witikon. Er gab sich selbst gegenüber nicht zu, dass es die Durchsuchung des Pfarrhauses war, die wie ein Magnet auf ihn wirkte. Er beschloss, die Opfer des letzten Einbruchs aufzusuchen. Einige Punkte waren ihm noch nicht klar. Stand das Haus regelmässig leer? Wo war der Hund des Ehepaars gewesen? Vor allem verstand er nicht, was sich in der Küche zugetragen hatte. Ein zerschlagener Teller und Blut am Küchentisch liessen auf einen ungeplanten Verlauf der Tat schliessen. Und: Die Einbrecher hatten gut sichtbares Bargeld liegen lassen.

Während Cavalli auf den Lift wartete, spielte er mit dem Kleingeld in seiner Hosentasche. Er spürte etwas und zog einen zerknüllten Zettel hervor. Der Film, fuhr es ihm durch den Kopf. Er hatte ihn vergessen. Das Fotogeschäft lag ganz in der Nähe von Pollmanns Haus.

Ein kühler Luftzug wehte ihm entgegen, als er das Gebäude verliess. Die Zeughausstrasse lag im Schatten, feine Regentropfen kündigten den nächsten Wetterumschwung an. Er wünschte sich an den Atlantik. Wenn sich die Wolken über dem offenen Meer zusammenbrauten und die ersten Tropfen kleine Krater in den Sand schlugen, leerte sich der Strand. Möwen kreischten ihre Erregung in die salzige Luft hinaus. Das Wasser verfärbte sich graugrün. Doch bis klar war, was mit Christopher geschah, sass er in Zürich fest. Unruhig beschleunigte er seine Schritte.

Der Jugendanwalt wollte das Ergebnis der laufenden Untersuchung abwarten, bevor er die weiteren Schritte beschloss. Wenn sich herausstellte, dass Chris am Brandanschlag beteiligt war, sah seine Zukunft düster aus. Constanze und Lorenzo hatten sich dafür stark gemacht, den Jungen möglichst bald in ein Internat zu stecken. Doch Christopher hatte sich dagegen gewehrt. Und für einmal stand Cavalli auf der Seite seines Sohnes. Objektiv betrachtet war die Idee zwar nicht schlecht, aber er assoziierte Internate mit Gefangenschaft, obwohl er selber keine Erfahrung damit hatte. Vielleicht lag es an den Erzählungen seiner Grossmutter. Internate waren lange Zeit ein Umerziehungsort für die Kinder der Cherokee gewesen. Damit sie ihre wilden Sitten ablegten und sich in die Welt der Weissen einfügten.

Allerdings hatte er keine Alternative vorschlagen können. Dass Christopher auf Dauer bei ihm wohnte, war undenkbar. Es war noch keine Woche vergangen, und Cavalli fühlte sich ausgelaugt und bedrängt. Er brauchte Ruhe, um seine Gedanken hören zu können. Christopher musste beaufsichtigt und angetrieben werden. Er nahm die ganze Wohnung in Beschlag.

Cavalli fuhr über den Bürkliplatz Richtung Bellevue. Der See lag still unter den schweren Wolken und hütete seine Geheimnisse, wie sein Sohn. Er wüsste gern, was in der Tiefe lag, dort, wo kein Sonnenlicht hindrang.

Warum musste Constanze ausgerechnet jetzt das Handtuch werfen? Sie hatte das Sorgerecht gewollt, damals, bei der Scheidung. Und er zahlte seither teuer dafür. Ihr Verhalten stiess ihm sauer auf.

Die Strasse wurde steil, und Cavalli schaltete in den zweiten Gang. So viel zur Mutterliebe. Es schien in der Familie zu liegen. Hatte Christopher deshalb Kontakt zu seiner Mutter aufgenommen? Erhoffte er sich von ihr etwas, das er bei Constanze nicht fand? «Vergiss es», sagte Cavalli laut. «Sie hat schon bei mir nach wenigen Wochen aufgegeben.»

Vor dem Fotogeschäft waren alle Parkplätze besetzt. Er

wendete und bog in eine Seitenstrasse ein. Auf dem Trottoir waren zwei Jugendliche in ein Gespräch vertieft. Einer war dunkelhäutig. Cavalli beobachtete, wie er eine Sporttasche von einer Schulter auf die andere verlagerte. Vielleicht hatte auch Lado so dagestanden. Der Junge lachte auf und stiess seinen Kollegen freundschaftlich. Unerwartet tauchte die Vorstellung auf, wie Timon ihm die Arme festhielt und Christopher ihn verprügelte. Cavalli spürte, wie sich sein Puls beschleunigte. Er knallte die Autotür zu. Der Junge drehte überrascht den Kopf. Ein misstrauischer Blick ersetzte sofort das Lachen auf seinem Gesicht. Cavalli glaubte, ihn zu kennen. Er schüttelte über sich selbst den Kopf. Vermutlich sah er in jedem Schwarzen Lados Gesichtszüge. Er ging zum Fotogeschäft.

«Sie haben nur Negative bestellt, richtig?», vergewisserte sich die Verkäuferin.

Cavalli bejahte. Die Frau reichte ihm einen dünnen Umschlag. Neugierig öffnete er ihn und legte die Streifen auf eine beleuchtete Unterlage. Er traute seinen Augen nicht.

«Sie sind nicht schlecht», versicherte die Verkäuferin. «Möchten Sie Abzüge?»

Cavalli hörte sie nicht. Er sah genauer hin. Liess seinen Blick über alle Bilder gleiten. «Haben Sie eine Lupe?», fragte er aufgeregt.

Die Verkäuferin verschwand im Hinterraum und kam mit einem quadratischen Vergrösserungsgerät zurück. «Bitte.»

Cavalli betrachtete jedes Negativ. Sein Nackenhaar war schweissnass. Er sammelte die Streifen ein, bezahlte und fuhr eilig in die Stadt zurück.

Pollmann lehnte sich schwerfällig gegen die Wand. Er faltete die Hände und wartete. Alle Polizisten hatten sich im Dachstock versammelt. Feine Staubpartikel tanzten im Lichtstreifen, der durch die offene Tür in den Raum fiel. Fahrni kniete vor zwei grossen Säcken, die er aus einer Vertiefung hinter einem Balken hervorgezogen hatte. Er hielt ein Kalaschnikow-Bajonett hoch. Meyer reichte ihm einen Plastikbeutel, und er legte das Messer vorsichtig hinein.

«Es hat noch mehr», sagte Fahrni grimmig. Er zupfte seine Handschuhe zurecht und streckte den Arm erneut in den Sack. Eine Hochleistungsschleuder glänzte schwarz auf dem hellen Gummi seiner Handfläche. Es folgten ein Sidelock-Messer, Schlagringe, ein Stossdolch, zwei Spraydosen und ein SS-Wimpel. Zum Schluss nahm er eine Hitlerfahne aus dem Sack. Entsetzt starrte er Pollmann an. Der Pfarrer wandte sich ab.

«Gehören die Gegenstände Ihnen?», fragte Pilecki.

Alle Anwesenden richteten ihre Blicke auf Pollmann. Seine Lippen bewegten sich lautlos.

«Kein Gebet wird Ihnen helfen, wenn Sie nicht die Wahrheit sagen», versuchte Pilecki zu ihm durchzudringen.

Pollmann schluckte trocken. «Es wird auch kein Gebet helfen, wenn ich die Wahrheit sage.»

«Und die wäre?»

Pollmann ging vor den verbotenen Waffen in die Knie. Er streckte die Hand zur Hitlerfahne.

«Stopp!», hielt Meyer ihn zurück. «Das muss alles zur Spurensicherung.»

Erschrocken fuhr der Pfarrer zurück. Er setzte sich auf den Estrichboden und schaute hoch. «Ich habe keine Ahnung, wem die Sachen gehören. Ich habe sie noch nie gesehen.»

Pilecki stellte sich vor ihn. «Ich muss Sie bitten mitzukommen.»

Cavalli schloss die Tür und dimmte das Licht. Er spannte unbelichtetes Papier in den Vergrösserer ein und legte das entwickelte Negativ auf den Rahmen. Er drehte die Höhenverstellung so, dass die Grösse des Bildes stimmte. Dann griff er nach der Lupe und stellte das Korn scharf. Zum Schluss passte er die Magenta- und Gelbfiltereinstellung an. Das Cyan beliess er auf Null. Er löschte das Licht.

Im Dunkeln nahm er einen Probestreifen und belichtete ihn im Sekundenabstand. Anschliessend legte er den Streifen in eine Schachtel, die er in den nächsten Raum trug. Er suchte im Dunkeln nach der Klappe und legte das Papier hinein.

Die vier Minuten Warten kamen ihm wie eine Ewigkeit vor. Ungeduldig ging er im Labor hin und her, wich den Fragen der Techniker aus und rieb sich die Hände. Als der Probestreifen aus dem Farbvergrösserer kam, studierte er ihn unter einer Tageslicht-Lampe. Mit der Zwei-Sekunden-Beleuchtung waren die Details am besten zu erkennen. Das Bild hatte einen Rotstich.

Er ging wieder zum Vergrösserer zurück und nahm ein neues Papier. Drehte das Gelb zurück. In der Dunkelkammer leuchtete einzig die Digitalanzeige der Farbeinstellung.

Pollmann schüttelte müde den Kopf. «Nein, ich kenne mich mit Messern nicht aus.»

Regina deutete auf ihre Unterlagen. «Hier steht, Geschichte sei am Gymnasium Ihr stärkstes Fach gewesen.»

«Was hat das mit Messern zu tun?», fragte Pollmann verwirrt.

Regina beantwortete die Frage nicht. «Was interessierte Sie am Fach?»

«An Geschichte?» Pollmann lehnte sich zurück. «Ich muss nachdenken. Haben Sie vielleicht ein Glas Wasser?»

Regina bat Antonella, zwei Gläser Wasser zu bringen. Kurz darauf erschien ihr Lockenkopf in der Tür.

«Bitte sehr.» Sie stellte die Gläser hin. «Es hat noch Croissants», bot sie an.

Regina schüttelte den Kopf. «Danke.»

Pollmann nahm einen grossen Schluck. Resigniert sah er Regina an. «Geschichte? Mich interessieren die Menschen dahinter. Was wir heute sehen, ist das Ergebnis einer langen Kette von Entscheidungen und Ereignissen. Hinter jedem Gebäude steht ein Schicksal. Die Menschen darin haben geliebt, gehasst, an etwas geglaubt. Sie versuchten, die Zukunft zu gestalten. Wir leben im Resultat davon. Das fasziniert mich.»

«Haben Sie besondere Vorlieben?»

«Neuere Geschichte.»

«Worüber haben Sie im Gymnasium ihre Geschichtsarbeit geschrieben?»

Pollmann senkte den Blick. «Über Adolf Hitler.» Er drehte das leere Glas in den Händen.

Regina sah, wie seine Finger zitterten. Sein Mittelfinger hatte zu bluten begonnen, dort, wo er den Nagel bis zur Haut abgekaut hatte. Sie beugte sich vor. «Sie bewundern ihn.»

«Nein! Wie können Sie so etwas behaupten! Das ist absurd. Hitler ist einer der grössten Verbrecher aller Zeiten!»

«Ihr Vater hat Sie geschlagen. Immer und immer wieder. Nachts lagen Sie im Bett und überlegten, wie Sie es ihm heimzahlen konnten. Sie suchten nach Vorbildern –»

«Nein!» Pollmann stand auf. Er hielt sich an der Stuhllehne fest. Schweissflecken bildeten sich auf seinem Hemd. «Um Gotteswillen, nein», wiederholte er leiser.

Regina fuhr fort: «Sie fühlten sich ohnmächtig. Niemand half Ihnen. Sie hörten seine Schritte, schwer, betrunken. Er liess seine Unzufriedenheit an Ihnen aus. Weil Sie schwach waren. Hat er Ihnen das vorgeworfen? Dass Sie so oft krank waren?»

Pollmann sank auf den Stuhl zurück.

«Hat er Ihnen das vorgeworfen?», wiederholte Regina.
«Natürlich. Er hat mir alles vorgeworfen. Aber genau deshalb weiss ich, was es bedeutet, hilflos zu sein. Darum verstehe ich, was Asylsuchende fühlen, wenn sie angepöbelt werden. Wie es Jugendlichen zumute ist, die um ihren Platz in der Gesellschaft kämpfen, aber vor verschlossener Tür stehen. Ich wünsche niemandem den gleichen Schmerz.»

«Wollten Sie nicht wissen, wie sich diese Stärke anfühlt? Haben Sie sich nicht vorgestellt, wie es wäre, wenn man Sie mit angsterfülltem Blick anschaut?»

«Nein.» Pollmann richtete sich auf. «Ich habe mir vorgestellt, wie es wäre, verzeihen zu können. Gerade hinzustehen, die Schläge einzustecken und zu wissen, dass Gott mir die Stärke gibt, es zu ertragen. Mehr noch. Meinen Vater trotz allem zu lieben.»

Ruhe kehrte in Pollmanns Züge. Er sah aus, als wäre er in eine neue Haut geschlüpft. Seine Augen waren glasig. Er lächelte.

Regina spürte, dass sie ihn verloren hatte. Trotzdem fuhr sie mit den Fragen fort, in der Hoffnung, er würde die Fassung wieder verlieren. Doch er hatte sich in seinen Glauben gehüllt. In salbungsvollem Tonfall gab er Auskunft, ohne Informationen preiszugeben.

Das Klingeln ihres Handys unterbrach das Gespräch. Regina warf einen Blick auf die Nummer und meldete sich, ohne die Augen von Pollmann abzuwenden.

«Pilecki.» Regina hörte, wie er inhalierte. «Die Sachen sind beim WD. Erste Resultate sollten Ende Woche vorliegen. Falls DNA-Analysen notwendig sind, dauert es bis Ende Monat, wie üblich.»

«Müssen wir hinten anstehen?», fragte Regina gereizt. «Hier geht es um vier Menschenleben. Das muss Priorität haben.»

«Es hat Priorität. Wenn wir Glück haben, sind brauchbare Fingerabdrücke dabei. Das wissen wir vielleicht schon in ein bis zwei Tagen.» Er stiess den Rauch hörbar aus. «Die Spraydosen enthalten kein FCKW.»

«Was?»

«Kein FCKW», wiederholte Pilecki. Seine Stimme klang angespannt. «Es kann nicht die gleiche Farbe sein, mit der ‹Hau ab›, ‹Arschloch› und ‹Ausländer raus› an die Hauswand gesprayt wurde.»

Regina schwieg. Enttäuschung machte sich in ihr breit. Pollmann beobachtete sie. «Das heisst noch nichts. Was sind deine nächsten Schritte?»

«Die Waffengeschäfte und Internetanbieter abklappern. Gurtner und Karan sind schon dran. Ich habe dafür Verstärkung beantragt. Und ich selber werde Pollmanns Vergangenheit weiter unter die Lupe nehmen.»

«Ja. Sind die Asylsuchenden schon einer neuen Unterkunft zugeteilt worden?»

Pollmann schüttelte den Kopf.

«Weiss ich nicht. Soll ich es abklären?», fragte Pilecki.

«Nein. Ich mach das. Ich habe noch Fragen an Fontana.» Sie vereinbarten einen Termin für eine Besprechung.

«Meyer und Fahrni sind bereit», sagte Pilecki zum Abschied.

«Gut. Halt mich auf dem Laufenden.» Regina legte auf.

«Ich habe vorgeschlagen, dass die Flüchtlinge einige Wochen bei mir bleiben. Damit sie Zeit haben, die tragischen Ereignisse zu verarbeiten», erklärte Pollmann.

«Mhm.» Regina stand auf. «Bitte halten Sie sich für weitere Gespräche bereit.» Sie reichte ihm die Hand.

Als sie allein war, rief sie Fontana an. Er hatte sich krank gemeldet.

Meyer startete den Motor. Als Pollmann ins Tram stieg, bog sie in die Badenerstrasse ein. Eine Strassenwalze fuhr rückwärts aus der Baustelle vor dem Bezirksgebäude, direkt vor ihren Wagen. Fluchend legte sie eine Vollbremsung ein. Der Bauarbeiter zeigte ihr den Mittelfinger. Meyer legte den ersten Gang wieder ein, beschleunigte und wich aufs Trottoir aus. Das Tram verschwand um die Ecke.

«Langsam!», rief Fahrni. «Er entwischt uns nicht, wir wissen ja, wo der Dreier entlangfährt.»

«Wir müssen den Stauffacher umfahren», erklärte Meyer. «Es ist ein bisschen auffällig, wenn wir dem Tram durchs Fahrverbot folgen, findest du nicht?»

«Nimm die Ankerstrasse und häng dich bei der Kaserne wieder dran.» Er stützte sich am Armaturenbrett ab.

Meyer folgte seinem Rat. An der Zeughausstrasse warteten sie, bis der Dreier um die Ecke kam.

«Er ist noch drin.» Erleichtert atmete sie auf.

Fahrni lehnte sich zurück und öffnete das Handschuhfach. Er wühlte im Papierstapel und gab nach einer Weile enttäuscht auf. «Vielleicht geht er irgendwo essen?», sagte er hoffnungsvoll.

«Ich glaube nicht, dass er viel isst, so wie er aussieht.» Sie schielte zu Fahrni. «Allerdings käme auch niemand auf die Idee, dass du mehr in dich hineinstopfst als ein ausgewachsener Dinosaurier.»

«Es ist die viele Denkarbeit», erklärte Fahrni ruhig. «Das erfordert Energie.»

Meyer schnaubte. Sie hielt am Seilergraben vor einem Motorradgeschäft und wartete, bis der Dreier wieder auftauchte. «Das Reiten kann es jedenfalls nicht sein.»

«Reiten ist anstrengend», wehrte sich Fahrni. «Was hast du gegen diesen Sport?» Er setzte eine beleidigte Miene auf.

«Sport!» Sie lachte laut. «Weisst du überhaupt, was das ist?»

Fahrni betrachtete sie vergnügt. Er lehnte sich zu ihr hin und griff nach einer Colaflasche in der Fahrertür.

«He! Das ist meine!» Sie versuchte, die Flasche mit der freien Hand zu packen.

«Konzentrier dich auf die Strasse. Ist ja kriminell, wie du fährst.» Fahrni nahm einen Schluck. Das Tram hielt am Klusplatz. Pollmann stieg aus und betrat den 786er nach Witikon. «Er geht nach Hause.»

«Bravo», applaudierte Meyer. «Ich sehe, warum du so viele Kalorien beim Denken verbrennst.» Sie folgte dem Bus den Berg hinauf. Als sie sich dem Zentrum von Witikon näherten, liess sie sich zurückfallen. Der Bus hielt. Pollmann blieb sitzen. Meyer prüfte die ausgestiegenen Fahrgäste noch einmal. Der Pfarrer war nicht unter ihnen. «Wohin fährt er?», fragte sie verwundert.

Fahrni leerte die Colaflasche und setzte sich aufrecht hin. Der Bus stoppte beim Gemeinschaftszentrum. Pollmann stieg als Einziger aus. Er blieb einen Moment stehen, dann ging er die Loorenstrasse hinauf.

«Dort oben liegt die Asylunterkunft», stellte Fahrni fest.

Meyer wartete, bis Pollmann ausser Sichtweite war, und folgte ihm dann langsam. Doch der Pfarrer bog bereits vor der Eschenhaustrasse ab. Mit hochgezogenen Schultern ging er zielstrebig den Loorenrain hinunter. Er blieb vor einem gelben Wohnblock stehen. Erstaunt beobachteten Meyer und Fahrni, wie er Cavallis Klingel drückte. Er lehnte sich zur Gegensprechanlage. Dann öffnete er die Tür.

Cavalli legte die ersten fünf Bilder in eine Reihe. Er hörte nicht, wie die Techniker ihre Sachen packten und einer nach dem anderen das Labor verliess. Antonio Schmid ging als Letzter.

«Du hast schon bessere Bilder gemacht», sagte er über Cavallis Schulter.

Cavalli fuhr zusammen.

Schmid trat einen Schritt zurück, als Cavallis Augen verärgert aufblitzten. «Ist ja gut! War nicht böse gemeint.» Als er keine Antwort erhielt, schlüpfte er ins Jackett und zog einen Kamm hervor. Nachdem er seinen Pferdeschwanz ordentlich mit einem Haarband befestigt hatte, setzte er eine Sonnenbrille auf. «Wenn du Hilfe brauchst – du weisst, wo du mich erreichen kannst.»

Cavalli schaute nicht auf. Schmids Schritte verhallten im Flur. Die Stille, die zurückblieb, vermochte die Stimmen in Cavallis Kopf nicht zum Schweigen zu bringen.

So sehe ich aus, wenn ich schlafe, dachte er. Er hielt das Foto unters Licht. Wie Chris.

«Er nimmt sein Handy nicht ab?», fragte Regina erneut.

«Nein», bestätigte Fahrni. «Ich habe keine Ahnung, ob er zu Hause ist oder ob sich Christopher allein mit Pollmann in der Wohnung befindet.»

«Geht rauf!», beschloss sie. Dann wusste Pollmann eben, dass sie ihn ihm Auge behielten.

Fahrni drückte auf die Austaste seines Handys und nickte Meyer zu. Sie klingelten.

Er hatte nicht gemerkt, dass Sahl seine Nikon mitgenommen hatte. War ich so müde, fragte er sich. Bis jetzt hatte er immer geglaubt, seine Müdigkeit beeinträchtige seine Aufmerksamkeit nicht. Doch als er die Bilder in der Hand hielt und sich vorstellte, dass Sahl zwei Meter vor ihm gestanden und ihn in Ruhe fotografiert hatte, ohne dass er nur das Geringste davon merkte, stellte er seine Einschätzung in Frage.

Cavalli legte das Foto beiseite. An das erste Bild, eine Nahaufnahme seiner Hantel, erinnerte er sich gut. Er hatte Sahl gezeigt, wie er die Schärfe und die Blende einzustellen hatte.

Auf dem dritten Abzug erkannte er den leeren Teller, über dem er eingeschlafen war. Das Bild war unscharf und dunkel. Die nächsten beiden Bilder erkannte er nicht. Eines zeigte einen Ausschnitt einer Mauer. Ein Riss verlief quer über die graue Oberfläche. Es war wieder eine Nahaufnahme. Das fünfte Bild war zu verschwommen, um das Sujet auszumachen. Es war grün, vielleicht hatte Sahl den Wald fotografiert.

Cavalli legte die Abzüge hin und ging zurück zum Vergrösserer. Er schloss die Tür hinter sich und löschte das Licht. Er riss die Folie auf und zog ein neues Fotopapier heraus.

Christopher kam an die Tür. Als er Meyer und Fahrni sah, zog er den Kopf ein. Er machte keine Anstalten, sie in die Wohnung zu lassen. Verdrossen blieb er auf der Schwelle stehen.

«Dürfen wir hereinkommen?», bat Fahrni.

Christopher kniff die Augen zusammen.

«Ist dein Vater zu Hause?», wollte Meyer wissen. Als sie keine Antwort erhielt, stützte sie die Hände in die Seite. «Chris!»

«Nein.» Er versperrte ihnen den Weg.

«Ist gut, Christopher. Lass nur», sagte eine Stimme hinter ihm. Pollmann kam an die Tür. Er legte seine Hand auf Christophers Schulter und stiess ihn sanft beiseite.

Meyer und Fahrni traten ein.

«Ihr seid mir gefolgt», stellte Pollmann fest.

«Was suchen Sie hier?» Meyers Stimme war hart.

Pollmann sah sie müde an. «Ich hatte einige Fragen an Christopher.» Als er Meyers Blick sah, schüttelte er seufzend den Kopf. «Sie sehen ja, er ist angezogen.» Er deutete auf die Luft neben sich. Christopher stand nicht mehr dort.

Meyer trat in die Wohnung ein. Sie war noch nie bei Cavalli zu Hause gewesen. Sie hatte mehr erwartet als eine gewöhnliche Blockwohnung. Das Wohnzimmer war bis auf ein Sofa und eine Haltevorrichtung mit Hanteln leer. Keine Pflanzen, kein Fernseher, keine Vorhänge. An der Wand hingen einige Schwarz-Weiss-Bilder, ganz ähnlich wie die Aufnahmen in seinem Büro.

Die Schlafzimmertür stand offen. Vorsichtig streckte sie den Kopf hinein. «Chris?»

Auf dem ungemachten Bett lagen ein Laptop und verschiedene CDs. Dazwischen eine offene Tüte Pommes-Chips. Ein feuchtes Frottiertuch schaute unter einem Stuhl hervor. Nur die Boxerhandschuhe und der Kopfschutz an der Garderobe liessen darauf schliessen, dass auch Cavalli hier wohnte. Meyer zog die Tür zu.

Sie fand Christopher in der Küche. Er sass am Tisch vor einer Fotomappe. «Darf ich mich setzen?»

Sie deutete sein Grunzen als Zustimmung. «Hast du die Bilder gemacht?», fragte sie, um ihn aus der Reserve zu locken.

Er schüttelte den Kopf. Sie beugte sich über die Fotos. Die meisten waren Porträts einer alten Frau. Zwei Bilder zeigten einen Mann mit schulterlangem Haar und offenem Hemd, der Holz stapelte. Er schaute verschmitzt in die Kamera.

«Das ist doch nicht etwa …» Meyer starrte auf das Foto.

Christopher konnte ein Grinsen nicht unterdrücken. «Doch, das ist mein Vater.»

Meyer war fasziniert. Obwohl die Gesichtszüge mit Cavallis identisch waren, kam er ihr vor wie ein anderer Mensch. «Wie alt ist er da?»

«Das war vor zwei Jahren. Damals, als er weg war», erklärte Christopher. «Beim FBI», fügte er stolz hinzu.

Meyer wusste, dass Cavalli beim FBI eine Weiterbildung zum Fallanalytiker gemacht hatte. Als sie sein langes Haar sah, wurde ihr erst jetzt bewusst, wie lange er weg gewesen war. «Hast du ihn besucht?»

Christopher brummte etwas vor sich hin und schüttelte den Kopf. Er sah plötzlich sehr jung aus. Meyer verstand. Sie fragte sich, ob Pollmann diese Einsamkeit ausnutzte. Oder zu füllen versuchte?

«Was will Pollmann von dir? Warum ist er hier?»

Christopher lag etwas auf der Zunge. Meyer beobachtete, wie er Luft holte. Nervös feuchtete er seine Lippen an. Strich eine Haarsträhne aus dem Gesicht. Er starrte auf etwas hinter ihr. Meyer drehte sich um. Pollmann stand in der Tür und nickte ihm zu. Christopher öffnete den Mund. Schloss ihn wieder. Pollmann forderte ihn stumm auf, etwas zu sagen. Christopher nahm einen zittrigen Atemzug. Dann fiel sein Blick wieder auf das Foto seines Vaters. Er biss sich auf die Unterlippe. Schob seine Schultern vor. Zog den Kopf ein. Und verschloss sich der Welt.

Er wusste genau, wo Sahl das erste Bild der Grashalme aufgenommen hatte. Der bizarre Knoten war in seiner Erinnerung abgespeichert, ebenso der Ball, der daneben lag. Von diesem war nur ein Ausschnitt zu sehen. Sahl hatte auf die Gräser fokussiert. Die ungewöhnliche Form war ihm also auch aufgefallen.

Cavalli wartete vor dem Vergrösserer. Ein weiteres Bild kam hervor. Er hatte auf dem Kleinformat-Negativ nur erkannt, dass es sich wieder um einen geknoteten Halm handelte, mehr war nicht auszumachen gewesen. Als der frische Abzug nun vor ihm lag, hielt er den Atem an. Hinter dem Halm erhob sich heller Farn, rechts schmiegten sich Walderdbeeren an den Knoten. Weiter hinten befand sich ein unscharfer brauner Fleck, vermutlich ein Baumstamm. Die Beeren waren rot, lagen also kaum entlang eines Waldweges. Dort wurden sie von Spaziergängern gepflückt, bevor sie richtig reif waren.

Wo hatte Sahl den zweiten Knoten gesehen? Hatte er ihn selber geknüpft? Wozu?

Cavalli streckte sich. Seine Schultern waren steif von der gebückten Haltung. Der Geruch von Chemikalien hüllte ihn in die Gewissheit, dass Sahl ihm etwas sagen wollte.

Er schob das nächste belichtete Papier in die Klappe. In der Zwischenzeit kam bereits ein neues Foto heraus. Der Farbvergrösserer summte vor sich hin, während Cavalli ihm die Hand entgegenstreckte. Eine Wendeltreppe. Darunter Waldboden. Und auf dem nächsten Foto: Himmel, verwackelte Baumkronen, am Rand ein satter dunkler Fleck, der ins Bild ragte.

Wieder Wald. Dieses Mal Picknicktische und eine Feuerstelle. Dann verschwommene Grüntöne. Cavalli schaute genauer hin. Er holte eine Lupe und betrachtete die Form, die Sahl ins Zentrum gestellt hatte. Er spürte, wie sich seine Nackenhaare aufstellten.

Er nahm sein Handy immer noch nicht ab. Regina legte wieder auf. Das sah ihm überhaupt nicht ähnlich. Führte er eine Befragung durch? Sie wählte die Nummer des Bruchs. Doch auch dort hatte ihn niemand gesehen. Am Mittag hatte er erzählt, er wolle am Profil weiterarbeiten. Fehlte ihm die Motivation? Regina stand auf und ging ans Fenster. Auch wenn er keine grosse Lust hatte, ein Profil der Einbrüche zu erstellen, würde er die Aufgabe gewissenhaft ausführen. So gut kannte sie ihn. Sein Stolz liess kein Pfuschen zu. Wo war er bloss?

Meyer und Fahrni hatten Pollmann nach Hause gebracht und waren zur Kripo zurückgefahren. Regina hatte ein ungutes Gefühl. Es gefiel ihr nicht, dass der Pfarrer offensichtlich etwas von Christopher wollte und der Junge allein zu Hause sass. Wenn Pollmann etwas mit dem Tod von Lado zu tun hatte, stand er unter starkem Druck. Wenn die Nazi-Gegenstände und die Waffen ihm gehörten, war er ein hervorragender Schauspieler. Lauter «wenn», doch es war genug, um sich Sorgen um Chris zu machen. Sie fasste einen Entschluss.

Pilecki holte Fahrni. Sein eigenes Französisch war zu schlecht, so käme er nicht weiter. Die Nuancen blieben ihm verborgen.

«Ich soll ganz von vorne beginnen?», fragte Fahrni nochmals.

«Ja. Ich will hören, ob sie dir genau das Gleiche erzählt. Und versuch herauszufinden, ob er je etwas über Schwarze geschrieben hat. Und natürlich speziell über Lado.»

«Und ob sie etwas vom Nazi-Material weiss?»

«Natürlich. Überhaupt über seine politische Haltung.»

Fahrni wählte die Nummer, und Pilecki schaltete das Aufnahmegerät an. Sie meldete sich beim vierten Rufton.

«Gail Marchant?», vergewisserte sich Fahrni. Nach einem «oui» stellte er sich vor. Er erklärte, dass er ihr weitere Fragen über ihren Enkel stellen wollte. Sie klang nicht erstaunt. Ihre Stimme war heiser, ihren Atemzügen nach zu schliessen, rauchte sie.

Fahrni holte weit aus. Cavallis Mutter wiederholte, was sie bereits Pilecki erzählt hatte. Sie kamen auf seine Freunde zu sprechen.

«Ja, er hat über diesen Timon geschrieben», bestätigte sie.

«Was genau?»

Sie wich aus. «Nichts Konkretes. Er hat ihn beschrieben, seine Hobbies … was Jungen eben so interessiert.»

Pilecki schob Fahrni einen Zettel hin. Fahrni las vor. «Haben die beiden gemeinsame Interessen?»

«Musik hören, reden», zählte sie auf.

«Worüber?»

«Ist das wichtig?»

Fahrni wartete.

«Er hat keine Details geschrieben. Aber ich glaube, es ist ihm wichtig, was dieser Timon von ihm denkt.»
«Woraus schliessen Sie das?»
«Es ist die Art, wie er über ihn schreibt.» Sie dachte nach. «Zögernd, als befürchte er, das Falsche zu sagen. Obwohl ich mir nicht vorstellen kann, dass er seinem Freund die Briefe gezeigt hat. Dazu sind sie viel zu persönlich.»
«In welcher Beziehung persönlich?», wollte Fahrni wissen.
Pilecki nickte ermunternd.
«Sie wissen doch, wie Jungs sind. Tun so, als könnte sie nichts erschüttern, lauter harte Kerle. Keine Tränen und der ganze Kram.» Sie lachte trocken und hustete. «Dabei sind sie genauso sensibel wie wir Frauen.»
Pilecki und Fahrni tauschten Blicke aus. «Hat Christopher von seinen Schwierigkeiten geschrieben?»
«Ja. Er … ich wünschte …» Sie schien die richtigen Worte nicht zu finden.
«Was wünschen Sie?», fragte Fahrni in einem mitfühlenden Ton.
«Dass ich … Sie wissen schon … hier ist jemand, der meine Hilfe annehmen würde. Es ist, als hätte ich die Chance, Fehler wieder gutzumachen.» Die Worte waren abgehackt, als müsse sie jedes einzelne losreissen. «Aber ich weiss nicht, was ich konkret machen könnte. Vermutlich wäre ich keine Hilfe.»
«Sie helfen ihm, indem Sie uns möglichst viel erzählen.» Fahrni fragte sich, ob er zu weit ging.
Gail Marchant schwieg. Pilecki bedeutete Fahrni zu warten. Nach zwei Minuten, die ihnen wie eine Ewigkeit vorkamen, holte die Frau Luft.
«Er will aussteigen, weiss aber nicht, wie. Er hat Angst vor diesem Timon.» Jetzt redete sie schnell, wollte die Worte loswerden, bevor sie sich wieder versteckten. «Helfen Sie ihm! Er ist kein …» Sie hörten das Klicken eines Feuerzeugs «…

Rassist. Sie wissen, dass er einen Schwarzen verprügelt hat?»
Als Fahrni ein zustimmendes Geräusch machte, fuhr sie fort.
«Es tat ihm Leid. Er wollte nicht als Weichei dastehen, das ist alles. Er ist nicht böse.»
«Aussteigen? Aus was?»
«Allem.»
«Was heisst das? Macht er etwas Verbotenes?», fragte Fahrni mit gespielter Naivität.
Die Frau gab einen zweideutigen Laut vor sich. Fahrni stellte die Frage erneut, doch sie gab keine Auskunft.
«Wie hiess der Schwarze?», fuhr er fort.
Sie zögerte. «Das hat er nicht geschrieben.»
«Thok Lado?»
«Ich weiss es nicht.»
«Andi?»
«Ich sage Ihnen doch, er hat es nicht geschrieben.»
Wieder schob Pilecki Fahrni einen Zettel hin.
Fahrni sah ihn überrascht an und räusperte sich. «Frau Marchant, wäre es Ihnen möglich, nach Zürich zu kommen? Wir würden Ihnen gern weitere Fragen stellen.»
«Nein.»
«Sie würden Christopher damit helfen», lockte er.
«Nein. Das … geht nicht.»

Er hatte sich nicht getäuscht. Auf dem vergrösserten Bildausschnitt war der Lederbeutel besser zu erkennen. Er lag im Gras, das zu schimmern schien. Die Details konnte Cavalli nicht ausmachen, dazu war das Foto zu unscharf. Er glaubte, ein Lederband zu erkennen, doch es konnte auch ein Schatten sein. Dann hatte die Seelsorgerin also doch genau hingeschaut. Und Pollmann die Wahrheit erzählt? Gehörte das Amulett, das er Chris geschenkt hatte, tatsächlich einem verstorbenen Freund?

Es folgten weitere Bilder vom Wald. Brauntöne, sattes Grün; Rinde, Erde, ein Spinnennetz und ein Holzstapel. Als das letzte Negativ vergrössert war, stellte sich Cavalli vor die Bilderreihe. Er grübelte. Versuchte zu verstehen, was ihm Sahl sagen wollte. Hatte er etwas gesehen? Hatte sich Lado ihm anvertraut? Am wichtigsten: Wo lag der Lederbeutel? Und was bedeutete der Knoten im Gras?

Als Cavalli das Labor abschloss und das Gebäude verliess, stellte er erstaunt fest, dass es bereits neun Uhr war. Vereinzelte Abendgeräusche im Kreis vier machten der heranschleichenden Nacht Platz. Ein Motor heulte auf, und zwei Männer grölten. Eine schrille Stimme schrie etwas auf Spanisch.

Ob Pilecki bei Pollmann etwas gefunden hatte? Kurzentschlossen bog Cavalli nach links ab und ging die Zeughausstrasse hinunter. Sein Kollege wohnte nur wenige Minuten vom Kripo-Gebäude. Als er beim alten Mehrfamilienhaus ankam, blieb er stehen. Zwei junge Frauen in engen Minijupes musterten ihn und verlangsamten ihre Schritte. Sie flüsterten sich etwas zu und kicherten. Cavallis Hand schwebte über der Klingel. Er liess sie fallen und schaute den Frauen nach, die mit schwingenden Hüften an ihm vorbeischlenderten. Die Haustür ging auf. Ein junger Mann eilte hinaus. Als Cavalli den Kopf wieder zur Strasse drehte, waren die Frauen weg.

Pilecki kam mit einer Bierflasche in der Hand an die Tür. «Das ist eine Überraschung!» Er liess Cavalli herein.

Cavalli hielt die Mappe mit den Bildern hoch. «Das musst du dir ansehen!»

«Willst du ein Bier?», fragte Pilecki, obwohl er die Antwort wusste.

«Danke», schüttelte Cavalli den Kopf. Er setzte sich und holte die Fotos hervor.

Pilecki nahm die Abzüge neugierig in die Hand. Während er sie studierte, suchte sich Cavalli in der Küche ein Glas. Das

Geschirr stapelte sich im Spülbecken, er schob den Hahn beiseite, um ans Wasser zu kommen.

«Woher hast du die?» Pilecki verstand die Bedeutung der Bilder nicht.

Cavalli erklärte es ihm und zeigte auf den Lederbeutel.

«Bist du sicher, dass ein Zusammenhang mit Lado besteht?»

«Ja. Irgendwo im Wald liegt dieser Lederbeutel – sein Glücksbringer.»

Irgendwo im Wald. Ihre Blicke trafen sich. «Sahl muss uns hinführen.» Pilecki war aufgeregt.

«Ich hole ihn, sobald es hell wird», sagte Cavalli. Mit reuiger Miene betrachtete er die Dämmerung.

Pilecki wollte etwas dagegen einwenden, liess es dann aber bleiben. Cavalli schien einen Draht zum Alten gefunden zu haben. Sollte er es so machen, wie er es für richtig hielt. Hauptsache, sie kämen voran. Anweisungen hin oder her.

Cavalli musterte ihn und nickte zufrieden. «Und Pollmann? Erzähl.»

Pilecki fasste das Resultat der Hausdurchsuchung zusammen.

Cavalli zog seine Stirn in Falten. «Nazi-Material? Pollmann? Sind brauchbare Fingerabdrücke drauf?»

«Wissen wir noch nicht. Aber die Spraydosen enthalten kein FCKW.»

Cavalli liess seinen Blick gedankenverloren durch das kleine Zimmer schweifen. «Die Sachen gehören nicht ihm. Unmöglich.» Seine Augen fielen auf ein Foto von Irina. Sie hielt ein lachendes Kind in den Armen. Das Mädchen trug ein gelbes Kleid. Das Bild erinnerte ihn an etwas. Er konnte den Gedanken nicht fassen.

«Vieles scheint auf den ersten Blick unmöglich», widersprach Pilecki. «Du weisst genauso gut wie ich, was hinter der Fassade eines Menschen verborgen sein kann.» Er folgte Cavallis Blick und klopfte eine Zigarette aus der Schachtel. «Das ist Irinas Tochter, Katja.»

«Mhm.» Cavalli wandte sich an Pilecki. «Pollmann ist kein Nazifreund.» Er rieb sich den Nacken.

«Du denkst an Timon und …»

«Chris. Natürlich. Ist doch nahe liegend.» Cavallis Augen waren matt. «Und sag jetzt nicht, das Naheliegende ist nicht immer das Richtige.»

Pilecki schwieg. Er betrachtete seinen Chef. Seine Bewegungen, sonst so geschmeidig, waren steif.

«Beide streiten ab, die Sachen je gesehen zu haben.»

Cavalli nickte. «Das ist wohl zu erwarten.» Er erhob sich schwerfällig und deutete auf die Fotos. «Du kannst die Abzüge behalten. Ich habe noch mehr davon.»

Als er zu Hause ankam, brannte Licht in seiner Wohnung. Cavalli stand auf dem Trottoir und legte den Kopf in den Nacken. Er dachte daran, wie ihn noch vor einer Woche Dunkelheit und Stille empfangen hatten. Er hatte keine Lust, nach oben zu gehen. Chris war allgegenwärtig. Sogar wenn sein Sohn im Zimmer schlief, fühlte sich Cavalli beobachtet. Es war wie ein endloser Pikettdienst.

Er tat das Unausweichliche: schloss die Tür auf, ging die Treppe hoch. Als er bei seiner Wohnung ankam, hörte er Stimmen. Er zögerte. War noch jemand da? Es roch nach Risotto. Er hörte ein Lachen.

«Chris?» Cavalli legte die Fotos beim Eingang auf die Ablage. Die Stimmen verstummten.

Am Küchentisch sass Gabriele. Das Lachen erstarb auf seinen Lippen, als er Cavallis Ausdruck sah.

«Was machst du da?», presste Cavalli hervor.

«Ich stehe für deinen Sohn Modell.» Gabriele deutete auf Christopher.

Der Junge sass mit einem Bleistift in der Hand vor einem Stapel Papier. Cavalli warf einen Blick auf die Skizzen, dann schaute er genauer hin.

«Hast du das gemacht?», fragte er überrascht. Die Bilder waren gut. Chris schaute verlegen weg.

«Er hat Talent», bestätigte Gabriele. Er lächelte Christopher liebevoll an. «Willst du auch einen Teller Risotto?», fragte er Cavalli.

Erst jetzt fielen Cavalli die Überreste des Nachtessens auf seinem Küchentisch auf. Wo er noch am Morgen seine Unterlagen ausgebreitet hatte, standen leere Teller; Parmesan-Krümel bedeckten seine Bücher. Gabriele bemerkte seinen Blick und wischte den Käse weg.

«Entschuldige. Die restlichen Sachen haben wir auf den Kühlschrank gestapelt.» Er machte eine vage Handbewegung.

Cavalli ignorierte ihn. «Hast du in der Pizzeria angerufen?», fragte er seinen Sohn.

Christopher schüttelte den Kopf.

«Welche Pizzeria?», fragte Gabriele.

«Das geht dich einen feuchten Dreck an!» Cavalli verschränkte die Arme.

Christopher schob die Zeichnungen ruckartig weg und schmiss den Bleistift auf den Tisch.

Gabriele legte ihm die Hand auf den Arm. «Waschen wir noch zusammen ab? Danach mache ich mich wieder auf den Weg.»

Als Cavalli sah, wie sein Sohn Gabriele dankbar ansah, holte er seine Laufschuhe.

Regina öffnete verschlafen die Tür. «Schon wieder eine Mitternachtsrunde?» Sie liess ihn herein. «Tee? Wasser? Dusche?»

Cavalli zog sie in seine Arme und vergrub sein Gesicht in ihrem Haar.

Sie strich ihm über den feuchten Rücken. «Was ist passiert?»

Er spürte ihre Sorge. «Nichts», flüsterte er. «Es ist einfach zu laut bei mir.» Dann, als sei ihm der Gedanke eben gekommen: «Bist du allein?»

«Ja.»

Erleichtert fuhr er ihr mit den Fingern durch die langen Strähnen. «Ist noch Platz in deinem … Gästezimmer?»

Sie nickte und holte ihm ein Frottiertuch. Während er duschte, richtete sie das Bett. Dann setzte sie Teewasser auf. Als sie mit einer dampfenden Tasse zurückkam, lag er bereits unter der Decke. Sie stellte die Tasse auf den Nachttisch und setzte sich auf die Bettkante.

«Ich war es, die Gabriele angerufen hat», gestand sie und erzählte ihm von Pollmann. «Tut mir Leid, ich wusste nicht, wen ich sonst hätte fragen können. Ich habe mir Sorgen um Chris gemacht.»

Cavalli sagte nichts. Regina hatte einen Fuss untergeschlagen, ihr langes T-Shirt reichte nur knapp bis zum Oberschenkel. Die nackte Haut schimmerte hell in der Nacht. Cavalli liess seine Finger über ihr Knie kreisen und erzählte von den Fotos.

Thoks dunkler Körper glänzte, das Weiss seiner Augen leuchtete. Er legte seine Hände auf seine Hüften. Wärme durchflutete ihn und verdrängte die Kälte der langen Abende. Sie tranken Bier. Hast du getötet?, fragte er erneut. Thok kehrte ihm den Rücken zu. Manchmal kannst du nur zwischen zwei Möglichkeiten wählen, sagte er. Sein Leben oder deines. Manchmal hast du gar keine Wahl.

Thoks Tonfall verunsicherte ihn. Er klang ängstlich und verloren. Das Feuer zwischen ihnen brannte schwächer. Bang beobachtete er Thoks rastlosen Blick. Seine Hände spielten nervös mit seinem Amulett.

Was war geschehen? Hatte er ihn unterwegs verloren? Nein, schrie seine Einsamkeit. Er wollte nicht alleine weitergehen. Er wusste nicht, wohin, hatte sich unterwegs verirrt und war in dieser Leere gelandet. Er brauchte Thok.

Seine Finger umschlossen Thoks Handgelenk, und er zog ihn näher. Er klammerte sich an ihn, und als Thok sich losreissen wollte, drückte er seine Lippen auf den Mund des Jungen.

10

Cavalli atmete den ersten Sonnenstrahl ein, der in feinen Streifen durch das Laub drang. Die Blätter glänzten feucht. Er zog das Bild vom Beutel hervor und verglich es mit dem Waldboden im Morgenlicht. War das Gras auf dem Foto feucht? Schimmerte es deshalb? Oder hatte Sahl die Aufnahme an einem Bach gemacht? Cavalli erkannte es nicht. Er joggte weiter. Als er bei einem Holzstapel vorbeikam, hielt er an. Er legte die Handflächen auf die raue Rinde. Während er Liegestützen machte, grübelte er über die Fotos nach. Die Treppen erkannte er. Sie führten auf den Aussichtsturm am Loorenkopf. Ein guter Ausgangspunkt, um die Suche zu beginnen. Er rannte die Alte Gockhauserstrasse hoch und bog in die Kripfstrasse ein. Der Geruch von Tannennadeln und Jungholz stieg ihm in die Nase. Ein Läufer rannte vorbei und hob die Hand zum Gruss.

Er kam zum Aussichtsturm. Von unten konnte er nur den Holzboden der geschlossenen Plattform ausmachen. Er stieg die Treppen hoch. Der Greifensee glitzerte im Morgenlicht, vereinzelte Nebelfetzen schwebten über dem Wasser. Dahinter das Zürcher Oberland, sanfte Hügel, die sich erst im Toggenburg schroffer in die Höhe hoben.

Hatte Lado hier gestanden? Hatte er die Ruhe gespürt? Oder entblösste der Frieden seine Erinnerungen an den Krieg? Cavalli setzte sich auf den Holzboden. Er war kühl unter seinen nackten Beinen. Michi liebt Judith, las er. Das Herz war kantig, in Eile geritzt. Miri und Tim. Er suchte nach dem Namen seines Sohnes.

Christopher versuchte weiterzuschlafen. Er war nicht mehr müde. Lustlos drehte er sich auf die Seite und betrachtete die

Boxerhandschuhe an der Garderobe. Dann schlug er die Decke zurück und setzte sich auf. Es war still. Er nahm seine Kopfhörer und drehte die Musik auf. Er spähte ins Wohnzimmer. Das Sofa war leer. Die Küche ebenfalls. Er ging ins Schlafzimmer zurück und holte die Boxerhandschuhe vom Haken. Vorsichtig steckte er seine Hände hinein. Er schlug leicht gegen die Wand. Dann fester. Krümmte sich nach vorn, wie er es bei seinem Vater beobachtet hatte, und schlug härter zu. Es war ein gutes Gefühl.

Cavalli klingelte. Timon kam an die Tür.

Hinter ihm tauchte Pollmann auf. «Sie sind es», stellte er fest.

Cavalli betrachtete den Jungen. Eine blonde Haarsträhne fiel ihm in die Stirn. Er lehnte sich lässig mit der Schulter gegen den Türrahmen.

Pollmann fragte nicht, was er wollte. «Kommen Sie rein.»

Timon trat nicht zur Seite. Als Cavalli sich an ihm vorbeizwängte, roch er Sommer. Er ist eben erst gekommen, dachte er. Die Morgenluft umhüllt ihn noch.

«Kaffee?», bot Pollmann reflexartig an. Dann nahm er Cavallis Sportbekleidung wahr und fügte hinzu: «Oder Saft?»

«Wenn es Ihnen keine Umstände macht.» Cavalli merkte, dass er hungrig war.

«Timon, hilf mir bitte!» Pollmann ging mit ihm in die Küche. Kurz darauf kehrte er mit einem Tablett zurück. Er stellte Saft, Käse und Brot auf den Tisch. Timon brachte das Geschirr.

«Bitte.» Pollmann selber nahm nichts.

Timon schnitt das Brot und reichte Cavalli mit einem spöttischen Lächeln eine Scheibe.

Cavalli nahm sie, ohne sich zu bedanken. «Ich suche Sahl», erklärte er.

«Er ist unterwegs», antwortete Pollmann. «Soll ich ihm etwas ausrichten?»

«Wann kommt er wieder?» Cavalli schnitt sich ein grosses Stück Käse ab.

«Ich weiss es nicht. Manchmal ist er den ganzen Tag weg, oder er kommt am Mittag zurück und legt sich kurz hin, bevor er wieder verschwindet. Manchmal kommt er zum Essen.»

«Wer, der alte Neger?», fragte Timon. Seine Augen blitzten belustigt.

«Ja, Adam Sahl», nickte Pollmann.

Cavalli beobachtete Timon aus dem Augenwinkel. Der Junge merkte es. Er stand auf und streckte sich. Gemächlich stellte er sich neben Pollmann. Er legte ihm eine Hand auf die Schulter.

«Danke fürs Frühstück. Ich muss los.» Er liess seine Hand langsam über Pollmanns Schulter nach unten gleiten.

Pollmann zuckte zusammen. Er versuchte, seine Angst zu verbergen. «Bitte räum dein Geschirr weg, bevor du gehst», sagte er atemlos.

Timon lächelte ihn warm an. «Natürlich, entschuldige.»

«Nein, Fingerabdrücke haben wir nicht gefunden», sagte Koch. «Aber das ist kein Grund, Trübsal zu blasen. Kannst du kurz nach unten kommen?»

Pilecki betrachtete den angefangenen Bericht auf seinem Bildschirm. «Ich bin in fünf Minuten dort.» Er war froh, dem Büro entfliehen zu können. Er machte einen Abstecher zum Kaffeeautomaten. Meyer und Fahrni alberten mit halbvollen Bechern in der Hand herum.

«Juri, kannst du diesem Warmduscher klarmachen, dass ihm ein Wochenende im Freien gut täte?», witzelte Meyer.

Pilecki sah sie verständnislos an. «Warum sollte ihm das gut tun?»

Meyer schnitt eine Grimasse. Seit einigen Jahren erteilte sie in der Freizeit Überlebenskurse für Führungskräfte, die ihre Grenzen kennen lernen und überwinden wollten. «Weil er viel mehr kann, als er sich zutraut.»

«Ich kenne meine Grenzen», wehrte sich Fahrni.

«Ja, ein leerer Teller.»

Pilecki grinste halbherzig. Er nahm seinen Becher. «Ich bin kurz bei Koch.»

Meyer vergass ihre Neckerei. «Koch? Hat sie etwas gefunden?»

«Du kennst sie – sie macht es gern spannend. Ich habe keine Ahnung.» Pilecki nahm den Kaffee mit auf den Weg.

Vor der Glastür zur Kriminaltechnischen Abteilung leerte er den Becher und warf ihn weg. Die Spurensicherung war heikel und die Mitarbeiter stolz darauf, dass die KTA zu den ersten Kriminaltechnik-Fachstellen der Schweiz gehörte, die die Zertifizierung nach ISO 9001:2000 geschafft hatte. Es lebe die Qualität, dachte Pilecki, als er darauf wartete, dass man ihn hineinliess.

Koch führte ihn ins Labor. «Schau dir diese brillante Abbildung an!» Sie hielt ihm eine schwarze Gelatinefolie entgegen. «Dank MaZiFer», erklärte sie. «Mangan-Zink-Ferrit-Pulver.»

Pilecki betrachtete den wolkenförmigen Flecken und wartete.

«MaZiFer ist ein neues Adhäsionspulver, in fast allen Fällen deutlich erkennbar und linienklar. Sogar bei der Nachbehandlung von Spuren, die mit Cyanacrylat bedampft wurden, machen wir gute Erfahrungen. Seit Manifer als gesundheitsschädlich eingestuft wurde, sind Chemiker auf der Suche nach einem universal einsetzbaren Ersatzmittel», fügte Koch hinzu, als die erwartete Reaktion von Pilecki ausblieb.

«Genial», antwortete Pilecki pflichtbewusst. «Was hast du nun genau gefunden?»

Koch zeigte ihm ein Spurenfotogramm der Gelatinefolie. «Eine Handflächenspur.»

Jetzt war Pilecki interessiert. «Eine Handflächenspur? Die nach dem gleichen Prinzip wie Fingerabdrücke identifiziert werden kann? Wo?»

«Fast. Die Abdrücke werden auch eingescannt und digitalisiert. Dann werden die Minutien markiert. Die Suchkriterien sind aber hauptsächlich der Papillarleistenbereich.» Koch nahm Pileckis Hand. «Die Handinnenfläche wird in acht Igloo-Flächen unterteilt. Hier siehst du die Fingerwurzel, sie hat drei nebeneinander liegende Igloo-Flächen. Dann hast du hier den Daumenballen und den Kleinfingerballen, sie haben je zwei. Die achte Fläche ist die Handmitte. Mehr als ein Viertel der gesicherten daktyloskopischen Spuren sind Handflächenspuren», unterstrich Koch die Bedeutung des Fundes.

«Wo habt ihr die Spur gefunden? An der Brandstelle?»

«Nein. Auf dem Nazi-Material.»

Kochs Erklärung versetzte Pilecki einen Energieschub. «Tatsächlich? Habt ihr schon eine Rückmeldung von AFIS erhalten?» Die Zentrale des automatischen Fingerabdruck-Identifizierungs-Systems in Bern meldete einen Hit in der Regel innerhalb von Stunden.

Koch schüttelte den Kopf. «Kein Hit. Leider haben wir erst wenige Vergleichsdaten. Aber wenn du uns die besorgst, dann ist es ein Kinderspiel.»

«Mach ich sofort!»

Cavalli versuchte, sich auf das Geo-Profil zu konzentrieren. Er war fast fertig. Wenn Sahl bis dann nicht auftauchte, würde er allein eine weitere Suchrunde im Wald drehen. Und ab heute Abend konnte er sich endlich ganz dem Opferprofil widmen.

Er begann mit der Datenauswertung. Ging Punkt für Punkt seine Zusammenstellung durch. Speiste die Ergebnisse ins Programm ein. Errechnete Wahrscheinlichkeiten. Machte Vergleiche.

Gegen Mittag kam Pilecki vorbei und berichtete, dass sie Christopher herbestellt hatten.

«Wie gut ist der Abdruck, den Koch hat?», fragte Cavalli.

«Gut. Chris, Timon und Pollmann kommen heute vorbei.»

Cavalli nickte. Er hatte feuchte Hände. «Er soll bei mir vorbeischauen, wenn ihr durch seid.»

Als Pilecki sich umdrehte, fiel Cavalli etwas ein. «Hast du ein Foto von Katja dabei?»

«Was? Von Katja?»

«Ja, Irinas Tochter.»

«Ich weiss, wer Katja ist. Nein, nur von Irina. Warum?»

Cavalli wusste es nicht. Er hatte plötzlich an den Vorabend gedacht. Das Foto von Irina und Katja, das bei Pilecki stand, hatte eine Erinnerung geweckt. Sie schien ihm wichtig, aber er konnte sie nicht einordnen.

«Wie ist sie?»

«Katja?» Pilecki schaute ihn verwirrt an. Als Cavalli nickte, erzählte er. Zuerst zögernd, weil er nicht verstand, worum es ging. Dann kam er in Fahrt. Cavalli hörte aufmerksam zu. Er hoffte, Pileckis Schilderungen würden sein Gedächtnis aufrütteln.

«Ich mache mir Sorgen, ob es das Richtige ist, sie aus ihrer Umgebung herauszureissen», schloss Pilecki.

«Herauszureissen?» Cavalli begriff erst jetzt, wie ernst es seinem Kollegen war. «Du meinst, sie wollen ... hierher ziehen?»

Pilecki nahm eine defensive Haltung ein. Seine Augen blitzten gefährlich.

«Nicht deshalb», winkte Cavalli ab. «Aber du – der ewige Junggeselle? Weisst du, was eine Familie bedeutet?»

Besser als du, lag Pilecki auf der Zunge. Doch er nickte nur.

«Keine nächtlichen Streifzüge durch Bars; Anrufe zu Hause, wenn es später wird; Kinderspielsachen auf dem Fussboden; eine Frau, die deine Aufmerksamkeit verlangt – und deine Treue!» Er holte Atem.

«Jemanden, mit dem ich meine Gedanken teilen kann; Geschnatter am Tisch; Leben in den leeren Räumen; jede Menge langbeinige Blondinen.» Pilecki klang souveräner, als er sich fühlte.

«Langbeinige Blondinen?», fragte Cavalli amüsiert.

«Barbies.» Pilecki grinste. «Gibst du mir deinen Segen? Ich sollte nämlich weiterarbeiten.»

Cavalli sah ihn verwundert an. Er merkte mit einem schlechten Gewissen, wie sehr er sich auf seine eigenen Sorgen konzentriert hatte. Er hatte auch eine Verantwortung gegenüber seinen Untergebenen. Er räusperte sich. «Dann wünsch ich euch viel Glück. Wenn du jemanden zum Reden brauchst, du weisst, wo du mich findest.»

Pilecki schaute ihn skeptisch an und verschwand mit einem amüsierten Lächeln.

Cavalli wusste immer noch nicht, was ihm das Foto sagen wollte. Er wandte sich wieder den Einbrüchen zu.

Meyer holte ihn ohne Vorankündigung ab. Als sie ihn aufforderte mitzukommen, begann er zu zittern.

«Gehts dir nicht gut?», fragte sie.

Christopher schüttelte den Kopf. Er setzte seine Kopfhörer auf.

«Was hörst du?»

«Rammstein», murmelte er.
«Cool.»
Er sah sie überrascht an.
«Hast du schon in der Pizzeria angerufen?»
Er senkte den Blick. Scharrte mit einem Fuss.
«Kein Problem. Ich kann so lange warten.» Sie setzte sich an den Küchentisch und nahm ein Buch über Wahrscheinlichkeitsrechnungen vom Stapel.
«Was, jetzt?»
«Es gibt keinen besseren Zeitpunkt.» Meyer betrachtete die Zahlen, ohne ihre Bedeutung zu verstehen. Sie liess sich nichts anmerken.

Christopher schlenderte unsicher ins Wohnzimmer. Er starrte auf den Telefonhörer. Zehn Minuten später hörte Meyer, wie er eine Nummer wählte. Sie verstand nicht, was er in die Hörmuschel nuschelte. Zum Glück hatte sie Claudio vorgewarnt.

«Und? Alles klar?», fragte sie, als Christopher in die Küche zurückkehrte.

Er kniff herausfordernd die Augen zusammen. «Ich muss mich vorstellen. Jetzt.»

«Mhm. Das ist aber ungünstig.» Meyer versuchte, eine ernste Miene aufzusetzen. «Aber machbar. Fahren wir eben zuerst dort vorbei.» Sie musterte ihn. «Bind deine Haare zusammen und zieh dir etwas Sauberes an.»

Christopher gehorchte.

Cavalli überprüfte seine Hypothese. Rechnete alles noch einmal durch. Kontrollierte die einzelnen Eingaben. Doch, es konnte sein. Er lehnte sich zurück und starrte die Decke an. Er liess sich die letzten Wochen durch den Kopf gehen. Brütete über einzelne Punkte. Rechnete die Wahrscheinlichkeit erneut aus. Es passte.

Dann holte er die Protokolle der Einbrüche. Las sie Wort für Wort durch. Betrachtete die Bilder. Verglich die Zeiten. Nun war er sicher.

«Das geht nicht!» Hahn streifte seinen Mundschutz ab. «Du bist nicht der einzige Polizist in dieser Stadt, der einen dringenden Fall lösen muss.»

«Uwe», versuchte es Cavalli erneut, «glaub mir, so wichtig war es noch nie.»

«Ich kann nicht zaubern», wehrte sich Hahn. «DNA-Analysen brauchen Zeit.»

«Ich habe keine Zeit.»

«Selbst wenn es möglich wäre, müsstest du den Dienstweg einhalten.»

Cavalli holte Luft. Es fielen ihm keine Argumente mehr ein. Er liess sich auf einen Stuhl sinken und betrachtete seine Hände. Die Knöchel waren rau. Er bekam Lust, wieder an Wettkämpfen mitzuboxen. In seinem Schädel pochte es. Er rieb seine Augen und betrachtete Hahns Füsse. Wo fand der Mediziner Schuhe in dieser Grösse?

Hahn seufzte. Mit Cavallis fordernder Art konnte er umgehen. Mit seiner Arroganz auch. Aber seine Niedergeschlagenheit ertrug er nicht. Fehlte nur noch, dass ihm Tränen in die Augen stiegen.

«Ich habe einen Kollegen in Deutschland», begann er. Er wandte sich ab, als Cavalli den Kopf hob. «Aber er müsste dazu einige Vorschriften missachten. Und vor Gericht wäre der Beweis unzulässig, das weisst du genau.»

«Es geht hier nicht um einen stichhaltigen Beweis. Ich muss es einfach so rasch wie möglich wissen.» Cavalli stand auf. «Wie lange braucht dein Kollege?»

«Ich gebe dir Bescheid, sobald ich mehr weiss.» Hahn richtete seinen Mundschutz.

Cavalli wusste, dass er sich auf Glatteis begab. «Wenn ich die Speichelprobe persönlich ins Labor bringe –»
«Stell sie hin!» Hahn zeigte auf eine Ablage.

Regina las den Bericht durch. Gurtner hatte alle Angaben überprüft. Pollmanns Lebenslauf war lückenlos. Seine Geschichte über die Freiwilligenarbeit im Aidshospiz stimmte. Gurtner hatte Abklärungen bei ehemaligen Studienkollegen, Nachbarn und Mitarbeitern veranlasst. 76 Seiten Gesprächsabschriften bezeugten die gründliche Recherche. Regina konnte nachlesen, wo der Pfarrer seine Ferien verbrachte, wann er das letzte Mal krank gewesen war, sogar sein Frisör war aufgeführt. Nur Frauen gab es keine in seinem Leben. Aber auch keine Männer, musste sie eingestehen. Sie legte die Unterlagen beiseite. Warum verdächtigten sie Pollmann? Was hatte er eigentlich getan, ausser dass er sein Leben für andere einsetzte? Vielleicht führt er uns unsere eigene Unvollkommenheit vor Augen, dachte sie. Warum erwarte ich immer das Schlimmste? Sie hörte die Worte der Basler Seelsorgerin: Ihr in der Strafverfolgung bekommt die Menschen erst zu Gesicht, wenn sie versagt haben.

Beging sie bei Janett denselben Fehler? Sie holte den Bericht über ihn hervor. Auch dieser war minuziös verfasst. Cavalli hat seinen Leuten etwas beigebracht, dachte sie. Sie kannte den Text fast auswendig. Jedes Mal, wenn sie darin blätterte, fühlte sie sich, als würde sie Janett betrügen. Sie hatte kein Recht, so viel über ihn zu wissen. Über seine gescheiterte Ehe mit einer Französin. Seinen Traum, Bergführer zu werden. Er hatte die Prüfung nicht bestanden. Seine Angst, die ihm anvertraute Gruppe nicht sicher ans Ziel bringen zu können, blockierte ihn. Der Tod seines Vaters lauerte wie ein Schatten im Hintergrund. «Warum gingen Sie zur Feuerwehr?», hatte Pilecki gefragt. Er sprach Janetts ersten

Einsatz bei der freiwilligen Feuerwehr in Schuls an. Damals war er achtzehn gewesen. «Um Leben zu retten», hatte Janett geantwortet. Um das Schicksal ein weiteres Mal herauszufordern?, fragte sich Regina.

Sie nahm die Akte mit den Befragungen von Timons und Christophers Bekannten in die Hand. Diese hatte sie noch nicht genau studiert. Sie zog das Gesprächsprotokoll von Tanja Kolb hervor. Die Sätze verschwammen vor ihren Augen. Heute Abend spielten Portugal und Holland im Halbfinal. Janett hatte sich nicht gemeldet. Kein Wunder. Regina drehte eine Büroklammer in den Händen. Sie startete ihr E-Mail-Programm. Ihre Finger schlichen über die Tastatur. Nach einem Schokoriegel fand sie die richtigen Worte.

Timon wehrte sich. «Was fällt Ihnen eigentlich ein? Sie können mich nicht einfach mitnehmen! Ich werde gegen sie Beschwerde einreichen, hören Sie? Verdammter Kanake! Verstehst du mich überhaupt?»

«Danke, mein Deutsch ist ausgezeichnet», erwiderte Karan trocken.

«Ich will einen Anwalt!»

«Wir verhaften dich nicht. Wir müssen nur einige Angaben überprüfen.» Karan berührte ihn am Ellenbogen. «Komm.»

«Fass mich nicht an, du Schwein!» Timon sprang zurück.

Fahrni glaubte, nicht richtig zu hören. «Jetzt reicht es aber!» Er schielte zu Karan. Der Türke sah gelassen aus.

Sie führten Timon zum Wagen. Der dunkelhäutige Gärtner hörte auf mit Jäten. Er starrte auf Timon. Karan glaubte, ein Augenzwinkern zu erkennen.

Timon verzog sein Gesicht zu einer hässlichen Grimasse. Langsam kratzte er sich am Bein.

Karan reagierte sofort. «Leg die Hände aufs Auto!»

Als sich Timon nicht bewegte, riss Karan seine Arme nach oben. «Aufs Dach!» Mit dem Fuss schob er seine Füsse auseinander.

Fahrni suchte nach Waffen. Er fand das Klappmesser am rechten Unterschenkel des Jungen. Dann ging alles blitzschnell. Bevor er sich aufrichten konnte, holte Timon mit seinem schweren Stiefel aus und rammte ihm den Absatz ins Gesicht. Fahrni landete mit dem Hinterkopf auf dem Asphalt.

«Wir sind fertig», verkündete Meyer, als sie Cavallis Büro betrat. Christopher folgte einige Schritte hinter ihr.

Cavalli sah auf. Christopher wich seinem Blick aus.

Meyer rührte sich nicht vom Fleck. «Und? Willst du ihm deine Neuigkeiten nicht erzählen?»

Cavalli stutzte. So rasch konnten sie kaum Resultate erwarten. Auch wenn sich Kochs Leute gleich an die Arbeit machten, einige Stunden brauchten sie, um die Abdrücke zu vergleichen.

«Sie nehmen mich», murmelte Christopher.

Meyer seufzte laut. «Ein bisschen Begeisterung wäre wohl angebracht!» Sie wandte sich an Cavalli. «Die Pizzeria. Sie stellen Chris ein. Mit einer Probezeit von einem Monat.»

«Wirklich?» Cavalli stand auf. Er ging auf seinen Sohn zu. «Ich ... ich gratuliere.» Sollte er ihn umarmen? Er klopfte ihm stattdessen auf den Rücken. «Das ist ja toll. Du hast also angerufen?»

Christopher nickte. Er sah nicht begeistert aus.

«Wann fängst du an?» Cavalli lehnte sich gegen seinen Schreibtisch.

Christopher steckte einen Kaugummi in den Mund. «Wenn ich will, kann ich –»

Die Tür schwang auf. Pilecki trat ohne zu klopfen ein. «Fahrni hats erwischt.» Er berichtete.

Meyer hastete aus dem Zimmer.

«Er ist bereits auf dem Weg ins Krankenhaus», rief Pilecki ihr nach.

«Scheisse, nicht schon wieder», fluchte Cavalli. Fahrni war bereits letzten Herbst von einem Verdächtigen zusammengeschlagen worden. Er presste die Lippen zusammen. «Braucht Karan Hilfe?»

«Zwei Streifen sind dort.» Pilecki schüttelte den Kopf. «Dass es unter Timons abgebrühter Oberfläche brodelt, ist klar. Aber dass er so zuschlägt, hätte ich nicht erwartet.»

Christopher hielt die Luft an. Niemand beachtete ihn. Er hörte gebannt zu.

«Wie schlimm ist es?», fragte Cavalli sorgenvoll.

«Er war nicht bei Bewusstsein, als der Krankenwagen eintraf. Er muss voll mit dem Hinterkopf auf den Asphalt geprallt sein.»

«Hat er es denn nicht kommen sehen?»

«Damit rechnet man doch nicht. Timon wurde zu einer Routineüberprüfung abgeholt. Er hat sich bis jetzt immer einigermassen kooperativ gezeigt. Ganz ehrlich, hättest du mit so einem Widerstand gerechnet?» Als Cavalli nicht antwortete, fuhr Pilecki verärgert fort. «Dir könnte so etwas natürlich nie passieren!» Er bemerkte Christopher und zügelte seine Wut. «Ich bin im Krankenhaus, wenn du mich suchst.»

Pileckis Handy klingelte.

Koch war am anderen Ende. «Der Abdruck auf dem Kalaschnikow-Bajonett stammt von Timon Schmocker.»

Pilecki liess die Information auf sich wirken. Dann gehörte das Nazi-Material also Schmocker. «Keine weiteren Abdrücke?»

«Nein», bestätigte Koch.

Pilecki bedankte sich und lehnte sich gegen die Wand. Eine

Krankenschwester eilte an ihm vorbei. Wunschdenken, korrigierte er sich. Schmocker hatte das Material als Einziger angefasst. Das hiess nicht, dass es ihm gehörte. Wütend stapfte er ins Raucherzimmer. Scheisskerl! Er sah Fahrnis zerschlagenes Gesicht vor sich. Das Blut hatte sich einen Weg durch seinen Millimeterschnitt gebahnt und sich im Ohr angesammelt, so dass Pilecki zuerst geglaubt hatte, Fahrni habe innere Verletzungen davongetragen.

Er drückte seine Zigarette aus und ging zur Notaufnahme zurück. Fahrni blinzelte Richtung Vorhang, als Pilecki diesen beiseite schob. Ein gutes Zeichen, oder? Meyer sass grimmig auf dem Bettrand. Kaum hatte sich Pilecki gesetzt, trat der Arzt ans Bett. Er stellte sich vor und lächelte Fahrni an.

«Sie haben Glück gehabt. Unterkiefer und Jochbein sind nicht gebrochen. Aber die Wunden müssen genäht werden. Und mit dieser Hirnerschütterung ist nicht zu spassen.» Sein Blick sagte, dass es schlimmer hätte sein können.

Meyer nahm Fahrnis Hand. «Und alles funktioniert noch?» Sie sah ihren Kollegen an. «Wenn dein Gehirn überhaupt je funktioniert hat.»

Fahrni versuchte, ihr die Zunge rauszustrecken, doch er konnte den Mund nicht öffnen. Er stöhnte auf.

«Ja.» Der Arzt lächelte wieder. Meyer fragte sich irritiert, ob er seinen Beruf oder Fahrnis Verletzungen so amüsant fand. «Aber er braucht mindestens drei Wochen Ruhe. So ein Schlag bewirkt eine ruckartige Schleuderbewegung, wir nennen das ein Rotationstrauma. Dabei treten Scherkräfte auf, die zum Zerreissen kleinster Blutadern im Bereich der Hirnhäute führen. Und diese müssen wieder verheilen.»

«Geht ja prima mit deinen Ferien auf», spottete Meyer. «Du hast doch in drei Wochen Ferien?»

«Ich glaube, Fahrni braucht vor allem drei Wochen Ruhe vor dir», stellte Pilecki fest.

Wieder wurde der Vorhang beiseite geschoben. Diesmal von einer jungen Frau.

«Tobi!» Sie stürzte sich auf Fahrni.

Meyer machte rasch Platz. Sie schielte zu Fahrnis attraktiver Freundin. Das war also Christina. Leise schlich sie davon. Pilecki folgte ihr.

«Ich kümmere mich um die Einvernahme.» Meyer schlug sich mit der Faust in die Handfläche.

«Kommt nicht in Frage. Wir brauchen Timon lebendig. Er hat einiges zu erklären. Abgesehen davon müssen wir die Juga einschalten.»

Sahl war nicht aufgetaucht. Cavalli schnürte seine Laufschuhe.

«Wann kommst du zurück?», fragte Christopher.

«Keine Ahnung.» Die Frage nervte Cavalli.

Sein gereizter Tonfall störte Christopher nicht. Während er im Kühlschrank nach Essbarem suchte, pfiff er leise vor sich hin.

«Freust du dich auf die Arbeit?», fragte Cavalli, überrascht über seine gute Laune.

«Die Arbeit? Ach so, die Pizzeria. Es geht so. Gibt immerhin Geld.» Er riss eine Salami-Packung auf und steckte eine Scheibe in den Mund. «Wird Timon eingelocht?» Sein Blick war hoffnungsvoll.

«Er wird bestimmt nicht straffrei davonkommen.» Cavalli stand auf. «Bist du deshalb so aufgestellt?»

Christopher zuckte mit den Schultern.

«Chris, willst du mir etwas sagen?»

«Was?»

«Hast du etwas, das du … loswerden willst?»

Christopher hörte auf zu kauen. Er wandte sich ab und nahm eine Flasche Cola aus dem Kühlschrank. Er brachte den Verschluss nicht auf.

Cavalli fing wieder beim Loorenkopf an. Hatte die Reihenfolge der Bilder eine Bedeutung? Er beschloss, die einfachen Sujets zuerst zu suchen: Die Picknicktische und die Mauer. Er kannte verschiedene Feuerstellen. Seine Logik sagte ihm, dass der Aussichtsturm der Ausgangspunkt war. Er joggte Richtung Fluntern.

Regina war nicht erfreut gewesen, dass er ihr den Schlussbericht der Einbrüche nicht abgeliefert hatte. Sie hatte seine Ausrede durchschaut. Doch er musste zuerst Gewissheit haben. Zu viel stand auf dem Spiel.

Der Adlisberg ist überbevölkert, dachte er, als er einer Gruppe entgegenrannte, die Nordic Walking betrieb. Sie breitete sich über den ganzen Weg aus, ihr Geschnatter drang bis zu ihm. Wenn die Ermittlung stecken bliebe, müsste Pilecki alle Jogger und Spaziergänger ausfindig machen. Irgendeiner musste Lado gesehen haben.

Vor ihm tauchte eine Lichtung auf. Eine Rauchwolke stieg in den Himmel. Kinderstimmen kreischten hinter Bäumen. Cavalli verglich die Picknicktische mit denen auf dem Foto. Es waren nicht dieselben. Vermutlich müsste er einen versteckteren Ort suchen, wenn ... Wenn was? Hoffte er, den Tatort zu finden? Oder hatte sich Lado in die wäldliche Idylle zurückgezogen, um für sich zu sein?

Janett umarmte den Jungen. Er fuhr ihm mit der Hand über die Wange und lächelte ihn warm an. Dann trat er einen Schritt zurück und betrachtete ihn. Er war nur einen Kopf kleiner als er selber. Seine Glieder waren lang und muskulös. Seine dunkle Haut glänzte wie schwarzes Leder von der Feuchtigkeit.

«Zieh dich an und mach, dass du wegkommst!», befahl Janett liebevoll.

Der Junge zwinkerte ihm zu. «Wann kommt sie?»

«In einer Stunde.» Janett wippte nervös mit dem Fuss.
«Das kriegst du hin, keine Sorge.» Der Junge grinste. «Ich würde aber noch kurz unter die Dusche stehen, wenn ich dich wäre.»

Er fand die Mauer zuerst. Nur die Überreste einer Mauer, nahe beim Geeren. Er verglich sie mit dem Bildausschnitt. Der Riss stimmte überein. Er roch feucht und erdig, stellenweise wuchs Moos im Spalt. Cavalli ging gebückt um die Mauer herum. Er tauchte in die Welt der Gräser ein, die zwischen dem Laub hervorwuchsen und grüne Striche ins Braun zeichneten. Keine waren geknotet. Lados Körper kam ihm in den Sinn. Lang und dünn. Stark? Zäh? Oder hatte er gar nie die Energie verspürt, die Jugendliche von Erwachsenen so deutlich unterschied? Er fuhr mit der Hand durch einen Grasbüschel. Was hatte der Knoten zu bedeuten? Er nahm sich vor, einen Sudan-Spezialisten aufzusuchen. Vielleicht bestand ein Zusammenhang. Vielleicht hatte sich Lado aber nur die Zeit vertrieben, indem er mit dem Gras spielte.

Regina bestellte ein Taxi. Wenn sie rechtzeitig zum Matchbeginn bei Janett sein wollte, musste sie sich beeilen. «Uni-Spital», wies sie den Fahrer an. Unterwegs rief sie den Jugendanwalt an. Timon redete nicht. Regina schaute frustriert aus dem Fenster. Christopher schwieg ebenfalls, Fontana war immer noch krank, Pollmann ein Rätsel. Und Cavalli hielt etwas zurück. Sie hatte es sofort bemerkt. Wenn er versprach, eine Aufgabe bis siebzehn Uhr zu erledigen, dann war sie bis siebzehn Uhr erledigt. Als er anrief, wusste sie, dass er etwas im Schild führte. Doch wie immer war nichts aus ihm herauszuholen. Ihre Gedanken kehrten zur vergangenen Nacht zurück. Sie schlief besonders tief, wenn er in der Nähe war. Alle Ängste und Unsicherheiten verflogen. Sie achtete nicht auf fremde Geräusche, störte sich nicht an Ungereimtheiten. Sie fühlte sich geborgen und – geliebt? Auf eine freundschaftliche Weise, gab sie zögernd zu. Das Spital tauchte vor ihr auf.

Christina kam an die Tür, als Regina leise klopfte, und liess sie wortlos herein.

«Er schl…», begann sie, nachdem Regina ans Bett getreten war. Fahrni stöhnte, und Christina wandte sich ihm bekümmert zu.

Regina erschrak, als sie sein Gesicht sah. «Hatte der Stiefel Blei im Absatz?»

«Eine Stahlumrandung», erklärte Christina. «Zum Glück hat Tobi so einen Dickschädel.» Fahrni versuchte, die Augen zu verdrehen, gab auf und schloss sie wieder.

«Aber es ist die Wunde am Hinterkopf, die gefährlich hätte sein können», fuhr Christina fort. «Besser gesagt: der Schlag.» Sie strich Fahrni die Decke glatt. «Willst du allein mit ihm sein? Soll ich rausgehen?»

«Kann er reden?» Regina hatte nicht gewusst, dass es so schlimm war.

«Nein. In zwei, drei Tagen, sagt der Arzt. Aber blinzeln.»

Regina bückte sich zu Fahrni. «Ich dachte, du solltest wissen, dass Timon festgenommen wurde. Karan hat ihn zur Strecke gebracht.»

Fahrni blinzelte.

«Und dann hab ich dir noch etwas mitgebracht … falls sie hier nicht genügend grosse Portionen servieren.» Regina stellte einen Sack voller Esswaren neben das Bett. Christina schmunzelte.

Fahrni glitt wieder in einen oberflächlichen Schlaf. Regina sah, dass sie sich noch einige Tage gedulden musste, bis er aussagen würde.

Sahl wartete auf ihn. Als Cavalli zwischen den Tannen hervortrat, stand er langsam auf. Seine Arme baumelten herab, seine Beine verschwanden im Farn. Cavalli ging auf ihn zu und blieb vor ihm stehen. Sahls Augen waren gerötet. Seine Haut war trocken; sie wirkte staubig. Als der alte Mann sich steif umdrehte, fiel das warme Abendlicht auf seinen Hinterkopf.

Cavalli folgte ihm. Sie liessen die Picknicktische hinter sich. Im Unterholz raschelte es. Dann war es still. Sahl setzte einen Fuss sorgfältig vor den anderen. Als er über ein dichtes Gestrüpp stieg, streckte Cavalli die Arme aus, um ihn aufzufangen, doch er stolperte nicht.

Er hielt auf einer Anhöhe inne. Im Tobel zu ihren Füssen floss ein kleines Bächlein. Cavalli folgte Sahls Blick. Gegenüber war der Hang weniger steil. Das Gestrüpp war stellenweise flachgedrückt. In der lehmigen Erde konnte Cavalli feine Striche ausmachen. Nur wer suchte, erkannte die Schleifspuren. Er folgte ihnen mit den Augen. Sie verschwanden zwischen den Steinen am Bachrand. Der Wald über dem Bach war lichter. Wo die Sonne hinschien, leuchtete das Gras grün. Zwischen den Halmen lag ein kleiner Beutel aus Leder.

Das ist ein Neuanfang, dachte Regina. Auf dem Bildschirm erfolgte der Anpfiff. Janett brachte aus der Küche eine Platte mit belegten Brötchen und hielt sie Regina hin. Sie wählte eins mit Spargeln aus. Vor ihnen lancierte Figo Deco, der aber an Van der Sar scheiterte.

Janett atmete erleichtert aus. Regina lehnte sich enttäuscht zurück.

«Gegen Holland nützt auch der Heimvorteil der Portugiesen nichts», sagte sie.

Janett wollte kontern, da holte Ronaldo einen Corner heraus.

«Wo ist Van Bronckhorst?», rief Regina. Der Verteidiger

deckte Ronaldo nicht. Der junge Stürmer nützte die Freiheit und verwertete den Eckball mit dem Kopf.

Janetts Hände schossen in die Höhe, und er warf Regina einen triumphierenden Blick zu. Sie schnappte sich noch ein Brötchen.

Cavalli wählte zuerst Pileckis Nummer.

«Ja? Hallo?» Im Hintergrund ertönten Jubelschreie. «Einen Moment.» Die Geräusche wurden leiser. «Was gibts?»

Cavalli erklärte, dass er möglicherweise am Tatort stand. Die Geräusche im Hintergrund verstummten ganz.

«Am Tatort? Bist du sicher?»

«Fast.» Er erzählte, was er wusste.

«Ist Sahl noch dort?»

«Ja. Aber er redet nicht.»

«Ich organisiere trotzdem einen Dolmetscher.» Sie teilten die bevorstehenden Aufgaben auf.

Als Nächstes wählte Cavalli Reginas Nummer. Wieder wurde er von Fussball-Fans begrüsst. Sie versprach, sofort zu kommen. Er hörte ihr die Aufregung an.

Zum Schluss bot er den WD und den KD auf.

Jetzt kanns losgehen, dachte er.

Fahrni erwachte mit klopfendem Herzen. Reflexartig drehte er den Kopf zur Uhr auf seinem Nachttisch. Ein stechender Schmerz schoss durch seinen Schädel. Gleichzeitig merkte er, wo er war. Sein Rücken war schweissnass, er hörte ein Stöhnen, das von ihm zu kommen schien. Er hatte das Gefühl, erbrechen zu müssen. Nein, bitte nicht, betete er stumm, so weit kann ich den Mund nicht öffnen. Er schloss die Augen und liess die Übelkeit in Wogen über sich ergehen. Selber schuld, flüsterte eine Stimme in seinem Innern, Dummheit wird bestraft. Er nickte ein. Befand sich wieder auf der Strasse, hinter Timon. Spürte seine langen Beine. Zog das Messer aus der Haltevorrichtung an seinem Knöchel. Sah den Absatz auf sich zukommen. Ruckartig erwachte er wieder.

Er versuchte zu schlucken. Sein Mund schmeckte nach Metall. Vorsichtig streckte er seine Zunge in die Lücke, wo sein Backenzahn gewesen war. Die Wucht, mit der Timon ihn getreten hatte, wurde ihm bewusst. Fahrni wollte den Gedanken zu Ende denken, doch er versickerte wieder. Er hatte Durst. Auf dem Nachttisch stand ein Glas Wasser mit einem Strohhalm. Daneben lag sein Handy. Vorsichtig drehte er sich zur Seite und langte nach dem Glas. Sein Arm reichte nur bis zum Handy. Er sah auf die Anzeige. Es war zweiundzwanzig Uhr. Die Nacht hatte erst begonnen.

Koch traf mit ihren Technikern ein. Sie sperrten das Gebiet weiträumig ab und stellten Flutlichter auf. Schmid kam kurz nach ihr. Der Fotograf begann sofort mit den Aufnahmen. Koch befahl ihm, sich vorerst im äusseren Ring zu bewegen.

«Wir müssen sehen, wo ein Zutrittsweg sinnvoll ist.» Sie wandte sich an Cavalli. «Warst du unten?» Vorwurfsvoll musterte sie seine Schuhe.

Cavalli blickte sie viel sagend an.

«Kannst du deine Antwort bitte in Worte fassen?», befahl die Leiterin des WD irritiert.

«Selbstverständlich nicht. Aber der Zeuge», er zeigte auf Sahl. «Er hat den Beutel gefunden.»

«Hast du seine Aussage zur Spurenlage?»

«Sozusagen.»

«Erzähl. Was hat er beobachtet?»

Cavalli reichte ihr die Fotos und berichtete. Koch seufzte laut und beklagte sich darüber, dass durch das Fotografieren am Tatort auch Spuren vernichtet würden. Cavalli winkte Pilecki zu, den er an der glühenden Zigarettenspitze erkannte.

«Soll ich dich hinfahren?», bot Janett an.

Regina zögerte. «Dann verpasst du den Ausgang des Matchs.»

«Portugal gewinnt sowieso», neckte er und holte seine Autoschlüssel.

Regina folgte ihm in die Garage.

«Hier, links», Janett nahm ihren Ellenbogen. «Der rote Renault.»

Mit einem Klick entriegelte er die Tür. Das Geräusch klang in der Tiefgarage hohl.

Das Innere des Wagens sah aus wie neu, obwohl es ein älteres Modell war. Janett legte offenbar Wert auf Sauberkeit.

«Seid ihr schon weitergekommen? Gibts neue Hinweise?» Er startete den Motor und legte den Rückwärtsgang ein.

Regina betrachtete sein Profil. Neugier ist normal, sagte sie sich. Schliesslich ist er am Fall beteiligt. «Heute Abend könnte ein Durchbruch sein.»

Der Gedanke war wieder da. Absatz. Wucht. Schmerz. Fahrni spürte etwas Hartes in seiner Faust. Er hielt sein Handy immer noch umklammert. Er hatte immer noch Durst. Glück gehabt, hatte der Arzt gesagt. Dickschädel, hatte jemand kommentiert. Bambi. Nein, Jasmin. Sie mag es nicht, Bambi genannt zu werden. Ich muss es unbedingt Jasmin sagen.

Er lag im Dunkeln und liess eine weitere Welle Übelkeit vorbeiziehen. Dann wählte er auf seinem Handy «Mitteilungen» an. Es pochte in seinem Schädel. Die Buchstaben verschwammen auf dem Display. Er vertippte sich und begann von vorne.

Koch gestikulierte mit einem Arm und zeigte auf den Boden. Zu ihren Füssen vermass ein Techniker eine Reifenspur.

«Das ist eine Fahrspur», erklärte sie Pilecki. «Besser gesagt, ein kleiner Rest davon. Der Boden hier ist besser geschützt.» Sie sah zum dichten Laub hoch. «Aber der Regen hat das Meiste zerstört.»

Pilecki ging in die Hocke. «Aus welcher Richtung kam das Fahrzeug?»

«Vom Bach. Und hier», sie zeigte mit dem Crimelite auf eine weitere Stelle, «sind Stotterspuren. Die Reifenabdrücke sind nicht mehr zu erkennen. Wären wir zwei Wochen früher da gewesen, hätten wir womöglich das Querprofil ausmachen können. Doch die Tiefe der Abdrücke wird uns etwas über das Gewicht des Fahrzeugs sagen. Und der Spurenverlauf liefert Hinweise auf die Bewegungsrichtung.» Sie rief Schmid zu sich. «Ich will zusätzliche Aufnahmen mit schräg einfallendem Blitz, bevor wir mit dem Gips beginnen. Das Profilmuster wird so besser abgebildet», erklärte sie Pilecki. «Vielleicht werden wir auch etwas über den Radstand herausfinden können.»

Die Flutlichter waren von Weitem zu erkennen. Janett bog in den Waldweg ein.

«Nicht zu nahe», warnte Regina. Janett hielt am Wegrand. «Danke.»

Er stellte den Motor ab. Die Stille war intim.

«Also dann», begann Regina. Sie zögerte. Dann küsste sie ihn flüchtig auf die Wange. «Falls du noch einen Versuch wagen willst ... morgen spielt Griechenland gegen Tschechien.»

Janett lächelte. «Klar. So rasch lass ich mich nicht entmutigen. Wenn du möchtest, ich meine, wenn es nicht zu spät wird ...» Er spielte mit dem Radioknopf und fuhr erschrocken zurück, als laute Musik ertönte. «Entschuldige.» Er stellte wieder ab. «Ich wollte sagen, ich gehe selten vor Mitternacht ins Bett. Falls ich dich nach Hause fahren soll, lass es mich wissen.»

Regina bedankte sich. Sie sah ihm nach, als er auf dem schmalen Weg wendete. Ein Motorrad fuhr ihm mit übersetzter Geschwindigkeit entgegen, wich ins Gestrüpp aus, um nicht abbremsen zu müssen, und flitzte vorbei.

Meyer hielt neben dem Materialwagen des WD. Als sie ihren Helm vom Kopf nahm, piepste es in der Brusttasche ihrer Lederjacke. Sie zog ihr Handy hervor und las die SMS.

«Absatz – Mordwaffe? T.»

Sie lächelte erleichtert. Er konnte noch denken, wenn auch ziemlich langsam. Die Idee war ihr schon früher gekommen.

«Schlauer Gedanke. Melde es sofort dem Häuptling. Solltest du nicht schlafen?»

Meyer ging auf Cavalli zu, der sich mit Pilecki über die Schuhabdrücke in der Nähe des Bachs unterhielt. Sie liess sich auf den aktuellen Stand bringen. Begeistert wippte sie auf und ab.

«Koch hat Blutspuren gefunden?»

Cavalli nickte zufrieden.

«Genial!» Es piepste wieder.

«Mir ist übel.»

«Jammerlappen», schrieb sie zurück.

War es Liebe? Oder das Gefühl, gebraucht zu werden? Er wusste es nicht. Doch wenn er morgens aufwachte, kreisten seine Gedanken um den Jungen. Während die Natur erwachte, zartes Grün zwischen dem nassen Braun hervorschaute, keimte eine Zärtlichkeit in ihm. Manchmal liebte Thok zurück. Manchmal wandte er sich von ihm ab und umfasste den Beutel um seinen Hals. Hat er dir Glück gebracht?, fragte er Thok. Er sinnierte lange über die Frage. Lässt du mich wieder frei?, antwortete Thok schliesslich.

Du bist frei, sagte er, und strich zärtlich über Thoks Rücken. Hier kannst du den Krieg vergessen und deine Träume verwirklichen.

Thok schüttelte verstört den Kopf und schaute über seine Schulter. Sie sehen mich, erklärte er. Sie werden mich bestrafen.

Wer?, fragte er beunruhigt.

Thok sah zu den Sternen hoch.

Der Durchbruch hob die Stimmung an der Morgenbesprechung. Pilecki rief die Runde zur Ordnung. «Beginnen wir mit dem Tatort. Rosmarie –», forderte er Koch auf.

«Ist es tatsächlich der Tatort?», fragte Gurtner nach.

Koch nahm ihre Lesebrille hervor. «Ja, wir können mit grösster Wahrscheinlichkeit davon ausgehen.» Sie erzählte, was bekannt war. «Am Bach haben wir Blutstrassen gefunden. Die Asservate sind bereits im Labor. Der Täter hat sich selbst eine Falle gestellt: Er hat die Spuren mit Laub bedeckt und sie damit vor dem Regen geschützt.» Sie seufzte über so viel Kurzsichtigkeit.

«Also können wir deine Techniker als Täter ausschliessen», kommentierte Gurtner.

Koch ignorierte ihn. «Unsere Spezialisten werden das Spurenbild analysieren. Das wird nicht einfach, die Dokumentation ist in der Natur komplexer als in geschlossenen Räumen.»

«Wann dürfen wir erste Resultate erwarten?», fragte Regina.

«Mitte nächster Woche.»

Pilecki spürte, wie ihm kalt wurde. Was hatte er erwartet? Er war lange genug bei der Kripo, um die Abläufe zu kennen. Er nahm sich vor, heute noch Irina anzurufen.

Hahn meldete sich. «Ich kann euch heute Nachmittag Bescheid geben, falls das Blut nicht von Lado stammt. Wenn es jedoch die gleiche Blutgruppe ist, müssen wir einen DNA-Vergleich in Auftrag geben, um hundertprozentig sicher zu sein. Das dauert einige Wochen, wie –.»

«Ich bin noch nicht fertig», unterbrach Koch. Sie blickte nicht in Hahns Richtung.

Pilecki seufzte. Die Rivalität der beiden ging ihm auf die Nerven. Alles geht mir auf die Nerven, dachte er.

«Angaben zu den Reifenspuren können wir schneller liefern. Vermutlich wissen wir morgen bereits etwas.»

«Über den Ablauf oder das Fahrzeugmodell?», fragte Karan.

«Das Fahrzeug: Gewicht, Abnutzung der Reifen und so weiter. Der grobe Ablauf ist mehr oder weniger klar.» Sie wandte sich an einen Assistenten und bat ihn, den Diaprojektor einzuschalten. Dann zeigte sie anhand der Reifen- und Schuhspuren, welchen Weg das Fahrzeug und der Täter zurückgelegt hatten.

«Lado wurde also neben dem Bach erschlagen? Und dann hinaufgeschleift, ins Auto geladen und wegtransportiert?», vergewisserte sich Meyer.

«Ja. Über den zeitlichen Rahmen kann ich aber nichts sagen. Dazu müssen wir auf die Laborresultate warten», mahnte Koch.

«Stand das Auto bereit? Oder musste er zuerst einen Wagen organisieren?», bohrte Meyer weiter.

Koch presste die Lippen zusammen. «Wie gesagt, das weiss ich nicht. Alle Arbeit kann ich euch nicht abnehmen. Ausserdem sind wir noch nicht fertig. Wir haben erst den unmittelbaren Tatort abgesucht. Nach Reifenspuren suchen wir weiterhin, schliesslich hat sich der Wagen wieder vom Bach entfernt.»

«In welchem Umkreis sucht ihr?», wollte Regina wissen.

«Das hängt damit zusammen, wie weit wir die Spur verfolgen können.»

Regina wandte sich an Pilecki. «Gehst du gleich nach der Besprechung der Marke des Reifens nach?»

«Das habe ich vor.»

«Gut. Wie sieht es mit Schuhabdrücken aus?»

«Die meisten sind kaum mehr zu erkennen. Aber unter einem Steinvorsprung haben wir den relativ gut erhaltenen Abdruck eines Turnschuhs gefunden. Grösse 44.»

«Keine Stiefel?», fragte Meyer.

«Nicht eindeutig als solche erkennbar, nein.»

Hahn ergriff wieder das Wort. «Wenn ihr auf eine mögliche Tatwaffe stosst, kann ich sie mit Lados Fraktur in Verbindung bringen. Es wird kaum möglich sein, hundertprozentige Sicherheit zu erlangen, aber eine Untersuchung ist trotzdem sinnvoll.»

Die Sprache kam auf Fahrni. Karan schilderte die Ereignisse erneut.

Gurtner staunte über Timon. «Der Bengel ist kaum zu fassen. Er wird innerhalb von Sekunden zum Teufel. Unheimlich.»

«Der Unschuldsengel ist nur eine gut einstudierte Rolle», brummte Meyer. «Verdammter Mistkerl.»

«Hat Fahrni nach seinem letzten Missgeschick nicht versprochen, mit dir ins Jiu-Jitsu zu gehen?», fragte Gurtner.

«Was willst du damit andeuten?» Meyer setzte sich aufrecht hin. «Dass er selber schuld ist?»

«Hört auf, das bringt uns nicht weiter», beschwichtigte Pilecki. «Und Fahrni auch nicht. Überlegen wir lieber, was wir ihm bringen könnten.»

«Nahrungsmittel», sagten Regina und Meyer aus einem Munde.

«Kann er denn schon kauen?» Pilecki hatte seine Zweifel.

«Nein», gab Meyer zu. «Aber es wird das Erste sein, das wieder funktioniert.»

Pilecki grinste. «Gut. Kümmerst du dich darum?» Als Meyer nickte, wandte er sich an Regina. «Kannst du uns auf den neusten Stand bringen, was Timons Einvernahme betrifft?»

Regina erzählte vom Gespräch mit dem Jugendanwalt. «Timon streitet jede Verbindung zum Mord an Lado und zum Brandanschlag ab.»

«Kann er Auto fahren?», fragte Pilecki.

«Er behauptet, nein. Doch anscheinend ist er schon bei einem Ausflug mit dem Wagen seines Vaters erwischt worden.»

Gurtner schnalzte mit der Zunge. «Und wie erklärt er die Schramme am Ellenbogen?»

«Hingefallen.» Regina seufzte. «Seine Aussagen sind in sich stimmig. Nur was Pollmann betrifft, schwankt er. Manchmal behauptet er, keine körperliche Beziehung zum Pfarrer zu haben, dann macht er plötzlich wieder zweideutige Bemerkungen. Was die Waffen betrifft, lügt er. Er habe keine Ahnung, wie sein Handabdruck auf das Kalaschnikow-Bajonett kam. Doch Abstreiten nützt ihm nichts.» Regina nickte Koch anerkennend zu. «Der Beweis hält vor jedem Gericht stand. Und Körperverletzung ist kein Kavaliersdelikt. Dafür wird er zur Rechenschaft gezogen.» Sie sah Fahrnis Gesicht vor sich, und die Frage tauchte wieder auf, ob auch Lado den Stiefelabsatz zu spüren bekommen hatte.

Hahn bestätigte, dass ein solcher Tritt in den Kopf tödlich sein konnte. «Schädelbrüche führen oft zu epiduralen Hämatomen. Das sind Blutansammlungen zwischen Schädeldach und harter Hirnhaut. Sie können aber auch erst Stunden nach der Gewalteinwirkung zum Tod führen. Es kommt darauf an, wie rasch der Hirndruck zunimmt.»

Pilecki zählte auf, was gegen Timon vorlag: «Seine Wutausbrüche, seine Kraft. Er wurde mit Lado gesehen, beim Sprayen beobachtet.» Er ging zum Fenster. «Wir müssen Christopher nochmals holen. Er ist leichter zu knacken. Ich hatte schon mehrmals den Eindruck, dass wir ihn fast so weit hatten.»

Regina stimmte zu. «Und Pollmann. Er weiss etwas, da bin ich mir ganz sicher.»

Gurtner erzählte anschliessend, was er über die Herkunft

der illegalen Waffen herausgefunden hatte. «Der grösste Teil stammt aus Internetkäufen. Wir verfolgen die Kontakte noch. Auch an den Waffengeschäften sind wir weiter dran. Das dauert einige Tage.» Er sah Regina an. «Wenn Timon uns weiterhelfen könnte, würde das eine Menge Arbeit ersparen.»

«Ich werde es ihm ausrichten», versprach Regina trocken.

Zum Schluss kam Pilecki auf die Befragung von Sahl zu sprechen. «Es war so, wie der Häuptling gesagt hat. Der alte Mann redet nicht. Fragt mich nicht, wieso.» Er hob die Hände. «Ich komme da an meine Grenzen.»

«Hat er die Tat beobachtet?», wollte Karan wissen.

«Der Häuptling behauptet, nein.» Pilecki verschränkte die Arme. «Aber ich kann nur wiederholen: Fragt mich nicht, woher er das weiss. Irgendwie versteht er ihn.» Bevor Gurtner einen sarkastischen Spruch über Naturvölker fallen lassen konnte, wechselte Pilecki das Thema und verteilte die Tagesaufgaben.

Pilecki blieb sitzen und sah zu, wie sich der Raum leerte. Er schob den Stapel Unterlagen zur Seite.

«Alles in Ordnung?», fragte Regina.

Er sah müde auf. «Kann man von Ordnung sprechen, wenn Siebzehnjährige Polizisten niederschlagen und Nazi-Material sammeln? Verbotene Waffen tragen, sich einen Dreck um ihre eigene Zukunft scheren und aus Spass Schwarze verprügeln?»

Regina setzte sich wieder. «Es ist der Reiz, Grenzen zu überschreiten, aus dem öden Alltag zu entfliehen. Sie suchen den Kick.»

«Nein, das geht darüber hinaus. Frustabbauen ist normal. Dahinter steckt auch Langeweile. Bei Timon ist das anders. Er hat einen kriminellen Geist.»

«Und Chris?», fragte Regina nachdenklich.

«Ich sehe ihn immer noch als Mitläufer. Er will dazugehören, cool sein. Aber dahinter steckt keine kriminelle Energie, eher ein psychisches Defizit.»

Regina sah das auch so. Allerdings hatte sie sich gefragt, ob sie genügend Distanz hatte. Sie war froh, dass Pilecki ihre Meinung teilte. «Hast du Cavalli gesehen?», fragte sie. «Ist er beim Bruch?»

«Keine Ahnung.» Pilecki erhob sich.

«Übrigens, Fontana ist immer noch krank.» Regina erklärte, dass sie seit Tagen versuchte, ihn zu erreichen. «Ein Glied der Kette fehlt. Die Empfangsstelle hat Lados Dossier ans BFF geschickt, von dort ging es weiter zum Kanton. Doch bevor es beim Migrationsamt ankam, muss es noch jemand in der Hand gehabt haben. Dieser Name fehlt mir. Mit allen andern Sachbearbeitern und Juristen habe ich gesprochen.» Sie zog ihren Blazer an. «Ich gebe dir Bescheid, sobald ich etwas erfahre.»

Die Bibliothekarin warf ihr Haar schwungvoll zurück und legte den Kopf schräg. Ihre Hand streifte die Cavallis, als sie ihm das Buch reichte. Sie roch nach Mandelöl-Shampoo und Weichspüler. Cavalli lehnte sich vor und versuchte, mehr zu erkennen. Langsam nahm er das Buch entgegen und blätterte darin.

«Sie finden das Kapitel in der Mitte», erklärte die junge Frau. Sie zeigte es ihm. Cavalli bückte sich über die Seiten. Ihre Köpfe berührten sich.

«Hier, das ist die Stelle.»

«Vielen Dank.» Cavalli nahm das Buch und schlenderte zum Lesetisch.

«Melden Sie sich, wenn Sie weitere Fragen haben!»

Eine junge Leserin machte ein verärgertes Gesicht über den Lärm.

Cavalli setzte sich ihr gegenüber und lächelte sie entwaffnend an. Er hob seine Hände mit einer Geste, die sein Unwissen über Bücher ausdrücken sollte. Zu seiner Überraschung ignorierte ihn die junge Frau.

Cavalli schlug das gesuchte Kapitel auf und vertiefte sich in die Rituale der Nuer. Bald nahm er das Rascheln der Buchseiten um sich herum nicht mehr wahr.

Christopher griff nach einem weiteren Teller. «Ich weiss aber nicht, ob ich Koch werden will», maulte er, während er abtrocknete.

«Es sagt auch niemand, dass du Koch werden musst. Aber für dein Leben Verantwortung übernehmen, das gehört nun einmal zum Erwachsenwerden, ob es dir passt oder nicht.» Pollmann stapelte die Teller in den Schrank. «Ausserdem ist es jetzt besonders wichtig, dass du einen geregelten Tagesablauf hast. Der Jugendrichter wird das berücksichtigen.»

«Und dann muss ich nicht ins Gefängnis?» Christopher klammerte sich an einen neuen Teller.

«Ich bin kein Anwalt und kenne die Gesetze in der Schweiz zu wenig», gestand Pollmann. «Aber soviel ich weiss, werden Jugendliche nur in Haft genommen, wenn es keine andere Lösung gibt. Wenn du eine Arbeitsstelle hast und dich an das Gesetz hältst, werden sie dich vermutlich nicht herausreissen. Vorausgesetzt, dein Arbeitgeber ist zufrieden mit dir. Noch besser wäre natürlich ein Geständnis.»

Christopher senkte den Blick. «Und wenn ich nicht gut bin? Ich habe noch nie Pizza gemacht.»

«Das lernst du im Nu. Und stell dir vor: Du kriegst jeden Tag gratis Holzofen-Pizza!»

Raum und Zeit sind eng miteinander verbunden, las Cavalli. Für beide wird oft dasselbe Wort verwendet. Wie die Zeit, so wird auch der Raum durch seinen Inhalt bestimmt. Dabei ist vor allem das unmittelbar in der Nähe Liegende wichtig. Die Scholle als Wurzelgrund der Existenz. Ist das bei uns anders?, fragte er sich. Er dachte an die Angst vieler Schweizer vor Fremden. Eine Angst vor Verlust? Wertezerfall? «Die Afrikaner wandeln auf den Gräbern ihrer Väter, und eine Lösung des mystischen Bandes zur Totenwelt würde Unglück über ihre Familie und das Leben der Gemeinschaft bringen.» Selbst wenn Leute freiwillig ihre Heimstätten auf dem Land verlassen und in die Stadt ziehen, um sich dort ihren Lebensunterhalt zu verdienen, werden Bande zerrissen, die unersetzbar sind.

Litt Lado darunter, allein in dieser fremden Welt zu sein? Wurde ihm allmählich bewusst, dass er diese Scholle nie Heimat nennen konnte? Vielleicht wurde er auf der Strasse beschimpft. Oder schlimmer noch: geschlagen. Vielleicht war er selber schuld an seinem Unglück. Hatte er etwas getan, das gegen seine Gesetze verstiess? Oder seine Götter gegen ihn aufbrachte?

Cavalli lehnte sich zurück. Ein interessanter Gedanke. Er war immer von Fremdeinwirkung ausgegangen. Er liess sich alles, was er über den Jungen wusste, durch den Kopf gehen. Was wäre schlimm genug, den Zorn der Geister heraufzubeschwören? Lado musste sich über sein Vergehen im Klaren gewesen sein, sonst hätte er sich nicht gefürchtet. Wäre ihm etwas Überraschendes zugestossen, so hätte er sich nicht über Wochen oder gar Monate immer mehr zurückgezogen.

Cavalli dachte an die Aussagen der Basler Seelsorgerin und der Zürcher Behörden. Was immer Lado belastet hatte, er musste es in Zürich erlebt haben. In Basel wurde er als «gesellig» beschrieben. War er Zeuge eines Verbrechens geworden? Cavalli verwarf den Gedanken gleich wieder. Um als «besessen» bezeichnet zu werden, musste Lado tief verstört gewesen sein. Was verstiess unentschuldbar gegen die Gesetze seiner Sippe?

Es klingelte an der Tür.
«Da sind sie wieder.» Pollmann legte die letzte Gabel in die Schublade.
«Ich verdufte», sagte Christopher rasch. Er stellte die Schüssel auf den Tisch und öffnete das Fenster.
Pollmann packte ihn am Arm. «Und dann sehen sie dich, wie du da rauskletterst und abschleichst? Das ist auch ein Geständnis. Aber eines, das dich in weitere Schwierigkeiten bringen wird.» Er ging zur Haustür.
Pilecki hob die Hand zum Gruss.
Pollmann führte ihn ins Wohnzimmer und deutete auf einen Stuhl. «Bitte. Wasser, Kaffee?»
«Kaffee, wenn es Ihnen keine Umstände macht.» Pilecki setzte sich.
«Christopher?», rief Pollmann. Der Junge streckte den Kopf um die Ecke. «Machst du uns bitte zwei Tassen Kaffee?»
Pilecki sah überrascht zur Küche. Dann bemerkte er die Schachteln. «Packen Sie?»
«Ich sortiere meine Sachen», erklärte Pollmann. «Jetzt habe ich Zeit dazu. Vieles werde ich nicht mitnehmen.»
«Sie gehen weg?»
«Früher oder später. Mein Ruf wird hier kaum noch Menschen in die Kirche locken.»
«Ihr Ruf?»
Pollmann lachte trocken. «Glauben Sie, es kommt darauf an, ob ich pädophil bin oder nicht? Wenn ein solches Gerücht in die Welt gesetzt wird, bleibt es an einem haften. Die Hälfte meiner Konfirmanden hat bereits zu einem anderen Pfarrer gewechselt.»

Pilecki betrachtete ihn. Die Traurigkeit in Pollmanns Augen berührte ihn. «Was werden Sie tun?»

«Es gibt genügend Orte, wo ich gebraucht werde. Gott wird mich dorthin führen.»

Christopher brachte den Kaffee.

«Danke.» Pollmann lächelte ihn herzlich an. «Er riecht ausgezeichnet.»

Cavalli fand die Stelle auf Seite 76: «Wenn ein Mensch sich auf Reisen befindet, knüpft er Gräser am Wegrand zusammen und betet dabei zu Gott.»

Er las den Satz noch einmal. Dann schloss er die Augen. Er versetzte sich in den Garten der Asylunterkunft und betrachtete die bizarren Formen der Gräser. Sahls Geruch tauchte in seiner Erinnerung auf; der erdige Duft der Nacht mischte sich dazu.

Hatte sich Lado in der Schweiz auf eine weitere Reise begeben? War er nicht am Ziel? Wo führte die neue Reise hin?

Cavalli nahm das Foto des zweiten Knotens hervor. Er hatte die Stelle noch nicht gefunden. Sie lag auf Lados Reiseroute. Vielleicht könnte er das Ziel herausfinden, wenn er den Weg, den der Junge eingeschlagen hatte, verstand. Oder das Hindernis, das vielleicht unerwartet aufgetaucht war. In Gestalt eines Menschen?

Die Bibliothekarin lächelte zufrieden, als er mit dem Buch zurückkam. «Sie haben gefunden, was Sie suchten?»

«Mehr noch», antwortete Cavalli. Er fuhr sich mit der Hand durchs Haar und wartete.

Die Bibliothekarin senkte kurz den Blick. Dann kritzelte sie etwas auf einen Notizzettel und reichte ihn Cavalli. «Falls Sie weitere Fragen haben …»

Regina wählte zum dritten Mal Cavallis Nummer. Endlich nahm er ab.

«Wo bist du?», fragte sie scharf.

«Unterwegs, warum? Ist etwas passiert?»

«Eben nicht.» Sie wartete auf eine Reaktion. Als er schwieg, fuhr sie gereizt fort. «Ich warte auf dein Geo-Profil.»

«Mein Geo-Profil ...»

«Ja, dein Geo-Profil!»

«Wurde wieder eingebrochen?»

«Du wechselst das Thema», durchschaute sie ihn. «Du weisst ganz genau, dass du sofort informiert worden wärst. Du bist also noch nicht fertig.»

«Nein, nicht ganz», gab er zu.

«Du arbeitest aber nicht bereits am Profil von Lado?», fragte Regina misstrauisch.

«Nein», log er. «Ich bin auf dem Weg nach Zollikerberg. Ich muss noch mit zwei, drei Hausbesitzern sprechen.»

Regina seufzte hörbar. «Heute Nachmittag um siebzehn Uhr in meiner Mailbox. Schaffst du das?»

«Ich werde es versuchen.» Er wechselte das Thema. «Die Sonne scheint.»

Regina lachte plötzlich, sie konnte nicht anders. «Ja, das sehe ich. Und was willst du damit sagen?»

«Ideales Wetter zum Bladen», schlug er vor.

«Richtig. Nur findest du Rollerblades lächerlich.» Sie zitierte ihn: «Ein Kinderspielzeug für Möchtegern-Sportler.»

Cavalli grinste vor sich hin. Sie hatte ein genauso gutes Gedächtnis wie er. «Ich gebe zu, ich habe damals etwas übertrieben ... ich dachte nur ...»

«Etwas übertrieben?», fuhr Regina ihm dazwischen. «Darf ich dich daran erinnern, dass du mich ausgelacht hast, als ich nach dem Bladen Muskelkater hatte?»

«Gut, ich war gemein. Richtig fies. Mein Verhalten war

unentschuldbar. Zufrieden?» Er versuchte, nicht zu lachen. «Ich möchte es wieder gutmachen. Wie wäre es, wenn wir heute Abend um den Greifensee fahren? Ich meine, du rollst, ich jogge», präzisierte er.

Der Gedanke war sehr verlockend. Regina spielte mit einer Haarsträhne. Sie sah den Fahrradweg um den See vor sich. Die Bewegung würde ihre verkrampften Muskeln lockern. Und sie spürte noch etwas. Wie ihr Körper auf die blosse Vorstellung von Cavalli, wie er neben ihr joggte, reagierte.

«Bist du noch da?», fragte er.

«Jaaa ...» Sie räusperte sich. «Das würde ich gern, doch leider habe ich etwas vor. Das zweite Halbfinal», erklärte sie.

Cavalli wechselte den Tonfall. «Verstehe. Ich muss auflegen. Bin gleich in Zollikerberg.»

Regina hörte keine Fahrgeräusche.

«Wie lief es?», fragte der Junge neugierig. Er holte sich ein Glas Eistee.

«Es begann gut, aber dann musste sie zur Arbeit.»

«Ein Notfall?»

«Ja, die Polizei hatte etwas gefunden. Schenkst du mir auch ein Glas ein?»

Der Junge ging zum Schrank. «Mit Eiswürfeln?»

«Wenns dir nicht zu viel Mühe macht.»

Er löste das Eis aus dem Gefäss. «Erzählt sie dir, woran sie arbeitet?» Er reichte Janett das Glas.

«Nicht im Detail. Darf sie auch nicht. Danke.» Er nahm einen Schluck. «Aber heute Abend starten wir einen weiteren Versuch. Griechenland gegen Tschechien.» Janett stellte sein Glas hin und zog den Jungen in seine Arme. Er legte seinen Kopf auf sein krauses Haar. «Weisst du eigentlich, wie viel du mir bedeutest?»

Der Junge löste sich aus der Umarmung und zog sein T-Shirt zurecht. Der schwarze Stoff unterschied sich kaum von seiner dunklen Haut.

Der Techniker ging in die Hocke. Er vermass die Reifenspur ein zweites Mal und notierte sich alle Angaben. Dann stand er auf und rief Koch. Sie unterhielt sich am zweihundert Meter entfernten Tatort mit einem Kollegen, der auf Blutspuren spezialisiert war.

«Ist es wichtig?», rief sie zurück.

Der Techniker hatte Mühe, sie zu verstehen. Zwischen den Bäumen sah er, wie Koch den Kollegen auf etwas hinwies. Er untersuchte den Abdruck ein drittes Mal. Koch tauchte neben ihm auf.

«Schau dir das einmal an!», sagte er mit einem leisen Pfiff.

«Lado hat es auch nicht kommen sehen», tippte Fahrni. Es war ihm weniger übel, doch er hatte rasende Kopfschmerzen.

Meyers Antwort kam erst zwanzig Minuten später. «Schliesst du etwas daraus?»

«Er hat es nicht erwartet. Kannte er ihn?» Der Gedanke liess Fahrni nicht los. Stundenlang lag er im Bett und fragte sich, ob er den Tritt hätte vorhersehen können, warum er so überraschend gekommen war. Wäre er bei einem Fremden vorsichtiger gewesen? War der Angriff so unerwartet, weil er Timon kannte und der Junge der Polizei gegenüber nie ausfällig geworden war?

«Oder er sah ihn nicht», fügte Fahrni hinzu.

Die Antwort kam dieses Mal postwendend. «Koch: Sie hielten sich einige Zeit zusammen am Tatort auf. Täter kam nicht angeschlichen. Pudding schon gegessen?»

Also mussten sie sich gekannt haben. So gut, dass Lado nicht misstrauisch war, überlegte Fahrni. Das schloss Timon

aus. Mit einem Rassisten wäre Lado kaum gutgläubig picknicken gegangen.
«Nicht Timon. Keine Lust auf Pudding», schrieb er. Er liess sein Handy auf die Bettdecke zurücksinken und blinzelte. Vor seinen Augen flimmerte es. Er schloss sie und wünschte sich, gesund im eigenen Bett zu erwachen. Es waren erst 24 Stunden vergangen, und schon hatte er die Nase voll vom Spitalbetrieb.
Ein Klopfen riss ihn aus einem oberflächlichen Schlaf. Er sah auf die Uhr. 35 Minuten waren verstrichen. Meyer kam herein.
Seine Stimmung hob sich. Er blinzelte sie an.
«Keine Lust auf Pudding?» Sie stützte die Hände in die Hüften. «Klingt nach Selbstmitleid.»
Fahrni bestätigte.
Meyer holte einen Pudding aus dem Schrank und setzte sich damit zu Fahrni. Sie legte ihm einen Notizblock und einen Schreiber hin. «Erzähl! Was sind das für Gedanken über Timon?»

Cavalli klingelte bei Pollmann. Er machte nicht auf. Im Pfarrhaus schien es ruhig. Cavalli ging ums Haus. Als er am Wohnzimmerfenster vorbeikam, spähte er hinein. Er kam sich vor wie Janett in Reginas Garten und blickte über die Schulter, um sicherzugehen, dass ihn niemand beobachtete. Im Wohnzimmer regte sich nichts. Kartonschachteln waren neben dem Klavier aufgetürmt. Unter dem Esstisch lagen Kinderspielsachen. Plötzlich veränderte sich die Luft. Cavalli spürte etwas hinter sich. Er wirbelte herum, bereit zum Angriff.

Regina reichte dem Jugendanwalt die Hand. Seine Handfläche war glitschig. «Passen Sie auf!», warnte sie den jüngeren Juristen zum zweiten Mal. «Schmocker ist ein ausgezeichneter Schauspieler. Und was er getan hat, ist kein Bagatelldelikt.»

«Keine Sorge», meinte der Anwalt. «Wir nehmen es ernst.»

Regina sah ihm skeptisch nach, als er die Bezirksanwaltschaft verliess.

Antonella erschien in der Tür. «Pilecki hat angerufen. Es sei wichtig. Und Krebs bittet dich, ihm deine Präsentation für die Abteilungssitzung schriftlich abzugeben, heute noch.» Sie schaute auf ihren Notizblock. «Der Staatsanwalt will dich wegen Zuberbühler sprechen, Herbert Graf von der Justizdirektion hat dich gesucht, Latifi will ein Geständnis ablegen, und deine Mallehrerin ist krank.» Als Antonella Reginas Gesichtsausdruck sah, fragte sie fürsorglich: «Soll ich dir ein Sandwich holen?»

Regina seufzte. «Das wäre super, danke. Und eine Cola Light, wenn es dir nichts ausmacht.» Sie wählte Pileckis Nummer.

«Koch hat einen weiteren Reifenabdruck gefunden. Zweihundert Meter vom Tatort entfernt. Sieht aus, als stamme er vom Fahrzeug des Täters.» Pilecki machte eine Pause. «Der Abdruck ist höchstens zwei Tage alt.»

«Was?» Regina lehnte sich näher zum Telefon. «Er ist zurückgekommen?»

«Sieht ganz so aus. Koch ist noch nicht fertig. Ich fahre jetzt raus. Ich melde mich, sobald ich die Einzelheiten kenne.»

Regina stand auf und trat ans Fenster. Hatte der Mörder zugesehen, wie die Spurensicherung ihre Arbeit am Tatort verrichtete? Die Polizei beobachtet? Die Wahrscheinlichkeit, dass zwei verschiedene Wagen mit den gleichen Reifenabdrücken am Tatort gewesen waren, war äusserst gering. Dazu war der Waldweg zu abgelegen. Regina schlug die Ärmel ihrer Bluse zurück. Ihr war warm.

Sahl erschrak nicht. Er legte seine Hand auf Cavallis Nikon, die er um den Hals trug. Cavalli atmete hörbar aus. Er griff in seine Hosentasche und zog fünf Filme hervor, die er dem alten Mann reichte. Sahl nickte. Er setzte sich in den Schatten und legte einen neuen Film ein. Cavalli beobachtete die knochigen Finger des Mannes. Mit erstaunlicher Sicherheit fädelte er die Filmzunge ein und schloss die Klappe. Er stand auf und lächelte.

Cavalli streckte seinen Arm aus. Sahl reichte ihm die Kamera. Er stand im Schatten des Baums, seine Haut unterschied sich nur schwach von der Rinde hinter ihm. Er bewegte sich nicht, als Cavalli den Schutz vom Objektiv nahm und die Blende einstellte. Seine Augen blickten direkt in die Kamera. Cavalli drückte auf den Auslöser. Dann gab er Sahl die Nikon zurück.

Fahrni verschluckte sich. Er versuchte zu husten und wurde dabei feuerrot.

Meyer stellte den Pudding schuldbewusst zur Seite und warf den Trinkhalm in den Abfalleimer. «Morgen bringe ich einen Schokodrink, das geht einfacher», versprach sie.

Fahrni schloss die Augen. Sein Gesicht verlor die Röte, als er zu würgen begann. Meyer sprang vom Bettrand und sah sich rasch nach einem Behälter um. Fahrni setzte sich stöhnend auf. Er klammerte sich mit beiden Händen an die Bettdecke und riss den Mund auf. Meyer drückte auf die Klingel oben am Bett. Sie sah entsetzt zu, wie Fahrni den Pudding wieder von sich gab. Ihr Handy stimmte eine Melodie an, gleichzeitig ging die Tür auf und eine Krankenschwester kam herein. Fahrni fuchtelte mit einer Hand in der Luft. Er bekam Meyers Jacke zu fassen und hielt sich daran fest. Die Krankenschwester fluchte, als sie den Puddingbecher sah. Meyer zog das Handy reflexartig aus der Tasche.

«Komm sofort zum Tatort», befahl Pilecki. «Wir haben etwas. Du musst uns weiterhelfen.»

Cavalli folgte Sahl. Der alte Mann ging langsam. Sie kamen am Tennisplatz vorbei und bogen in die Eschenhausstrasse ein. Hinter ihnen ertönte der regelmässige Aufprall von Tennisbällen wie Champagnerflaschen, die entkorkt wurden. Sahl passte seinen Schritt dem Rhythmus der Bälle an.

Er ging an der Asylunterkunft vorbei, ohne sie anzusehen. Seine Stirn glänzte feucht. Cavalli hörte Sahls Atem, der leise pfiff. Der Wald war kühl. Sahl veränderte sein Tempo nicht. Erst als sie an einem Brunnen vorbeikamen, hielt er an. Mit den Händen führte er das Wasser zum Mund. Dann ging er weiter.

Nach einer Dreiviertelstunde sah Cavalli in der Ferne die Spitze des Loorenkopf-Turms. Links mündete die Weiherholzstrasse in den Waldweg. Sahl blieb stehen. Er sammelte seine Kräfte und verliess den Weg. Kurz darauf stiessen sie auf eine Lichtung. Vorsichtig ging Cavalli auf das Gras zu, das in der Mitte wuchs. Er kniete sich hin. Die Gräser, die Lado zusammengeknotet hatte, wehten sanft in der Brise.

Christopher stieg aus dem Tram. Er blieb vor dem Gebäude der Kantonspolizei stehen und betrachtete den Schriftzug. Die schwere Holztür ging auf, und zwei ältere Polizisten traten heraus. Sie diskutierten angeregt.

Christopher spazierte langsam zur Zeughausstrasse. Er kratzte sich nervös, warf einen Blick auf die Wache im Kripo-Gebäude und ging weiter. An der Hausecke kehrte er um und ging den gleichen Weg zurück. Er übte seine Aussage. Wiederholte die Worte, die er aussprechen wollte. Sein Herz klopfte. Er schlenderte auf den Eingang zu, bemüht, locker zu wirken.

Der Polizist hinter der Glasscheibe sah ihn misstrauisch an.
«Ich muss zu Jasmin Meyer», murmelte Christopher.
Der Polizist wählte eine Nummer, ohne seine Augen von Christopher abzuwenden.
«Sie ist nicht da. Willst du eine Nachricht hinterlassen?»
Christopher schwieg unschlüssig. Damit hatte er nicht gerechnet. «Und … Bruno Cavalli?»
Erneut wählte der Polizist eine Nummer. «Nein, auch nicht. Worum geht es?»
«Nichts», nuschelte Christopher und schlich davon.

Regina kontrollierte ein letztes Mal ihre E-Mails. Keine Nachricht. Verärgert fuhr sie ihren PC herunter. Sie wusste genau, weshalb Cavalli sein Handy ausgeschaltet hatte. In Gedanken suchte sie nach Worten, die stark genug waren, ihre Wut auszudrücken. Sie verstand nicht, wo das Problem lag. Hatte er Schwierigkeiten mit dem Profil? Konnte er nicht zugeben, dass er nicht weiterkam? Oder war es aufwändiger, als er ursprünglich gedacht hatte? Er hätte nur mir ihr reden müssen. Sie war nicht stur.

«Was ist denn mit dir los?», fragte Krebs im Flur. Er streifte sein Jackett über und hielt ihr die Tür auf.

Regina winkte ab. «Ich habe bloss auf einen Bericht gewartet, der nicht kam. Ich mag es nicht, wenn man sich nicht an Termine hält.»

«Ich weiss», schmunzelte ihr Vorgesetzter. Sie gingen zusammen zum Lift.

Regina holte ein Päckchen Darvidas hervor. «Aber jetzt ist vorerst Fussball angesagt. Eine willkommene Abwechslung. Siehst du dir das Halbfinal auch an?»

«Klar. Das wird ein tschechisches Feuerwerk.»

Sie betraten den Lift.

«Hoffentlich. Pilecki – er leitet die Ermittlung im Fall des ermordeten Sudanesen – ist Tscheche. Das wird ihm Aufwind geben.»

Krebs stimmte zu. «Allerdings fahre ich in zwei Wochen nach Griechenland. Ein nationales Trauerereignis sorgt nicht für Ferienstimmung.»

Sie verabschiedeten sich vor dem Bezirksgebäude. Regina überlegte, ob sie Janett auf der Wache abholen sollte. Sie beschloss, mit Tram und Bus nach Witikon zu fahren. Sie brauchte noch ein wenig Zeit, um ihre Gedanken zu ordnen.

Die Abendsonne warf lange Schatten auf die Schlossstrasse. Besorgt sah Cavalli zu Sahl, der langsam einen Fuss vor den anderen setzte. Der alte Mann hatte den ganzen Nachmittag nichts gegessen. Reichten seine Kräfte für diesen langen Marsch?, fragte sich Cavalli.

Den dritten Knoten hatte Sahl bei der Ruine Waldmannsburg fotografiert. Danach verliessen sie den Wald und folgten dem Strässchen Richtung Dübendorf. Der Feldweg bot keinen Schutz vor der Sonne. In der Ferne erkannte Cavalli die Kirche im Wil. Was wollte Lado in Dübendorf? Hatte seine Reise ein Ziel? War es Zufall, dass der Ort, an dem er schliesslich ermordet wurde, auf dieser Strecke lag?

Sahl hielt an. Cavalli verstand seine Körpersprache inzwischen gut genug, um zu wissen, dass sie bei einem weiteren Grasknoten angekommen waren. Dieses Mal befand er sich am Wegrand neben einer Holzbank. Sahl setzte sich. Eine Ente flog an ihnen vorbei und landete mit lautem Geschnatter auf dem Teich des Alterszentrums.

Sahl nahm die Kamera vom Hals und reichte sie Cavalli. Sie waren am Ziel.

«Nochmals von vorne», sagte Koch. «Du bist von rechts in den Weg eingebogen und hast beschleunigt. Wie schnell bist du gefahren?»

Meyer schielte zu Pilecki. «Mhm, so um die siebzig Stundenkilometer?»

«Und dann hast du gesehen, dass ein Wagen auf dem Waldweg wendete», wiederholte Koch.

«Ja, ein roter Renault 19.»

«Und du bist durchs Gestrüpp ausgewichen und vorbeigefahren.»

«Genau.»

«Kam dir auch der Gedanke, dass du abbremsen könntest?», fragte Pilecki trocken.

Meyers Augen funkelten amüsiert. «Wozu?»

«Du bist also mit siebzig Stundenkilometern ins Gestrüpp ausgewichen», fuhr Koch fort. Sie folgten der Motorradspur, die am Wegrand verschwand.

«Mhm.»

«Und hier», sie zeigte auf eine Stelle rund sechzig Meter weiter, «bist du wieder auf den Weg zurückgekommen.»

Meyer nickte. Die Gruppe hörte ihr aufmerksam zu.

Koch notierte sich die Angaben. «So war es. Der Renault stand zuerst hier.» Koch zeigte auf die Stelle. «Dann wendete er. Jasmins Motorrad überquerte die Reifenspur des Autos. Danach fuhr der Renault die gleiche Strecke zurück und hinterliess eine neue Spur über dem Abdruck von Jasmins Motorrad. Das geht auf. Jetzt müsst ihr nur noch herausfinden, wer im Renault sass.»

Meyer sah überrascht auf. «Das wissen wir doch.»

Die Polizisten und Techniker des WD verstummten augenblicklich.

«Flint», sagte Meyer.

Pilecki sah Meyer ungläubig an. «Du hast sie erkannt?»

«Natürlich. Ich bin doch nicht blind. Sie ist ja ausgestiegen. Könnt ihr mir endlich sagen, worum es geht?»
«Dieser Renault ist möglicherweise das Fahrzeug, in dem die Leiche vom Tatort wegtransportiert wurde.»

Regina schaute auf die Uhr. Es blieb genug Zeit, um vor dem Match kurz bei Cavalli vorbeizuschauen. So ohne Weiteres würde sie sich sein Verhalten nicht gefallen lassen. Ihr Magen knurrte. Sie fischte ein weiteres Darvida aus der Tasche und hoffte, dass Janett wieder belegte Brötchen auftischte.

Christopher kam an die Tür. Aus der Küche fragte Cavalli, wer da sei. Regina marschierte in die Wohnung.

«Du darfst dreimal raten!»

Cavalli sah schuldbewusst hoch, als er ihre Stimme hörte. Er klappte rasch seinen Laptop zu und schob seine Unterlagen zusammen. Regina sah die Bücher über afrikanische Religion und Weltanschauung.

«Du arbeitest am Profil von Lado», sagte sie wütend.

Cavalli wich aus. «Nicht direkt ... ich finde den Zeitbegriff der Nuer hochspannend. Hast du gewusst, dass –»

«Hör auf damit! Wir hatten eine Abmachung. Wo ist das Geo-Profil der Einbrüche?»

«Morgen hast du es.» Cavalli ging zum Herd und rührte in einer Pfanne.

«Das hast du gestern auch versprochen.» Regina stellte sich neben ihn, so dass sie seinen Gesichtsausdruck sah. «Was verschweigst du?»

«Nichts. Ich bin einfach noch nicht fertig. Ich muss noch auf die Angabe eines Hausbesitzers warten.»

«Und warum hast du nicht angerufen, um mir das zu sagen?»

Cavalli zuckte mit den Schultern. «Ich fand es nicht so wichtig.»

Sein gleichgültiger Tonfall machte Regina rasend. Cavalli schob ungerührt die Pfanne von der Herdplatte.

«Gibt es auf Tsalagi eigentlich ein Wort für Entschuldigung?», fragte Regina sarkastisch.

«Nein», antwortete Cavalli.

«Gaest-ost yuh-wa da-nv-ta», sagte Christopher von der Tür aus.

Regina und Cavalli drehten sich überrascht um. Christopher holte eine Flasche Cola aus dem Kühlschrank.

«Ich gebe dir noch Zeit bis morgen Mittag», sagte Regina zu Cavalli. «Wenn du bis dann nicht fertig bist, will ich eine schriftliche Begründung.» Sie verliess mit steifem Rücken die Wohnung.

Janett dekorierte die Sandwich-Platte mit Tomaten und Oliven und stellte sie vor Regina hin. Der Match hatte noch nicht begonnen.

«Du siehst angespannt aus», bemerkte er. Nach einigem Zögern legte er seinen Arm um ihre Schultern. Sie liess es geschehen.

«Ich hatte einen anstrengenden Tag», erklärte sie. «Danke für die Brötchen. Sie sehen wunderbar aus.»

Janett strahlte. Das Kompliment gab ihm den Mut, eine Frage zu stellen. «Und, hast du am Sonntagabend etwas vor?»

«Das Gleiche wie du», antwortete Regina. Sie nahm sich ein Lachsbrötchen. «Den EM-Final schauen.» Sie sah seinen hoffnungsvollen Blick und rutschte näher. «Darf ich dich dieses Mal zu mir einladen?»

«Ich wollte dich fragen ... vielleicht ist es zu früh, aber ...» Janett sah ihr nicht in die Augen. Er räusperte sich und griff nach dem Wasserglas.

«Ja?», half Regina vorsichtig nach.

«Mein Sohn würde den Match auch gerne schauen.» Er nahm einen weiteren Schluck. «Möchtest du ihn kennen lernen?»

Bevor Regina antworten konnte, klingelte ihr Handy. Nicht schon wieder, dachte sie.

Pilecki war dran.

«Wie? Du willst wissen, wer mich hingefahren hat?» Regina sah zu Janett. «Gion. Warum?»

«Gion Janett?», vergewisserte sich Pilecki. Seine Stimme klang atemlos.

«Ja. Warum?» Als Pilecki schwieg, stellte sie die Frage ein drittes Mal.

«Ich möchte das nicht am Telefon besprechen. Ich melde mich in einer Stunde wieder.» Er legte ohne weitere Erklärung auf.

Regina spürte, wie sich ihr Magen vor Wut zusammenzog. Was war bloss los mit diesen Polizisten? Ich habe wirklich ein Führungsproblem, dachte sie. Diesen Vorwurf hatte der Staatsanwalt schon früher gegen sie erhoben.

«Wer war das? Was wollte er über mich wissen?», fragte Janett.

Regina erklärte es ihm. Janett sah sie ratlos an.

Pilecki organisierte den Tieflader und verabredete sich mit seinem Team vor Janetts Wohnung. Hoffnung stieg in ihm auf. Er traute sich kaum, an das rasche Vorwärtskommen zu glauben. Die Spuren waren eindeutig. Wenn es sich herausstellte, dass Lado in Janetts Wagen transportiert worden war, würde der Feuerwehrmann Mühe haben, das zu erklären. Pilecki sinnierte über ein mögliches Motiv nach. Ein Beziehungsdelikt? Sie hatten in Janetts Vergangenheit keine Anzeichen für homosexuelle Beziehungen gefunden. Er hatte mit 25 Jahren geheiratet und schien bis zu seiner Scheidung ein treuer Ehemann gewesen zu sein. Pilecki beschloss, tiefer in die Vergangenheit des Mannes zu tauchen.

Es stand immer noch Null zu Null, als es an der Tür klingelte. Janett erhob sich.

«Es sitzen doch nicht alle vor dem Fernseher», sagte er zu Regina.

Er öffnete die Tür mit einem Brötchen in der Hand. Als er Pilecki und Gurtner sah, hörte er auf zu kauen.

Die Polizisten schoben Janett unsanft zur Seite.

Regina kam in den Flur. Pilecki und Gurtner sahen sie überrascht an.

«Was ist hier los?», wollte sie wissen.

Pilecki erklärte, warum sie gekommen waren.

Janett schüttelte fassungslos den Kopf. «Das darf doch nicht wahr sein! Ihr gebt wohl nie auf.»

«Stimmt es, dass du einen roten Renault 19 fährst?»

«Ja, aber ...»

«Und du hast Regina gestern hingefahren?»

«Ja! Aber ich kenne diesen Lado nicht, wie oft muss ich das wiederholen!» Janetts Gesicht war finster. Er atmete schwer. Er wandte sich an Regina. Als er ihren zweifelnden Ausdruck sah, rieb er sich mit der Hand die Augen.

«Wir müssen den Wagen mitnehmen», informierte ihn Pilecki.

Janett drehte sich abrupt um und riss einen Schlüsselbund vom Haken. «Er steht in der Garage. Ihr wisst ja, wie er aussieht. Gebt mir bitte Bescheid, wenn ihr im Auto Körperteile oder weiss Gott was findet!» Er sah Regina an. «Gehst du mit ihnen oder bleibst du noch?»

Regina sah, wie seine Hände zitterten. Sie blickte zwischen Janett und den Polizisten hin und her. Gurtner starrte sie an.

«Ich bleibe», entschloss sie sich. Pilecki kniff die Augen

zusammen und deutete mit einer Kopfbewegung auf die Tür. Regina schüttelte fast unmerklich den Kopf. Wenn Janett etwas mit Lados Tod zu tun hatte, lagen seine Nerven jetzt blank. Vielleicht würde er reden. Wenn er unschuldig war, brauchte er sie.

Der rote Renault 19 wurde mit dem Tieflader in die Werkstatt gebracht. Pilecki beaufsichtigte den Transport. Koch machte sich mit ihren Technikern an die Arbeit. Die Blutspuren waren rasch gefunden, obwohl sich der Täter Mühe gegeben hatte, den Kofferraum zu reinigen.

Reginas schmale Finger verschwanden fast in Janetts kräftiger Hand. Er strich über ihre Knöchel und spürte einen Kloss im Hals.
«Warum hast du dich scheiden lassen?», fragte Regina leise.
«Meine Frau hat sich in einen anderen Mann verliebt», gab er zu. Er schämte sich. «Warum bist du nicht mehr mit Cavalli zusammen?»
«Er hat sich in tausend andere Frauen verliebt», antwortete sie. Sie hatte sich damals auch geschämt. Sie hatte sich vorgestellt, wie seine Liebhaberinnen hinter ihrem Rücken über sie lachten.
«Verliebt? Hat Sex für ihn etwas mit Liebe zu tun?»
«Nein. Das war eine schlechte Wortwahl. Wie ist es bei dir? Kannst du dir vorstellen, mit einer Frau zu schlafen, ohne sie zu lieben?»
«Nein.» Seine Hand glitt ihren Arm entlang.
Und mit einem Jungen?, dachte sie.
In der Nachspielzeit erzielten die Griechen das Siegestor. Dann kam Pilecki zurück und verhaftete Janett.

Cavalli träumte von Katja. Sie glich Janett. Sie rannte durch eine Lichtung und stolperte über einen Grasknoten. Sie schrie. Eine Katze bohrte ihre Krallen in den Arm des Mädchens. Blut floss aus der Wunde und bildete eine Lache unter einem Baum. Sahl zog das Mädchen in seine Arme und streichelte es. Ihr Arm wurde langsam dunkelbraun. Cavalli versuchte, Katja aus Sahls Umarmung zu lösen, doch er hielt sie fest. Cavalli zog weiter, bis sie aufschrie.

«Du tust mir weh!»

Cavalli setzte sich mit klopfendem Herzen auf und versuchte, sich zu orientieren. Die Bibliothekarin sah ihn mit weit aufgerissenen Augen an.

«Ich wollte nicht …» Cavalli schwang seine Beine aus dem Bett. Sein Mund war trocken. Der Boden unter seinen nackten Füssen angenehm kühl. Er sah auf sein Handy. Es war zwei Uhr. Draussen war es stockdunkel. Er war eingeschlafen.

Sie streckte einen Arm nach ihm aus. «Komm, leg dich wieder hin.»

Cavalli schüttelte sie ab. «Ich muss los.» Er schlüpfte in seine Jeans.

«Um diese Zeit?», fragte sie erstaunt.

Cavalli packte rasch seine Sachen und küsste sie flüchtig auf die Stirn. «Ein anderes Mal», versprach er und flüchtete.

So überraschend, wie die Liebe aufgeblüht war, erlosch sie wieder. Thok wollte nicht mehr. Er verstand nicht, warum. Den Tränen mischte sich Scham bei. Dann Wut. Und dann Furcht. Hatte der Junge absichtlich mit seinen Gefühlen gespielt? Er fühlte sich ausgenutzt. Ins Lächerliche gezogen. Dann erinnerte er sich an die Nächte mit Thok. Es konnte kein Spiel gewesen sein. Oder doch? Er nahm einen tiefen Schluck Bier.

Er bot ihm Sicherheit an. Geld, um seine Studienträume zu ver-

wirklichen. Liebe. Thok schüttelte den Kopf. Er war mager. Sein Blick rastlos, seine Hände nervös. Bitte, lass mich frei, flehte er.

Ich halte dich nicht gefangen, antwortete er. Du kannst jederzeit gehen. Aber du musst schweigen.

Thok wollte nicht schweigen. Er wollte die Wahrheit erzählen.

Nein, versuchte er das Unausweichliche zu stoppen. Sein Schmerz schlug in Zorn um, seine Scham in Hass. Er packte Thok und hielt ihn fest. Du hast versprochen zu schweigen!

Ich bin neunzehn, rief Thok in den dunklen Wald hinaus. Er wiederholte die Worte, immer lauter. Seine Stimme überschlug sich, doch er schrie weiter. Er riss seinen Talisman vom Hals und warf ihn ins Gebüsch. Ich bin neunzehn, und niemand wird für mich beten, wenn ich sterbe!

Thoks verstörter Blick fixierte ihn. Er öffnete den Mund zu einem weiteren Schrei.

Er klammerte sich an seine Bierflasche und starrte auf Thoks Mund. Als der nächste Ton über seine Lippen kam, schlug er zu.

Thok verstummte.

12

Cavalli stand um halb sieben vor dem IRM. Er wusste, dass Hahn ein Frühaufsteher war. Auf der Finnenbahn drehten Jogger in der kühlen Morgensonne ihre ersten Runden. Um sieben erkannte er den Mediziner, wie er mit langen Schritten den Irchelpark durchquerte.

Hahn hob einen Zeigefinger, als er Cavalli erkannte. «Hab ich dir nicht gesagt, dass ich mich melden werde, sobald ich etwas erfahre?»

Cavalli sagte nichts. Er folgte Hahn in sein Büro. Mit einem lauten Seufzer startete Hahn seinen Computer.

«Kaffee?»

«Ja. Stark.»

«Du hast hoffentlich nicht die ganze Nacht vor dem Institut ausgeharrt?»

«Nein.» Cavalli starrte angespannt auf den Bildschirm.

Hahn holte Kaffee, während sein PC automatisch nach Viren suchte. Als er mit zwei Tassen zurückkam, war das E-Mail-Programm bereit. Hahn reichte Cavalli den dampfenden Kaffee und tippte sein Passwort ein. Cavalli hatte ein flaues Gefühl im Magen. Er nahm einen kräftigen Schluck.

«Jaaa, ich glaube, da ist etwas.» Hahn klickte auf die entsprechende Nachricht und sah auf. «Heute Morgen abgeschickt, 6.35 Uhr. Du hast einen siebten Sinn.»

Cavalli beugte sich vor. «Und?»

Hahn öffnete das Dokument. Konzentriert las er den Inhalt.

«Was schreibt er?», flüsterte Cavalli.

Hahn liess sich nicht stören. Er las den Bericht seines Kollegen sorgfältig zu Ende. Cavalli versuchte, die Zeichen und Zahlen zu entziffern. Er trommelte mit den Fingern auf Hahns Stuhllehne.

Hahn stand auf. «Du hast Recht gehabt. Die DNA-Proben stimmen überein. Ich druck dir das Dokument aus. Verrätst du mir jetzt, worum es geht?»

Cavalli liess Hahns Worte auf sich wirken. Er spürte sowohl Erleichterung wie Entsetzen. Er stand wie angewurzelt im Büro des Mediziners und wartete, bis die Welt wieder normal wurde. Sie blieb auf dem Kopf stehen.

Christopher drehte sich im Halbschlaf, als er die Stimme seines Vaters hörte. Cavalli betrachtete ihn. So entspannt wirkten seine Gesichtszüge viel jünger. Er erkannte den kleinen Jungen wieder, der trotzig die Arme verschränkte, wenn etwas von ihm verlangt wurde. Cavalli legte eine Hand auf seine Schulter, die wie ein Berg aus dem Deckengewühl hervorragte. Die Knochen fühlten sich spitz an.

«Chris.» Cavalli rüttelte ihn wach.

Christopher strich sich das Haar aus dem Gesicht. Cavalli musterte seine Hand. Sie hatte keinen Menschen umgebracht. Ein Gefühl der Erleichterung durchflutete ihn. Jetzt, wo er einen Beweis hatte. Dann wurde ihm wieder kalt.

«Chris! Wach auf!»

«Was ist?», murmelte der Junge.

«Ich weiss Bescheid.»

Christopher war schlagartig wach. «Was?» Er rieb sich den Schlaf aus den Augen und sah seinen Vater an. Dann brach er in Tränen aus.

Regina hörte nicht auf zu tippen, als es an der Tür klopfte. Sie hatte sich die ersten Stunden des Tages freigehalten, um in Ruhe ein Plädoyer zu schreiben. Und um mit ihren Sorgen alleine zu sein. Zu viel verlangt, dachte sie, als die Tür aufging.

Cavalli und Christopher traten ein. Cavallis Gesicht war wie aus Stein gemeisselt. Er reichte ihr wortlos einen dicken

Bericht. Regina warf einen Blick darauf und sah, dass es das Geo-Profil war.

Christopher hielt den Kopf gesenkt. Er begrüsste sie nicht. Cavalli trat einen Schritt zurück.

«Guten Morgen», sagte Regina unsicher. War Cavalli wegen ihrer Reaktion vom Vorabend sauer? Oder hatte er Informationen über Janett?

Das Schweigen schien eine Ewigkeit anzuhalten.

«Wollt ihr mir etwas sagen?», fragte Regina verwirrt.

Christopher murmelte etwas.

«Wie? Ich verstehe dich nicht.»

«Ich war es», wiederholte er lauter.

«Was warst du?» Regina sah zu Cavalli. Er zeigte keine Reaktion.

Christopher zeigte auf den Bericht. «Die … Einbrüche …» Seine Stimme brach, und er kämpfte erneut mit den Tränen. «Wir waren das. Timon und ich.»

Regina schlug die Hand vor den Mund. Sie sah Cavalli in die Augen und verstand. Sie versuchte, sachlich zu bleiben. «Setz dich, darüber müssen wir reden.»

Pilecki studierte das Resultat des Handschriftenvergleichs. Negativ. Die Sprayereien stammten weder von Christopher noch von Timon noch von Pollmann. Zumindest nicht diese. Der Häuptling wird sich freuen, dachte er. Er sah auf die Uhr. Koch hatte sich noch nicht gemeldet.

Als hätte sie seine Gedanken gehört, stolzierte sie ohne anzuklopfen zur Tür herein. Die dunklen Augenringe zeugten von einer kurzen Nacht.

Sie nickte. «Eine Fundgrube. Sorgfältig geputzt, aber wir haben ausser Blut noch Hautpartikel, Haare und vieles mehr gefunden.»

«Im Kofferraum des Renaults?» Pilecki stand auf.

«Ja. Mit grösster Wahrscheinlichkeit von Lado.» Sie schilderte die Details und legte ihm einen provisorischen Zwischenbericht hin.
Pilecki trommelte seine Mitarbeiter zusammen.

Sie hatten zwei Stunden Zeit, um sich über die Sachlage klar zu werden, bevor der Jugendanwalt Christopher erwartete. Entgegen Cavallis Wünschen hatte Constanze darauf bestanden, dass sich Gabriele der Sache annahm. Zu fünft sassen sie um den weissen Tisch in ihrem Wohnzimmer.
Gabriele kam auf den neunten Einbruch zu sprechen. Wieder musste Christopher alle Details schildern.
«Und zum Schluss habt ihr den Champagner getrunken?», fragte Gabriele.
«Ja», flüsterte Christopher.
Gabriele blätterte in Cavallis Unterlagen. «1100 Franken Bargeld, zwei Kreditkarten und ... ein Stapel CDs?» Er sah Christopher fragend an. «Warum die CDs?»
«Sie lassen sich gut verkaufen», erklärte er leise. «Und ... das ... Ecstasy ...»
«Ecstasy? Hier steht nichts von Ecstasy.» Gabriele schaute zur Sicherheit nach. «Ihr habt Ecstasy gestohlen?» Er blickte zu Cavalli.
Christopher zog den Kopf ein.
«Das haben sie nicht als vermisst gemeldet», bemerkte Cavalli trocken.
«Schön, dass du dich hier amüsierst!», warf ihm Constanze bitter vor.
«Fahren wir fort», sagte Gabriele rasch. «Habt ihr sonst noch etwas mitgenommen?»
«Zwei Flaschen Bier.»
Gabriele ergänzte die Liste gestohlener Gegenstände. «Noch etwas?»

Christopher schüttelte den Kopf.

«Warum, Chris? Warum hast du es getan?» Constanzes Stimme klang gequält. «Fehlt es dir an etwas? Habe ich dir nicht alles gegeben, was du brauchst?»

Lorenzo tätschelte ihre Hand. «Es liegt nicht an dir, Constanze. Jugendliche brauchen eine starke Hand, eine Frau allein ist damit überfordert.»

Cavalli spürte einen sauren Geschmack im Mund. Die Versuchung, Gabriele und seinen Vater zum Teufel zu jagen, war gross. Auf den juristischen Rat seines Bruders konnte er verzichten. Er wusste auch ohne Jus-Studium, was Christopher erwartete. Chris zuliebe hielt er jedoch den Mund. Er hatte genug Ärger, ein weiterer Streit würde die Situation nicht vereinfachen.

Gabriele fuhr fort. «Kommen wir zum letzten Einbruch.» Er sah in seinen Unterlagen nach. «Am vergangenen Wochenende. Ein zerschlagener Teller, Blut auf dem Küchentisch. Was ist passiert?»

Vergangenes Wochenende, dachte Cavalli. Christopher hatte bereits bei ihm gewohnt. Die Nacht, in der er zu Regina lief, weil es ihm zu Hause zu laut gewesen war. Schuldgefühle stiegen in ihm auf.

«Wir hatten Streit», erklärte Christopher stockend. «Timon wollte die Katze in den Kühlschrank sperren.» Er wischte sich mit dem Handrücken eine Träne weg. «Ich ... ich konnte nicht. Er hat mich mit einem Messer bedroht. Da habe ich den Teller nach ihm geworfen. Er rutschte aus, als er auswich, und schlug mit dem Ellenbogen auf dem Tisch auf. Ich rannte davon.» Christopher nahm einen zittrigen Atemzug. «Hat er ... ich meine, die Katze ...»

«Nein», antwortete Cavalli. «Es war keine Katze im Kühlschrank.» Er sah seinen Sohn an und war dankbar, dass er eine Grenze zog, wenn es um Lebewesen ging.

Constanze weinte leise.

«Dieser Timon», sagte Lorenzo laut. «Dieser Timon scheint der Bestimmende zu sein. Der Junge», er machte eine Kopfbewegung in Christophers Richtung, «ist ein Mitläufer. Schwach, unfähig sich zu wehren, aber kein Krimineller.» Seiner Stimme war anzuhören, dass er wenig von Schwäche hielt.

Gabriele sah das nicht so. «Wir dürfen die Sache nicht bagatellisieren. Christopher wusste, was er tat.» Er beugte sich vor. «Was habt ihr mit dem Diebesgut gemacht?»

«Timon hat mir meinen Lohn gegeben und den Rest behalten.»

«Deinen Lohn?»

«Je nachdem, wie viel zu holen war. Meistens zwei-, dreihundert Franken.»

Gabriele nickte. «Das ist zu deinem Vorteil. Wenn wir es beweisen können. Hast du eine Ahnung, wo Timon die Sachen versteckt?»

«Bei Pollmann.»

Cavalli sah ihn überrascht an. «Wir haben nichts gefunden.»

«In der Kirche. Es gibt dort einen kleinen Raum, so zum Umziehen. Mit Einbauschränken. In cinem der Fächer kann man das Brett herausnehmen, und darunter ist ein Hohlraum.»

Cavalli notierte sich die Angaben. «Weiss Pollmann davon?»

Christopher zuckte mit den Schultern. «Weiss nicht.»

«Und von den Einbrüchen?»

«Ja. Aber er hat versprochen, nichts zu sagen.»

«Ist das der Pfarrer?», fragte Gabriele.

Cavalli nickte.

«Was wird mit mir passieren?» Christopher klang verzweifelt.

Lorenzo sah ihn durchdringend an. «Das hättest du dich früher fragen sollen! Bevor –»
Cavalli fiel ihm ins Wort. «Lass deine Moralpredigt! Du hast hier nichts zu sagen! Er ist immer noch mein –»
«Nichts zu sagen? Soll ich schweigend zusehen, wie dein Sohn unsere Familie in den Dreck zieht?»
«Unsere Familie? Seit wann interessierst du dich für deine Familie? Hat es dich je gekümmert, dass –»
Lorenzo schlug mit der Faust auf den Tisch. «Das reicht! Setz dich, Bruno! Ich habe mehr als meine Pflicht getan. Jede normale … Frau schaut, dass sie richtig verhütet!»
Die Stille, die folgte, war ohrenbetäubend. Cavalli ging langsam auf Lorenzo zu.
Gabriele wandte sich rasch an Christopher. So sachlich wie möglich klärte er ihn über die Folgen seiner Tat auf.
«Wenn ich mit der Polizei zusammenarbeite, muss ich nicht ins Gefängnis?», vergewisserte sich Christopher.
«Kaum. Ich kann es dir jedoch nicht versprechen. Aber du musst mehr als mit der Polizei zusammenarbeiten. Du musst beweisen, dass du eine andere Richtung im Leben einschlägst. Dem Jugendrichter einen Grund geben, daran zu glauben. Und natürlich für den Schaden aufkommen.»
«Den Schaden?»
«Ja. Das Geld musst du zurückzahlen. Und für die Reparaturkosten an den Gebäuden musst du zusammen mit Timon aufkommen.»
«Womit soll ich das bezahlen?» Christopher schielte zu Cavalli. «So viel verdiene ich in der Pizzeria nicht.»
Gabriele wandte sich an Cavalli. Er stand wie versteinert vor Lorenzo. «Bruno? Kannst du den Schaden übernehmen?»
Cavalli versuchte, einen klaren Gedanken zu fassen. Die Stimme seines Vaters hallte in seinem Kopf. «Er kann es in Raten abzahlen», sagte er schliesslich.

«Nein», wandte Constanze ein. «Erstens will ich die Sache abschliessen. Zweitens will ich nicht, dass mein Sohn in irgendeiner Pizzeria arbeitet. Er wird ins Internat gehen und einen vernünftigen Schulabschluss nachholen.»

«Kommt nicht in Frage.» Cavalli sah Christopher an. «Ausser, du willst das.»

«Nein.»

«Was Christopher will, tut hier nichts zur Sache.» Constanzes Nasenflügel bebten. «Schliesslich muss ich mich täglich mit ihm herumschlagen. Ausser natürlich, er bleibt bei dir wohnen.»

Cavalli liess den Blick über seine Familie gleiten. Constanzes Mundwinkel waren nach unten verzogen, sie erinnerte ihn an einen Fisch. Lorenzos Gesicht spiegelte gar keine Gefühle wider. Seine herablassende Haltung signalisierte jedoch, dass er kein Verständnis für die Schwierigkeiten seines Enkels hatte. Und Gabriele – das Chamäleon war so farblos wie die Tischplatte vor ihm.

Von Weitem hörte Cavalli seine eigene Stimme: «Dann bleibt er eben bei mir wohnen.»

«Lado wurde im Kofferraum Ihres Renaults vom Tatort wegtransportiert», wiederholte Benedikt Krebs.

«Das sagen Sie.» Janett war kreideweiss.

«Wie kam er dort hinein?»

«Ich weiss es nicht.»

«Haben Sie Ihren Wagen jemandem ausgeliehen?»

«Nein», flüsterte Janett.

«Dann müssen Sie es gewesen sein.»

Janett schluckte hörbar. «Auch wenn es so aussieht, ich war es nicht.»

«Sie sind mit der Leiche zur Asylunterkunft gefahren und haben sie ins Wohnzimmer getragen. Dann haben Sie das

Feuer so gelegt, dass es erst richtig brennt, wenn Sie bei der Arbeit sind.»

Janett betrachtete seine Hände.

«War es so?»

«Nein.»

«Erklären Sie mir, warum nicht.»

Müde sah Janett auf. «Weil ich Lado nicht gekannt, ihn nicht umgebracht und keinen Brand gelegt habe.»

«Haben Sie schon einmal mit einem Jungen geschlafen?», fragte Pilecki aus dem Nichts.

«Was?!» Janett schlug mit der Handfläche auf den Tisch. «Seid ihr völlig verrückt?»

«Ja oder nein?»

«Nein!»

«Mit einem Mädchen? Einem minderjährigen Mädchen?»

«Nein!» Janetts Stirn glänzte vor Schweiss.

Pilecki ging um den Tisch herum und stellte sich neben ihn. «Einem Mann?»

Janett zögerte. Er fuhr mit dem Finger einem Strich auf dem Tisch nach. «Nein.»

«Hast du homosexuelle Erfahrungen?», wiederholte Pilecki. Er lehnte sich nach vorne und stützte sich auf den Tisch.

Janett wich seinem Blick aus.

«Hast du –»

«Nicht direkt», gab er zu.

«Was heisst das konkret?»

«In der RS war da ein Kollege», begann er zögernd. Er sah hoch. Krebs nickte, und er fuhr beschämt fort. «Er stand auf mich. Er ... versuchte es. Und ich liess es, wie soll ich sagen, geschehen. Aber nur bis zu einem gewissen Punkt, und dann wurde es mir zu viel.»

«Bis zu welchem Punkt?»

Janett rutschte vom Tisch weg. «Bis ich ihn berühren sollte.»
«Er wollte, dass Sie ihn befriedigen?»
«Ja.»
«Und das haben Sie nicht getan?»
Janett schüttelte den Kopf.
«Und er Sie?»
Janett antwortete nicht. Er roch seinen eigenen Schweiss.
«Hat er Sie –»
«Ja!»
«Hat es Ihnen gefallen?»
«Nein! Ich meine, schon, aber ich habe mir vorgestellt, es wäre eine Frau.»
«Wie hiess der Junge?»
«Ich weiss es nicht mehr.»
«Wie hiess er?»
Janett schüttelte den Kopf.
«Thok?»
Verwirrt blickte Janett von Krebs zu Pilecki. «Was?»
«Hiess er Thok?»
«Das ist doch kein Schweizer Name.»
«Was wollte Thok von dir?», fragte Pilecki.
Janett sah zu ihm hin. «Thok?»
«Wollte er mit dir schlafen?»
«Welcher Thok?»
«Gibt es zwei?»
«Reto?»
«Reto ist der Rekrut?», hakte Krebs nach.
Janett rieb sich mit den Handflächen die Schläfen. «Ja.»
«Haben Sie ihn nach der RS wieder getroffen?»
«Nein.»
«Wollte Thok auch mit dir schlafen?», fragte Pilecki.

Cavalli fand Pollmann in der Kirche. Er sass mit gefalteten Händen auf einer Holzbank. Cavalli setzte sich neben ihn.

Pollmann lächelte. «Schön, Sie in einer Kirche zu sehen.»

«Ich habe Sie gesucht», erklärte Cavalli.

Pollmann zuckte mit den Achseln. «Und ich dachte, Sie suchten Gott.» Er atmete tief ein. «Wie geht es dem Lärm? Im Kopf.»

«Es ist leiser geworden. Aber noch nicht still.»

Pollmann sah ahnend auf. «Hat er …?»

«Gestanden? Ja.»

«Von sich aus?» Freude erleuchtete Pollmanns Gesicht.

«Nicht direkt.»

Pollmann seufzte. «Schade. Er war so nahe dran.»

«Warum haben Sie nichts gesagt?»

Die Tür ging auf und eine ältere Frau kam herein. Sie winkte Pollmann zu und setzte sich einige Reihen hinter die beiden. Die Kirche war kühl, der hohe Raum mit Stille gefüllt. Cavalli fuhr mit der Hand über das glatte Holz.

«Ich habe es versprochen.» Pollmann legte den Kopf schräg. «Verstehen Sie?»

«Nein», gab Cavalli zu.

Pollmann wartete. Er schloss die Augen. «Sie sind es gewohnt, Geständnisse zu erzwingen.»

«Manche sind froh, wenn man ihnen dabei hilft. Sie sehnen sich danach, die Last loszuwerden», erwiderte Cavalli.

«Und andere sind stolz, wenn sie die schwierige Aufgabe selber bewältigen», konterte Pollmann. «Damit übernehmen sie die Verantwortung für ihre Fehler.»

Cavalli lehnte sich zurück. Hinter ihm murmelte die alte Frau ein Gebet. «Christopher wird jetzt bei mir wohnen.»

«Will er das?»

«Nein. Aber er hat keine Wahl. Entweder bleibt er bei mir oder er geht auf ein Internat. Ich bin das kleinere Übel.»

«Und Sie? Möchten Sie das?»

Cavalli verzog das Gesicht. Doch die Miene des Pfarrers war ernst. «Nein. Mir reicht schon eine Woche.»

«Ich verstehe nicht.»

Cavalli zuckte mit den Schultern. «Nennen wir es eine gerechte Strafe für meinen Stolz.» Er lachte trocken.

Pollmann lachte nicht mit. «Ich verstehe Sie immer noch nicht. Christopher ist eine Strafe?»

Cavalli legte seinen ironischen Tonfall ab und erklärte, was vorgefallen war.

«Sie haben angeboten, Christopher ein Vater zu sein, um ihrer Familie eins auszuwischen?»

«Natürlich nicht! Das klingt, als ob …» Cavalli fand die Worte nicht. Er sah auf die Uhr.

Pollmann liess nicht locker. «Was hat Ihnen Ihr Vater angetan?»

«Nichts. Ich muss los.» Cavalli stand auf.

Pollmann richtete die Augen zur Decke. «Christopher ist feinfühlig. Er kann ausgezeichnet beobachten. Und nachahmen.» Er lachte über eine Erinnerung. «Er ist interessiert, hilfsbereit, sprachbegabt.»

Cavalli setzte sich langsam wieder.

«Er hat eine rasche Auffassungsgabe und einen trockenen Humor. Sein Mitgefühl macht ihn zu einem guten Zuhörer. Er ist kreativ, originell und fantasievoll.» Pollmann sah Cavalli in die Augen. «Ich beneide Sie um Ihren Sohn.»

Krebs lehnte sich zurück und überliess Gurtner die Gesprächsführung.

«Warum gerade Regina Flint?», fragte der Polizist.

Janett fuhr sich müde durchs Haar. «Ich kann es nicht erklären. Man nennt es wohl Chemie.»

«Warum ausgerechnet jetzt? Du kennst sie schon lange.»

«Ich war verheiratet, als ich sie kennen lernte.»

«Hast du sie schon damals attraktiv gefunden?»

«Natürlich. Aber ich habe mir keine Gedanken darüber gemacht.»

Gurtner verschränkte seine Arme. «Du bist schon seit drei Jahren geschieden. Warum hast du sie in dieser Zeit nie angerufen?»

«Es kam mir nicht in den Sinn. Ich war wohl noch nicht bereit für eine neue Beziehung.»

«Aber seit dem Brandanschlag auf die Asylunterkunft bist du bereit für eine neue Beziehung?», wollte Gurtner wissen. Seine Stimme drückte seine Zweifel aus.

Janett schüttelte den Kopf. «Das habe ich nicht gesagt.»

«Was hast du dann gesagt?»

Janett überlegte. «Ich weiss es nicht mehr.»

Gurtner musterte ihn. «Hast du mit ihr geschlafen?»

«Mein Gott, was ist bloss mit euch? Was hat mein Sexleben mit euren Ermittlungen zu tun!» Janett schob den Stuhl zurück. «Ich brauche ein Glas Wasser.»

«Ja oder nein?»

«Ich werde die Frage nicht beantworten.»

Krebs gab Gurtner ein Zeichen. «Machen wir eine kurze Pause», ordnete er an.

Er verliess mit Pilecki und Gurtner den Befragungsraum und wies sie an, keine weiteren Fragen über Regina zu stellen.

Pilecki schaute ihm nach, als er auf die Toilette zusteuerte. «Manchmal hasse ich diesen verdammten Beruf», fluchte er.

Gurtner zuckte gleichgültig mit den Schultern. «Janett hätte es sich ja früher überlegen können.»

«Was?»

«Na, ob er wirklich jemanden umbringen will. Ein Mord schützt nicht unbedingt die Privatsphäre.»

«Du bist von seiner Schuld überzeugt?»

«Seien wir realistisch: Lados Leiche wurde in seinem Wagen transportiert; der Renault war am Tatort. Niemand sonst hat ihn an diesem Tag gefahren. Janett wurde mit einem jungen Schwarzen gesehen. Man hat Lado im ‹Elefant› mit einem Bündner beobachtet. Flints Gartenstühle brannten, als er mit ihr vö–» Gurtner stockte, «als er bei ihr war. Er wohnt in Witikon, was die Wahrscheinlichkeit erhöht, dass er Lado kennt. Hab ich etwas vergessen?»

Pilecki steckte einen Kaugummi in den Mund. «Das Motiv.» Er ging im Flur hin und her. «Es sind alles nur Indizien.»

Bevor Gurtner widersprechen konnte, kam Meyer aus ihrem Büro. «Reto Moreno. Kann sich gut an den Vorfall erinnern. Bedauert es immer noch, dass Janett nicht begeistert war. Moreno ist überzeugt, dass Janett nicht schwul ist. Nicht einmal bisexuell. Und er behauptet, sich gut auszukennen.»

«Dann sind wir wieder bei der Frage des Motivs.» Pilecki warf den Kaugummi weg und zündete eine Zigarette an. «Wenn es kein Beziehungsdelikt war, was dann? Was besitzt ein junger Flüchtling aus einem Kriegsgebiet, wofür man ihn töten würde?»

«Informationen?», schlug Gurtner vor.

«Beziehungen? Zum Beispiel zu Waffen?» Meyer dachte an Cavalli und seine Ermahnung, sich besser zu informieren. Gab es im Sudan Diamanten? Oder war das ein anderer afrikanischer Staat?

Krebs kam von der Toilette zurück. «Machen wir weiter!» Er verschwand im Befragungsraum.

Pilecki drückte seine Zigarette aus.

Gurtner verzog das Gesicht. «Seine Skrupel hindern uns daran, die Wahrheit ans Licht zu bringen. Janetts Beziehung zu Flint ist wichtig. Vielleicht hat er sich nur mit ihr eingelassen, um an Informationen zu gelangen.»

«Schon möglich. Wir kommen darauf zurück, wenn es nicht mehr anders geht.» Pilecki wies Gurtner an, in Janetts Vergangenheit nach aggressivem Verhalten, jähzornigen Vorfällen oder Streitereien zu suchen. «Versuch, den Psychologen ausfindig zu machen, der ihn nach dem Tod seines Vaters behandelt hat.»

Regina stellte den Durchsuchungsbefehl für Janetts Wohnung aus. Sie tippte seine Personalien mechanisch ein und blendete die Erinnerung an den Menschen dahinter aus. Bevor sie das Dokument Antonella zum Weiterleiten brachte, versuchte sie ein letztes Mal, Fontana zu erreichen. Er war immer noch krank. Frustriert legte sie auf. Wenn Fontana ihr sagen könnte, wo Lados Dossier in Zürich gelandet war, bevor er es übernahm, hätte sie wenigstens einen Anknüpfungspunkt.

Ihre Gedanken kehrten zu Janett zurück. Waren ihre Menschenkenntnisse so dürftig? War sie in eine Falle getappt? Sie versuchte sich an Janetts Verhalten an der Brandstelle zu erinnern. Ihr fiel nichts Verdächtiges auf. Sie nahm die Ermittlungsakte hervor und begann sie nochmals zu studieren.

«Hat jemand einen Schlüssel zu Ihrer Wohnung?», fragte Krebs.
«Nur meine Familie.» Janett überlegte, ob er einen Wohnungsschlüssel verloren haben könnte. Das hätte er nicht vergessen.
«Putzhilfe?»
«Nein.»
«Nachbarn?»
«Nein.»
«Ihr Sohn könnte den Schlüssel nicht weitergegeben haben?»
«Nein. Er ist gewissenhaft und zuverlässig. Das würde er ohne meine Erlaubnis nie tun.»

«Und der Reserveschlüssel des Renaults hängt in der Wohnung?»

Janett nickte. «Mein Schlüssel auch. Ich fahre meistens mit dem Rad zur Arbeit. Im Sommer brauche ich den Wagen selten.» Er schaute auf die Uhr. «Ich habe um halb acht Dienst. Bleibe ich in Haft?»

«Melden Sie sich lieber ab!»

Janett sah den Bezirksanwalt entgeistert an. «Sie halten mich schon seit fast zwanzig Stunden fest!»

Krebs kam auf Janetts Feuerwehrkarriere zu sprechen.

Gurtner fuhr mit Karan und zwei weiteren Polizisten nach Witikon. Sie liessen keine Schublade in Janetts Wohnung ungeöffnet, durchsuchten jeden Winkel.

Karan kam mit einem Paar Turnschuhen aus dem Schlafzimmer. Er hielt sie hoch. «Arbeit für Koch.»

Gurtner nickte. «Sind das die Einzigen?»

«Er hat noch Kletterschuhe, doch die trägt man vermutlich nicht im Wald.»

«Pack sie trotzdem ein!»

Karan folgte seinen Anweisungen. Gurtner blätterte in Janetts Bankunterlagen, entdeckte nichts, was eine Beschlagnahmung gerechtfertigt hätte. Er wandte sich der Post auf dem Tisch zu.

Karan kam mit einem Blatt in der Hand aus dem Schlafzimmer. «Schau dir das an!»

Cavalli folgte dem Weg, den er am Vortag mit Sahl von Witikon nach Dübendorf gegangen war. Er brauchte dafür nur zwanzig Minuten. Die Grasknoten lagen auf einer Geraden. Er verlängerte diese in Gedanken und lief weiter, bis er beim Alterszentrum ankam.

Einzelne Altersheimbewohner schoben ihre Gehhilfen

über das geteerte Strässchen. Cavalli sah sich um. Wohin war Lado gegangen? Rechts führte eine Überlandstrasse nach Fällanden. Links säumten Wohnblöcke die Strasse ins Stadtzentrum. Die Kirche im Wil schlug sechs Uhr.

Was hatte Lado so gequält? Warum machte er in Dübendorf einen Halt, um zu beten? Immer noch aus Freude? Oder brauchte er jetzt Hilfe?

Janett wischte sich mit dem Handrücken den Schweiss von der Stirn. Erschöpft wiederholte er seine Aussage. «Nein, ich wollte die Scheune nicht in Brand setzen. Wir hatten gespielt! Wir versuchten, uns mit Rauchzeichen zu verständigen, ich hatte keine Ahnung, wie gefährlich es war. Mein Gott, ich war erst neun.»

«Nicht jeder Neunjährige spielt mit Feuer.»

Janett verlor langsam die Fassung. «Es war nicht meine Idee! Mel war derjenige, der immer Indianer spielen wollte. Genauso wie es seine Idee war, zur Feuerwehr zu gehen. Ich merkte erst dann, dass ich diese freiwillige Arbeit zum Beruf machen wollte.»

Es klopfte. Krebs unterbrach die Einvernahme. Draussen war Gurtner.

«Wir dachten, das würden Sie gleich sehen wollen.»

Er reichte ihm eine Kinderzeichnung. Krebs meldete Regina den Fund.

«Adoda, Telefon!»

Cavalli sprang aus der Dusche. «Wer ist es?»

«Pilecki.» Christopher reichte ihm den Hörer.

«Endlich! Seid ihr immer noch dran?» Cavalli tropfte auf den Parkettboden. Christopher brachte ihm ein weiteres Handtuch.

«Ja. Krebs hat ihn bald so weit. Er hat Ausdauer.»

«Macht Krebs die Einvernahme alleine? Oder ist Regina auch dabei?»

«Krebs ist alleine. Er hat die Leitung übernommen, bis klar wird, ob sich der Verdacht gegen Janett bestätigt.» Er erzählte von der Kinderzeichnung.

«Ein schwarzer Junge? Auf einer Bergspitze?»

«Er behauptet, sein Sohn hätte es gezeichnet. Wir suchen den Jungen, aber er ist mit einem Kollegen in die Berge gefahren. Du hast mich gesucht?»

«Ja. Ich wollte über Katja reden.» Cavalli trocknete sich mit einer Hand ab.

«Katja? Jetzt?» Pilecki verstand ihn nicht. Wie ein Blitz durchfuhr ihn der Gedanke, dass Irina ihn in drei Tagen in Kiew erwartete. «Was hast du bloss mit dem Mädchen?», fragte er scharf. «Ich habe jetzt Wichtigeres zu tun!»

«Ich weiss es nicht. Sie erinnert mich an etwas, aber es entgleitet mir immer wieder. Wenn du über sie erzählen würdest, käme es mir vielleicht wieder in den Sinn.»

Pilecki seufzte. «In Ordnung. Aber jetzt kann ich nicht. Ich ruf dich an, sobald wir durch sind.»

Fontana schluckte ein Schmerzmittel und stieg beim Migrationsamt aus. Der moderne Bau spiegelte die Abendsonne. Die Empfangshalle war leer, der Warteraum für Asylsuchende verlassen. Er fuhr mit dem Lift in den zweiten Stock und ging zu seinem Büro. Hustend überlegte er, ob er seinen PC aufstarten sollte. Die Mailbox war bestimmt voll. Wollte er wissen, was er diese Woche verpasst hatte? Sein Pflichtgefühl führte seinen Finger zum Startknopf.

Während er wartete, betrachtete er sein Postfach. Die Briefe und Dokumente türmten sich im Kistchen. Er nahm die oberste Mappe vom Stapel und drehte sie in der Hand. Dann legte er sie müde wieder hin.

Er sah kurz seine Mails durch. Regina Flint hatte mehrmals versucht, ihn zu erreichen. Er druckte die Nachrichten aus.

Pilecki nahm einen Schluck Bier und lehnte sich zurück. «Das tut gut.»

«Habt ihr ihn laufen lassen?», fragte Cavalli.

«Vorläufig. Morgen um acht Uhr geht die Einvernahme weiter. In der Zwischenzeit wird er überwacht.»

«Ist er kooperativ?»

«Ja. Aber langsam verliert er die Kontrolle über seine Reaktionen. Er ist stinksauer auf uns.»

«Gut.»

«Aber du wolltest mehr über Katja wissen.» Pilecki machte es sich bequem. «Schiess los!»

Cavalli dachte nach. «Katja oder Irina, ich bin mir nicht sicher, wer die Erinnerung auslöst. Es ist etwas auf dem Foto. Erzähl einfach mal.»

Pilecki beschrieb das Mädchen. Anfangs stockend, doch als er in Schwung kam, merkte er, wie viel er über sie wusste. Irina war es gelungen, ihre Tochter in ihren Briefen lebendig werden zu lassen. «Ihre beste Freundin ist zwei Jahre älter als sie. Trotzdem tauschen sie manchmal Kleider aus. Irina muss dann ihre Hosen viermal umkrempeln.» Er lachte.

«Weiss sie, wer ihr Vater ist?»

«Natürlich!» Ärger blitzte in seinen Augen auf.

Cavalli hob beschwichtigend die Hand. «Spring mir nicht gleich an die Gurgel. Ich hab ja nur gefragt.»

Pilecki atmete tief durch. «Entschuldige. Ja, er war ein deutscher Tourist. Leider verheiratet. Aus dem Versprechen, seine Frau zu verlassen, wurde nichts.»

«Und ihr wollt tatsächlich heiraten?»

Pilecki betrachtete seine Hände. «Ich hatte vor, sie zu fragen.» Er erzählte von seinen Ferienplänen.

Cavalli hörte zu. «Chris hat durch die Einbrüche ein Alibi. Ich rede mit Regina. Ich sehe nicht ein, warum ich den Fall nicht wieder übernehmen sollte.»

Pilecki zeichnete mit der Bierflasche Kreise und nickte.

«Und, Juri ... danke.»

Als Regina am Samstagmorgen ihre Augen aufschlug, hörte sie keine Flugzeuge. War schon nach neun? Sie blickte auf den Wecker. Halb zehn. Augenblicklich holte sie die Erinnerung an den Vortag ein. Janett sass bereits seit eineinhalb Stunden wieder bei Krebs im Büro.

Regina setzte sich auf. Sie fühlte sich schwer, die Bettdecke war eine Last. Sie schob sie beiseite und versuchte aufzustehen. Sie mochte sich dem Tag nicht stellen. Sie liess sich wieder zurückfallen und zog die Beine an. Eigentlich hatte sie vorgehabt, mit Chantal einkaufen zu gehen, doch schon die Vorstellung daran raubte ihr alle Energie.

War er schuldig? Hatte sie sich mit einem Mörder eingelassen? Regina zog die Decke wieder zu sich und versuchte weiterzuschlafen. Hatte er seine Warmherzigkeit und seine Fürsorge nur vorgetäuscht? Unmöglich. Doch wie konnte sie Gewissheit erlangen?

Regina schlich zur Küche, holte ein Glas Saft und legte sich wieder ins Bett. Sie dachte an Christopher. Wie kam Cavalli mit der Tatsache zurecht, dass sein Sohn zehn Einbrüche begangen hatte? Sie schloss die Augen.

Eine Mücke summte um ihr Ohr. Irritiert fuchtelte Regina mit der Hand. Als die Mücke wieder zurückkehrte, zog sie die Decke ganz über den Kopf. Bald hatte sie zu warm. Sie setzte sich auf und griff zum Telefon.

Er klang abwesend. «Ja?»

«Cava? Ich bins. Störe ich?»

«Regina! Nein, du störst nie. Wie geht es dir?»

«Das wollte ich dich auch fragen.»

«Ich habe hier einige interessante Hypothesen ausgearbeitet. Willst du sie hören?»

«Klar, schiess los.» Regina schob sich ein Kissen ins Kreuz.

«Ich habe eine Liste aller Leute zusammengestellt, die Lado kannte. Beziehungsweise, denen er begegnet ist. Wir haben gesagt, dass er ein Einzelgänger war. Aber auf meiner Liste stehen inzwischen sechzig Personen! Und sie ist noch nicht komplett. Mir fehlen vor allem die Namen von einigen Asylsuchenden, mit denen er im Durchgangszentrum war. Aber die kriege ich noch heraus. Und nun müssen wir von all diesen Personen wissen, wo sie wohnen, arbeiten, sich in der Freizeit bewegen.» Er erzählte von Lados Ausflug nach Dübendorf.

«Und du willst sehen, ob du auf jemanden stösst, der sich in Dübendorf aufgehalten hat?»

«Genau. Oder ob sich sonst eine Gemeinsamkeit herauskristallisiert. Dass jemand auf der Liste zum Beispiel gern an der Glatt spaziert und Lado die Stelle gezeigt hat. Irgendetwas in die Richtung. Ich gehe davon aus, dass es einen Schnittpunkt gab.»

«Spazieren? An der Glatt?» Regina klang skeptisch.

«Das war ein schlechtes Beispiel. Vielleicht ein Mädchen. Hatte er einen Bekannten, der ein Mädchen in Dübendorf kennt? Und sie ihm vorgestellt hat? Eine Grossmutter im Altersheim, die Gesellschaft suchte?»

«Ein guter Ansatz. Hast du Pilecki informiert?»

Cavalli berichtete von seinem Gespräch.

Regina sah keinen Grund, der dagegen sprach, dass Cavalli die Leitung wieder übernahm. «Ich muss aber mit Benedikt reden. Ab jetzt trifft er die Entscheidungen, bis klar wird, ob …», sie räusperte sich. «Juri hat mir nichts von seinen Plänen erzählt, als ich ihn bat, seine Ferien zu verschieben. Ich dachte, er fahre wieder zu seiner Mutter.»

«Das dachten wir alle», meinte Cavalli. Er konnte es noch nicht verstehen, dass sein Kollege das eingefleischte Junggesellen-Dasein gegen ein Familienleben eintauschte. «Von ihm hätte ich es zuletzt erwartet. Er wirkte immer so ... zufrieden.»

Regina lachte traurig. «Das klingt, als hänge er seinen Frieden an den Nagel. Aber ich verstehe, was du meinst. Ich kann ihn mir auch nicht als Ehemann vorstellen. Und Irina ist nicht gerade ein Lamm.» Sie dachte an die Razzia im vergangenen Herbst zurück. Irinas Temperament hatte es der Polizei nicht einfach gemacht.

«Apropos Irina – da ist etwas, das mich beschäftigt.» Cavalli schilderte die Gedanken, die das Foto von Irina und Katja auslöste.

«Und du glaubst, das hängt mit Lado zusammen?»

«Ja. Aber ich habe keine Ahnung, warum und wie. Je mehr ich darüber nachdenke, desto unbegreiflicher wird mir alles.»

Regina nahm einen Schluck Orangensaft. Ihr Magen knurrte. «Cava, bevor wir den ganzen Tag am Telefon verbringen –» Am anderen Ende hörte sie einen Knall. «Cava?»

Es folgten ein Fluchen und ein lauter Seufzer. «Hallo? Bist du noch da?»

«Da bin ich wieder. Christopher ist aufgestanden. Was hast du wegen einem Tag am Telefon gesagt?» Er klang gereizt. Sie hörte Wasser im Hintergrund.

«Statt den Tag am Telefon zu verbringen, gilt dein Greifensee-Angebot noch?»

«Klar! Jetzt?»

Sie schmunzelte. «Du hast es wohl eilig, aus dem Haus zu kommen! Ich muss zuerst noch eine Kleinigkeit essen. In einer Stunde?»

«Ich hol dich ab.»

Reginas Schwere war wie weggeblasen. Sie riss die Fenster auf und ging ins Bad.

In Egg hielten sie an. Regina zog ihre Blades aus und ging barfuss zum See. Sie setzten sich auf den Holzsteg.

Cavalli machte Dehnübungen. Er musterte Regina, die gedankenversunken ins Wasser starrte. «Wird er sich melden, wenn er durch ist?»

Sie sah ertappt auf. «Ja.»

Cavalli wartete.

«Ich frage mich die ganze Zeit, warum ich nicht spüre, ob er schuldig ist oder nicht», gestand sie.

«Ich kenne das Gefühl.»

«Das wärs dann wohl gewesen.»

«Vielleicht ist er unschuldig.»

«Möglich.» Regina liess eine Feder ins Wasser gleiten. «Aber so viel Misstrauen ist kein guter Start für eine Beziehung. Ausserdem frage ich mich, wie er sich bei der Vorstellung fühlt, dass ich alle Protokolle seiner Einvernahmen studiere. Ich käme damit nicht klar. Ich weiss über jede Kleinigkeit seines Lebens Bescheid.»

«Nicht sehr romantisch», gab Cavalli zu. Er lag mit gestreckten Armen auf dem Rücken. Das Holz unter ihm war warm. «Bist du verliebt?»

Regina betrachtete ihn. Seine Augen waren geschlossen. Sie spürte das Verlangen, ihren Kopf auf seine Brust zu legen.

Er blinzelte. «Nur zu.»

Sie lachte. Dann wurde sie wieder ernst. «Nein. Ich glaube nicht. Ich mag ihn sehr. Aber ich habe kein Herzklopfen, wenn ich an ihn denke. Nur ein schlechtes Gewissen.» Das wurde ihr jetzt bewusst. Sie hatte von Anfang an ein schlechtes Gewissen gehabt, weil er immer ein bisschen mehr wollte als sie.

«Herzklopfen hat nichts mit Liebe zu tun», wandte Cavalli ein.

Regina kitzelte ihn mit einem Schilfhalm am Hals. «Nicht die Art von Herzklopfen!»

Er grinste.

«Und jetzt habe ich noch mehr Schuldgefühle, weil ich sozusagen für sein Unglück verantwortlich bin.»

Cavalli stützte sich auf seinen Ellenbogen und sah sie ernst an. «Du hättest sogar ein schlechtes Gewissen, wenn die Welt unterginge. Du würdest einen Grund finden, warum gerade du die Schuld dafür trägst.»

«Das ist nicht wahr!», protestierte sie, wissend, dass es genau so war.

Er zog sie an sich. «Leg dich hin und schliess die Augen. Spürst du, wie warm es ist?»

Jetzt hatte sie Herzklopfen.

Am Mittag assen sie in der Waldmannsburg. Eine Brise kam auf. Die Oberfläche des Greifensees kräuselte sich.

Cavalli legte seine Gabel hin. «Chris wird bei mir wohnen bleiben.» Jedes Mal, wenn er den Satz aussprach, hörte er ein Schloss zuschnappen.

Reginas Glas blieb auf halbem Weg zum Mund stehen. «Bei dir bleiben?», wiederholte sie. «Du meinst, länger als die vereinbarten vier Wochen?»

Cavalli nickte.

«In deiner Zwei-Zimmer-Wohnung?»

Er zuckte die Schultern. «Über die Details habe ich mir noch keine Gedanken gemacht.»

Regina wusste nicht, ob Entsetzen oder Freude angebracht war. «Warum?»

Cavalli erzählte von Constanzes Bedingungen.

«Ich finde das … schön von dir, dass du ihm das anbietest», meinte Regina unsicher. Wie hatte Constanze das geschafft?

Cavalli verzog das Gesicht. «Es war eine Trotzreaktion. Ich liess mich von ihnen provozieren. Nun darf ich es ausbaden.»

«Was sagt Chris dazu?»

«Er ist stinksauer. Fühlt sich missverstanden, ungeliebt, abgeschoben, nicht ernst genommen –»

«Bevormundet, übergangen, genötigt», fuhr Regina fort.

Cavalli lächelte. «Genau.»

Regina legte ihre Hand auf seine. «Ich finde es mutig von dir. Trotzreaktion hin oder her.» Und höchste Zeit, dachte sie.

Sie hätte um nichts in der Welt den Platz mit ihm getauscht.

Pileckis Anruf kam erst gegen sieben. Janett hatte nicht gestanden. Die Fingerabdrücke im Renault stammten ausschliesslich von ihm.

Jetzt ging es nur noch darum, die Sache zu Ende zu bringen. Er stellte das Foto so hin, dass er es beim Schreiben im Blickfeld hatte. Vor ihm lag ein leeres Blatt. Er hörte das Geschnatter der Enten im Garten des Altersheims. Die alte Dame hatte wieder ihr Frühstück für sie aufbewahrt.

Er suchte nach Worten. Doch statt der Tinte flossen Tränen auf das Briefpapier. Sie juckten am Kinn, doch er wischte sie nicht weg. Es hatte keinen Zweck.

Er nahm einen neuen Anlauf. Das schuldete er dem Polizisten. Wenigstens der letzte Schritt in seinem Leben sollte korrekt sein. Lados Tod konnte er nicht mehr ungeschehen machen. Das Leben seiner Familie war zerstört. Es hatte genug Opfer gegeben.

Er gönnte sich einen Blick auf das Foto, strich zärtlich über das Gesicht und drückte es an seine Brust. Was war bloss in ihn gefahren? Warum hatte er alles aufs Spiel gesetzt? Im Nachhinein fand er es unerklärlich. Seine Schultern bebten. Er stiess einen Laut aus, der an ein verwundetes Tier erinnerte. Doch die Tränen versiegten nicht.

13

Cavalli las das Protokoll sorgfältig durch. Pilecki stand am offenen Fenster und rauchte seine letzte Zigarette.

«Entweder ist er ein hervorragender Schauspieler, oder er hat es nicht getan», meinte Cavalli schliesslich. Er legte die Seiten hin. «Wie denkst du darüber?»

Pilecki stiess den Rauch zum Fenster hinaus. «Es geht um sein Leben. Wenn er es getan hat, wird er seine letzte Kraft mobilisieren, um die Tat zu vertuschen. Und wenn nicht, tut er mir verdammt leid. Aber ehrlich gesagt, ausser seinem Auftreten spricht nichts dafür, dass er unschuldig ist.»

«Was sagt dein Gefühl?»

Pilecki schüttelte grimmig den Kopf. «Ich weiss es wirklich nicht. Ich war noch nie so unsicher.» Er zählte auf, was sie alles gegen Janett in der Hand hatten.

«Hat die Gegenüberstellung mit den zwei Frauen vom ‹Elefant› etwas gebracht?», fragte Cavalli.

«Nein. Sie schliessen nicht aus, dass es Janett war, sicher sind sie jedoch nicht.» Pilecki erzählte vom Gespräch mit dem Kinderpsychologen. «Er ist natürlich an seine Schweigepflicht gebunden, aber er liess durchschimmern, dass Janett ein ganz durchschnittliches Kind war. Wir haben mit Mitschülern geredet, Nachbarn, Freunden. Nichts.»

«Die Zeichnung vom schwarzen Jungen?»

«Sein Sohn habe sie gezeichnet. Janett wird ihn vorbeibringen, sobald er von seinem Ausflug zurück ist.» Pilecki setzte sich auf den Fenstersims. «Der Mann ist mir sympathisch! Wir haben ihn zehn Stunden lang befragt, und er war bis zum Schluss kooperativ.»

«Ausser, wenn es um Regina ging …», wandte Cavalli ein.

«Er hat eben Grundsätze. Ich kann es ihm nicht verübeln.»

Pilecki stand auf. «Das wars. Mehr kann ich dir nicht sagen. Du findest alles in den Unterlagen. Ich habe sie nach deinem System weitergeführt.»

«Wann fliegst du?»

«Morgen früh. Heute Abend sehe ich mir mit einigen Kollegen den EM-Final an.»

«Die Tschechen sind doch rausgeflogen, oder?»

Pilecki grinste. «Du entwickelst dich ja zu einem Fussballspezialisten. Ja, im Halbfinal. Das war ein Albtraum! Die Griechen erzielten das Tor in der letzten Minute der ersten Verlängerung – das erste Silver-Goal der EM-Geschichte. Nedved fehlte einfach.»

«Wurde er nicht in einem früheren Spiel vom Platz verwiesen?», fragte Cavalli. Dann korrigierte er sich: «Nein, das war Stam.»

«Blödsinn! Erstens ist Stam Holländer, zweitens wurde nicht er vom Platz gestellt, sondern Heitinga.»

Cavalli lächelte. «Verstehe.» Er sammelte die Unterlagen ein. «Dann wünsch ich dir viel Spass beim Fussballschauen und vor allem schöne Ferien.»

«Ich will nicht bei dir wohnen!» Christopher schmiss den Wohnungsschlüssel auf den Boden.

«Chris! Das bringt doch nichts.» Cavalli klappte seinen Laptop zu und stand auf. «Hast du Lust, ins Kino zu gehen? Oder sonst etwas zu unternehmen?»

«Ich will zu Mam zurück!»

«Du hast gehört, was sie gesagt hat. Sie will nicht mehr. Und wenn du dich nicht zusammenreisst, wird es mir bald ähnlich gehen.» Er bereute die Worte, kaum hatten sie seinen Mund verlassen. «Setz dich!» Er drückte Christopher auf einen Stuhl und atmete tief durch. «Hör zu! Sie hat eine Krise. Braucht im Moment Zeit für sich. Vielleicht ändert sich das wieder. Aber jetzt müssen wir das Beste daraus machen. Wir holen nächste Woche deine Sachen, und dann kannst du dich im Zimmer einrichten.»

«Ich will meine Sachen jetzt.» Christopher sah ihn trotzig an.

«Ich muss zuerst Platz machen», erklärte Cavalli.

Christopher schob ein Wasserglas auf dem Tisch hin und her.

«Achtung, es ki–» Die Warnung kam zu spät. Cavalli schnappte seinen Laptop, bevor das Wasser ihn erreichte. Er sah zu, wie sich seine Unterlagen vollsogen.

Er brachte seine Papiere in Ordnung. Das Telefon klingelte, doch er nahm nicht ab. Kurz darauf stimmte sein Handy eine Melodie an. Er ignorierte es. In der Wohnung war es heiss. Die Sonne schien durch das geschlossene Wohnzimmerfenster. Er liess keine frische Luft herein. Das hier musste er allein tun.

Regina ging zu Fuss nach Witikon. Als sie aus dem Wald kam, hörte sie die Kirchenglocken, die das Ende des Gottesdienstes verkündeten. Sie dachte an Pollmann. Ob Timon ihn entlasten würde? Oder bliebe er bei seiner Behauptung, das Nazi-Material gehöre dem Pfarrer? Regina hatte Mitleid mit Pollmann. Aber auch Bewunderung für sein konsequentes Verhalten. Sie fragte sich, wer er wirklich war. Versteckte sich hinter seiner Rolle als Pfarrer irgendwo der Mensch Pollmann? Dadurch, dass er die Schuld anderer mit sich herumtrug und schwieg, nahm er die Farbe seiner Umgebung an, wie ein Chamäleon. Doch obwohl er seine Umgebung spiegelte, schimmerte Hingabe und Liebe durch seine einstudierte Rolle. Die Vorstellung, dass er nicht mehr neben der Kirche wohnte, löste in ihr ein Gefühl von Leere aus.

Kurz entschlossen machte sie einen Abstecher zum Pfarrhaus. Pollmann spielte im Garten mit einem Kind. Als er Regina erblickte, breitete sich ein Lächeln auf seinem Gesicht aus.

«Guten Morgen!»

Das Kind versuchte, dem Pfarrer einen Kieselstein in den Mund zu stecken. Pollmann tat, als würde er kauen, und der Junge gluckste vergnügt.

«Setzen Sie sich», bot er an. «Nur für ein paar Minuten. Ich weiss, Sie haben keine Zeit.»

Das Kind streckte Regina einen Stein hin. Sie nahm ihn abwesend und antwortete: «Man könne Zeit erzeugen, wurde mir kürzlich gesagt.»

Pollmann nickte zufrieden. Er nahm einen weiteren Stein in den Mund. Regina musterte seinen glücklichen Ausdruck und fragte sich, warum er keine eigenen Kinder hatte.

«Sie wären ein guter Vater», kommentierte sie nachdenklich.

Pollmann legte den Kopf schräg. Seine Augen sprachen Bände. Die Sehnsucht, die Regina in ihnen erblickte, war ihr zu persönlich.

Christopher war weg. Er war ohne Abschiedsworte aus der Wohnung gestürmt. Seufzend sortierte Cavalli die orangen Zettel, froh, dass er nicht ins Kino musste. Andererseits hätte es ihn gefreut, wenn Christopher darauf eingestiegen wäre.

Cavalli wollte den Sonntag dazu nutzen, sich wieder ganz in den Fall einzuarbeiten. Er betrachtete die Daten und leitete Aussagen ab. Zu jedem Zettel notierte er alles, was ihm dieser sagte. Die Seiten vor ihm füllten sich mit zusammenhanglosen Sätzen. Cavalli sammelte weiter, erstaunt, was er alles über Lado wusste.

Vom offenen Fenster her wehte ein leichter Wind und trug den Sommer in die Wohnung. Es war der erste heisse Tag, die

Wettervorhersage versprach 27 Grad. Er hörte einen Jubelschrei. Ein Fussballspiel war drüben auf dem Sportplatz in Gang. Heitinga, nicht Stam. Wie war er auf Stam gekommen?

Janett überlegte, ob er sich aufs Rad schwingen sollte. Er fühlte sich kraftlos. Andi wollte erst gegen Abend kommen, er hatte also genug Zeit für eine längere Tour. Lustlos zog er sich um, füllte eine Wasserflasche und suchte seine Sonnenbrille. Überall begegneten ihm Spuren der Polizei. Seine Kleider lagen nicht so, wie er sie in den Schrank gestapelt hatte; seine Brille war auf dem falschen Tablar.
 Er klemmte den Velohelm unter den Arm und schloss die Schlafzimmertür. Es klingelte. Janett erstarrte. Nicht schon wieder, dachte er und spürte, wie er sofort zu schwitzen begann. Mit angehaltener Luft öffnete er die Tür. Es war Regina.

Pilecki fischte eine alte Badehose aus der Schublade und verzog das Gesicht. Peinlich. Darin konnte er sich nicht sehen lassen. Verkaufte ein Geschäft am Hauptbahnhof Badehosen? Alle andern Läden waren am Sonntag geschlossen. Er pfiff eine unbekannte Melodie, bis er merkte, dass es die griechische Nationalhymne war. Er hörte augenblicklich auf und lachte über sich selber.
 Hatte er Cavalli den Fall lückenlos übergeben? Keine Informationen zurückbehalten? Irgendwelche scheinbar irrelevanten Details vergessen? In Gedanken ging er die letzten Tage durch: die Befragungen, die Laborberichte, Telefongespräche und Sitzungen. Dann legte er die Barbiepuppe in den Koffer.

Cavalli versuchte es mit einer Sequenzanalyse. Er stellte sich naiv und experimentierte mit seinen Gedanken. Die Hypothesen, die er generierte, waren riskant. Sie befolgten nur das

Gesetz der Logik, ohne Bezug zur Realität. Er teilte alle Daten in zwei Gruppen ein. Auf dem Boden verteilte er die Zettel, die mit der primären Strafhandlung zu tun hatten. Auf dem Tisch lagen diejenigen, die zur sekundären Tarnhandlung gehörten. Dann tauschte er innerhalb der Gruppen seine Stichworte so aus, dass die nebensächlich erscheinenden Besonderheiten am Rand lagen. Er holte die Bilder der verbrannten Leichen und pinnte sie an die Wand. Er hörte nicht, wie die Wohnungstür aufging.

Schritt für Schritt rekonstruierte er den Ablauf der Tat. Sowohl chronologisch wie sinnlogisch. Er ging in die Hocke, betrachtete die Zettel von der anderen Seite und passte die Reihenfolge an.

Ein Schatten riss ihn aus seiner tiefen Konzentration. Christopher stand mit offenem Mund vor ihm. Bevor er sich darüber ärgern konnte, schon wieder gestört zu werden, zeigte sein Sohn auf die Bilder.

«Ist das ... war das ...» Er konnte seinen Blick nicht von den Toten lösen.

Cavalli widerstand dem Impuls, die Bilder von der Wand zu reissen. Stattdessen liess er sie auf Christopher wirken. Er legte ihm die Hand auf die Schulter.

Auf dem Balkon wuchs Basilikum. Regina pflückte ein Blatt und rieb es zwischen den Fingern.

«Du willst mir etwas sagen», half ihr Janett.

Sie sah ihn an. Er hatte Schatten unter den Augen, seine Hände waren unruhig.

«Ja.» Sie liess das Blatt über das Geländer fallen. «Ich darf dich im Moment nicht mehr treffen.»

Er bewegte sich nicht.

«Weil ...»

«Du bist ...», sagten sie gleichzeitig.

«Weil ich euer Hauptverdächtigter bin.»

«Ja. Es tut mir Leid. Ausserdem, vielleicht ist es auch sonst keine gute Idee.»

Janett wandte den Kopf ab, als hätte sie ihm eine Ohrfeige verpasst. «Alles klar.»

«Es tut mir wirklich Leid. Ich hätte das früher sagen sollen.» Regina biss sich auf die Unterlippe.

«Hast du es denn früher gewusst?»

«Nein», gab sie ehrlich zu. «Nicht sicher.»

«Danke. Wenigstens das.» Er hätte es nicht ertragen, wenn sie ihm etwas vorgespielt hätte. «Darf ich dich trotzdem noch etwas fragen?»

Sie nickte.

«Glaubst du, dass ich Lado getötet habe?»

Regina schaute ihm in die Augen. «Ich weiss es nicht.»

Pilecki steckte seine Brieftasche ein. Das Handy liess er auf dem Fernseher liegen. Er hatte Ferien. Niemand musste ihn erreichen. Beim Italiener kaufte er ein Bier und schlenderte damit zum Hauptbahnhof. Das Shopville war wie leergefegt: Zürich fand am See statt. Pilecki sah sich um. Wo gab es Badehosen? Ein Metzger verkaufte Bratwürste. Eine kleine Stärkung vor dem Einkauf konnte nicht schaden.

Er wählte Pileckis Nummer und sprach eine Mitteilung auf die Combox. Jetzt war die Maschinerie in Gang gesetzt. Es gab kein Zurück. Er nahm eine offene Flasche Rotwein in die Hand und roch daran. Die Versuchung war gross. Er stellte sie in den Kühlschrank. Er hatte schon genug vermasselt. Jetzt durfte er sich keinen Fehler erlauben.

Er las den Brief ein letztes Mal durch. Würde sie es verstehen? Er hätte es vor einigen Monaten selber nicht für möglich gehalten. Dass die Freundschaft mit Thok so weit gehen würde. Dass seine

Instinkte sein Handeln steuerten. Dass er nicht die Macht hatte, seine Hand zu bremsen, als sie mit der Flasche ausholte. Wie unverständlich musste es erst für sie sein? Sie wusste so wenig über seinen Alltag hier. Unter der Woche lebte er das Leben eines Fremden.
Noch ein letzter Anruf.

Christopher war wieder da. Cavalli fegte die Zettel verärgert weg. Sie flatterten in der Küche umher und bildeten ein buntes Bild auf dem Boden.
«Kannst du die verdammte Musik leiser stellen?!»
«Was?»
Cavalli gab auf. Er holte seine Laufschuhe und ging. Die Nachmittagssonne brannte auf seinem Nacken, bis er in den Wald eintauchte, wo er die Stille wie ein Schwamm aufsog. In Gedanken ging er Hahns Bericht durch. Der Abdruck auf Lados Hüfte stammte vermutlich von einem Renault-Zeichen, wie Meyer beim ersten Rapport festgestellt hatte. Sie hatten ihrer Bemerkung zu wenig Bedeutung beigemessen. Was war sonst noch untergegangen? Welche scheinbar belanglosen Details waren in Tat und Wahrheit wichtige Hinweise?
Cavalli ärgerte sich. Er hätte Meyers Aussage zumindest notieren müssen. Er war nicht gründlich genug gewesen, hatte sich durch seine Eifersucht auf Janett ablenken lassen. Jetzt war es gesagt. Idiot, fluchte er laut. Als er merkte, dass die Eifersucht noch nicht abgeklungen war, fluchte er noch lauter.
Und dann die Geschichte mit dem Buch. Er wusste immer noch nicht, wo er es verloren hatte. Wie konnte ihm das passieren? Genug Vorwürfe. Das bringt mich nicht weiter, sagte er sich. Er begann wieder von vorne, die Tat in Gedanken zu rekonstruieren.

Aus einem offenen Fenster ertönte laute Musik. Regina schaute hoch und sah, dass sie aus Cavallis Wohnung kam. Obwohl sie wusste, dass es sinnlos war, klingelte sie. Niemand kam an die Tür. Sie wartete fünf Minuten und versuchte es ein zweites Mal ohne Glück. Als sie sich von der Haustür abwandte, kam ein Nachbar die Treppe herunter und verliess das Haus. Sie schlüpfte hinein.

Sie klopfte vergeblich, doch die Wohnungstür war unverschlossen. Vorsichtig ging sie hinein und rief Cavallis Namen. Christopher kam aus dem Zimmer und starrte sie misstrauisch an.

Die Schatten wurden länger, und das Leben erwachte im Wald. Cavalli stieg zum Bach hinunter. Das Blut war von blossem Auge kaum erkennbar. Er folgte der Schleifspur und stellte sich den Kraftaufwand vor. Pollmann und Christopher wären körperlich nicht in der Lage gewesen, Lados Leiche wegzuschaffen.

Cavalli dachte an die lange Liste Menschen, deren Weg sich mit Lados gekreuzt hatte. Wir merken gar nicht, wie viele Begegnungen wir haben. Plötzlich blieb er stehen. Er liess Lados Asylweg vor seinen Augen ablaufen. Und schlug sich auf die Stirn. War es möglich? War die Antwort die ganze Zeit so nah gewesen? So offensichtlich, dass er sie nicht gesehen hatte?

«Ist dein Vater zu Hause?» Regina wusste die Antwort schon, als sie die Frage stellte. Diese Musik hielt Cavalli keine fünf Minuten aus.

«Nein. Joggen gegangen. Musst du mir schon wieder Fragen stellen?», motzte er.

«Nein. Ich bin nicht deinetwegen hier. Ich lasse ihn grüssen.»

Christopher brummte etwas.

Reginas Handy klingelte. «Wer? Herr Fontana?» Sie gab Christopher ein Zeichen und er drehte die Musik leiser. «So, jetzt verstehe ich Sie. Ja, ich habe versucht, Sie zu erreichen. Aber an einem Sonntag will ich nicht stören.» Sie setzte sich aufs Sofa. «Geht es Ihnen besser? Nein, ich hatte eine Frage wegen des Altersgutachtens.»

Fontana erklärte, dass er darüber Neuigkeiten hatte. Sie vereinbarten ein Treffen.

«Soll er zurückrufen?», fragte Christopher, als sie aufgelegt hatte.

«Wer?»

«Mein Vater.»

«Nicht nötig. Ich melde mich später.»

Pilecki beschloss, die Badehose einzuweihen. Wenn er sie ungebraucht einpackte, sähe sie zu neu aus. Er kannte eine ruhige Stelle am Ufer der Limmat, die von Sonnenbadenden der ungepflegten Böschung wegen gemieden wurde. Der Letten war ihm zu überlaufen. Und – neue Badehose hin oder her – zu hip.

Das Wasser war frisch. Die Sonne hatte diesen Sommer noch nicht lange genug geschienen, um den See aufzuwärmen. Er schwamm so schnell wie möglich flussaufwärts, bis er warm hatte. In Gedanken war er schon am Schwarzen Meer.

Wenn es so war, so konnte er gleich den Polizeiausweis abgeben. Den Fehler würde er sich nicht verzeihen. Langsam, sagte er sich. Eines nach dem anderen.

Cavalli joggte zurück nach Witikon. Die Aufregung trieb seinen Puls in die Höhe. Als Janetts Wohnblock vor ihm auftauchte, hielt er an. Er machte Dehnübungen, bis sein Herz wieder im gewohnten Tempo schlug. Es ergab keinen Sinn.

Trotzdem hätten sie es überprüfen müssen. Er erinnerte sich an seine erste spontane Reaktion: Wohnen Sie auch in Witikon? Schon da hätte er merken müssen, dass es zu viele Zufälle gab.

Die Haustür stand offen. Im Treppenhaus war es kühl. Cavalli setzte langsam einen Fuss vor den andern und versuchte, keine voreiligen Schlüsse zu ziehen. Vor Janetts Wohnungstür stand ein Paar Wanderschuhe. Er klingelte.

Cavalli hörte Schritte auf der andern Seite der Tür. Sie ging auf. Vor ihm stand ein schwarzer Jugendlicher. Er trug nur Boxershorts.

Regina fragte eine Passantin nach der Fällandenstrasse. Sie kannte sich in Dübendorf schlecht aus. Die Frau zeigte auf eine Kreuzung.

«Gehen Sie bei der Ampel rechts, dann alles geradeaus. Die Höglerstrasse geht nach der Kreuzung in die Fällandenstrasse über.»

Regina bedankte sich. Sie las die Hausnummer nach. Fontana schien ganz am anderen Ende des Quartiers zu wohnen. Sie seufzte. Am Sonntag fuhren die Busse so selten, dass es keinen Sinn ergab zu warten. Sie folgte dem Radweg an einem Schulhaus vorbei. Links tauchten Sportplätze auf. Sie würde den EM-Final allein schauen müssen, fuhr es ihr durch den Kopf. Schade, dass Cavalli nicht an Fussball interessiert war. Vielleicht würde sie zu Chantal fahren, wenn die Zeit noch reichte.

Die Strasse zog sich in die Länge. Sie hätte ihre Blades mitnehmen sollen. Vor ihr tauchte ein Schild auf, das zum Alterszentrum zeigte. Regina schaute auf ihren Zettel und überprüfte die Hausnummer. Fontana wohnte ein Stück von der Hauptstrasse zurückversetzt. Sie las die Namen über den Klingelknöpfen: unten links, im Hochparterre. Ein Surren ertönte, und sie drückte die Glastür auf.

Er stand in der Tür, als sie die wenigen Stufen hochstieg.
«Herr Fontana», Regina reichte ihm die Hand. Er streifte sie mit der eigenen. Regina erschrak über sein Aussehen. Seine Wangen waren eingefallen, die Haut bleich und trocken. Seine Augen glänzten. «Sie sehen noch nicht gesund aus. Wir können das auch nächste Woche besprechen.»

Er schüttelte den Kopf. «Es geht schon. Kommen Sie!»

Regina betrat die Wohnung. Warme, stickige Luft schlug ihr entgegen. Fontana schloss die Tür.

Pilecki hatte kein Badetuch dabei. Er ging einige Schritte dem Ufer der Limmat entlang, so dass der Wind ihn trocknete. Er bekam eine Gänsehaut. Am Schwarzen Meer betrug die Temperatur 32 Grad. Seine Gedanken kehrten zu Irina zurück, und er stellte sich die Begegnung mit ihr vor. Er hatte sie seit Ostern nicht gesehen und scheute die ersten Stunden. Sie würden sich fremd fühlen, die Stille nicht ertragen, wenn die dringendsten Fragen beantwortet waren.

Pilecki zog sich an und stieg die Böschung hoch. Nachdem er über das Geländer geklettert war, folgte er der Limmat flussaufwärts. Eine Familie schlenderte ihm entgegen. Sie machte einen grossen Bogen um einen Alkoholiker, der auf dem Trottoir sass. Pilecki war durstig und beschloss, einen Abstecher in den «St. Gallerhof» zu machen. Bis zum Match blieb noch viel Zeit. Zur Sicherheit wollte er die Uhrzeit auf seinem Handy nachschauen. Dann fiel ihm ein, dass er es nicht mitgenommen hatte. Langsam überquerte er die Strasse und setzte sich an einen Tisch im «St. Gallerhof».

Cavalli starrte ihn an. Es war der Junge mit der Sporttasche, den er beobachtet hatte, als er die Fotos abholte. Er erinnerte sich daran, dass er ihm bekannt vorgekommen war. Cavalli hatte geglaubt, er sehe in jedem Schwarzen Lado. Doch der

Jugendliche vor ihm hatte keine Ähnlichkeit mit dem Sudanesen.

«Ja?» Als Cavalli nichts sagte, fragte der Junge: «Kann ich Ihnen helfen?»

«Ich suche Gion Janett», sagte Cavalli, ohne seinen Blick von ihm abzuwenden. Sein krauses Haar war kurz geschnitten, sein Körper athletisch.

«Er ist unter der Dusche. Möchten Sie hereinkommen?»

Cavalli folgte ihm in die Wohnung. Ein Rucksack stand neben dem Eingang.

«Ich sage ihm, dass Sie hier sind. Wie ist Ihr Name?»

«Cavalli.»

Der Junge sah ihn misstrauisch an und verschwand um die Ecke. Kurz darauf erschien Janett. Er war nicht erfreut, Cavalli zu sehen. Er verschränkte die Arme. Als er Cavallis Verwirrung bemerkte, wurde er unsicher.

«Stimmt etwas nicht?»

Cavalli deutete mit dem Kopf Richtung Gang. «Wer ist das?»

«Andi?» Janett zog die Stirn in Falten. «Meinst du Andi?»

Der Junge kam zurück. «Hast du meinen Discman gesehen?» Als er die Anspannung spürte, blieb er stehen. «Ist etwas?»

«Andi?», wiederholte Cavalli.

»Ja, Andi. Mein Sohn. Was ist mit ihm? Muss er sich beim Erkennungsdienst melden?», fragte Janett scharf.

Andi sah erschrocken auf. «Was?»

Janett legte seinen Arm um seine Schultern. «Das war nicht ernst gemeint. Cavalli arbeitet bei der Kapo.»

«Ich weiss.»

«Du kennst ihn?», fragte Janett überrascht.

«Nein», antwortete Andi. «Aber seinen Sohn.» Sein Blick fiel auf den gesuchten Discman. Er holte ihn und verschwand in einem Zimmer.

Fontana stellte sich zwischen Regina und die Tür. «Danke, dass Sie gekommen sind, Regina. Ich darf Sie doch so nennen?»

Regina zögerte. Sein Tonfall missfiel ihr. Es widerstrebte ihr, die stickige Luft einzuatmen. Sie betrachtete Fontana. Er stand wie angewurzelt im Raum und sah an ihr vorbei. Regina folgte seinem Blick. Vom Wohnzimmerfenster aus sah man aufs Alterszentrum. Das gestrige Gespräch mit Cavalli kam ihr in den Sinn. Lado hatte jemanden in Dübendorf besucht. Sie sah erschrocken zu Fontana. Ihre Kopfhaut begann zu kribbeln.

«Können Sie mich bitte einen Moment entschuldigen?», fragte Regina so gelassen wie möglich. Trotzdem zitterte ihre Stimme. «Ich muss kurz telefonieren.» Sie nahm ihr Handy aus der Tasche und sah sich um. Wo konnte sie Cavalli anrufen, ohne dass Fontana dem Gespräch lauschte?

Plötzlich setzte sich Fontana in Bewegung. Er griff mit einer Hand nach Reginas Handgelenk. Das Handy flog davon. Regina versuchte sich loszureissen und drehte sich ab. Fontana schlug ihr von hinten die zweite Hand über den Mund.

«Warum hast du nichts gesagt?», fragte Cavalli.

«Weil es mir nicht in den Sinn gekommen ist!» Janett sass auf dem Sofa und raufte sich die Haare. «Andi ist für mich … einfach Andi. Ich denke nicht an seine Hautfarbe. Sie fällt mir gar nicht auf.»

«Stammt seine Mutter aus Afrika?»

«Nein. Sie ist Französin. Aber das wisst ihr doch alles! Ihr habt ja mein ganzes Leben durchleuchtet. Wie ist es möglich, dass euch das entgangen ist?»

Das fragte sich Cavalli auch. Er erinnerte sich gut daran, dass Janetts Ex-Frau aus Frankreich war. Doch es war ihm nie in den Sinn gekommen, dass sie dunkelhäutig sein könnte.

Janett liess sich gegen das Polster fallen. «Jetzt wird mir einiges klar. Euer Vorwurf, man habe mich zusammen mit einem schwarzen Jugendlichen gesehen. Ihr seid davon ausgegangen, dass es sich um Lado handelte.» Janett lachte laut, doch es schwang kein Humor mit.

Cavalli schwieg betreten.

«Bin ich jetzt entlastet?», fragte Janett.

«Andis Hautfarbe erklärt nicht, wie Lados Leiche in deinen Renault kam», hielt ihm Cavalli vor. «Deswegen bin ich hier.»

Regina versuchte, die aufsteigende Panik zu ersticken. Das Klebeband zerrte schmerzhaft an ihrem Haar. Sie spürte, wie ihr Tränen kamen, und schloss die Augen. Sie stellte sich den gestrigen Nachmittag am See vor. Nur nicht weinen. Wenn ihre Nase verstopfen würde, bekäme sie keine Luft mehr. Cavalli auf dem Holzsteg. Sein träger Blick. Die Sonne. Wärme. Es war so heiss in dieser Wohnung. Der Geruch seiner Haut. Das sanfte Schaukeln. Das Glucksen des Wassers.

Fontana machte sich an ihren Füssen zu schaffen. Als er sichergestellt hatte, dass sie ihre Glieder nicht mehr bewegen konnte, liess er sich auf den Boden fallen. Er sah sie mit traurigen Augen an und bat um Entschuldigung.

Pilecki winkte dem Kellner und bezahlte. Er machte sich auf den Heimweg. Sobald die Sonne verschwand, wurde es kühl. Er vermisste die lauen Sommerabende, die der Hitzesommer vor einem Jahr mit sich gebracht hatte. Das Kripo-Gebäude hatte sich so aufgeheizt, dass nicht einmal offene Fenster für Abkühlung gesorgt hatten.

Er überquerte den Limmatplatz und bog in die Langstrasse ein. Der Zweiunddreissiger fuhr an ihm vorbei. Von einem Balkon hing eine portugiesische Flagge. Ob Portugals Fussballer den Traum, die EM im eigenen Land zu gewinnen, verwirklichen würden?

Cavalli lehnte sich vor. «Du hast gesagt, es habe niemand einen Schlüssel zu deiner Wohnung.»
Janett nickte. «Ausser meiner Familie.»
«Kann es sein, dass du deinen Schlüssel irgendwo liegengelassen hast? Und dass jemand einen nachmachen liess?»
Janett dachte angestrengt nach. «Kaum.» Er stand auf und rief seinen Sohn. Er stellte ihm die gleiche Frage.
Andi schüttelte den Kopf. «Nein. Ich habe meine Schlüssel nie vermisst.» Er nahm einen Apfel aus der Fruchtschale. «Frag doch Mel. Er hat den Reserveschlüssel und lässt doch dauernd alles herumliegen.»
«Mein Schwager», erklärte Janett.
«Mel?», wiederholte Cavalli. «Der Junge, mit dem du als Kind einen Schopf in Brand gesteckt hast?»
Janett sah verlegen weg. «Wir spielten ... Indianer.»
Cavalli bemerkte die Ironie nicht. «Wie weiter? Wie heisst er mit Nachnamen?»
Janett hörte die Dringlichkeit in seiner Stimme. «Fontana. Melchior Fontana. Warum?»
Cavalli sprang auf. Dann war es tatsächlich so, wie er vermutet hatte. Es gab kein fehlendes Glied der Kette in Zürich. Fontana hatte das vollständige Dossier erhalten. Und da sah er es: die Ähnlichkeiten. Die Gesichter, die einander glichen. Wo immer er hinsah: Katja und Irina, Andi, Janett. Er verstand, was ihm sein Unterbewusstsein sagen wollte.
«Das ist deine Schwester, auf dem Foto!»
Janett sah ihn entgeistert an.
«Auf Fontanas Pult steht das Foto einer Frau mit zwei Kindern. Ein Mädchen hält eine Katze im Arm, die davonspringt. Das ist deine Schwester! Und das Mädchen deine Nichte!»

«Du kennst Mel?»
«Was ist mit ihm?», wollte Andi wissen.

Fontana legte seinen Kopf auf die Knie. Das Warten zog sich in die Länge. Wo blieb Pilecki? Er hätte längst hier sein müssen. Er stöhnte und drückte das Fleischmesser enger an sich heran. Lange würde er es nicht mehr aushalten.

Regina rief sich ihre Yogastunden ins Bewusstsein. Sie atmete regelmässig ein und aus. Als Fontana sein Gewicht verlagerte, fiel sie aus dem Rhythmus.

Fragen füllten ihren Kopf. Wie war Fontana an Janetts Auto gekommen? Hatte er die Tat geplant? Vor allem: Warum musste Lado sterben?

Sie versuchte, mit Fontana Blickkontakt aufzunehmen. Er war in seine eigene Welt versunken.

Plötzlich hob er den Kopf und sah Regina in die Augen. «Ich liebte ihn», flüsterte er. «Nicht so wie meine Frau. Es war ... anders.» Er stockte. «Thok brauchte mich.»

Fontana schloss die Augen. «Silvia wird es nicht verstehen.»

«Erzähl weiter», befahl Cavalli.

«Er fährt nur übers Wochenende nach Hause. Von Montag bis Freitag übernachtet er in seiner Wohnung in Dübendorf. Silvia – meine Schwester – möchte nicht von Schuls wegziehen. Sie will auch nicht, dass ihre Kinder in einer Stadt aufwachsen.» Janett sah Andi an. «Mel leidet darunter. Er vermisst seine Familie. Doch im Engadin gibt es einfach nicht genug Arbeit. Diese Lösung ist ein Kompromiss. Er hofft, dass Silvia ihre Meinung irgendwann ändern wird.» Er verstummte und sah Cavalli flehend an. «Du denkst doch nicht etwa ... nein, das ist nicht möglich. Mel ist ... gutmütig. Ruhig und grosszügig. Ein toller Freund. Und vor allem hat er nichts gegen Menschen anderer Hautfarbe.»

«Genau das glaube ich auch», stimmte Cavalli zu. Homosexualität, dachte er. Ein Tabu in Afrika. Ein Vergehen, das nicht nur die Sippe, sondern auch die Geister gegen den Sünder aufbrachte. Lado musste verzweifelt gewesen sein.

Pilecki schloss die Wohnungstür auf. Er hängte seine Badehose zum Trocknen über eine Stuhllehne. Sein Blick fiel auf den Tages-Anzeiger, der ungelesen auf dem Tisch lag. Er hatte vergessen, die Zeitung abzubestellen. Er holte seinen Laptop hervor und startete ihn auf. Tippte die Internetadresse des Abodienstes ein. Hatte er sonst noch etwas zu erledigen, bevor er wegfuhr?

Er holte in der Küche ein Stück Brot, während er darauf wartete, dass die Verbindung im Internet hergestellt war. Er hatte einen Bärenhunger. Gurtners Sauerkraut hätte er jetzt nicht abgelehnt.

Cavallis Gedanken schwirrten im Kopf, als hätte jemand in einen Haufen Federn geblasen. Jede Feder war ein Fragezeichen, das lange in der Luft geschwebt hatte. Eines nach dem andern wiegte sanft zu Boden und blieb geklärt liegen. Er sah Fontana vor sich, wie er aus den Dossiers von Lado und el-Karib erzählte, ohne einen Blick darauf zu werfen, obwohl er kurz zuvor behauptet hatte, sich nicht an die Einzelheiten zu erinnern. Fontana hatte Zugang zu allen Dokumenten. Er war für die Wegweisung Lados zuständig. Hatte er den Jungen erpresst? Musste Lado Fontanas Einsamkeit lindern?

Die Musik war bereits vor der Haustür zu hören. Verärgert rannte Cavalli die Treppen hoch. Er spürte seine Beine, er war lange unterwegs gewesen.

«Chris!» Cavalli ging ins Wohnzimmer. «Stell diese verdammte Musik endlich leiser!»

Christopher lag auf dem Boden und versuchte, eine Hantel

zu stemmen. Als sein Vater über ihm auftauchte, liess er sie fallen. Cavalli zuckte zusammen, als das Metall auf dem Parkett aufschlug.

«Sch…», Cavalli biss die Zähne zusammen und schluckte. «Wenn du Übungen machen willst, nimm zu Beginn etwas Leichteres. So machst du dir den Rücken kaputt. Ich habe noch Gewichtsbänder, die ich zum Rennen trage.»

Christopher nickte verlegen und murmelte etwas.

«Was?»

«Danke.»

Cavalli ging ans Telefon und wählte Reginas Nummer.

«Sie wird sich bei dir melden», informierte ihn Christopher.

«Wer?»

«Regina. Du rufst doch Regina an, oder?»

«Ja, woher weisst du das?»

Christopher warf seine Haare über die Schulter. «Sieht man doch! An deinem Gesichtsausdruck. Sie war hier.»

Cavalli legte den Hörer auf, als sich die Combox einschaltete. «Sie war hier? Was wollte sie?»

«Dich natürlich.»

«Hat sie gesagt, warum?»

Christopher schüttelte den Kopf. «Sie hat telefoniert.» Er stand auf und ging in die Küche.

Cavalli folgte ihm. «Weisst du, mit wem?»

«Wegen eines Altersgutachtens.» Christopher durchsuchte den Kühlschrank.

«Was?» Cavalli packte seinen Sohn am Arm. «Chris! Mit wem hat sie gesprochen?»

Christopher erschrak über die Schärfe seiner Stimme. «Ich … ich weiss nicht. Ich glaube, er hiess Fanta oder so.»

«Fontana?»

«Kann sein.»

Cavallis Finger bohrten sich in Christophers Arme. «Denk ganz genau nach. Was hat sie am Telefon gesagt?»

Regina schwitzte. Ihr Kopf fühlte sich leicht an. Das Klebeband hinterliess einen bitteren Geruch. Ihr war übel.
Sie versuchte, die Finger zu bewegen. Sie waren hinter ihrem Rücken eingeschlafen. Ihre Füsse spürte sie deutlich. Es juckte am linken Knöchel, wo Fontana ihn am Stuhlbein festgeklebt hatte. Sie hatte ihm erklären wollen, dass Pilecki nicht mehr zuständig war, doch er reagierte nicht auf ihr Blinzeln. Wie lange würde er auf den Polizisten warten?
Sein Kopf lag noch immer auf seinen Knien. Sie spürte die Hitze, die von ihm ausging. Regina räusperte sich. Fontana schaute nicht hoch.

Cavalli rannte die Treppe hinunter und zog den Lauf seiner SIG nach hinten. Er steckte die Waffe mit einer Hand ins Holster, während er mit der anderen die Haustür aufstiess. Er schlug den Weg Richtung Dübelstein ein. Zum dritten Mal an diesem Tag folgte er Lados Knotenspur. Seine Füsse donnerten auf dem Asphalt, seine Beine protestierten gegen die zusätzliche Bewegung. Doch zu Fuss war er schneller, da er mit dem Auto den Umweg um den Wald in Kauf nehmen musste. Er dachte an Regina. Die Vorstellung, dass sie bei Fontana war, beschleunigte seinen Puls. Er schob den Gedanken beiseite. Er brauchte seine Energie fürs Rennen und durfte deshalb keine Angst aufkommen lassen. Fontana suchte bloss das Gespräch im Zusammenhang mit dem Altersgutachten. Cavalli vermutete, dass der Sachbearbeiter eine falsche Spur legen wollte. Die SIG schlug beruhigend auf seiner Hüfte auf.

Pilecki war so weit. Der Koffer stand gepackt neben der Tür. Jetzt war Fussball an der Reihe. Er nahm seine Jacke vom

Stuhl und holte sein Handy. Zwei Anrufe in Abwesenheit. Er wählte die Nummer seiner Combox.

Sein Kollege bat ihn, tschechisches Bier mitzubringen. Die zweite Nachricht war von Fontana. Er musste Pilecki dringend sprechen und wollte, dass er sofort vorbeikam. Er hätte einen wichtigen Hinweis entdeckt, könne aber nicht am Telefon darüber sprechen. Er nannte eine Adresse in Dübendorf. Der Anruf war vor einigen Stunden eingegangen.

Pilecki sah auf die Uhr. Es war fast acht. Er wählte Fontanas Nummer.

Regina erschrak, als das Telefon die Stille durchbrach. Fontana hob den Kopf und sah das Gerät an, als hätte es ihn verraten. Er nahm nicht ab.

Regina versuchte, eine bequemere Stellung auf dem Stuhl einzunehmen. Ihr Kreuz schmerzte, und das lange Warten machte ihr zu schaffen. Ihre Nerven lagen blank.

Im Treppenhaus ertönten Stimmen, dann Schritte. Sie hörte, wie die Haustür aufging, und stellte sich die frische Luft vor. Ihr Kopf pochte, als versuche auch ihr Hirn, dem geschlossenen Raum zu entfliehen.

Sie versuchte sich abzulenken und betrachtete die Kinderzeichnungen an der Wand. Ein Strichmann und eine Strichfrau hielten sich an der Hand. Grosse Kreise stellten Köpfe dar. Daneben hatte die Kinderhand zwei kleinere Figuren gezeichnet. Sie lachten breit.

Der erste Grasknoten lag hinter ihm. War Lado diese Strecke auch gerannt? Hatte er gewusst, was auf ihn wartete? Oder hatte Fontana unerwartet die Beherrschung verloren? Cavalli stellte sich den Bündner vor. Er wirkte korrekt und genau. Seine Dossiers waren sorgfältig strukturiert, die Dokumente ordentlich und vollständig abgelegt. Bis auf das Altersgutachten.

Doch er hatte ohne mit der Wimper zu zucken behauptet, Chris und Timon mit Lado gesehen zu haben. Und Cavalli hatte nicht einen Moment lang an seiner Aussage gezweifelt. Woher wusste Fontana von den beiden Jugendlichen?

Cavalli atmete schwer. Sein Rücken war nass. Die SIG mahnte ihn zur Eile. Er spürte Regina, wie sie ihren Kopf auf seine Brust gelegt hatte. Das warme Holz unter seinem Rücken. Ihr Duft, der sich über ihn ausgebreitet und in Gedanken davongetragen hatte. Er stolperte. Fing sich auf. Rannte weiter.

Regina nahm ihr Handy auch nicht ab. Pilecki fluchte. Er versuchte es bei Cavalli und hatte wieder kein Glück. Wütend stapfte er die Treppe hinunter. Musste er jetzt tatsächlich nach Dübendorf fahren? Er könnte die Nachricht einfach ignorieren. Er lief zur Kaserne, im Wissen, dass er dazu zu gewissenhaft war. Wenn Fontana eine wichtige Mitteilung hatte, war es seine Pflicht hinzufahren.

Auf dem Parkplatz sah er Meyers Ducati. Hoffnung stieg in ihm auf. Wenn sie ihn hinfahren würde, käme er vielleicht noch rechtzeitig zum Matchbeginn zu seinen Kollegen.

Heitinga, nicht Stam, hatte Pilecki ihn korrigiert. Cavalli hatte den Match nicht gesehen. Er hatte den Namen bei Fontana aufgeschnappt. Dass dieser auch nicht Fussball geschaut hatte, wurde Cavalli jetzt klar. Weil Fontana damit beschäftigt gewesen war, eine Asylunterkunft in Brand zu stecken. Cavalli fluchte über seine Blindheit.

Regina schielte nach unten. Das Blut tropfte auf ihre Brust. Sie spürte die Wärme, die die klebrige Spur von ihrem Kiefer bis übers Schlüsselbein hinterliess. Sie schluckte, doch der Kloss blieb im Hals stecken. Leise stöhnte sie, sah Fontana bittend an. Er war auf sein eigenes Elend konzentriert.

Ihre Augen schweiften zum Foto auf dem Tisch. Die Züge der jungen Frau kamen ihr bekannt vor. Verwundert stellte sie fest, dass Nase und Kinnpartie Janett glichen.

Fontana sah auf und folgte ihrem Blick. Er wischte mit dem Handrücken eine Träne weg. «Seine Schwester», bestätigte er Reginas unausgesprochene Frage. Er richtete sich auf und strich sanft über die Klinge des Fleischmessers. «Gion ist ein guter Mensch. Ich wollte ihn nicht mit hineinziehen. Ich brauchte nur den Wagen.»

Regina starrte ihn verständnislos an.

«Ich habe einen Schlüssel zu seiner Wohnung. Er auch zu meiner», fügte Fontana hinzu, als ginge es darum, wer seine Pflanzen in Zukunft giessen würde. «Wie hätte ich Thok sonst aus dem Wald holen sollen? Aber Gion wusste nichts davon. Er merkte gar nie, dass sein Wagen weg war, dazu braucht er ihn zu selten.» Fontana lächelte. «Er ist mein bester Freund. Wir haben immer alles geteilt.»

Vor ihm tauchte das Altersheim auf. Cavalli schnappte nach Luft. Er trieb seine schweren Beine die letzten Meter an. Die Bank; der dritte Knoten. Er hoffte, dass Lados Gebet noch in der Luft schwebte.

Die Enten waren still.

Was wollte Fontana von Regina? Was, wenn sie merkte, dass etwas nicht stimmte? Wie würde sie sich verhalten? Und Fontana?

Cavalli dachte an den Brand der Gartenstühle. Hatte Fontana sie erschrecken wollen? Oder bloss den Verdacht stärker auf Jugendliche lenken? Wie weit würde er gehen? Hatte er seine Grenze längst überschritten? Die Vorstellung, wozu er dann fähig wäre, erschütterte Cavalli. Er rannte auf einen tiefen Zaun zu und sprang darüber. Er fand den Hauseingang sofort und drückte mit der Handfläche auf mehrere Klingeln.

Fontana sprang auf, als er das Klingeln hörte. Seine Finger umschlossen das Fleischmesser. Er stellte sich hinter Regina und legte die Klinge an ihren Hals. Regina spürte, wie er zitterte. Sie roch seine Angst; bildete sich ein, sein Herz klopfen zu hören. Oder war es ihr eigenes?

Die Tür flog auf. Cavalli stürzte herein. Als er Regina sah, erstarrte er. Ein kurzer Moment des Schreckens, dann setzte seine Erfahrung ein. Er richtete seine Waffe auf Fontana. Seine Hand war ruhig.

Fontana krallte sich mit der freien Hand in Reginas Haar fest. Er zog ihren Kopf so zurück, dass ihr Hals entblösst war. Die helle Haut führte Cavalli vor Augen, wie fragil das Leben war.

«Lass das Messer fallen!», befahl Cavalli. Er stand breitbeinig im Raum, den Abzug am Anschlag.

Fontana fing seinen Blick ein. Er drückte die Klinge enger an Reginas Hals.

Cavalli merkte, wie ihm Regina zublinzelte, wollte Fontanas Blick aber nicht loslassen. Die stickige Luft im Raum umhüllte ihn wie eine Decke. Sie kitzelte seine Nase und setzte sich in seinen Atemwegen fest. Ein scharfer Geruch kratzte an seinen Schleimhäuten.

Er ging vorsichtig einen Schritt näher.

«Bleib stehen!», schrie Fontana. «Noch einen Schritt, und es ist vorbei!»

Meyer reichte Pilecki einen Helm und fragte listig: «Darf ich offiziell ein Blaulicht beantragen?»

«Los jetzt», trieb Pilecki sie an. «Ich will bis zum Anpfiff zurück sein!»

Meyer startete ihr Motorrad und gab Gas. Die Reifen quietschten, als sie um die Ecke dröhnte. Sie rief etwas.

«Was?», Pilecki lehnte sich nach vorne.

«Ich muss noch tanken», wiederholte sie.

«Scheisse. Muss das sein?», rief er zurück.

«Nein. Wenn es dir Spass macht, 200 Kilogramm zum Milchbuck hinaufzuschieben, kann ich es auch lassen. Danach geht es bergab.» Sie hielt bei der nächsten Tankstelle.

«Ich weiss, dass du Lado erschlagen hast», sagte Cavalli ruhig. «Leg das Messer hin. Es ist vorbei.»

Fontanas Mund zuckte. Er legte seine flache Hand auf Reginas Brust und drückte sie an die Stuhllehne. Seine Finger hinterliessen einen roten Abdruck. «Nein», flüsterte er.

Cavalli nahm langsam eine Hand von seiner Waffe und streckte sie Fontana hin. «Gib mir das Messer.»

Fontana schüttelte den Kopf. Regina zuckte zusammen, als sich durch die Geste die Klinge an ihrem Hals bewegte.

«Gib mir das Messer», wiederholte Cavalli. «Silvia zuliebe. Deinen Kindern zuliebe.»

Fontana stöhnte verzweifelt.

Cavalli versuchte, ihn zu beruhigen. «Ich verstehe, was geschehen ist. Die Sache ist dir über den Kopf gewachsen. Du wolltest Lado nichts antun. Es war ein Unfall. Das kann jedem passieren.» Der einlullende Tonfall wiegte Fontana in eine trügerische Sicherheit. Er atmete gleichmässiger. «Komm, lass uns gehen. Gib mir das Messer.»

Fontana erwachte mit einem Ruck. Seine Augen blitzten auf. «Nein!» Er legte seine Hand über Reginas Nase. Sie weitete ihre Augen erschrocken.

Cavalli spürte, wie die Pistole in seiner glitschigen Hand rutschte, und umklammerte den Griff fester. Regina wand sich auf dem Stuhl.

Der Automat verweigerte Meyers EC-Karte. Pilecki schaute auf die Uhr.

«Keine Sorge, es wird kaum in den ersten Minuten ein Tor geben.» Meyer polierte die Karte an ihrem Hosenbein und versuchte es erneut. Das Display leuchtete grün auf. «Hast du eine Ahnung, was Fontana dir sagen will?»

«Keinen blassen Schimmer. Entweder hat es mit dem Altersgutachten zu tun, oder er hat eine Ungereimtheit in Lados Asylweg entdeckt.»

«Und das will er dir an einem Sonntagabend mitteilen?»

«Er war die ganze Woche krank. Vielleicht wird er auch morgen nicht zur Arbeit gehen und möchte seine Infos loswerden.»

Sie stiegen aufs Motorrad. Meyer versprach, die verlorene Zeit wettzumachen. Sie fuhr auf die Hauptstrasse und ignorierte das Rotlicht an der Baustelle. Es hatte keinen Gegenverkehr. Sie machte einen Bogen um die stillstehenden Baumaschinen und gab danach wieder Vollgas. Pilecki legte sich eine Ausrede zurecht, falls sie von der Verkehrspolizei angehalten würden. Sie kamen in Rekordzeit in Dübendorf an.

Regina wurde es schwarz vor Augen. Ihre Lungen schrien nach Sauerstoff. Sie wehrte sich gegen den Sog, der sie erfasste. Der Raum drehte sich. Sie versuchte, Cavalli zu fixieren. Knirschte mit den Zähnen und löste so die Lippen etwas vom Klebeband. Speichel, sie brauchte Speichel, um sie ganz zu lösen. Doch ihr Mund war trocken. Und dann: Luft. Die Hand war weg. Sauerstoff strömte durch ihre Nase herein. Sie atmete gierig. Einen Vorrat anlegen, schoss ihr durch den Kopf. Schnell, bevor die Hand zurückkommt.

Cavalli hielt seine Waffe wieder mit beiden Händen. Er schielte auf das Blut. Reginas Kleider, der Boden, Fontanas Hände. Glänzendes, feuchtes Rot. Wie lange würde Fontana durchhalten? Wie ernst war es ihm? Die Verzweiflung stand ihm ins Gesicht geschrieben.

Plötzlich ertönten Schritte im Treppenhaus, eilige, wie Cavallis eigene zuvor. Fontana nahm sie nicht wahr. Er starrte auf Regina, die ihren Kopf hin und her warf. Er legte erneut eine heisse Hand über ihre Nase. Sein Mund war leicht geöffnet, sein Blick matt.

Die Tür flog auf. Janett schrie: «Mel!»

Fontana blickte zur Tür, als er die vertraute Stimme hörte. Cavalli nutzte den Bruchteil einer Sekunde und sprang. Er packte Fontanas Arm und riss ihn von Regina weg. Das Messer landete mit einem dumpfen Geräusch auf dem Parkett. Es hinterliess eine rote Spur, wo es auf dem Holz schlitterte. Fontana holte mit dem anderen Arm aus, doch Cavalli fing den Schlag ab. Er versuchte, Fontana zu bändigen, der wie ein wild gewordenes Tier um sich schlug. Ein Fusstritt traf ihn am Knöchel, und er staunte über die Kraft, die Fontana aufbrachte. Er wollte ihn nicht verletzen, sah schliesslich aber keinen sanften Weg, ihn ausser Gefecht zu setzen. Er warf Fontana zu Boden.

Fontana blieb erschöpft liegen. Er zog die Beine an und drehte sich auf die Seite. «Schiess», schluchzte er. «Schiess endlich!»

Als Pilecki und Meyer ankamen, stand die Tür offen. Janett bückte sich über Fontana, der weinend am Boden lag. Cavalli löste sorgfältig das Klebeband von Reginas Mund. Sie hatte die Augen geschlossen. Der Boden war rot.

Die Griechen besiegten Portugal. Europas Fussballwelt stand Kopf.

Regina las das Protokoll der Einvernahme sorgfältig durch. Sie ärgerte sich über ihre Leichtgläubigkeit. Sie hatte nie an Fontanas Aussage, er hätte Lado in Begleitung von Timon und Chris gesehen, gezweifelt. Im Gegenteil, sie hatte sogar die Ermittlungsstrategie entsprechend festgelegt. Eine Untersuchung, der ein Lügenkonstrukt zu Grunde lag. Fontana hatte die falsche Fährte so geschickt gelegt, dass seine Aussagen genau zum vermeintlichen Tatablauf passten. Immerhin war er nicht so kaltblütig gewesen, Chris bewusst als Sündenbock auszusuchen. Sie war es gewesen, die ihn erst auf die Idee gebracht hatte. Als sie ihm das Foto von Chris unter die Nase hielt und er die Ähnlichkeit mit Cavalli erkannte. Und Cavalli hatte ihm den perfekten Hinweis geliefert, als er Christophers Buch in Fontanas Büro liegen liess.

Regina seufzte und legte den Bericht beiseite. Sie holte in der Küche ein Joghurt und setzte sich damit auf den Gartensitzplatz. Der Sonntagmorgen verhiess einen heissen Sommertag. Der achtzehnte Juli. Cavallis 41. Geburtstag. Sie stand auf und fingerte an den Blättern der verdorrten Gartengerbera herum. Sie hätte sie einpflanzen müssen.

Cavalli. Zwei Wochen war es nun her, seit Fontana vorgetäuscht hatte, sie verletzt zu haben. Obwohl Cavalli sofort gerochen hatte, dass es sich dabei um Theaterblut handelte, machte er sich Sorgen um sie. Er rief täglich an, um sich zu erkundigen, ob alles in Ordnung war. Sie musste etwas gegen ihre Angst unternehmen. Sie konnte geradeso gut ein Schild mit der Aufschrift «Ich bin ein Opfer» um den Hals tragen.

Janett hatte sich nicht mehr gemeldet. Er war nach Schuls gefahren, wo er sich um seine Schwester und ihre Kinder kümmerte. Regina hatte Silvia kurz nach Fontanas Selbstmordversuch – ihr fiel kein besseres Wort dafür ein – kennen gelernt. Sie hatte zugesehen, wie ihre Welt innerhalb von Minuten zusammenbrach. Am härtesten traf sie, dass Fontana den Tod einem Leben mit seiner Schuld vorzog. Zum wiederholten Mal fragte sich Regina, was geschehen wäre, wenn Pilecki vor Cavalli angekommen wäre. Hätte er den chemischen Geruch des Theaterbluts erkannt? Ihr Blinzeln richtig interpretiert? Oder hätte er, wie von Fontana geplant, geschossen?

Es war bereits elf Uhr. Noch eine Stunde. Regina ging in die Wohnung zurück und stellte sich unter die Dusche. Vor dem Kleiderschrank blieb sie stehen. Was anziehen? Sie lachte. Es war nur Cavalli. Sie nahm eine Jeans aus dem Schrank. Und ein enges T-Shirt – eines, das ihm besonders gut gefiel.

Kaum hatte sie den Lippenstift aufgetragen, klingelte er. Sie eilte zur Tür, blieb aber einen Moment lang stehen, bevor sie öffnete, um sich nicht zu verraten.

«Gratuliere!», begrüsste sie ihn mit einem Kuss auf die Wange. Sie reichte Christopher die Hand. «Ich bin gleich so weit.» Nachdem sie ihre Handtasche geholt hatte, schloss sie ab. «Habt ihr Hunger?»

Christopher nickte wie erwartet. Cavalli sah sie zweideutig an. «Worauf?»

Regina schubste ihn Richtung Auto. Auf der kurzen Strecke zum «Tobelhof» fragte sie, wie Christophers erste Woche in der Pizzeria verlaufen war.

«Nicht schlecht», murmelte er.

Regina sah Cavalli fragend an. Er zuckte mit den Achseln. Sie kamen im Restaurant an.

Der Kellner führte sie zu einem Tisch im Garten. Reben spendeten ihnen angenehmen Schatten.

Christopher vertiefte sich sofort in die Speisekarte. «Wie viel darf ich bestellen?», fragte er.

«So viel du essen kannst», antwortete Regina.

Cavalli hob eine Augenbraue. «Pass auf, ich weiss nicht, ob es da eine Grenze gibt.»

Regina lachte.

Während sie auf ihre Bestellung warteten, kam die Sprache auf Pollmann. Christopher erzählte, wie er ihn durch Timon kennen gelernt hatte.

«Weisst du, was zwischen den beiden läuft?», fragte Cavalli.

Christopher zuckte mit den Achseln. «Nichts. Timon findet es praktisch, ein gutes Versteck für unsere ... seine, ich meine, die gestohlenen Sachen ...», er verstummte.

«Und Pollmann?»

«Er hat im Konfunterricht gesagt, man könne sich jederzeit an ihn wenden, wenn man in Schwierigkeiten steckt.» Christopher legte die Gabel hin. «Was wird mit Timon passieren?»

«Er wird vermutlich in eine Arbeitserziehungsanstalt eingewiesen, bis er volljährig ist», erklärte Regina. «Fehlt er dir?»

«Es geht so.» Christopher konzentrierte sich auf seinen Teller. Als er fertig war, schob er den Stuhl zurück und wartete ungeduldig.

«Hast du es eilig?», fragte Cavalli.

Christopher errötete. Er murmelte etwas vor sich hin.

«Was?», fragte Cavalli.

«Ich treffe noch jemanden», erklärte sein Sohn ohne aufzuschauen.

«Wen?»

Christopher zögerte. Er liess seine Haare nach vorne fallen. «Hawa.»

Cavalli sah ihn erfreut an. «Das Mädchen, das –»

Chris stand rasch auf. Er stolperte über das Stuhlbein und wischte sich verlegen mit dem Arm über den Mund.

«Von mir aus kannst du gehen», sagte Cavalli und blickte dabei zu Regina.

«Klar», bestätigte sie.

Christopher hob zum Abschied die Hand und schlenderte mit gespielter Gelassenheit zum Ausgang.

Cavalli sah ihm nach. Dann lehnte er sich zurück und schaute Regina an. «Willst du die Schöpfungsgeschichte der Cherokee hören?»

Von Petra Ivanov ist im Appenzeller Verlag erschienen:

Bezirksanwältin Regina Flint und Kriminalpolizist Bruno Cavalli ermitteln im Zürcher Rotlichtmilieu und kommen in einem Mordfall Frauenhändlern auf die Spur. Je verworrener die Spuren werden, desto klarer das Motiv: Geld. Bis ein zweiter Mord geschieht, dieser hat viel mit dem Fall, aber gar nichts mit Geld zu tun. Gleichzeitig kämpfen Flint und Cavalli gegen eine Liebe an, die sie in der Vergangenheit bereits an den Abgrund geführt hatte und nun droht, sie erneut aus dem Gleichgewicht zu werfen.

Petra Ivanov **Fremde Hände**, 448 S., ISBN 3-85882-390-2
www.appenzellerverlag.ch